Von Johanna Lindsey sind
als Heyne-Taschenbücher erschienen:

Wild wie der Wind · Band 01/6750
Die gefangene Braut · Band 01/6831
Zärtlicher Sturm · Band 01/6883
Das Geheimnis ihrer Liebe · Band 01/6976
Wenn die Liebe erwacht · Band 01/7672
Herzen in Flammen · Band 01/7746
Stürmisches Herz · Band 01/7843
Zorn und Zärtlichkeit · Band 01/6641
Geheime Leidenschaft · Band 01/7928
Lodernde Leidenschaft · Band 01/8081
Wildes Herz · Band 01/8165
Sklavin des Herzens · Band 01/8289
Fesseln der Leidenschaft · Band 01/8347
Sturmwind der Zärtlichkeit · Band 01/8465
Zorn und Zärtlichkeit · Band 01/8520
Geheimnis des Verlangens · Band 01/8660

JOHANNA LINDSEY

Wild wie deine Zärtlichkeit

Roman

Aus dem Englischen
von Evelin Sudakowa-Blasberg

WILHELM HEYNE VERLAG
MÜNCHEN

HEYNE ALLGEMEINE REIHE
Nr. 01/8790

Titel der Originalausgabe
WARRIORS WOMAN

Printed in Germany 1994
Umschlagillustration: Elaine Duillo/Schlück
Umschlaggestaltung: Atelier Ingrid Schütz, München
Gesamtherstellung: Ebner Ulm

ISBN 3-453-06430-5

Mein Dank gilt Susanne für ihre Unterstützung
Sharon für ihre Inspiration
und Alfred für sein SA' ABO.

1.

Kystran, 2139 n. K. (nach Kolonisierung)

Die Demonstration gegen das Boskrat-Töten währte nun schon drei Tage. Vor dem Fanya-Forschungslaboratorium marschierten Ökologiestudenten auf und schwenkten ihre neonfarbenen Bildtransparente, auf denen sie gegen die Auslöschung einer anderen Spezies im Namen der Wissenschaft protestierten. Der erwartete Aufruhr hatte sich immer weiter zugespitzt und nun seinen Höhepunkt erreicht; gelangweilte und frustrierte Fanya-Bürger hatten sich, in Erwartung von etwas Aufregung und Spannungsabbau, hinzugesellt.

Hätte es sich nur um die Ökologiestudenten gehandelt, die Protestaktionen schon zu einer Art Kunstform stilisierten, wäre die ganze Angelegenheit kein Problem gewesen. Aber letzte Woche war die lokale Streßklinik wegen Umbauarbeiten geschlossen worden, und all die Fanya-Bürger, die ungebunden waren und noch kein Gesuch für doppelten Wohnraum beantragt hatten, waren nun aggressiver als gewöhnlich.

»Wenn die nicht einmal am Tag in den Kliniken ihren Sex bekommen, glauben sie sofort, das Ende der Welt sei gekommen«, hatte sich Fanyas Forschungsleiter bei Garr Ce Bernn, dem derzeitigen Direktor von Fanya, beschwert. »Diese jungen Leute können sich gar nicht vorstellen, wie das Leben war, als wir noch keine Streßklinik in jeder Stadt hatten.«

»Wir genausowenig«, hatte der Direktor trocken erwidert, doch um den Mann zu besänftigen, hatte er einen Sec 1 nach Fanya beordert.

Tedra De Arr war die glückliche Auserwählte, die nach Fanya abberufen wurde, um die Leitung der Security Division, der lokalen Sicherheitsabteilung, zu übernehmen. Und schon eine Stunde nach ihrer Ankunft erkannte sie, daß die ständig anwachsende Menschenmenge sofort unter Kontrolle gebracht werden mußte, da es sonst keine Gewähr mehr für ein unblutiges Ende des Aufstandes gäbe. Die Fanya-Security-Division bestand lediglich aus einem Haufen junger, unerfahrener Hochschulabgänger, die noch nicht einmal ihre Phazor-Einheiten von ihren Kommunikatoren unterscheiden konnten und die deshalb auch nie Combo-Einheiten benutzen durften. Und wenn die Bürger beschlossen, die Verteidigung dieser häßlichen kleinen Boskrats auch mit Gewalt durchzusetzen, dann gab es mit dieser armseligen Mannschaft im Hintergrund nur wenig Hoffnung, den Mob aufzuhalten.

Mindestens hundert Bürger stürmten bereits die äußeren Eingänge, und angesichts der nur vierzig Mann starken Sec-Truppe zog Tedra kurz in Erwägung, heimlich durch den Hinterausgang zu verschwinden. Genau das hatten vorher auch die verängstigten Wissenschaftler getan, und sie, Tedra, scherte sich einen megalaktischen Dreck um diese schuppigen kleinen Kreaturen, die sie nun zu verteidigen hatte. Verteidigen! Sie konnte diese unheimlichen, kriechenden Dinger selbst nicht ausstehen. Warum sollte sie sie verteidigen wollen!

Mit unfreundlichen Gedanken an den Mann, der sie zu dieser Aufgabe abkommandiert hatte, zog sie von ihrem Gürtel das Computerkontaktgerät ab, das ihr eine direkte Verbindung zu Martha, ihrem persönlichen Mock-II-Computer, verschaffte. »Du kennst die Daten, Martha – jetzt brechen sie gerade die Türen auf. Wie hoch sind die Chancen, daß sie sich die Boskrats schnappen und davonlaufen?«

»Etwa sechzig zu eins«, ertönte Marthas sehr feminine Stimme durch die kleine, handliche Verbindungseinheit.

»Wenn die Streßklinik nicht gerade geschlossen wäre, dann . . .«

Mit einem sprichwörtlichen Knurren schaltete Tedra sie aus und befestigte die Kontakteinheit wieder an ihrem Gürtel. »Megalaktischer Sex«, fluchte sie leise vor sich hin. »Wann ist er eigentlich zum Wichtigsten im Leben geworden, zum Allheilmittel, zu diesem ich-muß-ihn-unbedingt-haben-sonst-breche-ich-zusammen – oder werde gewalttätig?

»Haben Sie etwas gesagt, Sec 1?«

Tedra wandte sich nach dem Jungen um; er war wirklich nur ein Junge, kaum älter als achtzehn. Sicher, mit achtzehn war sie bereits die Beste ihrer Ausbildungsklasse gewesen, hatte schon ein Jahr aktiv gearbeitet und gleichzeitig ihr Training fortgesetzt, war auf ihrem Gebiet eigentlich schon so gut wie unschlagbar gewesen. Das war nun fünf Jahre her. Vor vier Jahren hatte sie ihren jetzigen Rang erreicht. Sec 1, die höchste Position für einen Waffen- und Nahkampfexperten. Der junge Mann, der sie eben angesprochen hatte, wirkte noch nicht einmal wie ein Sec 5, die niedrigste Rangstufe, und trotzdem war er ihr zugeteilt worden. Die sollten diese Jungen nicht in den aktiven Dienst nehmen, bis sie mit ihrer Ausbildung fertig waren. Aber wie sollte man das der Verwaltung angesichts dieser Knappheit an Security-Leuten klarmachen? Zu viele der neuen Studenten strebten eine erfüllendere und weniger gefährliche Karriere an, vor allem auf einem Planeten, der keinen Krieg führte und zu der Planetenliga gehörte, die sich dem Frieden und dem profitablen Handel verschrieben hatte.

»Nein, ich habe nichts zu Ihnen gesagt, Sec 5, aber das werde ich jetzt tun. Wir werden den Bürgern das überlassen, was sie haben wollen, weil ich nämlich nicht einsehe, warum wir für ein Gebäude und einen Haufen stinkender, häßlicher Boskrats unser Leben aufs Spiel setzen sollten. Gehen Sie der Meute aus dem Weg, und hoffen Sie darauf, daß sie sich mit den Boskrats zufriedengibt. Sollten die Leute aber auf Sie zukommen, dann schießen Sie mit Ihrem Phazor, um sie zu paralysieren. Wenn auch das die Menge nicht abhält, rennen Sie los. Und geben Sie den Befehl weiter: nur paralysieren! Wenn auch nur ein einziger Bürger dabei ums Leben kommt, werdet ihr anderen Secs mir dafür Rechenschaft ablegen.«

Sie mußte nicht noch hinzufügen, daß, wenn es dazu kommen sollte, die Secs mit Freuden selbst sterben würden. Denn mit einem Sec 1 war nicht zu spaßen. Dem jungen Sec war klar, welche Konsequenzen eine Zuwiderhandlung nach sich ziehen würde – als Putzlumpen über den Boden geschleift zu werden, war noch die kleinste Strafe.

Unter der Menschenmenge, die nun durch die letzte Tür in das große, gewölbte Laboratorium eindrang, befanden sich unglückseligerweise nur sehr wenige Ökologiestudenten. Es waren vor allem alleinstehende Bürger, denen ihre Wochenration an Sextherapie verweigert worden war – arme Dinger –, und sie hatten absolut kein Interesse an den megalaktischen Boskrats, sondern wollten sich lediglich von ihren Spannungen befreien, und zwar auf die ganz altmodische Tour – mit einer guten Prise an Gewalt. Schnurstracks gingen sie auf die Ausrüstung und die Secs los, zertrümmerten und attackierten, was ihnen in die Hände kam. Bei diesem Ansturm war das ganze Paralysieren sinnlos.

Tedra De Arr war die nächste halbe Stunde ebenfalls mit Zertrümmern beschäftigt, und zwar von Knochen und Nasenbeinen. Die hiesigen Meditechs würden für den Rest des Nachmittags beschäftigt sein, aber wenigstens wurde niemand ernsthaft verletzt. Sie kochte immer noch vor Wut. Es gefiel ihr durchaus nicht, Knochen zu brechen und sich die Schmerzensschreie der Menschen anzuhören, vor allem nicht für diese megalaktischen Boskrats. Wenigstens ließen die Frauen dieser aufgebrachten Horde ihre Wut lediglich am Mobiliar aus, denn die Schreie von Frauen konnte Tedra noch weniger ertragen, zumal ihre Laune schon mehr als mies war.

Aber dennoch war und blieb es ein Fiasko und eine Verschwendung ihres Talents, und als sie später in die ihr für diesen kurzen Aufenthalt zugeteilte Unterkunft zurückkehrte, war sie immer noch wütend. Dieser Junge, den sie da kennengelernt hatte, war tatsächlich völlig fehl am Platz gewesen. Er hatte sich mit seiner Phazor-Einheit selbst in den Fuß geschossen! Was würde sie jetzt nicht dafür geben, den Ausbilder zwischen die Finger zu bekommen! Er würde es sich anschließend zweimal überlegen, ob er seine Studenten noch einmal vorzeitig in die Schlacht schicken würde!

Sie ging auf die Tür zu, schlug mit der Hand, ohne ihren Schritt zu verlangsamen, gegen die Identisicherung – und prallte mit voller Wucht gegen die unbewegte Tür. Fluchend rieb sie sich ihren schmerzenden Kopf und legte dann die Hand erneut auf die Sicherung, diesmal allerdings die vorgeschriebenen zwei Sekunden lang, die für die Identifizierung notwendig waren. Finsteren Blickes beobachtete sie, wie die Tür lautlos aufglitt. Sie war noch nicht wieder besänftigt, ganz und gar nicht. Wenn Garr Ce Bernn das nächste Mal auf die Idee kommen sollte, daß sie dankbar dafür wäre, die zusätzlichen Umtauschgutscheine, die ein von außerhalb kommender Auftrag einbrachte, zu verdienen, dann würde sie ihm sagen, was er mit seinen verdammten Gutscheinen anfangen sollte – und sie scherte sich den Teufel darum, ob er der Boß des ganzen Planeten war oder nicht!

Sie war eine Sec 1, und der Job eines Sec 1 war es, die Führer des Planeten zu schützen und zu verteidigen, nicht aber, an irgendeine dämliche Abteilung ausgeliehen zu werden. Ihr Job war der höchstbezahlte in ihrem Gebiet, zugeteilt vom Regierungsgebäude und dem Direktor persönlich. Aber um ihm gerecht zu werden: Er wußte, daß sie sich gerade erst ein Haus in einem der Vororte außerhalb der Stadt gekauft hatte, und dachte vielleicht, sie könne eine zusätzliche Finanzspritze ganz gut gebrauchen. Sicher glaubte er, ihr einen Gefallen getan zu haben. Wenn sie sich wieder beruhigt hätte, würde sie die Sache möglicherweise von diesem Standpunkt aus sehen können und ihm vielleicht sogar, wenn sie wieder in Gallion City zurück war, dankbar sein – aber erst mal mußte sie sich beruhigen.

Entschlossen ging sie auf die Hygienewand in der Ecke des Ein-Zimmer-Raumes zu, preßte den Wandaktivator, und während die Wände herunterglitten und einen fünf Quadratmeter großen Raum um sie bildeten, zog sie sich langsam aus. Als sich der neue Raum im Raum mit einem leisen Klicken um sie schloß, gingen automatisch die Lichter an. Die Toilette glitt hervor, ein Haar- und Augenwechsler und ein Regal voll mit Cremes und Parfüms sowie ein paar männlichen Duftwässern, die noch vom letzten Bewohner übrig waren. Alles, was sie jedoch interessierte, war ein Bad.

Sie stieg aus ihrer einteiligen Uniform, die aus Allwetter-Solarstoff gefertigt und im üblichen Silbergrau, das ihren Rang anzeigte, gehalten war. Der nackte Körper in der Spiegelwand zu ihrer Linken war langbeinig, muskulös, in ausgezeichneter Kondition. Ihre körperliche Stärke verriet sich nicht durch Muskelpakete, niemand konnte ahnen, welche Kraft unter diesen weiblich geschwungenen Formen lauerte. Es war ein Körper, den fünfzehn Jahre intensiver Ausbildung zu einer Kampfmaschine verwandelt hatten. Sie bedauerte immer noch die drei Jahre, die sie als Studentin der Weltentdeckung, ihrer zweiten Berufswahl, vergeudet hatte, bis dann ihre Größe und Körperstärke offensichtlich wurden und man ihr gestattete, ihrer ersten Wahl nachzugehen.

Ein zufälliger Blick in die Spiegelwand riß sie aus ihren Gedanken; zwischen ihren zart geschwungenen Brauen stand immer noch eine Unmutsfalte. Sie brauchte etwas, um ihre Spannung abzubauen, und ein Bad würde dafür nicht ausreichen. Was sie brauchte, war ihr Massiergerät, aber da die Maschinen rar waren und nur von wenigen Kystranbewohnern benutzt wurden, gehörten sie nicht zur Standardausrüstung in den temporären Unterkünften. Doch abgesehen davon war das Appartement mit allen Annehmlichkeiten, die sie auch zu Hause hatte, ausgerüstet.

Sie wußte, welchen Rat Martha ihr in dieser Situation erteilen würde, und sie war froh, daß Fanyas Streßklinik gerade geschlossen war, denn zum erstenmal wäre sie wirklich versucht gewesen, dorthin zu gehen. Die Entspannung würde dieselbe sein, nur die Methode eine andere; sie würde ein Körperempfinden kennenlernen, das sie noch nie erfahren hatte – wenn auch nicht aus Mangel an Gelegenheiten. Trotz ihrer Größe fühlten sich Männer von ihr angezogen, und nur ihr Rang als Sec 1 hielt sie davon ab, Tedra mit Aufdringlichkeiten zu verfolgen. Sie fragte sich oft, um wieviel schlimmer es erst sein würde, wenn sie kleiner wäre. Sie war knapp drei Zentimeter größer als die männliche Durchschnittsgröße von ein Meter dreiundsiebzig. Ein Meter achtzig große Männer waren eine Seltenheit; diese arbeiteten alle bei der Security – eigentlich sehr praktisch, doch leider interessierten sie diese Männer nicht im geringsten.

Irgendwann würde ihr einmal ein Mann über den Weg laufen, aus dem sie nicht sofort Hackfleisch machen könnte, und dann würde sie froh sein, daß ihr Körper geschmeidig und wohlproportioniert und ihre Taille schmaler als die der meisten Frauen war, daß ihre Brüste voll und fest und ihre Hüften weich geschwungen und nicht knochig oder vorstehend waren. Ihre pfirsichgoldene Haut, die großen mandelförmigen Augen, die gerade Nase und der weiche Korallenmund waren auch nicht zu verachten. Das strenge Braun ihrer Haare und Augen war nicht ihre natürliche Farbe; sie hatte sie nur für den heutigen Einsatz gewählt, doch auch dieses düster grimmige Braun vermochte nicht von ihrem reizvollen Äußeren abzulenken. Tedra hatte an ihrem Aussehen nichts auszusetzen. Aus Mangel an entsprechender Erfahrung wußte sie ihre körperlichen Vorzüge allerdings gar nicht richtig zu schätzen, außer natürlich ihre Größe, die ihr letztlich zu einer Karriere bei der Security verholfen hatte.

Sie ließ ihre Uniform achtlos am Boden liegen; sobald die Wände sich wieder öffneten, würde der Roboputzer ausschwirren, um Ordnung zu schaffen. Tedra war nicht etwa schlampig, nur war sie zeit ihres Lebens von Roboputzern umgeben gewesen, und die konnten einen Menschen ganz schrecklich verderben, weil sie alles blitzblank putzten und aufräumten. Der Roboter ging ihr bis zur Hüfte; er bewegte sich auf lautlosen Rollen vorwärts und wirkte dadurch niemals störend, meist nahm sie ihn nicht einmal wahr, wenn er eifrig um sie herum arbeitete. Ihre eigene Haushalts-Einheit war nicht nur zum Ordnungschaffen programmiert, sondern auch darauf, ihr die Mahlzeiten ans Bett zu bringen, wenn sie zu faul oder zu müde war, um aufzustehen und selbst die Knöpfe an ihrem Nahrungsmittelversorger zu drücken. Zum Teufel, das megalaktische Ding würde ihr sogar die Zähne putzen, wenn sie es nur zuließe!

Das Solarstrahlbadezimmer war dreißig Zentimeter kleiner als die Einheit, die sie zu Hause hatte, der Durchmesser der röhrenförmigen Bade-Einheit betrug etwa einen halben Meter, gerade noch ausreichend für jemanden ihrer Größe. Sobald sie mit beiden Füßen auf dem Boden der Einheit stand, schloß sich die geschwungene Tür leise, und der hohe Zylinder füllte sich mit rotem Licht, das ihre Haut geheimnisvoll verdunkelte. Nach drei Sekunden schaltete sich das Licht automatisch aus, und gleich einer stummen Aufforderung, hinauszutreten, öffnete sich die Tür. Von Kopf bis Fuß vor Sauberkeit blitzend, verließ sie die Einheit. Selbst das dumpfe Braun ihrer Haare hatte einen weichen Schimmer erhalten. Sie hatte keine Ahnung, wie das Solarbad funktionierte; es war vor etwa fünfzig Jahren, in der Zeit der großen Wasserknappheit, in Gebrauch gekommen, und da es sich als zeitsparend und effizient erwiesen hatte, wurde es auch weiterhin beibehalten. Ihre Bade-Einheit zu Hause, ein neueres Modell, hatte den Vorteil, daß sie mit dem Solarstoff ihrer Uniformen kompatibel war und diese deshalb gleich mitreinigen konnte; ihre Uniformen waren dünn und bequem genug, um darin zu schlafen, und so sparte sie sich eine Menge Zeit, da sie sich nur mehr umziehen mußte, wenn sie privat irgendwohin ging. Nur wenige Bürger konnten sich noch daran erinnern, wie es ohne die Solarbäder gewesen war.

Ihr Dienst war nun beendet, und so konnte sie den Zweiteiler anziehen, eine Hose und ein westenartiges Oberteil, die sie als einzige Kleidungsstücke für ihren kurzen Einsatz in Fanya mitgenommen hatte. Ihr Lieblingsparfüm war erst letzte Woche aufgetragen worden und mußte deshalb nicht aufgefrischt werden. Und ihr dezentes Augen-Make-up, ein dünner schwarzer Lidstrich, der ihre Wimpern betonte, sowie der Hauch von Rouge, waren permanent. Da ihr Job nun beendet war, konnte sie endlich diese unsägliche Haarfarbe wieder auswechseln; sie wählte ein schillerndes Zitronengelb, das förmlich nach dem braunen Lidschatten schrie. Als Frisur für ihr langes Haar hielt sie die für die Arbeit vorgeschriebene straffe Rolle bei, kämmte nur kurz mit dem Styler die Ponys aus der Stirn, und dann war sie fertig zur Abreise. Die ganze Prozedur hatte nur knapp fünf Minuten gedauert.

Kaum hatten sich die Wände geöffnet, um wieder in den Ritzen zu versinken, kam auch schon der Roboputzer auf sie zugerollt. »Pack meine Sachen, alter Knabe!« befahl sie ihm. Sie hatte sich gar nicht erst die Mühe gemacht, einen Namen für den Roboter zu finden, da sonst womöglich ihr eigenes Modell zu Hause eifersüchtig geworden wäre. Auch wenn ihr Heimroboter keine eigenständig denkende Maschine wie

Martha war, so wollte sie doch nichts riskieren, das ihren perfekt funktionierenden Haushalt beeinträchtigen konnte.

Während ihre persönlichen Gegenstände eingesammelt und gepackt wurden, wandte sie sich dem audiovisuellen Schaltpult zu, um ihren Boß schon einmal vorab über das Mißlingen ihrer Mission zu informieren. Bis die Ökologiestudenten sich endlich durch die Menge gekämpft hatten, um ihre schuppigen Freunde zu befreien, war bereits jedes einzelne dieser netten Tierchen aus dem Labor entwischt. Aber eigentlich hatte sie ihren Auftrag doch erfüllt. Das Gebäude stand noch, keiner war ums Leben gekommen, und im Labor waren nur einige geringfügige Schäden angerichtet worden. Kein Mensch hatte ihr gesagt, sie solle die Boskrats davon abhalten, das Gelände zu verlassen.

Sie ließ sich in den Assimiliersessel vor dem Schaltpult fallen, der sich sofort ihren Konturen und ihrer Größe anpaßte, und wollte gerade den Langwellenkanal für die direkte Schaltung nach Gallion City aktivieren, als plötzlich der etwa ein Quadratmeter große Bildschirm vor ihr aufblitzte und ein Mann darauf erschien, der ihr vage bekannt vorkam. Ihr Arm blieb in der Bewegung erstarrt, und sie lehnte sich erschrokken zurück. Wieso ging der Bildschirm an, ohne daß sie den Befehl ›Antworte‹ gerufen hatte? Auch das Schaltpult hatte nicht geläutet, um ihr anzuzeigen, daß ein Gespräch auf sie wartete. Ohne Genehmigung tauchten die Leute nicht einfach auf dem audiovisuellen Bildschirm auf, da die Sicht beidseitig war, und ein unerlaubtes Zuschalten die Privatsphäre des anderen empfindlich stören würde. Und da war nun plötzlich dieser Mann und sah sie an! Er saß hinter einem Schreibtisch in einem Büro, das sie *tatsächlich* wiedererkannte: Es war das Büro des Direktors von Kystran, doch der Mann war ganz sicher nicht Garr Ce Bernn.

Noch bevor er zum Sprechen ansetzte, dämmerte ihr, daß er sie gar nicht sehen konnte, da sie nämlich gerade das sah, was viele andere Menschen im gleichen Moment ebenfalls sahen – eine multiple Übertragung. Sie wußte, daß es so etwas gab, daß eine Nachricht über jede einzelne audiovisuelle Einheit planetenweit simultan übertragen werden konnte, nur war dies noch nie geschehen, und so konnte man ihr den anfänglichen Schrecken nicht vorwerfen. Als er jedoch zu sprechen begann, kehrte der Schrecken wieder.

»Seien Sie gegrüßt, Bürger!« Seine Stimme war klangvoll. Er sah aus wie ein glücklicher Mann, und das war er sicher auch, wenn man seinen Nachrichten Glauben schenken wollte. »Einige unter Ihnen erinnern sich vielleicht noch an mich aus der Zeit vor fünf Jahren, als ich mich, im Jahre 2134 n. K. für das Amt des Direktors aufstellen ließ.«

Jetzt wußte sie, wo sie ihn schon einmal gesehen hatte, mit seinem braunen Haar, das einen noch stumpferen Ton aufwies, als es das ihre gehabt hatte, und seinen grauen Augen, die wie geschliffener Stahl schimmerten. Der Wettbewerb um den Posten des Direktors hatte noch vor ihrem Eintritt in das Regierungsgebäude, als sie noch eine Sec 2 war, stattgefunden, aber sie erinnerte sich noch daran, wie aufgebracht die Bürger über die hinterhältige Taktik dieses Mannes gewesen waren. Er hatte versucht, Stimmen vom Rat der Neun zu kaufen, von jenen Leuten also, die nur alle zehn Jahre, während der Wahlperiode, allmächtig waren, da es ihre Aufgabe war, die Sache zu entscheiden. Die restliche Zeit über fungierten sie lediglich als Berater.

»Ob Sie sich nun an mich erinnern oder nicht, ist unwichtig«, fuhr er fort, als habe er Tedras Gedanken gelesen. »Wichtig ist nur: Ich bin Crad Ce Moerr, Ihr neuer Direktor . . .«

»Was zum Teufel erzählst du da!« brüllte sie. Beinahe hätte sie den Rest verpaßt, da er einfach weitersprach und ihr keine Zeit ließ, ihre Wut auszutoben.

». . . kraft der Gewalt. Ich habe an diesem Tag die Kontrolle über das Regierungsgebäude übernommen und beabsichtige nicht, diese wieder abzugeben. Die Übernahme verlief ruhig, mit einem Minimum an Verlusten. Es wird Sie erleichtern zu hören, daß Ihrem früheren Direktor kein Leid zugefügt wird, solange keine Versuche unternommen werden, ihn aus dem Regierungsgebäude zu entfernen. Als meine Geisel für Ihr gutes Benehmen während der Machtübergabe wie auch in den kommenden Jahren wird er alle Bequemlichkeiten in Anspruch nehmen dürfen. Ihre Laufbahn und Ihr Leben, gute Bürger, wird weitergehen wie bisher, und das gilt auch für die Security. Der einzige Unterschied wird sein, daß Sie einen neuen Direktor haben, der Sie zu Frieden und Wohlstand führen wird, ein neuer Direktor, den Sie beschützen und verehren können. Mich, Crad Ce Moerr.«

Der Bildschirm wurde dunkel. Tedras Gedanken explodierten zu einem Wirrwarr von Wut und Ungläubigkeit. Es mußte ein Witz sein, ein ziemlich schlechter noch dazu. Doch da war dieses Wort ›verehren‹, das Zweifel in ihr weckte und sich um ihren Magen knotete. Verehrung fordern? Wie gräßlich autokratisch! Garr Ce Bernn *wurde* geliebt und verehrt. Er mußte es nicht fordern. Kraft der Gewalt? Security gegen Security? Nein! Unmöglich! Aber wie sonst? Wenn es stimmte . . .

Sie schnippte den Langwellenkanal ein und peilte das Regierungsgebäude direkt an. Ihre Finger bohrten sich in die Sessellehnen, während sie darauf wartete, daß der Bildschirm wieder aufblitzte. Die Security des Regierungsgebäudes war die beste überhaupt. Wie konnte sie geschlagen werden? Bestechung? Schmiergelder? Könnte sie sich so in den Männern, mit denen sie zusammengearbeitet hatte und die sie in- und auswendig zu kennen glaubte, getäuscht haben? Verflucht, verflucht, warum war sie nicht dort gewesen! Sie hätte etwas tun können, irgend etwas bewirken! Der Bildschirm blieb leer, gab keine Antwort.

Sofort versuchte sie eine andere Schaltung, da der Kanal noch offen war. Auf das zweite Klingelzeichen hin flimmerte auf dem Bildschirm das Gesicht eines ihrer engsten Freunde auf, Rourk Ce Dell, Chef der Altertümer-Halle.

»Den Sternen des Himmels sei Dank, Tedra! Wir hatten solche Angst, daß sie –« Er brach ab, fuhr mit der Hand über seine blauen Augen, als sei er extrem erschöpft – oder erleichtert. Ihr Herzschlag hatte sich wieder beschleunigt. Nach diesen Worten war sie auf das Schlimmste gefaßt. »Paß jetzt gut auf, Baby, und unterbrich mich nicht. Wenn du gesehen hast, was wir alle gesehen haben, so sei versichert, daß es wahr ist. Wenigstens die Tatsache, daß sie das dicht abgeschirmte Regierungsgebäude eingenommen haben. Und der Direktor war noch am Leben, wie wir zuletzt gehört haben. Aber der Rest – nichts als Lüge. Du wirst nicht glauben, was wir gehört haben ... der megalaktische Schleimer gibt seine Weisungen nach rechts und links ... so viele Veränderungen, und er entkommt damit.«

»Sag mir nur *wie*, Rourk!«

»Das werde ich, sobald du hier bist ...«

»Rourk!«

»Dafür ist jetzt keine *Zeit*, Tedra!« Aus seiner Stimme sprach dieselbe Enttäuschung und Angst, die auch sie fühlte. »Ich muß die Verbindung für Slaker freihalten. Er vollbringt wahre Wunder im Computerlabor. Als ich dich nicht erreichen konnte, nutzte ich deinen Aufenthalt in Fanya dahingehend aus, daß ich dich von Slaker als tot habe eintragen lassen, und zwar von gestern an. Es dürfte also kein Verdacht aufkommen. Wir haben auch neue Daten für dich erarbeitet, aber jetzt gibt es Schwierigkeiten mit dem Dokumente-Computer, als hätten sie bereits herausgefunden, daß hier Unterlagen frisiert werden und eine Sperre auf die Akten gelegt. Aber Slaker arbeitet daran, und du weißt, wie gut er ist.«

»Ja, ich ...«

»Komm zurück, so schnell du kannst Tedra, und komm direkt zu mir! Denk nicht einmal daran, in die Nähe des Regierungsgebäudes oder des Security-Komplexes oder deines neuen Appartements zu gehen! Sprich mit niemandem und versuch, dir keine Sorgen zu machen. Slaker und ich werden dich schon irgendwie vom Planeten fortbringen.«

»Vom Planeten?« fragte sie mit leiser, ungläubiger Stimme. »Ich soll den Planeten verlassen?«

»Entweder das, oder dir droht Schlimmeres, Baby. Crad Ce Moerr muß seine Söldner mit irgend etwas bezahlen. Jede weibliche Sec, die sie in die Hände bekommen, ist die erste Anzahlung.«

Tedra erbleichte, brachte aber noch hervor: »Söldner, nicht Security? Wer?«

»Die Sha-Ka'ari.«

Aber die Sha-Ka'ari sind doch Schwertführer, war ihr letzter Gedanke, als der Bildschirm sich wieder verdunkelte.

2.

In ihrem viersitzigen Aircruiser brauchte Tedra für die Heimreise nach Gallion weniger als zwanzig Minuten. Dafür mußte sie dann mehrere Stunden nach einem Parkplatz suchen, da sich Rourks Appartement mitten im Zentrum Gallions befand und es so gut wie unmöglich war, dort einen Platz für einen Cruiser zu bekommen. Sie wünschte sich, in die Vororte abschwirren zu können, um den Cruiser gegen ihre viel kleinere Fleetwing II auszutauschen, die sie normalerweise für ihre Stadtbesuche benutzte, aber nach Rourks Warnungen wäre sie verrückt, das Wagnis auf sich zu nehmen. Noch immer wußte sie nicht, was zum Teufel im Regierungsgebäude geschehen war, und solange sie das nicht wußte, würde sie Rourks Anweisungen bis ins letzte befolgen.

Schließlich startete drei Blocks weiter ein anderer Cruiser von einem Dach, und noch ehe die Fleetwings sich auf den freigewordenen Parkplatz stürzen konnten, hatte sie ihre Maschine schon zur Landung angesetzt. Wahrscheinlich war der Verkehrsstau auch eine Folge von Crad Ce Moerrs Ansage. Tedra war sicherlich nicht die einzige, die herausfinden wollte, was es mit der Sache auf sich hatte.

Je länger Tedra über die Geschehnisse nachdachte, desto absurder schienen sie ihr. Sie wußte nur wenig über die Sha-Ka'ari, doch in den Computern mußten Tonnen an Informationen über sie gespeichert sein, da Kystran mit Sha-Ka'ar in Handelsbeziehungen stand, seitdem der kleine Planet vor nicht allzu vielen Jahren erstmals im nördlichen Abschnitt des Canture-Sternsystems entdeckt worden war. Ihr war lediglich bekannt, daß die Sha-Ka'ari angeblich Riesen sein sollten, die noch an vielen ihrer alten Bräuche und Sitten festhielten, wie beispielsweise an der Sklaverei und an der Kriegsführung auf dem eigenen Planeten. Dennoch übernahmen sie gerne die technologischen Errungenschaften anderer Welten und hatten mittlerweile dadurch ihre Lebensbedingungen beträchtlich verbessert. Trotzdem waren sie, wie es hieß, immer noch Sklavenhalter und mit dem Schwert kämpfende Krieger, eine Tatsache, die absolut keinen Sinn ergab – es sei denn, Ce Moerr hatte sie für die Übernahme trainiert und mit modernen Waffen ausgerüstet.

Just in dem Moment, als ihr diese Möglichkeit als die einzig vernünftige Lösung durch den Kopf schoß, erblickte sie erstmals zwei jener besagten Teufel, um deren Gürtel keine Lazorwaffen, sondern Schwerter geschnallt waren. Sie fuhren auf dem Straßengleiter, der die Fußgänger dreimal schneller als zu Fuß zu ihren Zielorten brachte. Tedra zog es allerdings vor, selbst zu laufen, da sie sich von den überfüllten Gleitern fernhalten wollte, und seien es auch nur ein paar Meter. Rourks Warnung, mit niemandem zu sprechen, war ihr immer noch gegenwärtig.

Allein der Anblick der beiden, die schon durch ihre Größe unübersehbar waren, ließ ihr Adrenalin in die Höhe schnellen. Sie wurden zwar gemeinhin als Riesen bezeichnet, waren aber noch größer, als sie es sich vorgestellt hatte. Die kystranischen Männer erreichten ebenfalls eine passable Größe, zumindest einige unter ihnen, aber keine Muskeln. Die beiden Sha-Ka'ari-Krieger wirkten im Vergleich zu den einheimischen Männern gigantisch, obwohl der eine kaum größer als einsachtzig sein konnte und sein Gefährte ihn auch nur um etwa zehn Zentimeter überragte. Und die beiden waren derart muskulös, daß man den Verstand darüber verlieren könnte. Himmlische Sterne! Waren die etwa alle so?

Aber sie trugen Schwerter. Es ergab einfach keinen Sinn. Gegen einen Phazor waren sie so gut wie unbewaffnet. Tedras eigene Waffen befanden sich in ihrem Allesträger, doch wenn es sein müßte, könnte sie sie blitzschnell hervorholen. Sie war nicht umsonst eine Sec 1. Abgesehen von ihrem Security-Training, bildete sie sich seit Jahren selbst in den eher tödlichen Nahkampftechniken aus, für die sie keine Waffen benötigte. Rourk, der ja in der Altertümer-Halle arbeitete, versorgte sie mit all den Videos, die sie brauchte. Er war es auch, der ihr Interesse an allgemeiner alter Geschichte, ihrer zweiten Passion nach ihrem Job, geweckt hatte.

Daß die Begegnung mit den beiden Kriegern nicht so ohne weiteres ablaufen würde, hatte ihr schon zuvor ihr Adrenalinspiegel angezeigt. Und tatsächlich stiegen sie nun von dem Gleiter ab und stellten sich ihr direkt in den Weg. Wahrscheinlich hatte ihre Größe ihre Aufmerksamkeit erregt. Groß und breit wie sie waren, gab es keine Möglichkeit, an ihnen vorbeizukommen, es sei denn, sie würde auf den Gleiter springen. Aber sie hatten sich sicher nicht umsonst vor ihr aufgebaut. Und auf den Gleitern verfolgt zu werden, war nicht gerade das, was sie unter Spaß verstand.

Sie grinsten sie an, als sei sie etwas, das sie verloren und nun unverhofft wiedergefunden hätten. Dann begannen sie, sich in irgendeinem Kauderwelsch, vermutlich in Sha-Ka'ari, zu unterhalten – eine grobe Unhöflichkeit, wenn man in Betracht zog, daß sie sicher nicht zur Invasion des Planeten aufgebrochen waren, ohne zuvor auf einigen Kystrani-Sublimierern geschlafen zu haben, um sich die Sprache des anvisierten Planeten anzueignen. Und selbst wenn sie unvorbereitet gekommen wären, hätten sie sich die Kystrani-Sprache gleich in ihrer ersten Nacht, während sie schliefen, einverleiben können. Sie schliefen doch sicherlich, oder etwa nicht? Die meisten Humanoiden benötigten täglich wenigstens ein paar Stunden Schlaf, und die beiden waren unbestreitbar Humanoide – und verdammt attraktive obendrein.

Sie trugen Uniformen, die denen der Security ähnelten, langärmelige, langbeinige Einteiler aus einem dunkelblauen Material, das Tedra nicht kannte. Es war ziemlich dick, wohl um all die Muskeln zu bändigen, die aussahen, als könnten sie jeden Moment sämtliche Nähte sprengen. Die Schuhe waren aus Standardmaterial gefertigt, ebenso die Gürtel; nur waren die Gürtel lediglich dazu entworfen, *Schwerter* daran zu befestigen und nichts anderes.

Während sich die beiden unterhielten, schenkten sie ihr mindestens ebenso große Aufmerksamkeit wie sie ihnen. Langsam, aber sicher begann ihr nun allerdings das Kauderwelsch auf die Nerven zu gehen. Sie konnte jede Sprache sprechen, die zur Canture-Liga der konföderierten Planeten im Canture-Sternsystem gehörte, und zwar alle achtundsiebzig. Was die Bedeutsamkeit von Kystran anbelangte, so rangierte ihr Heimatplanet in der Liga an zwölfter Stelle; er war ein Hauptexporteur für Luxusgegenstände wie Solarstrahl-

Bäder, Haar- und Augenwechsler, Assimilierstühle und -betten, Luftdecken – kurzum, für all jene Kleinigkeiten, die das Leben angenehmer und einfacher machten. Deshalb kam auch ein nicht unbedeutender Anteil der Canture-Liga-Besucher nach Kystran. Aber Sha-Ka'ar war kein Mitglied der Liga. Es hatte nie einen Grund dafür gegeben, auf den Sublimierern dieses Planeten zu schlafen, selbst wenn diese in Kystran erhältlich waren.

Sie wollte gerade eine Bemerkung über das ungehobelte Benehmen der beiden vom Stapel lassen, als plötzlich der größere zu sprechen anfing. Sein Kystrani war sehr langsam und präzise, als traue er dieser neuen Sprache in seinem Kopf noch nicht ganz, was eigentlich absolut lächerlich war. Die meisten Völker der technologisch unterentwickelteren Welten wollten einfach nicht wahrhaben, daß man eine völlig neue Sprache innerhalb weniger Stunden erlernen konnte, um so mehr, da man dabei nicht einmal wach sein und zuhören mußte. Zu Anfang waren die Leute immer skeptisch, konnten es nicht fassen, daß die in ihrem Unterbewußtsein angelegten neuen Worte in Übereinstimmung mit ihren bewußten Gedanken herausströmten. Bis sie dann in der neuen Sprache auch denken konnten, dauerte für gewöhnlich eine Weile länger.

»Sie sind eine Security, nicht wahr, Frau?«

Sterne! War es die Art, wie sie dastand, bereit, sie bei der kleinsten falschen Bewegung niederzuwerfen? Oder war es ihre Größe? Natürlich konnten sie nur raten. Sie mußte sie einfach auf eine andere Fährte locken.

»Security? Ich? Das soll wohl ein Scherz sein, ihr Süßen! Sehe ich wirklich wie eine Security aus?«

Sie breitete die Arme nach beiden Seiten, wobei sich der untere Teil ihrer Weste öffnete und ihre nackte Taille entblößte. Wie sie gehofft hatte, wanderten beide Augenpaare zu eben dieser Stelle, und der Gedanke an Security schien fürs erste aus den Köpfen der Männer verbannt zu sein.

»Ich bin Programmiererin in der Exportbranche«, fuhr sie fort, um auch noch die letzten Zweifel zu beseitigen. »Ich bin vor drei Jahren hierher versetzt worden, aber ich habe mich immer noch nicht an das Leben in der Stadt gewöhnt. Sterne, dieser Komfort überall! Treibt Schindluder mit dem Körper, falls Sie verstehen, was ich meine. Ich muß in meiner Freizeit raus aus der Stadt und Sport treiben, sonst würde ich verrückt.«

»Freizeit bedeutet arbeitsfreie Tage«, erklärte der eine Krieger dem anderen.

Das stimmte nicht ganz. In einer neuen Sprache gab es immer ein paar Wörter oder Ausdrücke, die keinen Sinn ergaben, wenn es dazu kein Pendant in der eigenen Welt gab. Wenn man eine neue Sprache über einen längeren Zeitraum sprechen mußte, war es immer ratsam, sich den einen oder anderen Ausdruck erklären zu lassen.

»Sie sind Besucher in unserer schönen Stadt, nicht wahr?«

Es war nur logisch, an dieser Stelle diese Bemerkung zu machen, denn Ce Moerr hatte in seiner Übertragung nichts über die Sha-Ka'ari verlauten lassen, und deshalb konnte auch der Normalbürger nicht wissen, daß diese Krieger für die Übernahme mitverantwortlich waren. Außerdem hatten sie sicher Weisung erhalten, die Bürger nicht mit Informationen über den Zweck ihres Aufenthaltes zu beunruhigen. Nur ein Sec würde versuchen, die beiden auszuhorchen, und sie wollte ja keineswegs als eine Sec entlarvt werden.

Der größere Krieger trat einen Schritt auf sie zu, so daß sie sich gezwungen sah, den Kopf in den Nacken zu legen, um den Augenkontakt beizubehalten. Eine ziemlich fremdartige Erfahrung und, offen gesagt, auch ein wenig einschüchternd. Sie hatte ihre Fähigkeiten noch nie an jemand so Großem erproben müssen. Natürlich spielte die Größe für die meisten ihrer Kampfgriffe keine Rolle, aber es bestand dennoch eine winzige Möglichkeit, daß der Größere die Oberhand gewann. Wenn ihre Hände und Füße nicht genügend Raum hatten, konnte körperliche Stärke tatsächlich gefährlich werden. Eigentlich durfte sie einen Gegner nicht so nahe an sich heranlassen, doch ein Zurückweichen würde sie vor den beiden vielleicht wieder verdächtig machen.

»Wir sind erfreut, daß Ihre Zeit frei ist, Frau. Unsere Zeit ist ebenfalls frei, deshalb werden Sie Ihre Zeit mit uns verbringen.«

Nicht ›Wollen Sie vielleicht‹ oder ›Wie wäre es‹, sondern ›Sie werden‹. Sie hatte soeben etwas Neues über die Sha-Ka'ari gelernt. Ihre Arroganz war unglaublich. Aber sie hatte offenbar ihre Rolle als unbedarftes Dummchen, von dem keine Gefahr zu erwarten war, ganz gut gespielt. Doch da schlüpfte plötzlich die Hand des Größeren von unten in ihre Weste und preßte sich flach gegen ihre Taille, eine Hand, groß und breit, die sie absolut nicht im Zweifel ließ, auf welche Weise die beiden Krieger mit ihr die Zeit zu verbringen gedachten.

Wenigstens konnte sie nun unauffällig einen Schritt zurücktreten, um Entrüstung vorzutäuschen. »Unsere Zeit zusammen verbringen? In einem Dreier? Wofür halten Sie mich, für eine Angestellte der Streßklinik?«

Er war unglaublich schnell, schnappte nach ihrem Handgelenk, noch ehe sie sich allzu weit entfernen konnte. Sie hätte sich mühelos innerhalb von zwei Sekunden befreien können, doch damit hätte sie auch ihre Tarnung aufgegeben.

»Gut, dann wählen Sie einen!«

Aha, sie waren also auch mit Vernunft ausgestattet – solange wenigstens einer bekam, was er wollte. Nun, das war in Ordnung, besser jedenfalls als der erste Vorschlag. Sie hatte bereits den Fehler begangen, zu freundlich zu sein, doch jetzt war es zu spät, ihr Verhalten zu ändern. Und die Hormone der beiden arbeiteten bereits auf Hochtouren; wenn sie den Blick ihrer Augen richtig deutete, würde eine Änderung ihres

Verhaltens sowieso nichts bewirken. Einen der Krieger hatte sie jetzt am Hals, und solange sie nicht wußte, wie das Spiel weiterging, würde sie auf Nummer Sicher gehen.

Lächelnd wandte sie sich jenem Krieger zu, der sie nur um ein paar Zentimeter überragte, da sie hoffte, mit ihm leichter als mit dem anderen fertig zu werden. »Bist du so gut, wie du aussiehst, Baby, oder muß ich mich das nächste Mal an deinen Freund halten?«

Sobald sie ihre Wahl getroffen hatte, wurde ihr Handgelenk losgelassen, doch dafür fühlte sich nun ihre ›Wahl‹ bemüßigt, sie mit einem Griff um ihre Taille an sich zu reißen. »Wenn du so gut bist, wie du aussiehst – Baby, wird keiner von uns enttäuscht sein.«

Da kommt die wahre Stimmung auf, dachte sie grimmig, sagte aber laut: »Worauf warten wir dann noch? Mein Appartement ist ganz in der Nähe.«

Er sagte in seinem Kauderwelsch etwas zu dem großen Rohling, woraufhin beide in Gelächter ausbrachen. Tedra vermutete, daß die beiden nach wie vor die Absicht hatten, sie zu teilen, da sie Tedra wohl als ihre persönliche Fundsache betrachteten – nur waren sie jetzt übereingekommen, sie getrennt voneinander zu genießen. Auch gut, darüber konnte sie sich später Gedanken machen. Der Größere sprang nun wieder auf den Gleiter, aber dafür verstärkte das im wahrsten Sinn des Wortes kleinere Übel seinen fleischigen Griff – und er hatte eine neue Idee ausgebrütet.

»Es wird – entspannter – sein, wenn wir auf mein Schiff gehen.«

Das könnte dir, verdammt noch mal, so passen, hätte sie beinahe geknurrt, da sie sich nur zu gut daran erinnerte, in welcher Währung die Sha-Ka'ari bezahlt wurden. Und sie fürchtete, daß die Bezahlung nicht zeitlich begrenzt war. Immerhin waren diese Leute Sklavenhalter.

Aber der laszive Blick, mit dem sie ihn bedachte, verriet

nichts von ihrer Wut. »Ihr müßt euch verlaufen haben, Herzchen. Der Raumflughafen liegt ganz am anderen Ende der Stadt. Willst du wirklich so lange warten?«

Als Antwort zerquetschte er ihr beinahe die Rippen. »Hinterher wirst du mitkommen und mein Schiff ansehen.«

»Wahrscheinlich bin ich dazu dann zu ausgelaugt«, erwiderte sie anzüglich, »aber wir werden sehen.«

Er war wohl zu dem Entschluß gekommen, sich fürs erste ihrem Vorschlag zu fügen, denn er nickte und ging in die Richtung, die sie ihm gezeigt hatte. Sie konnte wieder atmen – und überlegte nun, wie sie ihn am besten erledigen könnte. Einen einsachtzig großen, selbstherrlichen, arroganten, bewaffneten, *starken* Krieger. In diesem Falle war ihre Frimera-Technik wohl die sicherste Methode. Er würde sie nicht einmal kommen sehen.

Und so war es auch. Als sie Rourks Appartement erreichten und Tedra ihre Handfläche gegen die Identisicherung, die zum Glück ihre Fingerabdrücke gespeichert hatte, preßte, hatte sie einen Arm bereits um den Nacken des Kriegers geschlungen. Von da an war es nur noch eine Kleinigkeit, ihre Finger an die richtige Stelle zu plazieren und dabei den Druck zu verstärken, während er vom Öffnen der Tür abgelenkt war.

Nur ging er nicht gleich zu Boden. Er wandte sich sogar um und sah sie an, und für etwa vier Sekunden wurde ihr Körper kalt vor Angst. Doch dann sackte er langsam nach vorne und knallte schließlich auf den Boden. Es dauerte also bei jemandem seiner Größe nur etwas länger. Womöglich wegen dieser dicken Nackenmuskeln. Sterne, was für ein Schreck! Wenn auch nicht annähernd so schlimm wie der Schrecken, den sie dem armen Rourk einjagte, als sie, einen besinnungslosen Sha-Ka'ari-Krieger im Schlepptau, in seiner Tür erschien.

3.

»Was soll das heißen, du willst ihn nicht töten?« brüllte Rourk.

»Ich weiß nicht«, seufzte Tedra. »Er hat mir auf dem Weg hierher seinen Namen gesagt. Hätte er mir seinen Namen nicht gesagt . . .«

»Tedra!«

»Na ja, der Mann hatte seine Hände überall auf mir, und es hat mich eigentlich nicht gestört. Weißt du denn, wie lange ich auf so ein Erlebnis gewartet habe?«

Rourk starrte sie nur fassungslos an. Warum mußte es Tedra De Arr gerade jetzt einfallen, daß sie eine Frau war? Jahrelang hatte er versucht, sie mit dem einen oder anderen Mann zusammenzubringen, und alles, was sie jemals getan hatte, war es, diese Männer zum Kampf herauszufordern, sie zu *schlagen*, um sie dann hinterher niemals wieder zu erwähnen.

Er kannte ihr Problem. Sie waren seit fast fünf Jahren eng befreundet, und er wußte, wie schwierig es für sie war, einen geeigneten Mann zu finden. Nun, ehrlich gesagt, konnte er die Männer verstehen. Ihm würde es auch nicht gefallen, mit einer Frau doppelten Wohnraum zu teilen, die ihm körperlich überlegen war und ihn jederzeit niederschlagen konnte. Sex-Teiler kämpften gelegentlich. Das war unvermeidbar. Aber ein Mann würde sicherlich gerne auf das Wissen verzichten, daß er schwer verletzt oder gar tot aus dem Kampf hervorginge, wenn seine Partnerin einmal den Kopf verlor. Und Tedra machte dieses Wissen auch nicht gerade glücklich. Sie wartete auf den Mann, den sie nicht sofort niedermachen konnte. Und sie wartete schon eine sehr lange Zeit.

»Du hast doch nicht ernsthaft in Erwägung gezogen . . . mit dem Feind zu verkehren?«

Sie prustete verächtlich. »Ich habe ihn k. o. geschlagen, oder etwa nicht? Er hatte keine Chance.« Doch da waren diese vier Sekunden gewesen, in denen sie geglaubt hatte, die Frimera-Technik habe versagt. Und dann waren aus heiterem Himmel diese Gefühle über sie gekommen, als Kowan kurz vor Rourks Appartement plötzlich stehengeblieben war und sie geküßt hatte. Verfluchter Krieger! Wozu hatte er sie auch küssen müssen! »Ich habe einfach keine Lust, ihn zu töten, klar?« knurrte sie angriffslustig, noch völlig durcheinander von den ungewohnten Empfindungen.

»Ist ja gut«, beschwichtigte Rourk sie rasch. Er betrachtete nachdenklich den Krieger, den sie ins Zimmer gezogen und gegen einen Stuhl gelehnt hatten. »Es gibt selbstverständlich auch andere Möglichkeiten – Mittel, die ihn die letzten vierundzwanzig Stunden vollkommen vergessen lassen. Aber ich habe keinen Zugang . . .«

»Martha schon.«

Rourk wirbelte zu ihr herum, sein Gesicht hellte sich auf. »Genau, das ist richtig! Ich habe gar nicht daran gedacht, daß sie ein Mock II ist. Sterne, Tedra! Weißt du, daß es auf dem ganzen Planeten nur drei Mock II gibt? Daß du einen bekommen hast, noch dazu bei einer Wette gewonnen . . .«

»Garr bricht niemals sein Wort, und er war mit dem Einsatz einverstanden. Außerdem hat sie ihn gar nicht so viel gekostet, nur ein Jahr lang die Steuern auf alle importierten Morrilia-Güter.«

Rourk gluckste vergnügt und fuhr sich mit der Hand durch sein hellrotes Haar.

»Haha, nicht viel, wenn allein morrilianische Seide ein Vermögen kostet! Aber damit wäre wenigstens das Problem mit deinem Freund hier geklärt. Mir fällt gerade ein, daß Martha wahrscheinlich leichter Zugang zu den Dokumenten findet als Slaker. Hast du ein Anschlußteil dabei?«

»Ja. Aber willst du damit sagen, daß wir hier mit dummem

Geschwatze unsere Zeit vertan haben, während meine Zukunft nach wie vor in der Schwebe ist?«

»Er hätte den Computer bis heute abend sicher geknackt, und dann dauerte es noch einen Tag, bis wir dein Raumschiff mit allem Nötigen ausgerüstet haben . . .«

»Hast du schon ein Schiff für mich?«

Er schüttelte den Kopf. »Wir müssen dich erst als Weltraumpiloten mit Erforschungsauftrag in die Datenbank einschleusen, ehe wir ein Schiff anfordern können.« Mit einer Handbewegung wischte er ihren Einwand, noch ehe sie ihn ausgesprochen hatte, beiseite. »Mach dir keine Sorgen. Schick Martha auf Slakers Schaltpult und überlaß die Sache den beiden. In der Zwischenzeit werde ich dir berichten, was wir bisher in Erfahrung gebracht haben.«

Sie tat, was er verlangte, aber natürlich wollte Martha zuerst den Grund erfahren. Es entbrannte eine kurze Diskussion darüber, wer nun eigentlich der Boß war und wer die Anordnungen der anderen zu befolgen hatte, ehe Martha sich schließlich an Slakers Computer anschloß und den armen Mann wahrscheinlich zu Tode erschreckte, da er keine Ahnung von ihrem Kommen hatte.

Manchmal bereitete Tedras erstklassiger, ultramoderner, freidenkender Computer mehr Probleme als Nutzen. Zum Teufel, eigentlich die meiste Zeit! Ehe sie ihn bekommen hatte, hatte sie sich einer Testreihe unterziehen müssen, damit er – abgestimmt auf ihr Temperament – kompatibel programmiert werden konnte. Natürlich war sie anfangs alles andere als erfreut gewesen, als sich herausstellte, daß dieses Ding sich ständig mit ihr anlegte, sie absichtlich störte und provozierte. Aber irgendwann hatte sie gemerkt, daß diese Streitgespräche genau das waren, was sie brauchte, ihr einen Ausgleich zu dem Streß in ihrem Beruf boten, da sie ja nicht, wie alle anderen, in die Streßkliniken ging, und von da an war sie mit der Programmierung zufrieden gewesen.

Tedra wandte sich um, wartete darauf, daß Rourk sich von seinen Lachkrämpfen, die ihn bei ihrem Streit mit Martha überkommen hatten, wieder beruhigte, und sagte dann: »Und jetzt erzähl mir, wie die Sha-Ka'ari das angestellt haben. Wie sind sie, an der Security vorbei, zu Garr gekommen? Welche Waffen haben sie benutzt?«

Die Erinnerung daran ernüchterte Rourk vollends. »Diese Schwerter und . . .«

»Komm mir nicht damit! Nur mit ihren Schwertern könnten sie nicht mal in die Nähe der Security vordringen, das weißt du genausogut wie ich!«

»Wenn du mich endlich mal ausreden läßt, dann wirst *du* wissen, daß es genau so und nicht anders war. Ihre Schwerter und Schilde sind aus einem uns völlig unbekannten Stahl gefertigt. Er wird als *Toreno* bezeichnet, und nur die Sha-Ka'ari-Waffenschmiede kennen das Geheimnis seiner Herstellung. Jeder, der sich dafür interessiert, hätte in unseren Unterlagen darüber lesen können. Und genau das muß Crad Ce Moerr getan haben, ehe er damals den Planeten in Schimpf und Schande verlassen hat. Nichts vermag diesen *Toreno*-Stahl zu durchdringen, Tedra. Alles, was die Security losfeuerte, wurde von diesen Schilden wieder direkt auf sie zurückgeschleudert.«

Mit einem mulmigen Gefühl im Magen lehnte Tedra sich in ihrem Stuhl zurück. So einfach? Keine geheimen Waffen, keine brillante Strategie, nur Schilde, um sich dahinter zu verbergen? Plötzlich krümmte sie sich. Es war *ihre* Security-Einheit, die geschlagen worden war!

»Die Waffen waren also nutzlos. Aber Sec-1-Leute *benötigen* keine Waffen«, erinnerte sie Rourk. »Sollte einst der Tag kommen, daß ich einem Schwert nicht mehr spielerisch aus dem Weg tänzeln kann, werde ich in Ruhestand gehen. Wie also . . .«

»Du brauchst dich doch jetzt nicht angegriffen zu fühlen.

Hast du dir denn jemals so ein Schwert genauer betrachtet? Die Dinger sind mindestens ein Meter zwanzig lang, ganz zu schweigen von der Doppelklinge. Und vergiß nicht die Schilde, die sogar noch länger sind. So, und dazu addierst du die Kraft dieser Riesen plus deren lange Arme, die bis zur Schwertspitze hinabreichen plus der Deckung durch ihre Schilde plus der dir unliebsamen Tatsache, daß keiner aus deiner Einheit so gut ist wie du.«

Auch wenn er es nicht aussprach, war ihr doch klar, daß sie genausowenig Chancen gehabt hätte. Sie konnte sich lebhaft ausmalen, wie jeder Schlag oder Tritt gegen ein Stück megalaktisches Metall prallte, jede Technik so nutzlos wurde wie die Waffen.

Sie sackte noch ein wenig tiefer in den Stuhl. »Wie sollen wir dagegen ankämpfen? Wie bekommen wir unseren Planeten zurück, Rourk?«

»Gar nicht – nicht sofort zumindest. Es kann sogar einige Jahre dauern, bis Crad Ce Moerr sich sicher genug fühlt und seinen Personenschutz lockert. Außerdem sind in der Nähe des Regierungsgebäudes keine Secs zugelassen. Er wird ihre Dienste wohl weiterhin in Anspruch nehmen, in anderen Städten, aber im Regierungsgebäude, in dem er Garr Ce Bernn als Geisel hält, werden nur Sha-Ka'ari sein.«

»Wenn er überleben will, muß er selbst wie ein Gefangener leben«, wandte sie ein.

»Ja, in gewissem Sinne«, bestätigte Rourk. »Wir werden natürlich nicht Däumchen drehen und ›heile Welt‹ spielen. Sobald die Möglichkeit da ist, diesen megalaktischen Schleimer zu vernichten, werden wir sie ergreifen.«

»Aber wenn keine Secs mehr in der Stadt sind . . .«

»Glaubst du, ein Mann muß ein Sec sein, um zu kämpfen, Tedra?«

Ihre Wangen röteten sich ein wenig. Sie hatte ihn mit ihrem Einwand nicht als Feigling hinstellen wollen. Doch wenn sie sich bei der Überwältigung der Sha-Ka'ari auf die Bürger verlassen wollten, konnte die Sache ewig dauern.

»Wenigstens scheint niemand die Angelegenheit mit einem Schulterzucken abzutun.«

»Täusch dich da nicht! Es gibt auch genügend, denen es egal ist. Der neue Direktor und seine Vorschriften werden nicht jeden unmittelbar betreffen. Einigen wird der Wechsel sogar zusagen. Die Computer, denen wir alle bislang verfügbaren Informationen eingegeben haben, können in ihrer Beurteilung falsch liegen, doch es sieht so aus, als habe Ce Moerr an bestimmten Verhaltensweisen der Sha-Ka'ari Gefallen gefunden. Eine der Möglichkeiten ist die, daß er vorhat, unsere Frauen zu unterjochen, sie aus ihren gegenwärtigen Machtpositionen zu entfernen und wieder in die Knechtschaft zu führen, aus der sie vor Tausenden von Jahren ausgebrochen sind.«

»Was zum Teufel hat er getan, was darauf hindeuten könnte?«

»Jede einzelne Frau in Gallion City, die irgendeine bedeutsame Position innehatte, wurde bereits gefeuert. Sogar einige in eher zweitrangigen Positionen. Die Posten wurden an die nächsten der dafür in Frage kommenden Männer weitergegeben.«

»Ohne Begründung?« keuchte sie.

»Die ist nicht nötig, wenn die Anweisung direkt aus dem Regierungsgebäude erfolgt. Das weißt du doch.«

»Und weiter?« fragte sie, von einer kalten Wut gepackt, die sie noch nie zuvor gefühlt hatte.

»Sie sind bereits in den Akten als für eine Anstellung ungeeignet abgelegt worden.«

»Und was sollen sie dann tun, um ihre Umtauschgutscheine zu bekommen? Wie sollen sie für ihren Unterhalt ...«

»Eben das ist der springende Punkt, Tedra – sie können es

nicht mehr. Sie müssen entweder auf gesetzeswidrige Mittel zurückgreifen, und in dem Fall würden sie dann den Sha-Ka'ari zufallen, oder aber sie begaben sich in Abhängigkeit zu einem Mann, der sie versorgt, was für viele Frauen nicht leicht zu akzeptieren ist.«

Das war es wirklich nicht. Sie wußte, sie könnte es nicht. Einen Mann um alles zu bitten, was man brauchte oder wünschte, wenn man sich eigentlich sehr gut selbst versorgen konnte. Eine Ablehnung zu bekommen, wenn ihm gerade danach war, oder gezwungen zu sein, ihn um jede Kleinigkeit anzubetteln und um den Bart zu streichen. Tedra schüttelte sich angewidert; sie wandte sich geschwind der anderen Alternative zu, die er angesprochen hatte.

»Wie war das mit Gesetzesbrecherinnen und den Sha-Ka'ari?«

»Das wird dir nicht besser gefallen, Baby. Ich habe die Information von Dexal, der das Regierungsgebäude beobachtet hat. Heute morgen wurden drei Frauen wegen geringer Verstöße dorthin gebracht, Kleinigkeiten im Grunde, die mit einer Verwarnung abgetan gewesen wären. Alle drei wurden später zu einem Raumschiff der Sha-Ka'ari gebracht. Das Schiff hat den Planeten bereits verlassen. Es hat den Anschein, als seien weibliche Secs nicht die einzigen Frauen, die den Sha-Ka'ari für ihre Hilfe versprochen wurden.«

Genau das hatte sie befürchtet. »Was ist mit Tavra und Prish aus meiner Einheit?«

»Beide auf demselben Schiff. Die Sha-Ka'ari wollen vor allem weibliche Secs, deshalb hatte ich mir ja auch solche Sorgen um dich gemacht. Sie sehen die Secs wohl als eine Art weibliche Krieger an, und ich glaube, ihnen gefällt die Vorstellung, diese zu versklaven. Es ist bereits eine Anordnung erlassen worden, daß alle weiblichen Secs sich im Regierungsgebäude zu melden haben. Und sie werden völlig ahnungslos dorthin gehen, es sei denn, wir können unsere Informationen irgendwie publik machen. Aber schon jetzt darf niemand die Stadt verlassen, der Verkehr nach außen ist gesperrt und Ferngespräche verboten. Im Moment können wir nur versuchen, die Frauen direkt bei ihrer Ankunft abzufangen.«

Tedra schloß die Augen und ließ die Informationen auf sich einwirken. »Du glaubst, sie wollen möglicherweise *alle* kystranischen Frauen versklaven?«

»Ich glaube, sie nehmen so viele, wie sie bekommen können, und sie schaffen das auch, ohne die breite Öffentlichkeit darauf aufmerksam zu machen. Gesetzesbrecherinnen sind ein leichter Fang. Sie können ohne Begründung hierhergebracht werden, und sollte jemand Nachforschungen anstellen, würde es heißen, sie seien verurteilt. Es wurden bereits etliche Gesetze dahingehend verändert, daß eine große Anzahl von Frauen sich des Rechtsbruches schuldig machen wird, ohne davon zu wissen. Du – äh – gehörst auch dazu.«

Durch schmale Augenschlitze sah sie ihn an. »Tatsächlich?«

»Ce Moerr senkte für Frauen das Alter der Einwilligung von fünfundzwanzig auf achtzehn. Du bist nun illegal unberührt.«

Sie erbleichte. »Das kann er nicht machen! Ich bin nicht die einzige Frau, die noch nie einen Mann akzeptiert hat.«

Vor Jahren hatte man entschieden, daß eine Frau sich nicht vom Sexteilen ausschließen dürfe, da sonst ihre Gesundheit Schaden erleiden könne. Tedra war zwar der lebende Beweis für das Gegenteil, aber wer war sie, sich gegen die Gesetze aufzulehnen? Man setzte die Altersgrenze auf fünfundzwanzig Jahre fest, in der Annahme, daß Frauen dann genügend Zeit hätten, doppelten Wohnraum zu beantragen oder eine, vielleicht sogar mehrere Streßkliniken aufzusuchen. Wenn eine Frau allerdings nach Ablauf dieser Frist für sich noch nicht die Wohltaten des Sexteilens entdeckt hatte, dann wurde per Computer ein passender Partner für sie bestimmt, der dann die Frau, sollte sie immer noch von Zweifeln geplagt sein, ganz legal vergewaltigen durfte.

Je näher Tedra dem Alter der Einwilligung gerückt war, desto größer war ihre Panik geworden, da sie auch als Sec keine Chance hatte, das Gesetz zu umgehen. Sie hätte sich dann natürlich *irgend jemanden* ausgesucht, wahrscheinlich Rourk, nur um diesem megalaktischen, unfairen Gesetz Genüge zu leisten. Aber sie hatte den Tag nicht gerade herbeigesehnt.

»Schau nicht so grimmig, Baby«, unterbrach Rourk mit einem Anflug von Grinsen ihre Gedanken. »Deine neuen Daten werden dich als Sexteilerin ausweisen und als Mitglied von nicht weniger als vier Streßkliniken.«

Das Blut schoß ihr in die Wangen; sie konnte nichts dagegen tun. Außer Rourk hatte sie nur wenige enge Freunde, doch für diese wenigen war ihre Meinung über das Sexteilen immer eine Quelle der Belustigung gewesen, vor allem, seit sie wußten, daß sie es ja eigentlich wollte und nur keinen geeigneten Partner fand.

Ehe sie vollends in Trübsal versinken konnte, meldete sich zum Glück Martha wieder zurück. »Alles geregelt, Kleines«, schnurrte sie mit sexy Stimme, die sie Rourk zuliebe gebrauchte. »Du bist nun Tamber De Oss, eine Pilotin der Weltenentdecker mit Erforschungsauftrag. Ich nehme an, du willst jetzt gleich ein Discoverer-Raumschiff.«

»Das wäre nett«, antwortete Tedra trocken. »Und wenn es nicht allzu viele Umstände bereitet, könntest du dich vielleicht an die Versorgungscomputer anschließen und genügend Vorräte für eine längere Reise anfordern.«

»Kein Problem, Puppe. Sonst noch etwas?«

»Ja, ich will . . .«

Rourk unterbrach sie mit einem sanften Schulterklopfen. »Du solltest schnell etwas mit – äh – deinem Freund dort unternehmen. Ich werde Martha weitere Instruktionen geben.«

Mit langen Schritten durchquerte Tedra den Raum und kniete neben dem Krieger nieder, der langsam wach zu werden begann. Verflucht, er war nicht lange bewußtlos gewesen! »Bitte Martha, dieses Mittel aufzutreiben und es auf der Stelle hierherzubringen«, rief sie Rourk über die Schulter zu und wehrte dabei gleichzeitig die Hand ab, die ihr entgegenkam. »Langsam, Baby!« Sie schob seine Finger aus ihrem Haar und flüsterte ihm zu: »Du bist betrunken. Zuviel guten Antury-Wein. Aber du hast eine Menge Spaß gehabt.«

Er mußte das gleiche denken, denn sein Kopf wandte sich ihr zu, und sein Mund preßte sich auf den ihren, gerade in dem Moment, als ihre Finger zu seinem Nacken glitten. Eine Woge von Verlangen und Begehren, die sie so lange unterdrückt hatte, überflutete sie und ließ sie beinahe vergessen, den Druck, der ihn wieder ausschalten würde, zu verstärken. Aber sie verstärkte ihn. Ihre Lippen hingen an den seinen, bis sein Kopf schließlich zur Seite fiel.

Seufzend setzte sich Tedra auf ihren Absätzen zurück und starrte ihn an. Sein Haar war kurz und dunkel. Seine Augen hatten die Farbe von Bernstein. Sie hatte noch nie einen so ansprechend komponierten Mann gesehen – außer vielleicht seinen größeren Freund. Was für eine megalaktische Schande, diese Männer als Feinde zu haben!

Sie war mit diesem hier fertig geworden, doch wäre es ebenso einfach gewesen, wenn sie ihn nicht überrascht hätte? Sie strich mit der Hand über seinen kräftigen Arm – steinhart, selbst in absoluter Entspannung. Wenn diese Arme sich im Kampf um sie geschlungen hätten, wäre sie wahrscheinlich erst in einem Raumschiff, das sie in die Sklaverei entführte, wieder erwacht. Er hatte versucht, sie auf das Schiff zu locken. Und wenn er mit ihr fertig gewesen wäre, hätte er es sicher abermals versucht. Wie viele Frauen waren wohl auf diese Weise schon geraubt worden?

»Zu schade, Süßer.« Sie tätschelte bedauernd seine

Wange. »Aber ich stehe nun mal nicht auf Sklaverei, wie gutaussehend der Herr auch sein mag. Wir würden uns über kurz oder lang gegenseitig zerfleischen.«

»Wie bitte?« ertönte hinter ihr Rourks Stimme.

»Ach, nichts. Bist du sicher, daß er sich nach diesem Mittel an nichts mehr erinnern wird?«

»Vollkommen. Er wird überdies einen ziemlichen Brummschädel haben, der ihn zu der Überzeugung kommen lassen wird, zuviel getrunken zu haben.«

»Er war aber in Begleitung eines anderen Kriegers. Dieser wird Kowan wahrscheinlich daran erinnern . . .«

»Dann kratz ihn doch, oder laß dir etwas anderes einfallen, damit er hinterher wenigstens *wünscht*, sich erinnern zu können.«

Mit einem breiten Grinsen beugte sich Tedra abermals über den Krieger und legte ihre Lippen an seinen Hals. Als sie sich wieder erhob, wies sein Hals eine Verfärbung auf, ein kleines Mal, wie es ihr oft an Rourks Hals, nachdem er Sex mit Xeta gemacht hatte, aufgefallen war.

»Er wird sicher für eine ganze Weile einen großen Bogen um sämtliche Rauschmittel machen«, sagte Rourk. »Tedra, willst du dich nicht vielleicht doch noch zur Frau machen lassen, bevor du in den Weltraum aufbrichst?«

Sie sah zu ihm auf und erkannte entsetzt, daß er es ernst meinte. »Rourk!«

»Entschuldige!« murmelte er errötend. »Ich habe dich nur noch nie so sanft erlebt.«

Hatte allein das Küssen dieses Kriegers sie derart verändert? Sie ärgerte sich maßlos über sich selbst. Immerhin hatte der megalaktische Schleimer eine Sklavin aus ihr machen wollen!

Sie straffte die Schultern und fauchte: »Muß dir gerade jetzt einfallen, daß ich eine Frau bin?«

Er kicherte vergnügt; das war wieder die alte Sec, wie sie

leibte und lebte. »Na ja, ich vermute fast, der Zeitpunkt war etwas ungünstig gewählt.«

»Hast du mir eine Discoverer organisiert?«

»Nein, aber dafür eine Dringlichkeitseinstufung, damit du ohne Schwierigkeiten den Flughafen verlassen kannst.«

»Und worin bitte soll ich den Flughafen verlassen? Welche andere Langstreckenmaschine kann von nur einem Piloten . . .«

»Ich mußte nehmen, was da war, Tedra. Die Discoverer sind alle unterwegs oder in Reparatur. Ich hab' dir dafür eine Transport-Rover-Maschine besorgt. Sie fliegt genauso weit wie eine Discoverer, sogar noch weiter und zudem schneller. Sie ist lediglich größer.«

»Ein verfluchtes Ende größer, Rourk! Wie zum Teufel soll ich ein so großes Schiff steuern? Ich weiß absolut nichts über diese Dinger! Meine Fliegerausbildung beschränkte sich auf Discoverer!«

»Kein Grund zur Panik!« Er grinste. »Sag es ihr, Martha!«

»Er hat recht, Kleines«, ertönte Marthas Stimme, ein Beweis, daß sie ihrem Wortwechsel gefolgt war. »Du mußt mich nur an den Bordcomputer des Rovers anschließen, und dann kann ich übernehmen. Ich bin darauf programmiert, alles, was es bei uns gibt, zu fliegen. Was glaubst du denn, warum ich so teuer bin!«

»Das habe ich mich in der Tat immer gefragt«, schnappte Tedra zurück, um als Antwort von dem Computer ein Geräusch zu vernehmen, das verdächtig an Schnauben erinnerte.

»Ruhig Blut, meine Damen«, mischte sich Rourk ein, der nur mühsam sein Lachen unterdrücken konnte.

Tedra seufzte. »Ist für die Vorräte gesorgt?«

»Ein Rover verfügt über ein eigenes Regulationssystem für die Vorräte«, klärte Martha sie auf. »Ich mußte nur das Datum der Abreise eingeben, und die Maschine hat die Vorräte automatisch voll aufgestockt.«

»Für eine ganze Crew? Wie du sicher weißt, nimmt ein Rover *normalerweise* eine Crew an Bord. Wie steht es übrigens damit? Gibt mir der Raumflughafen ohne Crew überhaupt Starterlaubnis?«

»Laut Computereintrag wirst du in Tara Tey deine Crew aufnehmen«, antwortete Martha.

»Und sobald du weg bist, werde ich Slaker alle Eintragungen löschen lassen«, fügte Rourk hinzu. »Du wirst dankbar um die zusätzlichen Vorräte sein, Baby.« Angesichts ihrer fragenden Miene fügte er hinzu: »Es dauert möglicherweise Jahre, bis die Gefahr vorbei ist und du wieder zurückkehren kannst. Wenn du schon dort draußen bist, könntest du eigentlich gleich ein paar Welten erforschen.«

Jahre! Tedra wurde es nun doch etwas beklommen zumute. Sie dachte an das neue Haus in den Vororten, in das sie erst letzte Woche gezogen war, an ihre Freunde, ihr Hab und Gut . . .

»Sterne, meine Sachen!« keuchte sie. »Wer wird Marthas Schaltzentrale herholen? Sie ist nur über eine Verbindung hier. Ihr Herz und ihre Seele sind in meinem neuen Haus.«

»Du glaubst doch nicht etwa, *ich* würde solch wichtige Kleinigkeiten vergessen?« fragte Martha mit einer Stimme, die nur als selbstgefällig bezeichnet werden konnte. »Rourks Freund Slaker kümmert sich bereits darum. Ich werde schon lange vor dir an Bord des Rovers sein.«

Tedra biß die Zähne zusammen. »Als du jemanden losschicktest, um dich einsammeln zu lassen, hast du da zufällig auch an Corth und Bolt gedacht?«

»Meine kleinen Freunde vergessen? Ich? Ich leide doch nicht unter Gedächtnisschwund wie eine gewisse andere Person, die sich nicht mal mehr daran erinnern konnte, daß eine Identisicherung mindestens zwei Sekunden zur Identifizierung benötigt!«

Tedras Gesicht überzog flammende Röte. Sie würde

Martha nicht fragen, woher sie von ihrem Zusammenstoß mit der Tür wußte, nein, das würde sie wirklich nicht.

»Kein Kommentar, Kleines?« schnurrte Martha.

»Nicht in gemischter Gesellschaft«, zischte Tedra und warf Rourk einen Blick zu, der ihm jede weitere Bemerkung untersagte.

4.

»Wo sind wir jetzt, Martha?«

»Immer noch im tiefen Weltall, Kleines, genau wie das letzte Mal, als du gefragt hast. Wenn du so ungeduldig bist, hättest du besser in deinem eigenen Sternsystem bleiben sollen. Dort gibt es nach wie vor Hunderte von unerforschten Planeten, auf denen du dich hättest vergnügen können.«

»Um irgendwann vom Radar erfaßt zu werden. Vergiß nicht, ich bin ein *weiblicher* Pilot.«

»Ich bin hier Pi – «

»Laß das!« unterbrach sie Tedra, die nun wirklich ungeduldig wurde. »Du weißt, was ich meine. Solange ich mich in unserem Sternsystem aufhalte, können sie mich über Funk erreichen, und sollte ich nicht antworten, setzen sie mich auf die schwarze Liste. Und solange wir uns hier noch die Zeit vertreiben können –«

»Indem wir ein Sternensystem nach dem anderen durchschwirren.«

»Worüber beschwerst du dich eigentlich? Letzte Woche fandest du die Idee noch großartig.«

»Da hatte ich auch noch den Asteroidengürtel, an dem ich meine Manövrierkunst demonstrieren konnte. Aber durch diesen leeren Raum könnte sogar ein Blinder steuern.«

»Erzähl mir jetzt nicht, daß du dich langweilst, Martha«, gluckste Tedra. »Du mußt für jedes einzelne abwesende Crewmitglied die Kontrollstation überwachen. Du hast gar nicht die Zeit, dich zu langweilen.«

»Kinderkram.«

»Komm mir nicht damit! Du genießt es doch, so viel Kontrolle zu haben. Du willst nur mal wieder einen Streit vom Zaun brechen! Aber das wird dir nicht gelingen! Ich bin immer noch ganz begeistert darüber, daß du vor unserer Abreise die Altertümer-Halle geplündert hast. Das war wirklich ganz süß und aufmerksam von dir!«

Stille. Tedra lachte innerlich. Martha haßte es, wenn ihre Taktik nicht funktionierte. Und Tedra hatte entdeckt, wieviel Spaß es macht, Martha einen Strich durch die Rechnung zu ziehen. Aber eben hatte sie die Wahrheit gesagt. Als sie Hunderte von Geschichtsdisketten in Marthas Datei entdeckt hatte, war sie außer sich vor Freude gewesen. Sie hatte schon geglaubt, ihr Hobby vorerst aufgeben zu müssen. Wenn sie nicht alle Disketten in Form von Sublimierern in sich aufnähme, hätte sie für die nächsten Jahre genug an Unterhaltung.

»Tedra, du bist doch nicht eingeschlafen?«

»Noch nicht.«

»Du hast recht, Kleines, vielleicht langweile ich mich tatsächlich. Komm, laß uns ein wenig über dein Liebesleben plaudern.«

Tedra fuhr in die Höhe, beinahe hätte sie nach dem Köder geschnappt. Aber dann ließ sie sich wieder auf die Assimiliercouch, die so breit war, daß Corth neben ihr liegen konnte, zurücksinken. Corths Arme schlossen sich um sie, und um seine Mundwinkel zuckte ein Grinsen. Kein Wunder, nach Marthas unkonventionellem Vorschlag!

Sie bedachte den Androiden mit einem strengen Blick, ehe sie in Marthas Richtung konterte: »Laß uns doch zur Abwechslung mal über dein Liebesleben plaudern, altes Mädchen! Wie kommst du denn so mit dem Bordingenieurcomputer zurecht?«

Ein unmißverständliches Schnauben. Martha wurde langsam perfekt in dieser Lautart. »Was sollen die Scherze! An Bord dieses Schiffes befindet sich keine einzige Maschine, die *meinen* Anforderungen genügt. Für deine ist dafür gesorgt. Ich habe den Jungen mitgenommen, damit du Gebrauch von ihm machst. Warum also tust du es nicht?«

»Das tue ich doch«, antwortete Tedra und schmiegte sich tiefer in Corths Arme.

Umarmt, festgehalten zu werden – das war alles, was sie hin und wieder von Corth brauchte. In den kystranischen Kinderzentren aufzuwachsen, hinterließ in dem Leben der meisten Menschen eine tiefe Leere. Deshalb gingen wohl auch so viele junge Menschen, sobald sie alt genug dafür waren, in die Streßkliniken, um dort nach der Liebe zu suchen, die sie nie erfahren hatten. Die Kinderzentren waren nur auf Lernen ausgerichtet. Man erfuhr dort Bestätigung, Motivation, Selbstachtung, aber keine Liebe.

Auch Tedra litt manchmal schwer unter diesem Mangel, ein Grund, weshalb sie sich im letzten Jahr Corth gekauft hatte. Er war ein Unterhaltungs-Android, dazu konstruiert, einer Frau auf jede nur erdenkliche Weise Zerstreuung zu bieten. Er war bis zu einem gewissen Grade freidenkend, insofern, als er einem Gespräch folgen und daran teilnehmen konnte, solange dieses sich in logischen Bahnen bewegte und das Thema in seiner Datenbank gespeichert war. Er konnte freilich nicht, wie Martha, eigene Entscheidungen treffen, und es war nicht möglich, ihn zu verletzen oder aufzustacheln – die Sterne mögen davor sein, mit ihm auch noch streiten zu müssen! Aggression war nicht in seinem Repertoire enthalten, dafür aber Spontaneität. Tedra müßte ihn nur auf sexuelle Weise berühren, und er würde der ideale Sex-Teiler werden, sich ganz und gar ihrer Befriedigung widmen. Ihn dazu zu bringen, sie auf nichtsexuelle Weise zu umarmen, war weniger einfach und bedurfte verbaler Befehle.

»Martha hat recht, Tedra De Arr«, erklang neben ihr Corths samtweiche Stimme. »Du nutzt meine Fähigkeiten bei weitem nicht aus.«

»Ich hole mir genau das, was ich will, Baby.«

»Ich wäre sehr zärtlich.«

Tedra setzte sich auf und betrachtete ihn mißtrauisch. »Seit wann nimmst du ein bereits abgelegtes Thema wieder auf, Corth?« Sie wartete seine Antwort nicht ab; ihre Augen wanderten zu dem Kommunikationsschaltbrett inmitten des weiträumigen Ruhe- und Erholungsraumes, in dem sie die meiste Zeit verbrachte. »Hast du an Corths Programmen herumgespielt, Martha?«

»Ich?« Sie konnte ihre unschuldig klingende Stimme auf Abruf einsetzen. »Warum sollte ich das tun?«

»Du machst besser ungeschehen, was du nicht getan hast, meine metallene Jungfer, sonst –«

Corth zog sie wieder zu sich herunter. »Entspann dich, Tedra De Arr. Ich bin nicht in der Lage, dich zu verletzen.«

Tedra entwand sich seinen Armen und sprang auf. Langsam, aber sicher wurde es ihr zu bunt. Immerhin war er eine Maschine mit der Kraft von zehn Männern. Und Martha hatte ihm tatsächlich eine Ladung Aggression verpaßt.

»Ich bring dich um, Martha!«

»Ach komm, Kleines, er ist nur ein wenig lebensechter geworden, das ist alles«, antwortete sie. »Diese penetrante Demutshaltung ging mir einfach auf die Nerven.«

»Du hast gar keine Nerven, du mutterloses, schrottreifes Stück Eisen! Du hast Schaltkreise! Und die können ausgeschaltet werden!«

»Du kannst mich nicht ausschalten, Püppchen.« Martha schwenkte nun, da sie Tedra endlich in Rage gebracht hatte, auf ihre vernünftige Stimmlage um. »Vergiß nicht, ich steuere das Schiff, sorge für deinen Sauerstoff, dein Essen und so weiter. Wenn du mich ausschaltest, wirst du mit mir verschwinden. Ich wußte gar nicht, daß du so scharf auf Selbstmord bist!«

»Oh, halt die Klappe!« fauchte Tedra. »Und du . . .«, sie funkelte den Androiden an, der sich sogleich aufsetzte, ». . . du rührst dich keinen Millimeter vom Fleck, sonst zerhack ich dich in deine Einzelteile!«

»Tu das nicht, Tedra«, unterbrach sie Martha in ihrer beschwichtigenden Stimme. »Wer soll ihn hier wieder zusammensetzen, wenn du ihn kaputtmachst? Die Meditech-Einheit des Rovers funktioniert nur bei lebenden Menschen, das weißt du doch!«

»Dann programmier ihn gefälligst wieder um! Ich habe keine Lust, mich von einer Maschine vergewaltigen zu lassen!«

»Das würde er nie tun«, behauptete Martha. »Er ist nur ein *klein wenig* durchsetzungsfähiger geworden. Los, Corth, sag ihr, daß sie sich nicht zu beunruhigen braucht!«

Der Android stand auf, doch nicht, um sie zu beruhigen. »Mein Aussehen hat sich nicht geändert, Tedra De Arr. Gefalle ich dir nicht mehr, seit du diesen Sha-Ka'ari-Krieger getroffen hast?«

»Das hast du ihm also auch eingegeben, altes Mädchen?« fragte Tedra zunehmend verwirrt.

»Wir beide haben so viel darüber gesprochen«, antwortete Martha unbekümmert. »Ich dachte, wir sollten ihn nicht im unklaren darüber lassen.«

»Genau das ist dein Problem – du denkst zuviel!« Inzwischen war es also bereits so weit gekommen, daß *Corth* beruhigt und ermuntert werden mußte!

»Mir gefällt dein Aussehen sehr gut, Corth. Du bist so attraktiv, wie ein Mann nur sein kann.«

Und das war keine Lüge. Sein Äußeres war nach Tedras Vorlieben geschaffen worden: dunkles, einfach geschnittenes Haar, hübsche hellgrüne Augen, fünfzehn Zentimeter größer als sie und ein jugendliches Erscheinungsbild. Wäre er echt, hätte sie vielleicht einen Antrag auf doppelten Wohnraum gestellt. Aber sie vergaß nie, daß er nicht lebendig war, selbst dann nicht, wenn sie in seinen Armen lag, um ihr Bedürfnis nach Geborgenheit und Liebe für eine Weile zu stillen.

»Ich will nur nicht von dir durch das ganze Schiff gejagt werden, Baby«, fuhr sie fort, woraufhin aus Marthas Richtung ein tiefer, schwerer Seufzer ertönte. »Und *du* kannst das verhindern«, wandte sie sich dem Computer zu. »Du hast das mit Absicht gemacht, um mich zu ärgern! Glaube ja nicht, daß ich das nicht weiß!«

Martha gab keine Antwort, doch Corth fühlte sich bemüßigt zu zeigen, wie effektiv sein neues Programm arbeitete. »Du würdest aber den Sex mit mir viel mehr genießen, Tedra De Arr.«

»Ich will dich ja nicht kränken, Corth, aber . . .« Sie hielt inne, da ihr plötzlich ein unangenehmer Gedanke kam. »Martha, *kann* er denn jetzt gekränkt werden?«

»Nein.«

Den Sternen sei Dank! Sie wandte sich wieder an den Androiden. »Es ist so, Baby: Ich will mein erstes Sex-Teilen mit einem wirklichen Mann erleben. Es ist eine emotionale Sache, die ich mit jemandem teilen möchte, der dieselben Gefühle hat.«

»Martha kann mir Emotionen eingeben.«

»Das wird sie schön bleiben lassen«, knurrte Tedra gereizt. »Und jetzt verkabel dich mit Martha und laß dich von dem Zwang befreien, dich mit mir streiten zu müssen, sonst werde ich wirklich noch deinen Stecker herausziehen.«

Den Bruchteil einer Sekunde zögerte er, doch es war ihm

nach wie vor unmöglich, einen direkten Befehl von ihr nicht zu befolgen. Als er wenige Minuten danach zu ihr zurückkehrte, fragte sie: »Bist du wieder wie vorher?«

»Ich bin so, wie du mich wünschst, Tedra De Arr.«

Sie seufzte erleichtert. »Ich bin entzückt. Was hältst du davon, eine Runde Kriegführen zu spielen, damit ich endlich wieder auf andere Gedanken komme?

Sogleich bewegte er sich auf das Schaltpult mit dem Illusionsbildschirm zu, aktivierte den Spielmodus und ließ den Bildschirm, der in einem Deckenspalt untergebracht war, hinabgleiten. Da Kriegführen die naturgetreue Simulation eines realen Krieges war, mit real aussehenden Menschen in einer real aussehenden Welt gespielt, brauchte man dafür einen Illusionsbildschirm. Vor Spielbeginn mußte man lediglich die Zeitepoche der gewünschten Waffen auswählen.

Der Bildschirm des Transporters war zweieinhalb Quadratmeter groß, aber es gab auch Bildschirme, die hundertmal größer waren, je nach Standort und der erwarteten Zuschauermenge. Illusionsbildschirme wurden hauptsächlich zur Betrachtung von Geschichten benutzt, der Illusionscomputer konnte ein visuelles Abbild irgendeiner der in ihm gespeicherten Abermillionen von Geschichten aus der Vorzeit erschaffen, immer mit sehr real aussehenden Menschen als Akteure der jeweiligen Geschichte. Natürlich waren all diese Geschichten, sogar jene, die vor Tausenden von Jahren geschaffen worden waren, auf den neuesten Stand gebracht und modernisiert worden – eine himmelschreiende Schande, wenn man bedachte, daß die Betrachtung des Originals wie lebendig gewordene Geschichte wäre. Aber die meisten Bürger Kystrans waren mit ihrer alten Geschichte nicht vertraut, für sie begann Geschichte, wenn überhaupt, erst mit der Kolonisierung Kystrans. Deshalb würden die alten Geschichten, betrachteten sie diese in ihrer Originalversion, auch nur wenig Sinn für sie ergeben.

Tedra zog sich einen der sechs Spielstühle vor den Bildschirm, an dem Regelschaltungen für etliche weitere Spiele, die einen Illusionsbildschirm benötigten, angebracht waren. Was sollte sie an Bord eines Rovers außer Spielen auch tun? In einem Discoverer wäre sie voll ausgelastet gewesen, da sie dafür eine dreijährige Flugausbildung hinter sich hatte. Auf dem Transporter blieb ihr nur der Job eines Botschafters und Handelsvermittlers, und auch das erst, sobald sie auf irgendwelche neuen Welten treffen sollten. Allerdings hatte sie vor, diese Aufgabe so gut wie möglich zu erfüllen, allein schon deshalb, um hinterher, wenn sie wieder auf Kystran sein würde, etwas vorweisen zu können. Doch sie würde die Handelsverträge, wie immer sie auch geartet sein sollten, so lange zurückhalten, bis Garr Ce Bernn wieder an der Macht war.

5.

»Vielleicht hätte ich doch lieber ein Intelligenzmodell mit eingespeichertem Unterhaltungsprogramm kaufen sollen«, murmelte Tedra vor sich hin, während ihre Augen Corth folgten, der durch die riesige Gymnastikhalle schritt und die Gerätschaften für sie vorbereitete. »Deren Körper sind nicht so . . . so verführerisch konzipiert.«

»Habe ich richtig gehört?« gurrte Marthas Stimme aus der kleinen audiovisuellen Bordsprechanlage hinter ihr. »Hast du deine Meinung über den süßen Corth etwa geändert?«

»Nein.« Tedra seufzte und ließ sich auf die Schwitzmatte zurückfallen. Sie wünschte, Martha würde ihr Hörniveau etwas drosseln. »Aber wenn ich ein wenig mehr Zeit mit diesem Krieger Kowan hätte verbringen können, würde die Antwort vielleicht anders ausfallen.«

»Aha!« bemerkte Martha anzüglich. »Du hättest dich also von dem Sha-Ka'ari nehmen lassen. Ich frage mich allerdings, warum. Etwa weil er dir im Kampf überlegen wäre?«

»Das bezweifle ich, doch zum erstenmal wäre jemand nahe daran gewesen.«

»Und das hätte dir genügt? Du hast so lange gewartet, Kleines, was bedeuten da ein paar Jahre mehr?«

»Was sind denn das für neue Töne!« fragte Tedra grinsend. »Inwieweit wäre der Krieger eigentlich meinem Naturell kompatibel?«

»Als vorübergehender Sex-Teiler wäre er ideal, vorausgesetzt, du magst breite, muskulöse Körper, was, wie ich zufällig weiß, zutrifft. Aber er wäre nicht für doppelten Wohnraum geeignet.«

»Auch wenn er kein Feind wäre?«

»Selbst dann nicht. Du vergißt, daß es auf Sha-Ka'ar keine freien Frauen gibt. Sha-Ka'ari-Männer betrachten Frauen lediglich als Sklavinnen, und das schon seit Hunderten von Jahren.«

»Willst du damit sagen, daß er versucht hätte, mich wie eine Sklavin zu behandeln?«

»Nicht nur versucht, Kleines. Er hätte es einfach getan. Und es entspricht nicht deiner Natur, auf diese Weise behandelt zu werden . . . nicht auf lange Zeit zumindest.«

»Was soll *das* bitte bedeuten?«

»Eine Weile kannst du damit umgehen. Du hättest es sogar ein- bis zweimal genossen, solange du die Sache als ein Spiel betrachtet hättest.«

»Du Ausgeburt eines fehlgeleiteten Schaltkreises, du suchst tatsächlich nach Streit!« brummelte Tedra leise. Sie setzte sich auf der Matte auf und funkelte in den Bildschirm der kleinen Bordsprechanlage, der einen Blick in den Kontrollraum und auf den Hauptcomputer, in dem Martha wohnte, bot.

»Nur ein kleiner Spaß, Süße! Aber ich finde es in der Tat interessant, daß du freiwillig mit dem Feind paktiert hättest.«

»Das haben Frauen seit Beginn der Zeiten getan, aus welchem verzweifelten Grund auch immer.«

»Das Schlüsselwort ist in diesem Fall wohl ›verzweifelt‹?«

»Eine Tedra De Arr muß sich niemals verzweifelt fühlen«, mischte sich eine neue Stimme ein.

Sie spürte Corths Hände auf ihren Hüften und verkrampfte sich unwillkürlich. Blitzschnell zog er sie zurück und preßte sich von hinten an sie heran, als wolle er sie daran erinnern, wie voll funktionsfähig er war. Mit flammendem Gesicht wirbelte sie herum und schubste ihn fort.

»Martha!«

Doch der Bildschirm der Sprechanlage war ausgeschaltet, Martha hatte es wohlweislich vorgezogen zu verschwinden. Dieses unverschämte Stück Metall! Wie konnte sie es wagen, einen direkten Befehl zu ignorieren!

Tedra blickte mißtrauisch zu Corth, doch der sah sie nur an. »Ich dachte, du kannst nicht lügen«, herrschte sie ihn an.

»Das kann ich auch nicht«, erwiderte er sanft.

»Ach, tatsächlich? Hast du mir nicht gesagt, sie habe dich wieder zurückprogrammiert?«

»Ich bin so, wie du mich haben willst, Tedra De Arr«, wiederholte er seinen Spruch von vor zwei Tagen.

»Und wie will ich dich nach Marthas Meinung haben, Corth?«

»Geduldig. Martha hat Geduld in mein neues Programm eingegeben. Ich kann warten, bis du für mich bereit bist.«

»Und in der Zwischenzeit wirst du Druck auf mich ausüben, nicht wahr?«

»Wenn ich dich nicht von Zeit zu Zeit an meine Bereitschaft, dir Vergnügen zu bereiten, erinnere, wirst du keinen Gedanken an diese Möglichkeit meiner Nutzbarkeit verschwenden.«

Tedra rollte die Augen nach oben. Sterne! Besäße Martha einen Hals, würde sie diesen jetzt liebend gerne umdrehen!

»Aha, Geduld! Die einzige, die hier Geduld haben muß, bin ich, weil ich dich ständig ermahnen muß zu verschwinden! Du *wirst* doch verschwinden, wenn ich es dir sage?«

»Selbstverständlich.«

»Dann zisch ab, Baby! Ich bin hier, um mit meinen Maschinen zu turnen, nicht mit dir.«

Er grinste sie nur an – bis ihr dämmerte, was sie eben gesagt hatte, und dann brach sie in schallendes Gelächter aus.

Der plötzlich einsetzende, laute Trommelwirbel ließ die Wände erzittern, und Tedra fiel vor Schreck fast aus dem Bett, bis ihr einfiel, daß dies nicht die Vorboten einer Invasion waren, sondern die Musik, die sie, wenn auch viel zu laut, als Wecker einprogrammiert hatte.

»Leiser, bitte!« brüllte sie gegen den Lärm an, der daraufhin in eine erträglichere Tonlage abschwoll.

»Wie kannst du nur diese altertümliche Katzenmusik ertragen?« meldete sich Martha prompt zur Stelle.

Die Urmusik, mit den begleitenden, meist sinnlosen Worten, den wilden Rhythmen und Schlägen, bedurfte fürwahr der Gewöhnung. Kystranische Musik verfügte weder über Worte noch über diese Dinge, die Trommeln genannt wurden. Urmusik bereitete den meisten Kystrani Kopfschmerzen, doch Tedra empfand sie als anregend, fühlte beim Zuhören meist das Bedürfnis, mit den Füßen zu wippen oder sich im Takt zu bewegen. Im Moment hatte sie jedoch nur das Bedürfnis, Martha zu ignorieren.

»Du hast mir gestern keine Antwort gegeben, du Feigling. Und heute werde ich nicht mit dir sprechen!« rief sie und vergrub ihren Kopf unter dem Kissen.

»Sec 1 stehen über Beleidigtsein, Kleines!«

Dagegen gab es leider nichts zu sagen. Sie schleuderte das

Kissen zu Boden, und sogleich eilte Bolt, der Roboputzer, herbei und hob es auf. Tedra nahm kaum Notiz davon.

Listig sagte sie: »Ich vermisse meinen Bettgenossen, Martha.«

»Warum hast du ihn dann fortgeschickt?«

»Weil ich ihm nicht länger traue, seit du an ihm herumgepfuscht hast.«

Tedra rief den Massierer herbei und kletterte dann in das ihrer Körperform angepaßte Gehäuse. Es sah aus wie eine Meditech-Einheit, nur verfügte es nicht über so viele wunderbare Fähigkeiten, außer derjenigen, Muskelverspannungen zu lindern – und davon hatte sie sich bei ihren gestrigen Übungen, aus Wut über Marthas Schweigen, einige zugezogen. Die zahlreichen kleinen Rollen und Hautkneter massierten ihren Körper sorgfältig vom Kopf bis zu den Zehen, und nachdem die Grundmassage beendet war, verfiel der Massierer in seinen eigenen Rhythmus, walkte und knetete sie bis zur totalen Entspannung, über der sie beinahe eingeschlafen wäre.

Als der Massierer seine Arbeit einstellte, hörte Tedra nur die Musik, doch ein kurzer Blick auf das audiovisuelle Schaltpult bestätigte ihr, daß das Lämpchen, das Marthas Empfangsbereitschaft anzeigte, noch immer brannte. Tedra ließ sie warten. Sie streifte ihren Schlafanzug ab und nahm ein Solarstrahlbad, ließ jedoch die Hygienewände offen für den Fall, daß Martha irgendwelche Anzeichen von Ungeduld zeigen sollte. Allein Martha bewahrte während der gesamten Badeprozedur eisernes Schweigen.

»Nun gut«, nahm Tedra schließlich das Gespräch auf, da sie neugierig auf Marthas Erklärungen war. Sie ging zum Augen- und Haarwechsler, der automatisch mit Aktivierung des Bades hervorgekommen war. »Warum hast du Corths Programmierung nicht wieder rückgängig gemacht, wie ich es dir befohlen habe?«

»Weil du die Erregung der Jagd brauchst, Kleines.«

Tedra stöhnte. Für einen solch brillanten, freidenkenden Computer, wie Martha einer war, konnte sie erstaunlich borniert sein.

»Dann hättest du vor unserer Abreise Kowan an Bord schmuggeln sollen!« gab Tedra schlagfertig zurück. Sie meinte es nicht ernst, sondern wollte Martha nur erneut zu verstehen geben, daß sie einen echten Mann wünschte, bevor sie je in Betracht ziehen würde, sich mit einem künstlichen zu begnügen. Zwar hatte sie das Martha schon oft genug gesagt, doch sie schien, was das betraf, ihre Erinnerungsspeicher auf Vergeßlichkeit zu schalten. »Ich hätte ihn einsperren und all die Aufregung haben können, die ich mir wünsche.«

»Ich habe daran gedacht«, gab Martha zu.

Wenn Martha selbst daran gedacht hatte, konnte Tedra gleich aufgeben. Martha würde sich in ihr Sexleben so lange einmischen, bis sie endlich eines hatte, und *danach* würde sie wahrscheinlich mit einem guten Dutzend Gründen dafür aufwarten, warum Tedra besser abstinent leben sollte. Entweder ignorierte sie den Computer, oder sie würde irgendwann den Verstand verlieren.

Sie entschloß sich für Ignorieren. »Überrasche mich!« wies sie den Haarwechsler an, um gleich darauf »Wie altmodisch!« zu rufen, da er ihr Haar, das ihr nun in schimmernden Strähnen über die Schultern fiel, lediglich in ihre schwarze Naturfarbe verändert hatte.

»Wie wär's dazu mit silbernen, goldgesprenkelten Augen?« ertönte Marthas Stimme.

Tedra schaute zum Schaltpult und entdeckte, daß der Sichtbildschirm hervorgekommen war, damit Martha sie beobachten konnte. Sie hatte ganz vergessen, daß Martha auch sehen konnte, eine notwendige Fähigkeit zum Steuern eines Raumschiffes.

»Nein, da ich nun schon altmodisch begonnen habe, kann

ich zur Abwechslung gleich ganz bei meinen natürlichen Farben bleiben.« Sie befahl dem Augenwechsler, die künstliche Farbe zu entfernen, und zum Vorschein kam ein helles, klares Aquamarinblau. Lächelnd betrachtete sich Tedra im Spiegel. »Ich habe ganz vergessen, wie faszinierend meine eigenen Farben zusammen harmonieren. Was meinst du, Martha?«

»Kein Mensch würde dich für eine Sec halten, Puppe.«

»Jetzt verstehst du auch, warum ich mir während der Arbeit diese stumpfsinnigen Farben verpassen lasse«, erwiderte Tedra.

»Zu schade! Du hättest schon vor Jahren einen Sexteiler finden können, wenn –«

»Laß das!«

»Hättest du aber doch!«

»Man hätte es möglicherweise versucht, doch ohne meine Kooperation wäre es sicher nicht geschehen. So, und jetzt laß mich allein, damit ich mich in Ruhe ankleiden kann!«

»Womit denn? Einer anderen Transporteruniform in ansprechend dumpfem Grau, der einzigen Kluft, in der ich dich seit unserer Abreise gesehen habe? Nicht heute, Kleines! Viel besser wäre eines dieser langen, geschmeidigen Teile, mit denen der Versorger deinen Schrank gefüllt hat, so etwas Schnuckeliges mit vielen funkelnden Canture-Steinen. In den canturischen Minen werden die besten Edelsteine des ganzen Sternsystems gewonnen.«

»Was ist heute morgen mit dir los, Martha? Du weißt doch, ich trage nie feminine Kleider, die mich in meiner Bewegungsfreiheit einschränken.«

»Wie wär's dann mit einem dieser kurzen, knappen Fummel, die jede Menge Haut zeigen und deiner Bewegungsfreiheit sicher nicht hinderlich sind?«

»Würdest du mir bitte verraten, weshalb ich hier, in dem klimatisierten Rover, halbnackt herumlaufen soll? Beabsichtigst du, die Klimaanlage auszustellen . . . oder hast du Corth darauf programmiert, mich anzuspringen, sobald ich ihm etwas nackte Haut zeige?«

»Weder noch.« Martha gab ein Geräusch von sich, das einem Seufzer nahekam. »Ich habe einen Planeten für dich gefunden, das ist alles. Ich dachte, du willst bei deinen zukünftigen Handelspartnern Eindruck machen. Genau *dafür* sind doch all diese ausgefallenen Klamotten da.«

»Das darf doch nicht . . . Warum hast du mir das nicht gleich gesagt, anstatt wie die Katze um den heißen Brei zu reden? Ich *weiß*, wofür der Versorger meinen Schrank mit diesen gräßlichen Fetzen ausgestattet hat. Das gehört zur Standardausrüstung der Weltenentdecker, um den Eingeborenen mit Tand und Glitzer zu imponieren. Sind wir schon nahe genug für den Transfer?«

»Wir kreisen bereits seit zwei Stunden um den Planeten.«

»Und du läßt mich einfach schlafen?«

»Der Planet läuft dir nicht davon, Kleines.« Der Bildschirm wurde dunkel, und Tedras Fluch verhallte ungehört.

6.

»Nicht schlecht, Kleines!« bemerkte Martha, als Tedra den Kontrollraum betrat, das Herz des Transporters mit seinen zahllosen Schaltern und Monitoren, die unentwegt jegliche Funktion des Raumschiffes kontrollierten. »Ich muß zugeben, du hast Geschmack!«

Tedra nahm das Kompliment entgegen, indem sie Martha mit ihrer Kaffeetasse zuprostete. Sie hatte sich für einen enganliegenden Zweiteiler entschieden, lange Hosen und eine langärmelige Tunika, beides aus einem opalisierenden Hochglanzmaterial, das im hellen Licht juwelengleich schimmerte. Dazu trug sie eine doppelreihige Kette aus großen Kystrallen, den klaren Kristallen, die auf Kystrans einzigem Mond abgebaut wurden und die im Wert noch über den Canture-Steinen standen, da die lebendigen Kristalle jede gewünschte Farbe annehmen und so ihr Aussehen in jeden nur erdenklichen Edelstein verwandeln konnten. Tedra hatte Blutrot gewählt, eine Nuance heller als das feurige Rot, das in der Farbenvielfalt des opalisierenden Anzuges gelegentlich aufblitzte.

Ihr langes Haar war mittels einer Perlenschnur auf dem Kopf zu einem Knoten gebunden und fiel in einem dicken Schweif über ihren Rücken. Ihre flachen Schuhe waren silberfarben, ebenso der Vielzweckgürtel, an dem bereits, verborgen in einem unschuldig wirkenden rechteckigen Gehäuse, eine Kombination aus Phazor- und Computer-Anschlußeinheit befestigt war. An der Gürtelinnenseite befand sich ein Peilgerät, damit Martha immer wußte, wo sie sich aufhielt.

Corth hatte im Kommandostuhl gesessen und Martha Gesellschaft geleistet. Bei Tedras Eintreten stand er sofort auf, um ihr Platz zu machen, aber sie winkte nervös ab. Sie waren nun tatsächlich auf einen unbekannten Planeten gestoßen, und sie, Tedra, würde nun zum erstenmal in ihrem Leben den Transfer benutzen. Als sie während ihrer Ausbildung alles über den molekularen Transfer gelernt hatte, über die Möglichkeit, ohne die Hilfe eines Raumschiffes oder einer Landekapsel auf ein Schiff oder einen Planeten zu gelangen, war sie zwei Jahre lang von schlimmen Alpträumen geplagt worden. In der einen Sekunde befand man sich noch zwischen Metallwänden und blitzenden Netzgittern an Bord des Schiffes und in der nächsten auf einmal auf irgendeinem anderen Planeten. Der Transfer dauerte nicht einmal eine volle Sekunde. Nur ein Fingerschnipsen, und schon sah die Welt plötzlich anders aus.

Der Transfer war nur auf cryssilliumgetriebenen Raumschiffen möglich, zu denen auch der Rover gehörte. Cryssillium war die bislang bedeutendste Energiequelle und das einzige Medium, das stark genug war, einen sicheren Transfer zu leisten. Und eben dieses Wort ›sicher‹ hatte damals dem siebenjährigen Mädchen große Angst bereitet, denn so alt war sie gewesen, als im zweiten Jahr ihres Erforschungsstudiums der Transfer behandelt wurde; in Gedanken hatte sie sich immer wieder alle Dinge ausgemalt, die dabei schiefgehen könnten, daß sie die einzige sein würde, bei der der Transfer nicht funktionierte und sie irgendwo dazwischen, in welcher unvorstellbaren Dimension auch immer, verlorenginge und niemals wieder gefunden würde. Ein Jahr später waren die militärischen Disziplinen das Unterrichtsthema gewesen, und sie hatte geglaubt, nie wieder etwas mit Transfer zu tun zu haben müssen, wenn auch die Alpträume sie noch ein ganzes Jahr weiter verfolgt hatten.

Sie war zwar nun eine erwachsene Frau und wußte, daß diese Kindheitsängste Unsinn waren, aber dennoch vermochte sie ihre Nervosität nicht abzuschütteln. Solange Martha dies nicht entdeckte und sie deswegen verspottete, würde sie die äußere Form wahren können. Und wenn sie den Transfer erst einmal hinter sich hatte, konnte sie sich wieder entspannen – zumindest bis zum Rücktransfer.

»So, wo ist der Planet?« fragte sie, während sie auf die vier Beobachtungsbildschirme zuging, die den Blick nach draußen von allen vier Himmelsrichtungen wiedergaben. Doch sie waren alle leer, und sie wollte sich schon wieder abwenden, als plötzlich auf dem linken Bildschirm ein riesiger, blaugrüner Himmelskörper erschien. »Er hat Vegetation!« rief Tedra atemlos.

»Der Planet liegt ein wenig zu weit außerhalb unseres Sternensystems, Kleines, als daß es sich lohnte, einen Nahrungsmittelhandel aufzuziehen«, glaubte Martha anmerken zu müssen.

»Das habe ich auch nicht vor. Ich will es bloß sehen. Ich

fand es noch nie gerecht, daß es den kystranischen Bürgern verboten ist, ihre eigenen Raumgärten zu besuchen.«

»Verseuchungsgefahr, Puppe. Wenn du etwas essen willst, mußt du dich davon fernhalten.«

»Ich weiß«, seufzte Tedra. »Aber sieh doch nur all dieses Grün! Das ist von hier oben wirklich ein schönerer Anblick als das langweilige Braun und Grau auf unserem Planeten. Los, berichte: Wenn es pflanzliches Leben gibt, dann muß es auch anderes Leben geben. Irgendwelche Anzeichen von Humanoiden?«

»Der Weitradius-Abtaster zeigt an, daß es sich um einen wenig bevölkerten Planeten handelt, aber es gibt genügend Menschen in kleinen Gruppierungen, die womöglich deren Vorstellung von Städten entsprechen. Du wirst also keine Schwierigkeiten haben, Kontakte zu knüpfen.«

»Sprechen sie eine bekannte Sprache, die du in deiner Datenbank gespeichert hast, oder muß ich mich mit universeller Kommunikation durchkämpfen?«

»Ich habe jede Hemisphäre mit dem Kurzradius-Abtaster geprüft; auf dem ganzen Planeten wird dieselbe Sprache gesprochen mit nur geringfügigen, dialektbedingten Unterschieden.« Der Kurzradius-Abtaster konnte Gespräche deutlich auffangen, allerdings immer nur in einem Radius von eineinhalb Metern. Alles, was über diesen Umfang hinausging, war dann ein unverständliches Wirrwarr von Geräuschen. »Es ist eine Sprache, die du erst kürzlich gelernt hast – Sha-Ka'ari.«

Tedra wirbelte herum und starrte den riesigen Computer an, dessen Ausmaße eine ganze Wandlänge sowie einen gigantischen Schaltpultsockel in der Mitte des Kontrollraumes beanspruchten. »Habe ich, während ich schlief, vielleicht etwas verpaßt, wie beispielsweise einen außerplanmäßigen Heimflug?«

Martha schaltete auf ihre beleidigte Tonlage um: »Du

weißt sehr genau, daß Kystran drei Wochen, vier Tage, achtzehn Stunden, elf . . .«

»Ich weiß, verflucht noch mal, wie weit Kystran entfernt ist! Aber das da unten kann doch nicht Sha-Ka'ar sein!«

»Das ist es auch nicht.«

»Du hast die Sprache aber aufgefangen?« bohrte Tedra weiter. »Kein Irrtum möglich?«

»Ich irre mich nie!« Der beleidigte Tonfall wurde noch ausgeprägter.

Seufzend blickte Tedra wieder auf die Beobachtungsbildschirme. »Entschuldige, Martha.«

»Hilfe, ich bekomme einen Kurzschluß!«

»Ach, halt die Klappe!« kicherte Tedra. »Du glaubtest wohl, ich könnte mich nie entschuldigen.«

»Das habe ich nur geglaubt, weil es der Wahrheit entspricht.«

»Laß das Thema jetzt, bitte. Kann es sein, daß wir den Sha-Ka'ari-Mutterplaneten entdeckt haben?«

»Gut möglich.«

»O *nein*!« stöhnte Tedra.

»Das muß nicht unbedingt negativ sein«, widersprach Martha. »Wie du weißt, sind die Sha-Ka'ari vor dreihundert Jahren erstmals im Canture-Sternensystem aufgetaucht. Sie erinnerten sich nicht, woher sie kamen, hatten keine Aufzeichnungen dabei und nur bruchstückhaftes Wissen darüber, wie sie auf ihren neuen Planeten gelangt waren, außer daß sie als Arbeiter für die Silberminen gefangen worden waren, dann ihre Eroberer getötet und schließlich selbst den Planeten übernommen hatten. Wir haben keine Ahnung, wie sich diese Welt hier unten im Lauf der vielen Jahre entwickelt hat. Außerdem waren die Sha-Ka'ari Eroberer, und Eroberer neigen dazu, ihre Besiegten zu versklaven. Das heißt freilich nicht, daß sie auch auf ihrem Mutterplaneten Sklavenhalter waren. Du weißt also nicht, was dich dort unten erwartet.

Sehr wahrscheinlich wirst du auf eine männliche Kriegerklasse stoßen . . . mir gefällt dein Gesichtsausdruck nicht!«

»Du willst mich doch nicht auf den Arm nehmen, Martha?« vergewisserte sich Tedra aufgeregt, denn soeben war ihr eine fantastische Idee gekommen.

Der Gedanke an all die kystranischen Frauen, die in die Sklaverei entführt worden waren, hatte sie fast verrückt gemacht; es waren Freundinnen von ihr, Frauen wie sie, die dagegen kämpfen würden, und zwar so lange, bis sie entweder getötet oder wahnsinnig würden. Sie mußten irgendwie befreit werden, vor allem noch bevor sie innerlich gebrochen waren. Und nun bot sich ihr auf wundersame Art und Weise eine Möglichkeit dazu.

»Crad Ce Moerr benutzte die Sha-Ka'ari, um Kystran zu übernehmen«, begann sie ihren Plan auszubreiten. »Es wäre von geradezu poetischer Gerechtigkeit, wenn wir unseren Planeten mit Hilfe von deren Vorfahren zurückerobern würden. Unsere Waffen haben sich als nutzlos gegen sie erwiesen, und wir sind keine Schwertträger. Aber die Krieger dieses Planeten . . .«

»Ich sagte ›wahrscheinlich‹.«

»Aber wenn sie . . .«

»Vielleicht lassen sie sich nicht kaufen.«

»Und vielleicht doch! Hör also auf, mit mir zu streiten! Sobald ich unten bin, werde ich es herausfinden.«

»Wenn ich du wäre, würde ich sie nicht sofort mit einer so schwerwiegenden Frage überfallen. Die Aufforderung, gegen die eigene Rasse zu kämpfen, könnten sie leicht in die falsche Kehle kriegen.«

»Keine Bange, ich verstehe mich auf Diplomatie, altes Mädchen. Außerdem habe ich ja auch einen anderen Grund für meinen Besuch.«

»Und wenn du auf deine entscheidende Frage ein Nein erhältst?«

»Dann versuche ich mit ihnen einen Handel um *Toreno*-Stahl aufzuziehen. Mit etwas Übung läßt sich das Schwertkämpfen sicher erlernen.«

Hätte Martha Augen gehabt, hätte sie diese jetzt gerollt. Sie begnügte sich statt dessen mit einigen unnötigen Blitzen auf ihrem Verteilernetz.

»Die Schwerkraft ist etwas geringer, doch ich habe dich, seit du meine Sphäre betreten hast, langsam daran akklimatisiert, du wirst also keine Schwierigkeiten damit haben. Die Luft ist reiner, als du es gewohnt bist, aber das sollte nichts ausmachen.«

»Wie ist das Wetter?«

»Direkt unter uns, in der südlichen Hemisphäre, ist es angenehm warm. Ich schlage einen unauffälligen Transfer vor, zwei, drei Kilometer außerhalb irgendwelcher Siedlungen. Warum die Leute unnötig erschrecken? Das könnte dich, im wahrsten Sinn des Wortes, deinen Kopf kosten.«

»Sehr witzig!«

»Fand ich auch«, kam es hämisch zurück.

»Welche Tageszeit?«

»Vormittag. Aber ich kann dich blitzschnell auf die andere Seite des Planeten bringen; dort ist es Nacht, und die Möglichkeit, daß man dich beim Transfer erwischt, geringer.«

»Ich werde vielleicht nicht gesehen, aber auch *ich* würde nicht viel sehen können. Hier ist es genau richtig, und wenn . . .«

»Immer mit der Ruhe, Kleines! Wo ist deine Lazor-Einheit?«

»Die Phazor-Combo reicht aus.«

»Nicht, wenn du sie oft hintereinander einsetzen mußt.«

»Offiziell bin ich hier, um Handelsbeziehungen aufzubauen, Martha, und nicht, um den Planeten auszulöschen. Wenn ich anfange, die Leute niederzumähen, werde ich ihre Hilfe nie bekommen. Sie bei Gefahr mit dem Phazor zu paralysieren, reicht vollkommen. Er verliert nur an Kraft, wenn er zur Vernichtung eingesetzt wird. Der Lazor sieht zu sehr nach Waffe aus. Die Weltenentdecker sehen ihn nur ungern, und ich bin jetzt ein Weltenentdecker, keine Sec. Sollte ich in Schwierigkeiten geraten, werde ich dir Bescheid geben, damit du mich zurücktransferieren kannst.«

»Dann sieh zu, daß der Anschluß offen bleibt.«

»Keine Sorge, altes Mädchen. Das gehört beim ersten Transfer zum Standardverhalten. Deine Abtaster sollten dich eigentlich schon darüber informiert haben, daß mein Heimsignal aktiviert ist und nicht mehr abgeschaltet werden kann. Selbst wenn du wolltest, könntest du mich nicht verlieren. Jetzt mach endlich den Transfer! Ich bin bereit.«

»Ach ja? Und weshalb dann diese seltsame Miene?«

Seufzend öffnete Tedra ihre zusammengekniffenen Augen wieder und entdeckte direkt vor sich Corth.

»Ich wünsche dir einen sicheren Transfer, Tedra De Arr.«

»Ich wünschte *wirklich*, du hättest das nicht gesagt, Corth.«

Aber er reagierte nur gemäß seinem einspurigen Programm. »Und bis zu deiner Rückkehr . . .«

Er hob sie hoch, küßte sie, und dabei überfiel Tedra der absurde Gedanke, daß diese Lippen nicht die einer Maschine sein konnten, nein, das konnten sie wirklich nicht! Als er sie wieder auf die Füße stellte, strahlte er übers ganze Gesicht. Sie hatte einfach nicht das Herz, ihn jetzt auszuschimpfen.

»Okay, Baby, ich weiß nun, woran ich bei dir bin. Ich werde darüber *nachdenken*, wenn ich zurück bin.« Und dann: »Ich bin bereit, Martha.«

Sie schloß die Augen abermals und wartete, aber nichts geschah. Als sie die Augen wieder öffnete, befand sie sich in einer anderen Welt.

7.

Das Versteck hoch oben auf dem Baum wurde langsam unbequem, doch er mußte nicht mehr lange ausharren. Das *taraan* war schon auf vierzig *yarid* herangekommen, und seine Größe lohnte das lange Warten. Wenn er diese Beute erlegte, hätte er genügend Fleisch, um die Jagd zu beenden und beim nächsten Sonnenaufgang nach Sha-Ka-Ra zurückzukehren.

Challen Ly-San-Ter fand nur mehr selten Zeit, mit seinen Kriegern zur Jagd zu gehen. Seit er *shodan* von Sha-Ka-Ra geworden war, erforderte es seine Pflicht, in der Stadt zu bleiben, um sich den Nöten seiner Leute anzunehmen, und nicht, sich wie in alten Zeiten mit seinen Kriegern zu vergnügen.

Das *taraan* würde heute seine dritte Beute sein, doch die beiden kleinen *kisrak*, die er bereits an sein *hataar* gebunden hatte, würden kaum für die Heimreise ausreichen. Bei der Vorstellung von gebratenen *kisrak* krampfte sich Challens Magen vor Hunger zusammen, und er versuchte mit aller Willenskraft, das *taraan* zum Näherkommen zu zwingen, aber es gelang natürlich nicht. Er war etliche *reyzi* vom Lager entfernt; es würde also noch eine Weile dauern, ehe er seinen Hunger stillen konnte, selbst wenn er das *taraan* im nächsten Moment erlegte.

Er war wohl in Gedanken zu sehr mit dem Essen beschäftigt gewesen, um das Nahen der Frau zu bemerken, denn plötzlich war sie einfach da, stand genau zwischen ihm und dem *taraan*. Wie es möglich war, ihr Kommen nicht zu bemerken, da doch die *bracs* und *comtoc*, die sie trug, wie Gaalisteine funkelten, konnte er sich freilich nicht erklären. Aber nun war sie da. Und es bestand auch gar kein Zweifel daran – wenn auch ihre ganze Erscheinung höchst zweifelhaft war, denn Frauen trugen weder die Kleidung von Kriegern, noch waren sie ohne die Begleitung eines Kriegers unterwegs, doch diese Frau war allein.

Er hätte sein *hataar* darauf wetten können, daß sie nicht aus der Dienerklasse stammte. Kein Diener würde solch ungewöhnliche, darüber hinaus auch noch schöne Kleidung oder solche Juwelen besitzen. Sie kam nicht aus der Gegend von Kan-is-Tra, dessen war er sicher. Schwarzes Haar gab es nicht in Kan-is-Tra, und diese Kleider stammten auch nicht von dort. Vielleicht kam sie aus Ba-Tar-ah im Norden. Dieses Land war für seine seltsamen Bräuche bekannt, und dazu gehörte womöglich auch, daß die Frauen in der Kleidung von Kriegern herumliefen. Aber was wollte sie hier?

Während er noch darüber nachsann, hatte auch das *taraan* die Frau bemerkt und begann furchtsam wegzuspringen. Sogleich drehte sich die Frau um und streckte ihren Arm in Richtung des Geräusches aus. Das *taraan* fiel einfach zu Boden – und aus Challens Kehle ertönte ein tiefes Knurren. Ihre unerklärliche Anwesenheit war eine Sache, seine Beute zu stehlen aber eine andere, und es interessierte ihn im Moment auch gar nicht, wie sie das Tier zur Strecke gebracht hatte.

Gerade wollte er ihr seine Anwesenheit auf sehr aggressive Weise kundtun, als sie mit einem Mal zu sprechen begann. Aber er verstand sie nicht, und sie sprach sicherlich auch nicht mit ihm, da ihr Blick immer noch auf dem *taraan* ruhte. Die Tatsache, daß sie sich dem Tier nicht näherte, ließ ihn innehalten, und als sie sich dann von dem Tier abwandte, war er vollends beruhigt. Sie hatte es also nicht auf das *taraan* abgesehen. Aber warum hatte sie es dann getötet? Und vor allem, *wie*?

Sie wandte sich nun wieder ihm zu, spähte, wohl auf der Suche nach weiteren Tieren, in die Bäume ringsum, und redete immer noch mit sich selbst. In ihrer Hand entdeckte er eine kleine, weiße Schachtel, dünn und rechteckig – hatte sie etwa damit das *taraan* getötet? Nein, das war unmöglich. Schachteln konnten nicht töten, und selbst wenn sie es könnten, war es Frauen per Gesetz verboten, Waffen zu tragen. Es wurde langsam Zeit, herauszufinden, wer diese Frau war.

Tedra war nervös. Dieses hirschähnliche Tier hatte sie erschreckt und ihren Selbsterhaltungstrieb aktiviert, allerdings auf Kosten ihres gesunden Menschenverstandes. Sie hatte das arme Tier paralysiert, noch ehe sie überhaupt erkannt hatte, was es war. Es würde einige Zeit dauern, bis es wieder erwachte – möglicherweise erst im Bauch eines anderen hungrigen Wesens.

»Ich verstehe nicht, weshalb du dir Vorwürfe machst, Kleines«, bemerkte Martha, die den Zwischenfall durch das winzige Sichtgerät an der Vorderseite des Phazors beobachtet und zugleich Tedras Flüche gehört hatte. »Das ist nicht mehr zu ändern.«

»Ich hätte nicht so hoch zielen sollen«, sagte Tedra zu dem größeren beidseitigen Sichtgerät, das sich an der flachen Seite der Kontakteinheit befand. »Sterne noch mal, ich befinde mich hier mitten im Nichts! Was immer sich mir nähert, kann ich schon von weitem erkennen und hätte dann immer noch genügend Zeit, den Phazor zu erheben. Wäre dieses Geschöpf ein wenig kleiner gewesen, wäre es vernichtet worden.«

»Schau, es ist das erste Mal, daß du deinen Fuß auf einen fremden Planeten setzt. Du bist einfach nervös, und das ist ganz natürlich. Zu schade, daß es hier wohl keine Streßklinik geben wird, in der du deine Spannungen abbauen kannst.«

»Spar dir deine Späße!«

»Laß einfach den Finger vom Drücker weg und atme ein paarmal tief durch.«

»Ich versuch's . . . oh, das darf doch nicht wahr sein!«

»Was?«

»Wenn ich dir das sage, haut es dich um«, hauchte Tedra ehrfürchtig.

»Bist du hingefallen, Puppe?«

»Ich bin kurz davor. Sieh selbst!« Sie richtete die Einheit auf das, was da keine drei Meter vor ihr aus dem Baum gesprungen war.

»Dein ›oh, das darf doch nicht wahr sein‹ war eine klare Untertreibung, würde ich sagen!« Die Stimme aus dem Gehäuse klang unmißverständlich beeindruckt. »Ist er tatsächlich so groß, wie er von hier aussieht?«

»Größer! Sterne, er muß fast zwei Meter zehn sein! Was glaubst du, was er, außer einem Riesen, ist?«

»Ich würde mal auf einen Barbaren tippen – ein Entwicklungsstand, auf dem sich übrigens auch die Sha-Ka'ari ohne den Kontakt zu den entwickelten Welten unseres Sternensystems noch befänden.«

»Ein Barbar . . . megalaktische Hölle!« fluchte Tedra enttäuscht. Ein arroganter Krieger war eine Sache, ein barbarischer Krieger eine gänzlich andere. »Vielleicht sollte ich besser in den Rover zurückkehren.«

»Gibst du nicht ein bißchen zu schnell auf?«

»Er hält da in seiner Hand ein verdammt großes Schwert, Martha!«

»Und du hältst einen verdammt machtvollen Phazor in der deinen!«

Tedra grinste. »Da hast du auch wieder recht! Was soll ich mir also Gedanken machen! Und er ist wunderbar, findest du nicht?«

Das war eine weitere Untertreibung; in Größe, Breite und Aussehen übertraf er den attraktiven Kowan bei weitem. Selbst Corth, dessen Erscheinungsbild perfekt durchkonstruiert war, verblaßte gegen den Barbaren. Vor ihr stand die Personifikation kraftvoller Männlichkeit, Arme, Beine, Brust, alles war größer, als sie es je gesehen hatte. Seine Augen waren fast unsichtbar unter den buschigen dunkelgoldenen Brauen, das Kinn war kantig und aggressiv, mit einer kaum merklichen Einkerbung, die Lippen ein gerader Strich, ohne einen Anflug von Humor, die Haut ein tiefes Bronze, nur eine Nuance heller als das lange, gewellte Haar, das bis auf die breiten Schultern herabfiel – nackte Schultern. Er trug nichts als ein Paar butterweicher, schwarzer Lederhosen, hauteng, jeden einzelnen Muskel dieser kräftigen Beine modellierend. Seine wadenhohen Schuhe waren aus demselben weichen Leder, und vom Handgelenk bis zum Ellbogen hatte er einen kunstvoll geschnitzten Armschild geschnallt. Um seine Hüften hing ein breiter Schwertgürtel, und seine massige Brust zierte eine goldene Scheibe, etwa in der Größe ihrer Faust.

Erst als ihre Augen sich trafen, erwachte sie wieder aus ihrer staunenden Betrachtung. »Warum sieht er mich so an, Martha?« fragte sie unruhig. Der Barbar machte nicht nur ein grimmiges Gesicht, sondern seine gesamte Erscheinung drückte ein hohes Maß an Unmut aus.

»Vielleicht, weil er kein Wort von dem versteht, was du sagst. Oder vielleicht, weil er noch nie ein Kästchen beim Sprechen belauscht hat. Du kannst deine Kystralle darauf verwetten, daß ihm so etwas wie ich noch nie begegnet ist, und du verkörperst wohl auch nicht gerade das, was er gewöhnt ist. Du solltest dich besser vorstellen, Kleines, ehe er sich dazu entschließt, dich als eine böse Erscheinung zu deuten, die es zu verbannen gilt. Immerhin wissen wir nicht, wie primitiv ihre Glaubensvorstellungen sind.«

Während sie sich mit Martha unterhalten hatte, hatten seine dunklen Augen tatsächlich gebannt auf ihren Phazor gestarrt. Nun hob sich sein Schwert ein wenig, und Tedra wich einen Schritt zurück.

»Ich glaube, du hast den Nagel auf den Kopf getroffen, altes Mädchen«, sagte Tedra versonnen. »Ich werde dich eine Weile ausschalten, damit du nicht in Versuchung kommst, dich einzumischen.«

»Nein, warte . . .«

Lächelnd unterbrach Tedra die Verbindung. Auf dem Rover war sie dazu nicht in der Lage gewesen, da Martha dort die Kontrolle über alle Kommunikationssysteme hatte. Dies nun tun zu können, bereitete ihr eine tiefe Befriedigung. Über den an ihr Heimsignal angeschlossenen Abtaster konnte Martha nach wie vor all ihre Gespräche belauschen, aber sie konnte nicht mehr mitreden.

Der Barbar schien Tedras Lächeln auf sich zu beziehen, denn er senkte sein Schwert, behielt aber seine mißtrauische Haltung bei. Bisher hatte er noch nichts gesagt, und sie begann sich nun zu fragen, ob er vielleicht Zeuge ihres Transfers gewesen war. Sollte dies der Fall sein, dann stand er womöglich unter Schock oder hielt sie für eine Art Teufel oder Hexe – wenn diese Menschen an derlei Erscheinungen glaubten. Sie mußte handeln, ehe er auf dumme Gedanken kam.

»Seid gegrüßt, Krieger!« sagte sie auf Sha-Ka'ari, ihn wohlweislich als Krieger anredend, da diese Bezeichnung sicherlich nicht beleidigend war. »Ich hoffe, mein plötzliches Auftauchen hat Euch nicht erschreckt. Falls doch, so bin ich gerne bereit, dies zu erklären, aber es ist ein wenig kompliziert, und wir sollten besser später darüber sprechen.« Keine Antwort, was sie so oder so deuten konnte. »Ich werde Tedra De Arr genannt.«

Sie hob die Hand zum universellen Freundschaftszeichen, das freilich den Barbaren, der es offensichtlich nicht kannte, gänzlich unberührt ließ. Aber seiner Miene nach zu schließen, hatte er ihre Worte verstanden, und schien ziemlich verblüfft, sie plötzlich in seiner Sprache sprechen zu hören. Allerdings hatten ihre Worte ihn nicht dahingehend beruhigt, daß er sein Schwert wegsteckte.

Sie unternahm einen neuen Anlauf. »Ich komme in Freundschaft . . .«

»Warum seid Ihr so gekleidet, Frau?«

Der Klang seiner Stimme war ungeheuerlich. Sie war tief und autoritär – und arrogant. Sie hatte ihm ihren Namen genannt, und dennoch bezeichnete er sie einfach als Frau. Nun, sie hatte gewußt, daß der Umgang mit Barbaren nicht einfach sein würde. Sie hätte sich ohrfeigen können, nicht daran gedacht zu haben, wie ihre fantastische Kleidung auf einen Primitiven wie ihn wirken mußte.

»Das ist die Kleidung meines Volkes«, versuchte sie zu erklären.

»Das ist die Kleidung von Kriegern.«

Ach, das also war es! Nicht das Material oder der Schmuck irritierten ihn, sondern die Tatsache, daß sie etwas trug, was seiner Meinung nach nur Männer zustand. Aus ihrem Studium der alten Geschichte war ihr bekannt, daß auch die Vorfahren der Kystrani auf ihrem Mutterplaneten der primitiven Vorstellung, Frauen dürften keine Hosen tragen, gehuldigt hatten.

Tedra hatte kein Interesse, in eine langwierige Diskussion über den Fortschritt einzusteigen, jedenfalls nicht mit ihm. Die Führer dieses Planeten, die *shodani*, mußte sie mit den Wundern der entwickelten Welten beeindrucken, nicht einen einfachen Krieger.

Um das Thema vorerst zu beenden, sagte sie: »Ich fand es notwenig, mir diese Kleidung auszuborgen.«

»Ihr werdet sie ausziehen.«

»Aber jetzt mal . . .«

»Zieht sie aus, Frau!«

Er erhob seine Stimme nicht. Der Ton genügte, ließ keinen Zweifel offen, daß er die Ausführung seines Befehles schlicht voraussetzte. Für einen kurzen Moment flackerte in Tedra das Verlangen auf, dem Befehl auf der Stelle nachzukommen, was völlig absurd war. Sie war kein hilfloses Weibchen, das sich den Wünschen eines Mannes unterordnete! Sie bedauerte, ihn mit ihrer Aufmachung beleidigt zu haben, aber das war nun nicht mehr zu ändern. Sie würde sich nicht ausziehen, weder für ihn noch für sonst jemanden!

»Wollt Ihr mir erzählen, daß eure Frauen keine Kleidung tragen dürfen?« fragte sie argwöhnisch. Wenn das der Fall war, würde sie auf der Stelle von hier verschwinden.

»Sie tragen den *chauri.*«

»Wenigstens etwas«, brummte sie versöhnlich. »Wenn Ihr mir einen *chauri* zur Verfügung stellt, würde ich mich eventuell zum Umkleiden entschließen. Wenn nicht, werde ich . . . das . . .«

Die Worte erstarben auf ihren Lippen, denn nun ging sein Schwert in die Höhe, vollführte einen Bogen und glitt schließlich in die Scheide. Und dann kam er auf sie zu. An seiner Absicht bestand kein Zweifel. Ihr vernünftiges Angebot kam anscheinend für ihn nicht in Betracht. Er hatte ihr befohlen, die Kleider auszuziehen, und da sie sich weigerte, würde er sie nun selbst ausziehen.

»Versteht doch, Krieger, das kann ich nicht zulassen . . . Ihr solltet das besser unterlassen . . . ich sagte, laßt das!«

Er hörte nicht auf sie, kam immer näher – zu nah. Sie überlegte, mit welchen Worten sie ihn überzeugen könnte, doch angesichts seiner entschlossenen Miene wäre jedes weitere Wort ohnehin sinnlos. Aber sie war nicht gewillt, jemanden von seiner Größe auf Reichweite an sich heranzulassen.

»Megalaktischer Idiot!« zischte sie, bevor sie ihren Phazor auf ihn richtete und abdrückte.

Er kam sofort zum Stillstand, blieb sogar auf den Beinen, so breit und kräftig wie sie waren. Doch sie war zu wütend, um das anzuerkennen. Auf diese Weise ließen sich sicherlich keine freundschaftlichen Verbindungen knüpfen. Wenn der Barbar wieder aus seiner Lähmung erwachte, würde er nicht wissen, was geschehen war, aber darum ging es nicht.

Sie schaltete den Computeranschluß ein. »Hast du das gehört, Martha? Ist diese Arroganz nicht unglaublich?«

»Darf ich daraus folgern, daß du ihn mit deinem Phazor außer Gefecht gesetzt hast?«

»Was hätte ich tun sollen? Er hätte mir sonst einfach die Kleider vom Leib gerissen.«

»Vielleicht hättest du ihn gewähren lassen sollen, Kleines. Das wäre doch ein guter Auftakt für wirklich *enge* Handelsbeziehungen gewesen.«

»Sehr witzig!« knurrte Tedra, obgleich sie diese Vorstellung keineswegs empörte.

Sie konnte nicht bestreiten, daß der Barbar von Anfang an eine große Anziehung auf sie ausgeübt hatte. Er löste in ihr jenes seltsame Kribbeln aus, ähnlich dem Gefühl, als Kowan sie geküßt hatte, nur hatte der Barbar sie nicht einmal berührt. Auch jetzt, während sie ihn anstarrte, überkam sie erneut dieses Kribbeln. Sie konnte der Versuchung einfach nicht widerstehen, ihn sich aus der Nähe zu betrachten.

All diese nackte Haut mit den ausgeprägten Muskelbergen war so verlockend, daß sie nicht an sich halten konnte und ihm vorsichtig die Hand auf die Brust legte, erst zögernd, dann zunehmend sicherer. Die Haut war warm, weich, gab aber, gleich einem von Samt überzogenen Stein, dem Druck ihrer Finger nicht nach. Sie arbeitete sich bis zu den Hüften hinab, befühlte das Leder seiner Hosen, das tatsächlich so weich war, wie es aussah. Erstaunlich, wie eine so rückständige Kultur derart hochwertige Materialien hervorbringen konnte.

Der um seinen linken Unterarm geschnallte Schild sah wirklich so aus, als sei er aus *Toreno*-Stahl gefertigt; das könnte sie aber nur testen, wenn sie, sobald er wieder zu sich käme, mit dem Phazor darauf feuerte, um festzustellen, ob der Strahl abprallte oder den Krieger erneut ausschaltete. Doch der Krieger war sicher nicht versessen darauf, sich als Versuchsobjekt zur Verfügung zu stellen, und sie empfand es als schlimm genug, ihn überhaupt paralysiert zu haben. Ihr Gerechtigkeitsempfinden war zutiefst gestört, denn sie hatte ihn mit einer Waffe niedergestreckt, die er nicht kannte und gegen die er folglich auch keine Chance hatte – schlimmer noch, sie war dem fairen Zweikampf aus dem Weg gegangen, weil seine Größe ihr angst gemacht hatte.

Sterne, diese Oberarme! Sie konnte sie nicht einmal bis zur Hälfte mit der Hand umfassen! Und seine Brust hatte Ausmaße, die sie sich nicht hätte träumen lassen! Mit einem Mal fühlte sie sich klein und verletzlich, ein gänzlich ungewohntes Gefühl, das sie nur schwer wieder abschütteln konnte.

Sie stand so dicht bei ihm, daß sie den Kopf in den Nacken legen mußte, wenn sie ihn anschauen wollte. Sie ging einen Schritt zurück, damit sie sein Gesicht besser betrachten konnte. Seine dunklen Augen bereiteten ihr Unbehagen. Sie waren braun, aber von einer solch dunklen Färbung, daß sie beinahe schon schwarz wirkten. Und sie schienen sie direkt anzusehen, und zwar bei vollem Bewußtsein, was unmöglich war.

»Ich frage dich lieber nicht, was dieses lange Schweigen zu bedeuten hat«, ertönte unvermittelt Marthas Stimme.

Tedras Wangen verfärbten sich. Verfluchter Computer! Wie, zur megalaktischen Hölle, machte sie das nur? Die Anschlußeinheit war nicht auf den Barbaren gerichtet gewesen, und deshalb hätte Martha eigentlich nichts sehen können.

»Ich bin auch nur ein Mensch«, brummte Tedra, da sie wußte, daß jedes Leugnen sinnlos gewesen wäre. Martha mußte sie, auf welche Art auch immer, bei ihrer Inspektion des bewegungslosen Kriegers beobachtet haben. »Wenn er es nicht merkt, kann es ihm doch auch nichts ausmachen, oder etwa nicht?« Als Antwort erfolgte tiefes Schweigen, und in Tedra stieg plötzlich eine fürchterliche Ahnung auf. Die dunklen Augen des Kriegers waren nach wie vor auf sie gerichtet. »Martha?«

»Ich will dir ja wirklich nicht den Spaß verderben, Kleines, aber ich bin mir nicht sicher, ob das Paralysieren bei so riesigen Spezies auch richtig funktioniert. Dein Anschluß weist jedenfalls einen sehr niederen Meßwert auf. Da ist irgendwas in der Atmosphäre . . .«

» *Was* soll nicht funktionieren?« unterbrach Tedra erregt. »Er ist völlig bewegungsunfähig!«

»Ja, aber ich glaube nicht, daß sein Bewußtsein ebenfalls eingeschränkt ist. Meiner Meinung nach kann er dich hören, fühlen . . .«

»Du legst es wirklich darauf an, auf dem Müllhaufen zu landen! Warum zum Teufel hast du mir das nicht gleich gesagt? Willst du etwa, daß ich vergewaltigt werde?«

»Wäre es denn Vergewaltigung?« erwiderte Martha gelassen. »Mir ist dein verzücktes ›oh, das darf doch nicht wahr sein‹ noch in guter Erinnerung.«

Außer sich vor Wut, schlug Tedra mit der Faust auf den Verbindungsknopf der Anschlußeinheit. Noch ein Wort mehr, und sie hätte die Einheit auf dem Boden zerstampft. Aber schlimmer als ihre Wut war ihre Demütigung, und die stieg auf ein geradezu unerträgliches Maß an, als sie wieder in diese finsteren Augen schaute, die ihren Blick ganz unleugbar erwiderten. Bei Bewußtsein! Der Barbar war bei Bewußtsein, hatte alles, was sie getan hatte, bei klarem Verstand miterlebt! Diese Vorstellung ließ sie so ruckartig zurückspringen, daß sie stolperte und auf ihrem Hinterteil landete. Doch das war ihr inzwischen gleichgültig. Nichts konnte die Scham, die sie empfand, noch übertreffen.

Sie sah zu ihm auf und entdeckte, daß seine Augen ihr auf den Boden gefolgt waren. Am liebsten hätte sie sich irgendwo versteckt. Schweren Herzens stand sie auf und ging zu ihm zurück. Besser, sie erklärte ihm jetzt alles, solange er noch bewegungsunfähig war.

»Ich muß mich entschuldigen. Ich hätte Euch nicht auf

diese Weise betrachten dürfen, Krieger. Ich hatte kein Recht dazu, und meine einzige Entschuldigung ist . . . Neugier . . . ja, genau das. Meine Neugier hat einfach die Oberhand gewonnen. In meiner Heimat werden die Männer nicht so groß, wie Ihr es seid. Sie haben eher meine Größe, was Euch lächerlich erscheinen mag, mir aber schon ziemlich groß vorkam, bis ich zum erstenmal Sha-Ka'ari Krieger getroffen habe. Aber auch die waren nicht so groß. Wärt Ihr nicht auch neugierig, wenn Ihr etwas völlig Neues sehen würdet?«

Er hörte *tatsächlich* zu. Es blieb ihm auch nichts anderes übrig. Und das war ebenfalls ungewöhnlich. Normalerweise fühlten sich Menschen, die aus der Paralyse erwachten, ein wenig desorientiert, konnten sich aber weder an das Paralysieren erinnern, noch hatten sie irgendein Gefühl dafür, wieviel Zeit vergangen war. Sie wunderten sich vielleicht beim Erwachen über die neue Umgebung, aber wenn sie nicht den Phazor vor sich sahen und ihn als solchen erkannten, taten sie den Zwischenfall einfach als unerklärlich ab und vergaßen ihn. Der Barbar hingegen war bei Bewußtsein und *wußte*, daß er sich nicht bewegen konnte, daß ihm irgend etwas Unerklärliches widerfahren war. Womöglich durchlitt er eine tiefe Verwirrung oder sogar Angst. Er war sicher noch nie zuvor derart in seiner Bewegungsfreiheit eingeschränkt gewesen und war sicher alles andere als erbaut darüber, doch schließlich hatte er sich selbst in diese Situation gebracht. Dafür würde sie nicht auch noch die Schuld übernehmen.

»Wärt Ihr stehengeblieben, Krieger, wie ich es Euch geheißen hatte, hätte ich Euch sicher nicht paralysiert. Aber dieser Zustand ist nur vorübergehend. Sobald Ihr wieder daraus erwacht, werdet Ihr Euch wie neugeboren fühlen. Eigentlich hätte Euer Bewußtsein ebenfalls ausgeschaltet werden sollen, doch die Ladung war zu niedrig eingestellt, Ihr seid einfach zu groß . . . ich vermute, Ihr werdet versuchen, mir die Waffe zu entreißen. Das werde ich nicht zulassen. Und ich habe die

Ladungsmenge bereits erhöht. Das nächste Mal werde ich Euch vollends außer Gefecht setzen, und ich sage Euch dies jetzt nur, damit es kein nächstes Mal mehr gibt. Es macht mir keinen Spaß, irgendwelche Leute zu paralysieren. Solange Ihr in gebührendem Abstand bleibt, bis wir uns auf irgendeine Art einigen können, werde ich den Phazor nicht benutzen. Ist das zuviel verlangt? Ich bin nicht gekommen, um Schwierigkeiten zu machen oder jemanden zu verletzen. Ich bin hier, um mit Eurem Volk zu handeln, vielleicht sogar noch mehr, aber das wird Euer *shodan* zu entscheiden haben. Wenn Ihr einverstanden seid, mich zu ihm . . .«

Mit einem schrillen Quietschen brach Tedra ab, denn der Barbar war aus der Paralyse erwacht. Er bewegte sich unglaublich schnell, zu schnell für ihre Reflexe, um etwas anderes tun zu können, als ihm aus dem Weg zu gehen. Und nicht einmal darin war sie erfolgreich. Er erhielt, was er wollte, riß ihr die Phazor-Einheit aus der Hand und schleuderte sie weit von sich, während sie mal wieder über ihre eigenen Füße stolperte. Normalerweise war sie nicht so plump und ungelenk, und gerade jetzt war ihr dies ausgesprochen peinlich. Auf dem Boden liegend, schaute sie diesmal in das Gesicht eines wachen, grimmigen und vor allem sehr *beweglichen* Barbaren.

8.

Challen war zu wütend für Worte, vor allem auf sich selbst, aber er ließ sich nichts davon anmerken. Nachdem er gesehen hatte, was die Frau mit ihrer kleinen Schachtel dem *taraan* angetan hatte, war es ausgesprochen töricht von ihm gewesen, sich der Frau zu nähern. Daß sie dann mit ihm dasselbe getan hatte, war nur seiner eigenen Dummheit zuzuschreiben. Wie sie es getan hatte, war unwichtig, da dies nicht wieder geschehen würde. Er hatte sich von ihrer seltsamen Aufmachung provozieren lassen, eine Reaktion, die eines *shodan* eigentlich unwürdig war.

Ihre ›Untersuchung‹ war eine andere Sache. Sie war ihm unangenehm gewesen, aber nur deshalb, weil er darauf nicht angemessen reagieren konnte. Und der Zorn, den er jetzt empfand, begründete sich vor allem auf die Tatsache, daß er noch immer nicht imstande war, der Frau das zu geben, was ihre Dreistigkeit erfordert hätte. Hätte er heute morgen nicht den Saft der *dhaya*-Pflanze getrunken, wie es bei Kriegern vor langen Jagdausflügen Sitte war, würde sie bereits unter ihm liegen und eine Lektion über das richtige Benehmen gegenüber einem Krieger empfangen. Unverdünnt getrunken, dämpfte der *dhaya*-Saft das Verlangen nach einer Frau, machte das Vereinen sogar unmöglich, weshalb er vor der Jagd wie auch vor Raubzügen eingenommen wurde, damit sich die Krieger nicht von den Reizen ihrer weiblichen Gefangenen ablenken ließen. Mit Wein vermischt, diente der Saft einem anderen Zweck: Er verhinderte, daß eine beliebige Frau von einem Krieger schwanger wurde, denn das Kind eines Kriegers auszutragen war allein seiner Lebensgefährtin vorbehalten.

Dieser Frau, mit ihrer seltsamen Sprechweise und ihrer anderen, völlig unverständlichen Sprache, machte ihn neugierig. Sie bot zudem einen sehr reizvollen Anblick, eine Tatsache, die ihm vorhin aus lauter Empörung über ihre Kleidung entgangen war. Und bei den Steinen von Gaali, eine solche Dreistigkeit war ihm noch nie begegnet! Frauen drückten ihre Bedürfnisse und Wünsche mit Worten und Blicken aus und hofften, ein Krieger möge sich für sie interessieren. Sie berührten einen Krieger nicht ohne ausdrückliche Ermutigung seinerseits, denn es war ihnen bestimmt, zu geben, nicht zu nehmen.

Über Challens Gesicht zog ein Lächeln, als ihm bewußt wurde, daß die Frau ohne einen Mann an ihrer Seite vor ihm aufgetaucht war. Damit war sie beanspruchbar, falls er sich nicht entschloß, ihr seinen Schutz anzubieten. Auch wenn sie, wie ihre Kleidung vermuten ließ, eine Frau aus der höheren Klasse war, mußte sie sich dem Gesetz fügen. Er konnte sie beanspruchen oder benutzen, die Wahl lag einzig bei ihm. Durch ihre Mißachtung des Gesetzes hatte sie das Recht, sich ihm zu verweigern, verloren.

Es war ein Gesetz, welches sich Challen noch nie zuvor zunutze gemacht hatte. So viele Frauen – alte, verwitwete, verwaiste – kamen zum *shodan*, um sich unter seinen Schutz zu stellen. Er hatte niemals Interesse daran gehabt, eine von ihnen zu beanspruchen, da er mehr haben konnte, als einem friedlichen Haushalt zugute kam. Natürlich konnte er jene, die ihn um Schutz ersuchten, nicht nehmen, solange sie sich nicht selbst anboten. Aber wenn eine Frau einmal beansprucht war, hatte sie in dieser Angelegenheit nicht mehr viel zu sagen.

Tedra war dieses plötzliche Lächeln nicht geheuer. Es triefte zu sehr vor Befriedigung, als daß sie sich etwas Gutes davon versprach. Der Barbar glaubte wohl, das Blatt habe sich gewendet! Sie würde ihn wohl oder übel von diesem Irrglauben befreien müssen!

»Ihr habt vielleicht meinen Phazor weggeworfen«, sagte sie, während sie sich aufsetzte, »aber das heißt noch lange nicht, daß ich nun völlig wehrlos bin. Kommt also nicht auf irgendwelche Gedanken, die wir hinterher beide bedauern werden.«

Sein Lächeln wurde noch breiter, und es war unschwer zu erkennen, daß ihn ihre Worte belustigten. »Ihr seid allein, Frau, ohne den Schutz eines Kriegers. Ihr seid in der Tat wehrlos – und beanspruchbar. Ihr hättet mich sofort um meinen Schutz bitten müssen, den ich Euch hätte gewähren müssen. Da Ihr das nicht getan habt, habt Ihr Euch als beanspruchbar erklärt.«

Tedra runzelte die Stirn. »Wenn Ihr damit das meint, was ich glaube, dann gebe ich Euch den guten Rat, es ganz schnell wieder zu vergessen. Weder habe ich irgend etwas erklärt, noch benötige ich irgend jemandes Schutz!«

Nun schwand sein Lächeln. »Ich beanspruche Euch, Frau! Wollt Ihr Euch etwa meinem Anspruch widersetzen?«

»Ich werde mich nicht von Euch vergewaltigen lassen, wenn Ihr das unter Widersetzen versteht.«

»Ein Anspruch ist keine Vergewaltigung. Euer Mangel an Schutz spricht Euch jedes Recht zum Widerstand ab.«

»Aber ich war nicht ohne Schutz. Der Phazor, den Ihr weggeworfen habt, war mir Schutz genug. Immerhin habe ich Euch damit außer Gefecht gesetzt!«

Die Erinnerung daran war ihm offenbar alles andere als angenehm. »Eure Waffe ist mir unbekannt, Frau. Ich weiß nur, daß Frauen der Gebrauch von Waffen untersagt ist. Da also Waffen für Frauen verboten sind, kann ein Anspruch nur durch den Schutz eines Kriegers verhindert werden.«

Gegen diese Sturheit war schwer anzukommen, doch sie wollte es noch einmal versuchen. »Und wenn ich es selbst verhindern kann?«

Er kniete zu ihren Füßen nieder, seine Hände in Reichweite. Der Drang, einfach aufzuspringen, war beinahe übermächtig, doch sie blieb auf dem Boden sitzen, die Beine ausgestreckt, so, als hätte sie nichts zu befürchten. Obwohl sie eine ganze Menge zu befürchten hatte! Natürlich könnte Martha, die dem Wortwechsel lauschte, sie mittels Transfer aus dieser Situation befreien, nur würde sie das bestimmt nicht tun. Wie Tedra ihre Martha kannte, war diese sicherlich davon überzeugt, von dem Barbaren vergewaltigt zu werden sei genau das, was Tedra brauchte. Der megalaktische Computer hatte schon immer eigenmächtige Entscheidungen getroffen!

»Führt Ihr noch mehr seltsame Waffen mit Euch?« fragte der Barbar.

»Seltsam vielleicht für Eure Maßstäbe, nicht für meine.«

Sie hatte ihn bei seiner Neugier erwischt. »Ihr werdet mir die Waffen zeigen, Frau!«

»Damit verderbe ich doch die ganze Überraschung! Sehe ich etwa aus wie ein Närrin, Krieger?«

Er lachte. Der Klang gefiel ihr. Der ganze Mann gefiel ihr. Zu schade, daß er so auf dieser dummen Sache mit dem Anspruch beharrte! Sie konnte sich hier nicht einfach von einem Mann beanspruchen lassen, wenn sie nur kurz zu bleiben gedachte und darüber hinaus auch vorhatte, die Leute zu überreden, ihr bei der Rettung von Kystran zu helfen. Ihre persönlichen Neigungen mußten da völlig zurücktreten.

Nachdem er sich wieder beruhigt hatte, musterte er sie anerkennend von Kopf bis Fuß. »Welche Überraschungen Ihr auch verbergt, sie werden sichtbar werden, sobald wir uns um Eure *bracs* und Euer *comtoc* gekümmert haben.«

Tedra versuchte gar nicht erst, ihr Stöhnen zu unterdrükken. Es war laut und lang. »Was soll das? Ich dachte, ich hätte mich zu diesem Thema bereits klar und deutlich geäußert. Habt Ihr Euch nicht die Hände verbrannt, als Ihr vorhin versuchtet, mir die Kleider wegzunehmen? Ich werde sie anlassen, und damit Schluß! Sie würden Euch sowieso nicht passen!«

Mit einem verächtlichen Schnauben gab er kund, was er von ihrer letzten Bemerkung hielt. Natürlich war ihr klar, daß er die Kleider nicht für sich selbst haben wollte. Es mißfiel ihm lediglich, Tedra darin zu sehen. Nachdenklich betrachtete er sie nun, verstärkte durch seine Nähe ihre Nervosität.

»Ihr seid beansprucht, Frau. Und wie Ihr wißt, habt Ihr Euch nun meinem Willen zu beugen. Trotzdem fahrt Ihr fort, Euch mir zu widersetzen und riskiert dadurch, bestraft zu werden. Mir ist noch nie eine Frau begegnet, die absichtlich eine Bestrafung herausfordert.«

Entweder verwirrte ihn ihre Haltung tatsächlich, oder aber er wollte ihr unterschwellig zu verstehen geben, was sie erwartete, wenn sie sich seinen Forderungen nicht fügte. Tedra tippte auf Letzteres, und Drohungen hatte sie noch nie gemocht, seien sie nun unterschwellig oder sonst wie.

»Verrennt Euch nicht in irgendwelchen Mutmaßungen, Krieger. Ihr seid Euch offensichtlich nicht über die Tatsache im klaren, daß ich noch nie zuvor über Euer megalaktisches Beanspruchen gehört habe. Wie sollte ich also die damit verbundenen Regeln oder Vorschriften kennen? Es ist ein Sha-Ka'ari-Ausdruck, der zwar in meiner Sprache auch existiert, doch in einem anderen Sinne als bei *Euch*. Wie dem auch sei, ich werde mich nicht beanspruchen lassen! Das klingt in meinen Ohren verdammt nach Sklaverei, und der Mann, der versucht, mich zu versklaven, ist ein toter Mann – da fällt mir eine Frage ein, die ich Euch schon zu Anfang hatte stellen wollen. Hält Euer Volk Sklaven?«

Seiner Miene nach zu urteilen, brannte er förmlich darauf, ihre ersten Punkte aufzugreifen, ließ sich dann aber doch dazu herab, ihre Frage zu beantworten. »Wir benötigen in Kan-is-Tra keine Sklaven. Mit den Darasha haben wir Diener genug. Sie sind die ursprünglichen Bewohner dieses Planeten, die wir vor vielen Jahrhunderten besiegten. Im Osten gibt es einige Länder, die ihre Gefangenen zu Sklaven machen, aber die Krieger von Kan-is-Tra verfahren mit ihren Gefangenen anders.«

»Wie denn?«

»Die Frauen werden beansprucht.«

»Na gut«, seufzte sie. »Und was ist der Unterschied zwischen einer versklavten und einer beanspruchten Frau?«

»Eine beanspruchte Frau kann nicht, wie ein Sklave, mißbraucht, verkauft oder getötet werden. Wenn der Krieger sich zu einer solchen Auszeichnung herabläßt, kann sie sogar die Mutter seines Kindes werden. Aber sie kann sich nicht dem Willen ihres Kriegers widersetzen.«

»Und wenn sie es doch tut?«

»Ihr habt bereits gehört, welche Konsequenzen das nach sich zieht.«

»Bestrafung – obwohl Ihr gerade behauptet habt, sie könne nicht mißbraucht werden«, zischte Tedra erbost.

»Es gibt auch harmlosere Arten der Bestrafung.«

Davon war sie überzeugt und sie hätte wetten können, daß er jede einzelne davon kannte. »Nun, das hätten wir ja dann geklärt. Ich hatte das Gefühl, daß Eure Inanspruchnahme nicht so ganz mein Geschmack sei, und ich hatte recht. Am besten, Ihr ignoriert die Tatsache, daß ich ohne Begleitung . . . ach, nein, wartet einen Moment.« Sie grinste. »Ich will ja nicht unhöflich sein, aber . . .« Sie ging auf Kystrani über. »Martha, schick mir sofort Corth her! Dieser Barbar geht mir langsam, aber sicher auf die Nerven. Ich habe hier eine Aufgabe zu erfüllen, und das kann ich nicht, wenn ich mich mit jedem Krieger, der daherkommt, herumstreiten muß, weil er mich beanspruchen will. Corth wird ihre Vorstellung von männlichem Schutz befriedigen. Martha? Verdammt, mach schon, ich weiß, daß du mich hörst!« Sie wartete und winkte dem Barbaren, der etwas sagen wollte, ungeduldig ab. »Martha, wenn du mir jetzt nicht gehorchst, dann wirst du dein blaues Wunder erleben! Ich bin nicht hier, um defloriert zu werden, so sehr du dir das auch wünschen magst. Hör also auf mit diesem Unsinn und schick Corth auf der Stelle zu mir!«

Keine Antwort, und der Barbar hatte keine Lust mehr zu warten. »Warum sprecht Ihr zu Euch selbst, Frau, und in Worten, die keinen Sinn ergeben?«

»Ich spreche mit Martha. Ihr gehört die Stimme, die Ihr vielleicht vorher aus dem Phazor habt dringen hören.«

»Aber Ihr habt die Stimme ausgeschaltet. Das habe ich genau beobachtet.«

»Sie kann mich trotzdem noch hören.«

»Obwohl sie nicht da ist? Ist sie eine Göttin?«

»Ja, in gewisser Weise hat Martha wohl etwas Gottähnliches«, antwortete Tedra verbittert und fügte gleich darauf in Kystrani hinzu: »Paß nur auf, daß du dich nicht gleich vor Lachen verschluckst, du megalaktische Verräterin!« An den Barbaren gewandt, sagte sie: »Wenn sie will, kann sie mich verschwinden lassen oder mir einen Mann schicken, der die Rolle der von Euch geforderten männlichen Begleitperson übernehmen kann. Aber offensichtlich will sie weder das eine noch das andere tun, sondern mich mit meinem Schicksal allein lassen.«

Sein Gesicht sprach Bände, er glaubte ihr kein Wort. »Ich dachte, Ihr kommt aus Ba-Tar-ah im fernen Norden, aber die Ba-Tar-ahi sprechen wie wir. Aus welchem Land kommt Ihr, Frau, da Ihr in Worten sprecht, die keine Bedeutung haben? Aus diesem Sha-Ka'ari, das Ihr erwähntet?«

»Sha-Ka'ari ist Eure Sprache, mein großer Freund, nicht die meine. Ich komme aus Kystran, und das ist kein anderes Land, sondern ein anderer Planet. Ich bin gekommen, um mit Eurem Volk Handelsbeziehungen anzuknüpfen, um Euren Leuten die Wunder meiner Welt anzubieten.«

»Ein anderer Planet!« Er grinste, und es war unverkennbar, daß er nach wie vor kein Wort glaubte. »Wie gelangt man von einem anderen Planeten hierher?«

»In einem Raumschiff«, erklärte Tedra ungeduldig und fügte mit sehr viel lauterer Stimme hinzu: »Welches Martha Euch zeigen könnte, wenn sie nur erkennen würde, daß ich gerade dabei bin, *einen Durchbruch zu schaffen*!«

»Die Frau aus Kystran hat Talent zum Geschichtenerzählen.« Der Barbar feixte. »Das mißfällt mir nicht. Ich höre mir gerne noch mehr von Euren amüsanten Geschichten an.«

»Verflucht, ich bin wirklich hier, um zu handeln – und um möglicherweise einige Söldner anzuheuern, falls Eure Krieger daran interessiert sein sollten. Ich muß mit Eurem *shodan* sprechen. Könnt Ihr Euren Unsinn mit diesem Beanspruchen wenigstens so lange zurückstellen, bis ich eine Möglichkeit gehabt habe zu beweisen . . .«

Mit einer Handbewegung unterbrach er sie. »Einer Frau würde solch eine Aufgabe niemals anvertraut werden – Handel betreiben und Krieger anheuern! Ich glaube, Ihr tragt dieses Kriegergewand schon viel zu lange! Dadurch verfallt Ihr dem Irrglauben, alles tun zu können, was Ihr wollt. Doch dem ist nicht so.«

Er befahl ihr nicht erneut, die Kleider auszuziehen. Sein Arm streckte sich nach ihr aus, in der Absicht, ihre Hand zu packen und sie an sich zu ziehen, damit er sich selbst der leidigen Sache annehmen könnte. Tedra war freilich nicht gewillt, das zuzulassen. Mit beiden Händen ergriff sie seinen Arm, zog ihn an sich, lehnte sich zurück und ließ den Barbaren dann mit Hilfe ihrer erhobenen Beine über ihren Kopf segeln. Trotz seines immensen Gewichtes funktionierte die Technik, allerdings nur, weil sie auch ihre Beine zu Hilfe genommen hatte. Im gleichen Augenblick, da die Bewegung vollendet war, stand sie auch schon auf den Beinen. Der Barbar lag flach auf dem Rücken ausgestreckt.

Er blieb etwa zehn Sekunden in dieser Position, setzte sich dann auf und schaute sie über die Schuler hinweg an. Er sah nicht wütend aus. Auch nicht überrascht. Wahrscheinlich gab er seine Empfindungen überhaupt nur sehr selten preis.

»Ich gehe davon aus, Frau, daß Ihr nicht wußtet, was Ihr tut.«

»Das könnt Ihr gerne tun, aber ich würde es Euch nicht empfehlen. Ich habe noch mehr Tricks auf Lager.«

»Dann habt Ihr mich hiermit herausgefordert.« Das war keine Frage, sondern eine Feststellung. Er stieß ein kurzes, bellendes Lachen aus, bevor er wieder aufstand. »Bei den Steinen von Gaali, damit habt Ihr das Problem mit Eurem Widerstand gelöst!«

»Tatsächlich?« fragte sie verständnislos. »Wartet einen Moment! Ich habe Euch nicht herausgefordert, Barbar. Ich habe lediglich das Anrecht auf meine Kleidung verteidigt.«

»Eine beanspruchte Frau hat keine Rechte! Ihr habt mich herausgefordert und ich nehme die Herausforderung an! Die Wahl der Waffen liegt bei mir.«

Beklommen wurde Tedra klar, daß er es tatsächlich ernst meinte. Kein Wunder, war doch für ihn diese Möglichkeit eine geradezu ideale Lösung seiner Probleme.

»Ihr habt also vor, mich mit Eurem Schwert in Stücke zu hacken?«

Er setzte ein schiefes Grinsen auf. »Selbst wenn noch ein Schwert für Euch da wäre, könntet Ihr es nicht einmal heben, *kerima.* Nein, ich wähle den waffenlosen Kampf, der auch Euch nicht ganz unbekannt zu sein scheint.«

Nun war es an Tedra zu grinsen. »Wenn Ihr darauf besteht.«

Solch rasche Zustimmung hatte er nicht erwartet. »Die Konsequenz ist Euch bekannt?«

»Nein, aber Ihr brennt sicher darauf, sie mir mitzuteilen.«

Ihre Gelassenheit entlockte ihm ein Knurren. »Der Sieger kann bestimmen, ob der Besiegte sterben oder sich seinen Diensten unterordnen soll. Es gibt nur diese beiden Möglichkeiten.«

»In anderen Worten: Sollte das Dienen gewählt werden, muß sich der Verlierer unter allen Umständen fügen.«

»Er hat keine andere Wahl.«

»Und wenn sich nun der Verlierer einfach zu dienen weigert?«

»Er würde mit dem Verlust all seiner Rechte bestraft werden. Meist wird eine Hand des Verlierers abgehackt, damit er es nie wieder wagt, einen Kampf, dessen Regeln er nicht beachtet, zu beginnen.«

»Und wer entscheidet das? Der Sieger?«

»Eine Herausforderung unterliegt bestimmten Gesetzen, Gesetze, denen sich jeder Krieger zu beugen hat. Wie ich bereits sagte, gibt es keine Möglichkeit, die Konsequenz eines Kampfes zu umgehen.«

»Nun gut, wenn diese Regeln für alle Krieger gleichermaßen gelten, muß ich mich wohl fügen. Wie sieht so ein Dienst aus, und wie lange dauert er?«

»Die Art der Dienstleistung wird vom Sieger festgelegt, es kann aber nur der Dienst in einem einzigen Bereich sein. Braucht beispielsweise der Sieger einen neuen Stall für sein *hataari*, kann er den Besiegten mit dem Bau eines solchen beauftragen. Da dies eine spezielle Aufgabe ist, wird der Dienst so lange währen, bis die Aufgabe erfüllt, in diesem Fall, bis der Stall erbaut ist. Die meisten Dienstleistungen sind allerdings einfache Arbeiten, auf einem Bauernhof, in den Minen oder im Haushalt. Diese Art von Dienst dauert für gewöhnlich einen Monat.«

»Man muß also nur in einem Bereich dienen? Der Verlierer kann nicht zuerst im Haushalt beschäftigt werden und dann, weil man es sich anders überlegt, auf dem Acker?«

»Richtig.«

Sie dachte eine Weile darüber nach. Irgendwie klang das zu einfach, nur ein bißchen minderwertige Arbeit für eine kurze Zeit, und das war's. Wieso war er dann so wild auf diesen Zweikampf?

Plötzlich kam ihr ein Verdacht, und sie kniff mißtrauisch die Augen zusamen. »Und einer der Dienstleistungsbereiche könnte auch die Arbeit im Schlafzimmer sein, nicht wahr?«

»Das wurde bisher noch nie gefordert, da nur Männer einander herausfordern – aber diese Möglichkeit kann man durchaus in Betracht ziehen.«

Das also war sein As im Ärmel! Die Geschichte mit der Beanspruchung hätte ihm nichts als Ärger eingebracht, doch wenn er nun siegte, könnte er das gleiche erlangen, ohne sich mit ihr herumstreiten zu müssen.

Außer sich vor Wut darüber, daß er ohne ihr Nachbohren diese Variante sicher gar nicht erwähnt hätte, zischte sie: »Und wenn ich gewinne, Krieger?«

»Dann liegt die Wahl bei Euch. Tod oder Dienen.«

»Sehr gut! Meine Geschäfte hier werden wahrscheinlich einen Monat in Anspruch nehmen. Ihr werdet einen netten Führer oder Gehilfen abgeben.«

»Ihr erwartet tatsächlich, mich zu besiegen, Frau?«

Die Belustigung in seiner Stimme war vielleicht verständlich, aber ausgesprochen nervtötend. »Ihr kennt mich nicht. Ich bin in bezug auf meine Fähigkeiten genauso arrogant wie Ihr bezüglich der Euren.«

»Einer Frau ist Arroganz nicht gestattet.«

»Bevor Ihr irgendwelche Verbote aussprecht, solltet Ihr lieber den Ausgang des Kampfes abwarten, Krieger«, schnurrte sie in der Hoffnung, ihn anzustacheln. Aber er zeigte keinerlei Gemütsbewegung, was ihre Stimmung nicht gerade hob.

Er nickte einfach, gab den Punkt kampflos an sie ab. »Ihr werdet Euch doch nach dem Kampf an die Abmachung halten, Frau?«

»Kämpfen ist mein Metier, Krieger, und dort, woher ich komme, gibt es so etwas wie einen Ehrenkodex. Indem ihr meine Ehre in Frage stellt, beleidigt Ihr mich.«

Sie hätte genausogut zu den Bäumen sprechen können, denn er sagte: »Schwört es bei . . . bei Eurer Martha!«

»Da seien die Sterne davor!« Sie seufzte. »Bei Martha zu schwören würde absolut nichts bedeuten, denn sie ist keine Göttin, sondern nur ein Haufen schrottreifes Metall. Und außerdem *verabscheue* ich sie im Moment! Ich werde bei den

Sternen des Himmels schwören, das ist für mich bindend. Aber ich erwarte nicht, den Kampf zu verlieren, sagt also hinterher nicht, ich hätte Euch nicht gewarnt! Ihr seid vielleicht so groß wie die gesamte megalaktische Hölle, aber Größe hat bei meiner Technik nichts zu sagen. Schwört *Ihr* denn, Euch an die Abmachung zu halten?« Endlich zeigte er eine Reaktion – sein Gesicht wurde zornesrot! Zufrieden über ihren Erfolg stichelte sie weiter: »Gerecht ist gerecht; Ihr habt *mich* schwören lassen.«

»Dann schwöre ich hiermit bei Droda«, grollte er. »Und ich schwöre, daß Ihr Eure Frechheit bereuen werdet, Frau!«

»Das bleibt abzuwarten«, gab sie ungerührt zurück. »Seid Ihr wirklich sicher, daß Ihr das alles auf Euch nehmen wollt?«

»Jetzt könnte mich nichts mehr aufhalten, *tyra.*«

Er bezeichnete sie als Hexe! Sterne, sie hatte ihn wirklich gereizt, das war gut! Eine der wichtigsten Kampfregeln war es, ruhig zu bleiben.

»Worauf warten wir dann noch? Ich bin bereit!«

9.

Die Strategie lautete, seine Hände nicht an sie heranzulassen. Tedra erkannte jedoch bald, daß die Abwehr gegen diese massigen Arme nichts Gutes bewirkte, und deshalb war jeder Frontalangriff sinnlos. Sie brachte ihre Schläge von der Seite ein, von hinten, doch das erforderte einiges an Beinarbeit. Der Barbar war zwar groß und schwer, aber nicht plump oder langsam. Er konnte sich sogar fast so schnell wie sie bewegen, und deshalb gelang es ihr nicht wie geplant, den Kampf zu einem raschen Ende zu bringen.

Gleich zu Anfang hatte sie entdeckt, daß er es vermied, sie

zu verletzen. Er hätte schon einige Male den Kampf siegreich beenden können, allerdings auf Kosten ihrer Unversehrtheit. Tedra selbst hegte diese Zurückhaltung nicht, abgesehen davon konnten ihre durch die Distanz gehemmten Schläge dem Riesen sowieso nichts anhaben. Sie vertraute auf ihre Fußtritte, aber auch die erbrachten nicht die gewünschte Wirkung. Womöglich würden diese ihn zwar später schmerzen, doch bislang schien er nichts zu spüren. Jeder Schlag und jeder Tritt prallte an seinen dicken Muskeln ab. Sie müßte entweder versuchen, mit einem gezielten Tritt, der all ihre Sprungkraft erforderte, seine Kehle zu erreichen oder darauf warten, bis er seine Abwehr öffnete, und sie ihn von hinten mit der Frimera-Technik überraschen konnte.

Nach zwei erfolgreichen Seitenkicks, die er kaum abzuwehren vermochte, gelang Tedra noch ein weiterer Tritt, der ihn aus dem Gleichgewicht brachte. Sogleich sprang sie hinter ihn, um die Druckpunkte an seinem Hals zu erwischen. Wenn sie aus dieser Position heraus die Beine anzöge und seinen Kopf nach hinten risse, hätte sie seinen Rücken oder sein Genick brechen können. Aber sie brachte es nicht über sich, den Barbaren zu töten. Sie beschränkte sich auf die Frimera-Technik und wartete, während sie die Punkte preßte, mit angehaltenem Atem die vier Sekunden ab, die bei einem Menschen seiner Größe erforderlich waren. Vier Sekunden vergingen, dann sechs und als sie schweißgebadet bei acht Sekunden angelangt war, stand er noch immer. Seine Nackenmuskeln waren einfach *zu* dick, und während sie noch fieberhaft überlegte, wie sie weiter vorgehen sollte, stieß er mit einem Mal ein tiefes, grollendes Lachen aus, und sie erkannte, daß er sie nicht nur jederzeit hätte stoppen können, sondern sie auch noch *absichtlich* hingehalten hatte!

Ihr erster Impuls war es, einfach zu verschwinden, aber als sie die Finger von seinem Nacken nahm, war auch schon seine Hand da, krallte sich in ihre Tunika und zerrte sie zu sich herum. Nur einen kurzen Moment sah sie in seine vor Vergnügen funkelnden Augen, dann schwebte sie plötzlich in der Luft.

Sie schrie nicht und sie fiel auch nicht zu Boden. Der Barbar hielt sie eine Weile in der Luft und ließ sie dann, mit seinen mächtigen Pranken ihre beiden Arme direkt über den Ellbogen an ihre Seiten pressend, wieder herab. Sie war ihm so nah, daß sie, wären ihre Arme frei gewesen, seine Nase brechen, seinen Kehlkopf hätte zermalmen können. Ihre Beine konnte sie jedoch noch benutzen, aber ehe sie zu einem gezielten Tritt ansetzen konnte, kam er ihr schon zuvor, blockte sie ab und begann sie dann zu schütteln, bis ihre Beine sich wie Brei anfühlten.

»Gebt zu, daß Ihr besiegt seid, Frau!«

Das war ein Befehl, keine Frage. Und es sah tatsächlich so aus, als sei sie besiegt worden, ohne auch nur einen einzigen Treffer gelandet zu haben! Sein Griff war zu fest, um sich herauswinden zu können, und sie verspürte kein Verlangen auf ein neuerliches Durchschütteln, was sicherlich erfolgen würde, wenn sie wieder einen Tritt versuchte. Aber aufgeben? Nicht, ehe sie auch noch ihre letzten Tricks ausgeschöpft hatte, und einer war es, beide Beine anzuziehen, die Füße gegen seine Brust zu stemmen und zuzudrücken.

Es gelang, aber nur, weil es für ihn unerwartet kam. Tedra segelte zurück und landete hart auf dem Boden, was nicht weiter schlimm war, denn hätte er sie nicht losgelassen, wären ihre Arme jetzt ausgekugelt. Doch die ersehnte Atempause blieb ihr versagt, da der Stoß ihn nicht, wie erwartet, umgeworfen hatte. Gerade als sie aufstehen wollte, wurde sie wieder zurückgeworfen und von dem Körper des Barbaren auf dem Boden festgenagelt. Ihre Hände wurden festgehalten, ihre Beine von den seinen gefesselt, und als wäre das noch nicht genug, ließ er auch noch sein ganzes Gewicht auf sie sinken und beraubte sie dadurch jeder weiteren Chance.

Normales Atmen schwand zu einer bloßen Erinnerung. Tedra mußte um jeden Atemzug kämpfen, und er wußte das, verringerte aber den Druck auch nicht um den Bruchteil eines Gramms.

»Nun gebt zu, daß Ihr besiegt seid!«

Wieder war es keine Frage. Und diesmal gab es auch keinen Zweifel mehr. Tedra konnte sich keinen Millimeter bewegen, nur mit dem Kopf nicken, und kaum war das geschehen, konnte sie auch wieder atmen. Allerdings hatte er lediglich seine massige Brust von der ihren gehoben, ließ sie aber weder los, noch machte er Anstalten, aufzustehen. Mit unverkennbar zufriedener Miene blickte er auf sie herab. Sie hätte zerspringen können vor Wut, und die Wut galt vor allem ihr selbst. Sie hatte bei dem Barbaren einen Fehler nach dem anderen gemacht, und in den Wettkampf einzuwilligen, war ihr größter gewesen.

»Ich nehme nicht an, daß Ihr mich nun töten wollt«, sagte sie. Er schüttelte langsam den Kopf. »Ich bin recht geschickt im Putzen«, log sie. Wieder schüttelte er den Kopf, diesmal mit einem Grinsen. »Also dann, spuckt es aus! Welche Art von Dienst schwebt Euch vor?«

»Das wißt Ihr bereits, *kerima.*«

Kleine, kleines Mädchen nannte er sie, und sie konnte es drehen und wenden, wie sie wollte – im Moment fühlte sie sich tatsächlich so. Er war so megalaktisch groß! Und was sein Gewicht betraf, so konnte sie ein Lied davon singen. Das Sex-Teilen mit ihm würde sie nie überleben, aber wie sollte sie ihn davon abhalten? Es war unmöglich, und selbst wenn sie es könnte, gebot es die Ehre, es nicht zu versuchen.

»Es wird darüber keinen Streit geben, Krieger. Sagt mir, was Ihr fordert und wie lange ich es durchstehen muß.«

»Nun gut.«

Er rollte zur Seite und tat ihr damit kund, daß der Dienst wenigstens nicht schon jetzt begann. Sie war dankbar dafür, denn der Kampf hatte sie wirklich erschöpft. Und plötzlich traf es sie wie ein Blitzstrahl – sie war besiegt worden! Zum erstenmal in ihrem Leben als Sec 1 war sie besiegt worden, und zudem von einem Mann, den sie ausgesprochen anziehend fand!

Eine Woge von Verletzbarkeit ergriff sie, und ein Begehren, das ihre Wangen rötete und ihre Gliedmaßen weich werden ließ. Hier war ein Mann, den sie nicht einfach niedermähen konnte, ein Mann, der weder ihre Kampfsportkünste noch ihre Temperamentsausbrüche fürchtete. Ihr schien, als hätte sie schon immer auf ihn gewartet, und mit weiten Augen sah sie ihn nun an, ehrfürchtig, erwartungsvoll. Sie würde also doch noch das Sex-Teilen kennenlernen. Und selbst wenn es sie umbrachte, würde sie jede einzelne Sekunde genießen.

»Was ist los?« fragte er, ihren Blick auffangend.

»Ich . . . nichts.«

Sie setzte sich auf unf schlang die Arme um ihre angewinkelten Beine. Er saß neben ihr, die Beine gekreuzt. Sie konnte ihm nicht mehr in die Augen sehen, aber er schien frei von derlei Gefühlen. Seine Hand drehte ihr Gesicht in seine Richtung.

»Ihr habt zugestimmt, das Ergebnis des Kampfes ehrenvoll hinzunehmen«, erinnerte er sie mit beinahe schon strengem Tonfall.

Von seiner Berührung noch aufgewühlter, schob sie seine Hand weg. »Zweifelt nicht ständig an meiner Ehre. Ich habe noch immer nicht erfahren, wie dieses Ergebnis lautet.«

»Einen Monat lang werdet Ihr mir die Dienste einer beanspruchten Frau erweisen.«

In seiner Stimme schwang unverkennbar Triumph. Dann war er also *deshalb* so begeistert über die Herausforderung gewesen, weil sie sich dann seinem Anspruch nicht mehr widersetzen konnte. So sehr es sie auch nach dem Sex-Teilen mit ihm verlangte, fühlte sie sich nun doch ein wenig übertölpelt. *Er* hatte, im Gegensatz zu ihr, gewußt, daß er nicht verlieren könnte. Wenn das nicht als hinterhältig zu bezeichnen war, was dann!

»Bedeutet das, wie Ihr vorhin erwähntet, daß ich mich Eurem Willen unterzuordnen habe? In jeder Beziehung?«

»Das ist richtig.«

»Das ist ein bißchen viel verlangt, Krieger. Ihr habt gesagt, dieser Dienst beziehe sich nur auf eine Aufgabe. Wenn ich nun aber eure Höhle säubern, Eure Mahlzeiten kochen und Eure Felle wärmen soll, dann muß ich leider protestieren. Das wäre doch mehr als nur eine Aufgabe, nicht wahr?«

Eigentlich hätte er über ihre Spitzfindigkeit verärgert sein müssen, aber Teufel noch mal, er ließ sich nichts anmerken. Sie wollte eine Reaktion von ihm. Es würde ihr, ehrlich gestanden, auch nichts ausmachen, wenn er sich jetzt schon einmal eine kleine Kostprobe seines Anspruches genehmigte! Aber er saß nur da und sann über ihr Argument nach.

Schließlich sagte er: »Nun gut, ich wähle jenen Dienst, den Ihr selbst genannt habt. Eure Worte waren ›Dienst im Schlafzimmer‹. Wo immer ich also schlafen werde, Frau, werdet Ihr mir zu Diensten sein. Ist Euch das speziell genug?«

Sie hätte beinahe laut gelacht. Er glaubte tatsächlich, sie bedauere nun, gegen seinen ersten Vorschlag protestiert zu haben. Immerhin hatte sie jetzt eine Reaktion bei ihm hervorgerufen, zwar keine typische, aber er war auch alles andere als ein typischer Mann.

Um ihn nicht zu enttäuschen, stieß sie einen tiefen Seufzer aus. »Was bleibt mir da noch zu sagen, Krieger? Aber Ihr habt Euch um eine exzellente Putzfrau gebracht.«

Er gab ein Knurren von sich. »Als beanspruchte Frau wärt Ihr besser bedient gewesen. Das ist immerhin noch eine einigermaßen ehrenhafte Position.«

Ihre Reaktion war wohl zu mild gewesen, um ihn zufriedenzustellen. Er wollte sie wütend haben, so wütend, wie sie offenbar ihn bei der Anfechtung seiner ersten Wahl gemacht hatte.

»Ist die Rolle des Bettwärmers demnach weniger ehrenhaft?« Sie lächelte und wandte sich dann achselzuckend ab. »Da ich nun diesen Job am Hals habe, werdet Ihr eben meine Ehre verteidigen.«

Er schüttelte den Kopf. »Ihr werdet akzeptieren, was geschieht, und zwar ohne Widerrede. Die Dienstleistung aufgrund einer Niederlage im Zweikampf bedarf nicht der Zustimmung des Verlierers.«

Anders als er besaß sie nicht die Fähigkeit, ihre Wut zu verbergen. Sie glitzerte in ihren Augen, knirschte zwischen ihren Zähnen.

»Wie aufmerksam von Euch, mich hinterher darüber aufzuklären!« fauchte sie. »Welch andere unerfreuliche Überraschung haltet Ihr noch für mich bereit? Etwa Ketten und Peitschen?«

Er lächelte, dieser megalaktische Schleimer. »Was kann ich dafür, daß Ihr die Regeln der Herausforderung so ungenügend beherrscht!«

Sie wartete, ob er fortfuhr, aber er schwieg, und so fragte sie: »Wie steht es nun mit Ketten und Peitschen?«

»Wozu sollte ich so etwas brauchen, wenn Ihr Euch einverstanden erklärt habt, Euch meinem Willen zu fügen?«

»Nur *im* Schlafzimmer«, erinnerte sie ihn.

»*Wo immer* ich schlafe«, verbesserte er sie. »Aber . . .«, er grinste über das ganze Gesicht, ». . . Ihr seid nach wie vor eine Frau, kein Krieger.«

Diese Tatsache schien ihn überaus fröhlich zu stimmen. »Und hat das speziell für mich irgendeine Konsequenz?« fragte sie mißtrauisch.

»Eine Frau, jede Frau, egal, ob von hoher oder niederer Geburt, hat sich den Kriegern zu beugen; vor allem hat sie natürlich dem Krieger, der sie beschützt, zu gehorchen. Bis Euer Dienst endet und Ihr wieder eine zu beanspruchende Frau seid, muß ich Euch meinen Schutz gewähren, und dafür müßt Ihr mir in jeder Beziehung gehorchen.«

Vor Wut verschlug es Tedra für einen Moment die Sprache. Aber dann sprang sie auf und zischte: »Die megalaktische Hölle werde ich tun! Genau das habt Ihr über beanspruchte Frauen gesagt. Wollt Ihr mir weismachen, daß jede Frau auf diesem Planeten beansprucht ist?«

»Ich kenne die Gesetze in Eurem Land nicht«, sagte er, während er sich ebenfalls erhob. »Aber in Kan-is-Tra sind nur sehr wenige Frauen beansprucht, da sie sich, wie ich euch bereits erzählt habe, lediglich des Schutzes eines Kriegers versichern müssen, um der Inanspruchnahme zu entgehen. Und sie tun es gerne, denn unsere Frauen haben keine Lust, all ihre Rechte durch die Beanspruchung zu verlieren.«

»Welche Rechte?« fragte sie scharf. »Es klingt nicht so, als hätten sie irgendwelche Rechte, wenn sie jedem Krieger, der nur mit den Fingern schnippt, zu gehorchen haben!«

»Nicht gehorchen, sondern sich seinem Willen beugen«, erklärte er seufzend. »Ein Krieger kann keine Forderungen an eine Frau stellen, die unter dem Schutz eines anderen Kriegers steht. Er darf es natürlich versuchen, doch wenn der Frau sein Ansinnen nicht behagt, muß sie ihm nicht gehorchen. Das ist ihr Recht.«

»Aber dafür muß sie dem Krieger, der sie beschützt, gehorchen. Ich sehe da keinen Unterschied.«

»Derjenige, der sie beschützt, darf von ihr nicht die Dienste verlangen, die *Ihr* mir geben werdet, es sei denn, die Frau würde es selbst wünschen. Ist Euch das Unterschied genug, Frau?«

Tedra errötete. »Das klingt für meinen Geschmack immer noch zu sehr nach Sklavenhaltermentalität, aber ich bin nicht gekommen, um hier zu leben, sondern um Handel zu betreiben. Doch ich werde nicht vergessen, daß Ihr von mir absichtlich den rechtlosen Status gefordert habt.«

Er zuckte die Achseln. »Ihr hättet meinen Schutz ja fordern können.«

»Ich habe das nicht *gewußt*!«

»Unwissenheit schützt nicht ...«

»Spart Euch Eure Bemerkungen, Krieger«, wies Tedra ihn zurecht. »Ihr habt mich so ausgetrickst wie kein anderer Mann zuvor, also laßt das jetzt, in Ordnung? Wollen wir eigentlich den ganzen Tag hier herumstehen, oder was? Warum macht Ihr nicht da weiter, wo Ihr aufgehört habt, als ich erschien, um euren Tag zu verschönern? Was habt Ihr überhaupt in dieser Wildnis zu suchen?«

Tedra bemerkte mit diebischer Freude, wie sich seine Miene verfinsterte. Er hatte also doch nicht alle Gefühle unter Kontrolle. »Ich habe das *taraan* gejagt, das Ihr getötet habt!«

»Das also ist ein *taraan*?« fragte sie. »Hey, ich habe es nicht getötet. Es befindet sich nur in einem Zustand tiefer Lähmung, ein Zustand, in dem ich, bei den Sternen des Himmels, *Euch* am liebsten sehen würde!«

Er ging auf ihren Spott nicht ein, sondern fragte nur: »Wie könnt Ihr von einem *taraan* wissen, ohne jemals eines gesehen zu haben?«

»Weil es eines Eurer Worte ist, die zum Verständnis ein Bild benötigen. Sublimierer liefern leider keine Bilder, sondern nur Worte.«

»Erklärt, Frau!«

»Ich habe Eure Sprache mit Hilfe einer Sublimierer-Diskette erlernt. Ich weiß alle Worte, aber nicht all deren Bedeutungen. Eure Bezeichnungen für Tiere, Nahrungsmittel und dergleichen werde ich erst verstehen, wenn ich sie mit einem realen Bild verknüpfen kann. Würdet Ihr *meine* Sprache lernen, stündet Ihr vor den gleichen Schwierigkeiten.« Ein listiges Grinsen erschien auf ihrem Gesicht. »Das ist überhaupt eine Idee! Habt Ihr Lust, Euch auf mein Raumschiff transferieren zu lassen und meine Sprache zu lernen? Es würde nur ein paar Stunden Eurer Zeit in Anspruch nehmen, und der Kulturschock würde Euch sicherlich guttun!«

Er schnaubte verächtlich. »Ich werde nach dem *taraan* sehen. Ihr bleibt, wo Ihr seid!«

Aber zuerst sah er, zu ihrer Enttäuschung, nach der Phazor-Einheit; er holte sie aus dem Gebüsch hervor und befestigte sie an der Innenseite seines Schwertgürtels. Er hatte einige Sekunden gezögert, ehe er den Phazor berührt hatte, was in Tedras Augen Grund genug für ein paar herzhafte Lachsalven war, doch sie wollte kein Unmensch sein und unterdrückte ihren Heiterkeitsausbruch. Wenigstens ließ der Barbar die Einheit nicht zurück und beraubte sie damit jeder Chance, die Waffe zurückzubekommen. Und sie würde sie zurückbekommen! Besonders für den kommenden Monat könnte ihr der Phazor verflucht gute Dienste leisten, da sie aufgrund ihres Ehrenkodex verpflichtet war, die Konsequenzen ihrer Niederlage zu akzeptieren – und diese, trotz des anmaßenden Wesens des Barbaren, auch kaum noch erwarten konnte.

10.

Das Tier, das der Barbar als *hataar* bezeichnete, war ein häßliches, riesiges struppiges Ding mit einem langen Hals, langen zottigen Haaren und vier Beinen. Seine Mähne fiel seitwärts des Nackens bis zu den dürren Beinen herab, und sein Hinterteil verunzierte ein Schwanz aus Haaren, die fast bis zum Boden reichten. Es war augenscheinlich ein Reittier, mit einem Rücken so hoch, wie Tedra groß war. Ihre kystranischen Vorfahren hatten einst ein ähnliches Tier, das nun schon lange ausgestorben war, als Transportmittel benutzt, aber es war bei weitem nicht so groß und häßlich gewesen.

Das *hataar* des Barbaren war schwarz mit einem weißen Schwanz. Es war am Waldrand an einem Baum festgebunden. Tedra genoß es über die Maßen, durch diese üppigen, grünen Bäume zu spazieren und den herben Geruch von feuchter Erde in sich einzusaugen. Während der großen Wasserknappheit, die zur Erfindung der Solarstrahlbäder geführt hatte, war auf Kystran jegliche Vegetation erstorben. Da bereits damals die Nahrungsmittel auf Raumstationen angepflanzt oder von anderen Planeten importiert wurden und auch Holz schon lange als minderwertiges Baumaterial galt, hatte man anfangs den Verlust der Vegetation weder als Katastrophe noch als ein dringend zu lösendes Problem betrachtet. Als sich dann die Wissenschaftler schließlich doch dem Phänomen widmeten, war das Land bereits extrem ausgetrocknet, nur mehr zum Bepflastern oder Bebauen geeignet. Auf Kystran bestand eine Parklandschaft aus einem kompakten braunen Bodenbelag, der mit gigantischen Metallskulpturen, die Bäume und Pflanzen darstellten, übersät war – ein himmelweiter Unterschied zu dem, was Tedra jetzt sah.

Der Barbar trug das arme *taraan*, das nur deshalb noch lebte, weil es nach wie vor betäubt war. Allerdings brummte der Barbar, er sei froh, keine Blutspur hinter sich herziehen zu müssen, und Tedra unterließ es wohlweislich, ihn nach dem Grund dafür zu fragen. Sie hatte zwar noch keine gefährlichen, wilden Tiere auf dem Planeten entdeckt, aber das mußte nicht heißen, daß es sie nicht doch irgendwo gab.

Um Nacken und Brust des *hataar* war eine gurtähnliche Vorrichtung geschnallt, an der Zügel befestigt waren und die in der Mitte einen Haltegriff aufwies, eine sinnvolle Ergänzung, da das Tier keinen Sattel, sondern lediglich eine dünne Felldecke auf seinem Rücken trug. Daran baumelten an dünnen Schnüren ein langer Fellsack und zwei kleine, kaninchenähnliche Tiere. Sorgfältig schnallte der Barbar nun auch das *taraan* daran fest.

Tedra war keineswegs erpicht darauf, auf diesem Ungetüm zu reiten, obwohl der Rücken des Tieres so lang und breit war, daß bequem zwei oder drei Menschen darauf Platz gefunden hätten. Aber nachdem ihr Reisegefährte die Gurte und Tragriemen gesichert hatte, sprang er nicht auf den Rükken des Tieres, damit sie endlich losreiten konnten, sondern wandte sich nach ihr um und starrte sie eine Weile nachdenklich an. Schließlich streckte er seine Hand nach ihr aus und ergriff den Ärmel ihrer Tunika.

»Dies ist mir nach wie vor ein Dorn im Auge, Frau.«

Mehr sagte er nicht, sondern stand einfach da und wartete, als sei sie eine Gedankenleserin. Und vielleicht war sie das in diesem Moment auch. Er hatte sich jede nur erdenkliche Mühe gegeben, ihr die Gesetze von Kan-is-Tran zu erklären, und ihr war klar, daß nun jede weitere Weigerung sinnlos wäre. Entweder zog sie die anstößigen Kleider jetzt aus, oder er würde es für sie tun, und das würde sicherlich alles andere als angenehm werden.

Doch da kam ihr plötzlich ein neuer Gedanke: Wenn sie sich bis auf die Haut entkleidete, würde der Barbar womöglich ihrem Beispiel folgen. Denn welcher gesunde Mann, aus welcher Kultur auch immer, würde sich diese Gelegenheit entgehen lassen? Sie waren hier ganz allein, und die Decke auf dem Rücken des *hataar* würde sich bestimmt gut unter einem Baum ausmachen! Ein paar Stunden angenehmes Sexteilen würde den Barbaren ihr gegenüber vielleicht gnädiger stimmen.

»Ich wette fünfzig Umtauschgutscheine, Krieger, daß Euch noch nie jemand einer übergroßen Flexibilität beschuldigt hat. Aber das ist schon in Ordnung. Sturheit hat auch ihre Vorteile. Welch Glück für Euch, daß ich von so nachgiebigem Charakter bin!«

Sie warf ihm ein neckisches Grinsen zu, schlüpfte dann aus dem einen Schuh, warf ihn ihm zu, und danach aus dem nächsten. Mit einem Handgriff löste sie ihren Vielzweckgürtel, schlang ihn, ermutigt durch den Blick seiner dunklen Augen, die jede ihrer Bewegungen gebannt verfolgten, spielerisch um seinen Hals und lachte leise auf, als seine Lippen sich zusammenpreßten und er den Gürtel und die Schuhe neben sich ins Gras fallen ließ. Ihre enge, hochgeschlossene Tunika machte der praktischen Begabung des Designers alle Ehre, da sie binnen Sekundenbruchteilen neben den anderen Teilen auf dem Boden lag. Die obere Hälfte ihres nunmehr enthüllten Bodystockings bannte den Blick des Barbaren derart, daß er das Herabgleiten ihrer Tunikahose glatt versäumte.

Er war deutlich fasziniert von dieser Unterkleidung, die so eng saß, als sei sie ihr auf den Körper gemalt. Sie bestand aus glitzerndem, silberfarbenem Trilon und bedeckte ihre Haut vom Brustansatz bis zu den Zehen. Nur ein leichtes Zerren am Ausschnitt war nötig, damit der Bodystocking sich teilte und bis zu ihren Knöcheln herabglitt. Sie mußte nur noch aus ihm heraustreten.

Lange, schweigende Sekunden betrachteten seine Augen den Preis des Zweikampfes. Tedra wurde sehr still, ihre übermütige Laune war mit einem Mal verflogen. Kein Mann hatte sie bisher so gesehen, und sie fühlte sich unsicher und verwirrt. Es war unmöglich zu sagen, was dieser Mann von ihr dachte, ob ihm gefiel, was er sah. Diese tiefen schwarzen Augen gaben nichts preis.

»Unter Eurer Kriegerkleidung war mehr verborgen, als ich dachte, *kerima*«, sagte er schließlich.

Röte kroch von Tedras Wangen bis zu ihrem Oberkörper.

Obwohl sein Blick während dieser Worte nicht auf ihren großen Brüsten geruht hatte, war Tedra davon überzeugt, daß er darauf angespielt hatte. Der enge Bodystocking preßte ihre Brüste gegen ihren Körper und ließ sie flacher erscheinen, als sie waren, eine notwendige Maßnahme für eine Sec, da bei der Ausübung ihres Berufes hüpfende Brüste nur hinderlich wären. Sie wünschte, er hätte sie nicht erwähnt. Mehr noch wünschte sie aber, er möge den Schritt, der sie voneinander trennte, überbrücken und sie in die Arme schließen, um ihr die Verlegenheit zu nehmen, die sie empfand, da sie nackt war und er nicht.

Worauf wartete er denn? Etwa auf eine Einladung?

»Dies könnt Ihr anbehalten«, sagte er, während er die Kystrallkette aufhob, die zusammen mit ihrer Tunika zu Boden gesunken war.

Er kam näher und zog die Kette vorsichtig über ihren Kopf. Dabei hob er sogar ihren langen Haarschweif in die Höhe, und sie dachte, jetzt, jetzt küßt er mich! Aber er tat es nicht. Er trat einen Schritt zurück und betrachtete sie erneut, seine Augen wie magnetisch von ihren Brustspitzen angezogen, um die die Kystralle spielten. Tedra konnte nur fassungslos zurückstarren. Seine Zurückhaltung war nicht normal, widersprach allem, was sie über Männer und Sex-Teilen wußte. Auch wenn sie es selbst noch nicht erlebt hatte, wußte sie alles, was es darüber zu wissen gab. Der Barbar hatte von ihr als Dienstleistung Sex-Teilen verlangt. Das konnte doch nur bedeuten, daß er sie begehrte, oder etwa nicht?

Was immer es auch bedeuten mochte – Tedra beschlich das dumpfe Gefühl, daß sie es sobald nicht herausfinden würde. Eine tiefe Enttäuschung ergriff sie, und als sie sprach, trieften ihr Worte vor Spott: »Kystralle passen gut zu dem Outfit, findet Ihr nicht auch?«

»In der Tat.«

Ihre Augen sprühten Funken. »Spart Euch Eure Zugeständnisse für einen besseren Zeitpunkt auf, Krieger! Ich habe mich nicht ausgezogen, um mich von Euch begaffen zu lassen, also gebt mir irgend etwas ... Sterne, was *ist* das?« Tedras letzte Worte waren nur mehr ein Keuchen, denn durch die Bäume hindurch erspähte sie ein riesiges, weißes Ungeheuer, das geradewegs auf sie zugesprungen kam. »Mein Phazor, schnell, Mann ... gebt ihn her, sonst enden wir noch als Abendessen!«

Sie streckte die Hand nach der Einheit aus, doch ihre Augen blieben auf das Ungeheuer geheftet, das mit jeder Sekunde näher kam. Mit diesen Reißzähnen konnte es nur ein Fleischfresser sein; es war fast so groß wie das *hataar*, zu groß, als daß ein Barbar damit fertig werden könnte. Der Kopf des Tieres war rund mit quastenförmigen Ohren, der Körper lang, geschmeidig, von kurzem, glattem Fell bedeckt, der Schwanz so lang wie der gesamte Rumpf. Die Pranken allein waren doppelt so groß wie ihre Fäuste, und über die Länge der Klauen, die darunter verborgen sein mußten, wollte sie gar nicht erst nachdenken. Aber ihre Hand blieb leer, und als sie schließlich einen kurzen Seitenblick auf den Barbaren wagte, entdeckte sie, daß er sich zwar nach dem Tier umgedreht hatte, ansonsten aber völlig gelassen blieb. Seine Hand ruhte noch nicht einmal auf seinem Schwertgriff, von ihrem Phazor ganz zu schweigen.

Da sein Rücken ihr zugewandt war, sprang ihr der an der Rückseite seines Gürtels steckende Phazor geradezu ins Gesicht. Aber gerade als ihre Finger die Einheit berührten, kamen andere Finger und schoben ihre Hand weg.

»Seid Ihr verrückt?« kreischte sie.

Der Barbar sah sie nur an, seine Miene war unergründlich. Und das Tier kam immer näher, war nur mehr drei Meter entfernt. Und plötzlich brüllte es lauthals.

»Oooh, Sterne!« wimmerte Tedra und rannte auf den nächsten Baum zu.

Noch ehe sie die Baumkrone erreicht hatte, die sich etwa vier Meter über dem Boden ausbreitete, vernahm sie ein lautes Lachen. Doch sie war noch zu sehr mit der Rettung ihres Lebens beschäftigt, als daß sie weiter darauf geachtet hätte. Das ungewohnte Klettern in dem nicht minder ungewohnten Baum erwies sich als überaus schwierig. Erst als sie flach auf einem breiten Ast lag und sicher war, nicht abzurutschen, riskierte sie einen vorsichtigen Blick nach unten, um zu sehen, was es mit dem Gelächter auf sich hatte.

Es war der Barbar, natürlich, und er lachte nicht nur, er krümmte sich förmlich vor Vergnügen! Als sie dann freilich das riesige, katzenartige Wesen entdeckte, das zahm wie ein verdammtes Schoßtier neben ihm saß, dämmerte ihr der Grund für seinen kindischen Heiterkeitsausbruch. Das dröhnende Lachen schwoll langsam zu vereinzelten Gluckssern ab, und nun vernahm sie ein lautes Schnurren, das zweifellos von dem Tier stammte. Und damit nicht genug: Es starrte mit großen, blauen Augen zu ihr hinauf, als sei sie irgendeine abnorme Erscheinung. Sie fühlte sich so lächerlich und dumm, daß ihr die Schamesröte in die Wangen schoß.

»Dieser Baum, den Ihr so zu schätzen scheint, hätte Euch auch nicht geholfen, *kerima*«, ertönte die Stimme ihres Begleiters, der nun unter den Baum getreten war.

»Oh!«

»Der *fembair* spielt in den Bäumen. Hätte er Euch auf seinem Speiseplan haben wollen, hätte er Euch schon längst Gesellschaft geleistet.«

So also sah ein *fembair* aus! Aus den Sublimierern wußte sie, daß er eine Art wildes Tier war, das man besser meiden sollte, doch dieses Exemplar hier sah eigentlich nicht mehr wild aus, dafür aber furchterregend wie die Hölle. Es war dem Barbaren gefolgt und stand nun neben ihm, sein Körper reichte dem Barbaren bis zur Brust.

»Kommt herunter, Frau, wir müssen uns auf den Weg machen.«

Das war alles? Keine Entschuldigung für den miesen Streich, den er ihr gespielt hatte?

»Die Aussicht von hier oben ist ganz wunderbar« erwiderte sie boshaft.

Ohne auf ihren Ton oder ihre Worte zu achten, rief er: »Laßt Euch einfach fallen. Ich fange Euch auf.«

Angesichts ihrer unbequemen Lage auf dem Ast, dessen Rinde sich schmerzhaft in die zarte Haut ihres Bauches und ihrer Innenschenkel bohrte, wollte Tedra keine große Lippe mehr riskieren. Sie umfaßte den Ast mit beiden Händen und ließ dann ihren Körper langsam herab, bis er von dem Ast baumelte. Sobald sie die Hände auf ihren Waden spürte, ließ sie sich fallen – direkt in die Arme des Barbaren. Einen Herzschlag lang preßte sich eine rauhe Wange gegen ihren Bauch, und dann glitt sie langsam, sehr langsam seinem Körper entlang hinab, bis ihre Füße den Boden berührten.

Jetzt war es soweit! Dieses aufreizende Körper-an-Körper-Gleiten hatte er absichtlich so intensiv gestaltet. In ihren Lenden spürte sie bereits heiße Wogen des Verlangens aufbranden. Wenn er sie jetzt nicht küßte . . .

Er gab ihr einen Klaps auf den Hintern, dann löste er seine Arme von ihr und ging weg. Er ging einfach weg! Am liebsten hätte Tedra geschrien, mit den Füßen gestampft. Aber natürlich tat sie so etwas nicht. Wenn sie frustriert war, reagierte sie sich gewöhnlich mit einem grausamen Übungsprogramm ab, um ihre Freunde und Mitarbeiter mit ihrer üblen Laune zu verschonen. Aber eine so entsetzliche Frustration wie jetzt hatte sie noch nie zuvor empfunden, und nie zuvor hatte sie ein solch tiefes Verlangen nach Sex-Teilen verspürt.

Da stand sie nun, nackt, bebend vor Verlangen, und er ging einfach weg! Sie konnte es nicht glauben! War dieser Mann denn aus Stein? Oder vielleicht beurteilte sie ihn nur von ihrer Perspektive aus, und er wollte sie gar nicht? Er hatte sie beansprucht, aber nach den Gesetzen seines Landes war sie ja auch eine beanspruchbare Frau. Was war ihm da anderes übriggeblieben? Er hatte sich sogar, gleich nach dem Kampf, in einer für das Sex-Teilen geradezu idealen Position befunden, ohne freilich den kleinsten Nutzen daraus gezogen zu haben. Fünf lange Jahre hatte sie auf das Sex-Teilen verzichtet, und was erhielt sie nun, da sie sich endlich dazu durchgerungen hatte? Einen Mann, der es tun, aber auch lassen konnte, schlimmer noch, der sie womöglich überhaupt nicht wollte. O Sterne, was war das doch für ein megalaktisches Glück!

»Frau?«

Eine Aufforderung? Eine megalaktische Aufforderung! Sie würde es ihm schon noch heimzahlen! Sie stolzierte auf die beiden zu, die neben dem *hataar* auf sie warteten. Ihre aquamarinfarbenen Augen funkelten angriffslustig, zeigten keine Spur von Angst mehr vor dem weißen Ungetüm.

»Das ist wohl ein Freund von euch?« fragte sie mit trügerisch sanfter Stimme.

»Ein sehr guter Freund.«

Ihr Finger bohrte sich in die Mitte seiner Brust. »Ihr hättet mich darüber aufklären können, prähistorischer Trottel, der Ihr seid, anstatt mich . . .«

»Frau«, unterbrach er sie, teils überrascht, größtenteils aber mißbilligend. »Wo immer Ihr auch herkommt – jetzt befindet Ihr Euch in Kan-is-Tra. Ihr werdet Euch den hiesigen Gesetzen fügen und Euch so benehmen, wie es einer Frau zusteht.«

Tedra lachte höhnisch auf. »In anderen Worten, ich darf Euch nicht für Eure Hinterhältigkeit verfluchen oder anmerken, wie kindisch Euer kleiner Scherz war?«

»Ihr habt einem Krieger immer Respekt zu erweisen.«

»Sonst?«

»Sonst werdet Ihr von jenem bestraft, der Euch beschützt.« Seine Stimme war ganz ruhig, aber auch sehr bestimmt.

»Beschützt!« brummte sie, schon etwas weniger feurig. »Ihr glaubt doch nicht ernsthaft, daß ich mich auf wundersame Weise plötzlich in ein Modell der kan-is-tranischen Weiblichkeit verwandle, das bei jedem Eurer Befehle sofort losspurtet?«

Er betrachtete sie so lange und so ernst, daß sie ihre letzte spöttische Bemerkung bedauerte. Dann antwortete er mit einem leicht drohenden Unterton: »Ihr werdet es tun.«

Vielleicht würde sie es auch – zumindst für eine kurze Zeit. Wenn sie sich allerdings dazu entschlösse, seine Bestrafungen aushalten zu können ... Immerhin war ihr Körper darauf konditioniert, große Schmerzen ertragen zu können, ohne daß seine Funktionsfähigkeit darunter litt. Sie mußte einfach warten und es herausfinden.

Er schien der Meinung zu sein, sie für den Moment gezähmt zu haben, denn er wandte sich, ohne ein weiteres Wort, dem *hataar* zu und zog von dessen Rücken die dünne Felldecke. Dann nahm er sein langes Schwert, schnitt ein Loch in die Mitte der Decke und zog diese, noch ehe Tedra merkte, was er vorhatte, mit der Fellseite nach innen über Tedras Kopf. Anschließend holte er die Kette sowie ihren Haarschweif darunter hervor und arrangierte beides nach seinen Vorstellungen.

Sie wußte nicht, ob sie ihm danken sollte oder nicht. Die Decke roch nach *hataar*, aber das Fell schmiegte sich sanft gegen ihre Haut. Als Bedeckung war das Fell zwar nicht sehr geeignet, da es ihr vorne und hinten nur bis zur Mitte der Schenkel reichte, dafür war es jedoch weit genug, um es bequem um ihre Arme zu schlingen. In jedem Fall war es besser als nichts.

Sie entschied, ihm nicht zu danken, da sie sich ja nur auf

sein Drängen hin ausgezogen hatte. »Ich brauche einen Gürtel«, bemerkte sie anstatt dessen. »Meiner würde prima dazu passen.«

Er schaute nicht einmal auf ihren Kleiderhaufen, sondern öffnete den langen Fellsack, der an den Gurten des *hataar* befestigt war, und zog eine Schnur daraus hervor, ähnlich jener, die er zum Festbinden der Tiere benutzt hatte.

Tedra stöhnte innerlich auf. »Ist diese Schnur nicht ein bißchen alt, ich meine *alt*-modisch? Was ist denn an meinem eigenen Gürtel auszusetzen?«

»Es ist sicherlich ein schöner Gürtel – für einen Krieger«, gab er zurück. Er sah sie mit seinen dunklen Augen an und fügte sanft hinzu: »Ihr benötigt keinen Gürtel, *kerima.*«

»Warum dann . . .« Fassungslos brach sie ab, denn er hatte ihre beiden Handgelenke ergriffen und begann sie nun in aller Ruhe zusammenzubinden. »Was zum Teufel soll das?« fauchte Tedra gereizt und beunruhigt zugleich. »Ich bin durch meine Ehre dazu verpflichtet, einen Monat lang bei Euch zu bleiben, Krieger. Dies hier ist nicht notwendig, und Ihr wißt das auch!«

»Jeder Verlierer eines Zweikampfes und jeder Gefangene wird anfangs so behandelt, um allen anderen seinen oder ihren Status kundzutun.«

»Keiner wird eine Frau für eine Verliererin halten.«

»Seid froh darüber, *kerima.* Verlierer werden verspottet und verachtet. Gefangene sind lediglich eine Kuriosität.‹

»Wenn Ihr mir meine Kleider gelassen hättet . . .«

»Jeder Krieger in meinem Lager hätte gefordert, daß Ihr sie auszieht. Ich bin nicht der einzige, der eine derart gekleidete Frau als beleidigend empfindet.«

Tedra zerrte an der Schnur, die nun straff um ihre Handgelenke gewickelt war, und stieß zähneknirschend hervor: »Eines muß Euch der Neid lassen: Ihr wißt wirklich, wie man ein Mädchen verwöhnt!«

»Eure Angewohnheit, Dinge zu sagen, die Ihr nicht meint, ist verwirrend, Frau. Hört damit auf und bleibt lieber bei der Wahrheit.‹

»Liebend gerne«, höhnte sie, »aber dann werde ich bestraft, wie Ihr mir wiederholt angedroht habt.«

»Und was wäre im Moment die Wahrheit?«

»Daß ich beginne, Euch *und* Euren Planeten *und* Eure megalaktischen Gesetze zu hassen! Schreibt Euch das hinter Eure riesigen Ohren!«

Er drehte ihr Gesicht zu sich und sah sie an. Seine Reaktion verwirrte sie, da seine Miene eindeutige Belustigung ausdrückte. Und seine Worte, die in krassem Gegensatz zu seiner Miene standen, verwirrten sie noch mehr.

»Ihr hattet recht, *kerima.* Solch ein Verhalten verdient Strafe. Ihr werdet sie in Kürze zu spüren bekommen.«

»Danke! Das beruhigt mich wirklich ungemein!«

Er schüttelte den Kopf, als habe er es mit einem trotzigen Kind zu tun. Dann fiel sein Blick auf ihre gefesselten Hände. Lange Zeit starrte er darauf, runzelte sogar nachdenklich die Stirn, so daß Tedra schon hoffte, er möge es sich doch noch anders überlegen. Aber sie hatte sich zu früh gefreut. Er hob statt dessen ihre Tunikahosen auf, schnitt, ungeachtet ihres Aufstöhnens ob der Zerstörung solch kostbarer Kleidung, ein paar Zentimeter von jedem Hosenbein ab und schob je eines dieser Stoffbahnen unter ihre Handfesseln. Wollte er etwa ihre Haut schonen? Wie aufmerksam – und widersprüchlich zugleich. Warum sollte er sich darum kümmern? Er hatte sie immerhin gefesselt. Was machte es schon aus, wenn die Schnüre Striemen in ihre Haut schnitten? Sie war weniger wert als eine Gefangene. Sie war eine Verliererin, die man verachten und verspotten konnte.

Mit einem Mal wurde sie von einer grenzenlosen Wut auf ihren verräterischen Computer gepackt und zischte auf Kystrani: »Ich hoffe, du bekommst das alles mit, Martha, weil die Rechnung, die wir beide zu begleichen haben, immer höher wird. Wenn ich hier wieder herauskomme, werde ich dich nicht einfach verkaufen, o nein, ich werde dich zerstören, all deine Stecker herausziehen, deine Schaltkreise zum Schmelzen bringen! Und das ist erst der Anfang! Ich muß das jetzt einen Monat lang durchstehen, aber glaube nicht, ob du jetzt wieder zur Vernunft kommst oder nicht, daß die Zeit für dich arbeitet! Ich werde nicht vergessen, daß du mich noch *vor* diesem megalaktischen Duell hättest retten können! Jede Sekunde, in der ich diese barbarische Arroganz ertragen muß, wird mich an deinen Verrat erinnern! Du warst . . .«

Ein Stück Stoff schob sich in ihren Mund und beraubte sie jedes weiteren Wortes, und mit schreckgeweiteten Augen spürte Tedra, wie ein weiterer Stoffstreifen sich über ihren Mundknebel legte und am Hinterkopf zusammengebunden wurde. Ihre Hände waren gebunden, sie konnte nichts dagegen tun. Sie konnte nur ihre Wut über diese unerhörte Behandlung herausschreien, aber es kam nur ein jämmerliches Krächzen zustande, zu unbefriedigend, als daß sie lange durchgehalten hätte.

Als sie wieder verstummte, stellte er sich direkt vor sie hin. Er hatte wieder seine undurchdringliche Miene aufgesetzt. »Das wird jedesmal geschehen, wenn Ihr mit Eurer Martha in mir unbekannten Worten sprecht«, sagte er. »Sobald Ihr Eure Lektion gelernt habt, werde ich Euch gestatten, wieder zu sprechen. In Sha-Ka'ani natürlich.«

Sha-Ka'ani? Nannte er so die Sha-Ka'ari Sprache, die sie gelernt hatte? Martha hatte gesagt, daß auf dem ganzen Planeten nur eine Sprache gesprochen werde, wenngleich das dem Barbaren natürlich nicht bekannt sein mußte, glaubte er doch, daß Tedra, obwohl sie eine fremde Sprache sprach, aus einem anderen Land und nicht von einem anderen Planeten stammte. Das würde freilich dafür sprechen, daß dieser Planet hier nicht Sha-Ka'ar, sondern Sha-Ka'an war.

Sie wußte zwar nicht warum, aber trotzdem hatte Tedra das Gefühl, eine bedeutende Erkenntnis gewonnen zu haben. Immer noch kannte sie den Namen ihres Peinigers nicht, dafür aber den seines Landes und nun auch den seines Planeten. Wahrscheinlich brauchte sie in ihrer jetzigen Situation ein Erfolgserlebnis, sei es auch noch so unbedeutend, um für all die negativen Gedanken, die auf sie einströmten, einen Ausgleich zu schaffen. Geknebelt und gefesselt! Was würde wohl als nächstes kommen?

11.

Erst als sie schon etliche Meilen hinter sich gebracht hatten, erinnerte sich Tedra an ihren Gürtel und das daran befestigte Peilgerät. Sie war so von ihrer Wut und hinterher dann, auf dem Rücken des *hataar*, von der körperlichen Nähe zu dem Barbaren abgelenkt gewesen, daß sie gar nicht mehr an ihre Kleidungsstücke gedacht hatte.

Er hatte sich auf sein *hataar* geschwungen, sich dann zu Tedra hinuntergebeugt, sie mit einem Arm um die Taille gepackt und vor sich auf den Rücken des Tieres gehoben. Er hatte die Zügel ergriffen, mit der Zunge geschnalzt und schon waren sie losgaloppiert, dicht gefolgt von dem zahmen *fembair*.

Jetzt, eine gute Stunde später, konnte Tedra nicht glauben, wie sie so dumm gewesen sein konnte, etwas derart Wichtiges zu vergessen. Sicher, sie hätte mit dem Knebel im Mund nichts sagen können, aber einfach vergessen? Und wieso hatte der Barbar kein Interesse daran gehabt, ihre Sachen mitzunehmen, und sei es auch nur, um sie seinen Freunden zu zeigen? Sie hatte eigentlich fest damit gerechnet, denn sonst hätte sie sich nicht so bereitwillig ausgezogen und ihre einzige offene Verbindung zu Martha aufgegeben.

Da Martha keine Stimmen mehr hörte – der Barbar hatte den ganzen Weg über geschwiegen –, nahm sie wahrscheinlich an, Tedra und der Barbar würden sich mit Sex-Teilen vergnügen. Der Kurzradius-Abtaster war ohne Stimmen, die er anpeilen konnte, völlig nutzlos, und eben deshalb war das Peilgerät auch so wichtig. Das weiche Dahingleiten des *hataar* konnte durch den Kurzradius-Abtaster sicher nicht aufgefangen werden. Und der Weitradius-Abtaster würde ebenfalls nicht allzuviel bewirken können, da es in dieser Gegend bestimmt noch mehr Tiere gab, die sich bewegten.

Martha würde nicht mehr wissen, was vor sich ging, und Tedra nicht mehr überwachen können. Ohne die Anschlußmöglichkeit an eine Stimme würde Martha sie nicht mehr auf den Transporter zurücktransferieren können. Und ohne ihre Phazor-Combo-Einheit hatte auch Tedra, was den Rücktransport betraf, keine Chance. Kurzum, ohne ihre Einheit und ohne Martha würde sie in dieser rückständigen Welt bleiben müssen. Und daran war allein *er* schuld!

Tedra war noch ganz in ihren trüben Gedanken versunken, als plötzlich der Knebel gelöst und das Stück Stoff aus ihrem Mund entfernt wurde. Aha, seiner Meinung nach war also genügend Zeit verstrichen! Und hatte sie ihre Lektion auch brav gelernt? Das einzige, was sie gelernt hatte, war, daß sie keinen Versuch unternehmen konnte, Martha zu erreichen, solange der Barbar in der Nähe war. Dieser megalaktische Knebel war ausgesprochen unangenehm gewesen. Ihr Mund war so trocken wie ein Solarstrahlbad. An den Gurten des *hataar* hing alles mögliche, nur kein Wasserbehälter. Sie mußte also weiterleiden, bis sie irgendwann auf Wasser stießen. Der Barbar verfügte vielleicht doch über raffiniertere Methoden, als sie anfangs geglaubt hatte.

Nachdem sie einige Male geschluckt hatte, ohne sich allerdings besser zu fühlen, röchelte sie: »Sagt mir ... eines nur. Wird meine ... Zeit mit Euch ... weiterhin so ... unangenehm sein?«

Er senkte den Kopf, bis sein Kinn auf ihrer Schulter ruhte. Dadurch kam seine Wange an die ihre zu liegen, und sie vergaß vor Überraschung beinahe ihren trockenen Mund.

»Es wird keinerlei Unannehmlichkeiten geben, *kerima*, solange Ihr mir einfach gehorcht und Euch so betragt, wie es einer kan-is-tranischen Frau angemessen ist.«

»Selbst wenn ich nicht so eine Frau bin?«

»Ihr werdet es sein«, sagte er, und aus seiner Stimme sprach tiefe Überzeugung. »Es wird mir ein Vergnügen sein, Euch darin zu unterrichten.«

Und wie viele weitere Qualen würde sie dieser Unterricht kosten? »Hört, Krieger, ich bin kein Arschkriecher, und ich halte auch nicht mit meiner Meinung hinter dem Berg zurück«, erwiderte Tedra unverblümt. »In meinem Land könnte keiner das mit mir tun, was Ihr mit mir getan habt. Dadurch hat sich in mir eine gewisse Arroganz und ein gesundes Selbstbewußtsein entwickeln können, Eigenschaften, die Ihr an Euch selbst kennt. Und das könnt Ihr nicht aus mir herausprügeln, ungeachtet des Dienstes, den ich Euch nun mal schulde. Würde ich Euch denn ebenso amüsieren, wie ich es scheinbar tue, wenn ich mich in einen faden Abklatsch der Euch gewohnten Frauen verwandle? Überlegt Euch die Sache doch mal von diesem Aspekt aus.«

Er antwortete nicht. Er nahm auch nicht sein Kinn weg. Vielmehr rieb er seine Wange sanft gegen die ihre, eine zärtliche Liebkosung, die auf ihren Armen Gänsehaut und in ihrem Bauch ein verlangendes Feuer hervorrief. Im stillen verfluchte sie sich dafür. Sie wollte sich nicht erneut dazu hinreißen lassen, ihn zu begehren, nicht, solange der verfluchte Krieger nicht das einzuhalten gedachte, was seine subtilen Aktionen versprachen. Eigentlich war sie schon drauf und dran gewesen, ihr anfängliches Vorhaben, ihn als ihren ersten Sex-Teiler einzusetzen, wieder zu verwerfen. Allerdings blieb ihr, was das betraf, im kommenden Monat keine große Wahl, *wenn* er sich jemals dazu entschließen sollte. Und so, wie er sie behandelt hatte, war sie gar nicht mehr sicher, ob sie ihn überhaupt noch wollte.

Der Geruch von Wasser riß sie aus ihren Gedanken. Sie konnte es tatsächlich riechen und dann, als sie ihren Kopf wandte, auch sehen. Es war ein kleiner Fluß, der durch das niedrige Gras dahineilte.

Das *hataar* wurde in Richtung des Flusses gelenkt, und sobald es am Ufer anhielt, ergriff Tedra mit ihren gefesselten Händen den Haltegriff und glitt vorsichtig vom Rücken des Tieres herab. Ohne ein Wort zu sagen, sank sie am Ufer des plätschernden kleinen Flusses in die Knie und schlürfte aus ihren gefesselten Händen gierig das erfrischende Wasser, bis ihr Durst gestillt war.

»Was für Männer habt Ihr in Eurem Land, daß sie Euch nicht im Kriegersport besiegen können?«

Er hatte also über ihre Worte nachgedacht! Oder vielleicht auch nicht. Womöglich interessierte ihn auch nur dieser eine Punkt.

Als sie sich nach ihm umwandte, sah sie statt seiner die monströse Schnauze des *fembair* vor sich, die an ihr herumschnupperte. Er mußte sich an sie herangeschlichen haben, während sie am Ufer gekniet hatte. Tedra war nicht an lebende Tiere gewöhnt, schon gar nicht an Tiere dieser Größe, aber da sie überzeugt war, der Barbar würde sie bei Gefahr, gefressen zu werden, schon rechtzeitig gewarnt haben, ignorierte sie das riesige Tier einfach. Sie lehnte sich zur Seite, um an ihm vorbeischauen zu können.

»Versteht Ihr unter Kriegersport den waffenlosen Kampf?« Auf sein Nicken hin grinste sie ihm zu. »Daß Ihr Eure Frauen daran teilnehmen laßt, wage ich gar nicht erst anzunehmen, aber in meiner Welt nehmen sie daran teil – und gewinnen gelegentlich.«

Sie wischte ihr Kinn an einem Arm ab und stand auf. In seiner Miene entdeckte sie eine winzige Spur von Gereiztheit, und in Anbetracht seiner sonst unbewegten Mimik konnte das nur bedeuten, daß er ziemlich verärgert war. »Ihr fahrt damit fort, Euer Land als Eure ›Welt‹ zu bezeichnen. Ihr werdet das unterlassen, Frau.«

Sie wußte verdammt gut, daß dies nicht der Punkt war, der ihn störte. Es war die Vorstellung, Frauen könnten Männer besiegen, die ihn in Harnisch brachte.

»Wie Ihr befehlt, Baby«, stimmte sie zu, ohne ihr Grinsen unterdrücken zu können.

»Ihr werdet es außerdem unterlassen, mich mit dem Namen eines Kindes zu bezeichnen und anzureden.«

»Das ist nur ein Ausdruck für echte Zuneigung, Süßer!«

»Und Ihr werdet mich auch nicht mit diesem Ausdruck benennen, oder ich verspreche Euch eine Art von Zuneigung, die Ihr noch nie erlebt habt.«

Tedras Humor eilte mit dem Fluß gen Süden. »Langsam aber sicher geht Ihr mir auf die Nerven, Krieger. Darf ich Euch daran erinnern, daß Ihr mir noch nicht Euren werten Namen kundgetan habt?«

»Ich heiße Challen Ly-San-Ter«, antwortete er steif.

»Hurra! Und gestattet Ihr mir gütigst, o großer Meister, Euch bei diesem Eurem Namen zu nennen?«

»Geht zurück zum *hataar*, Frau!«

Er schrie nicht, doch sie spürte den warnenden Unterton. Ohne Widerrede ging sie zum *hataar* und wartete, daß er sie hinaufhebe. Sie verhielt sich schon wie eine folgsame kan-istranische Frau, schoß es ihr durch den Kopf. Irgendwie schaffte er es, sie einzuschüchtern, und das gefiel ihr ganz und gar nicht. Aber sein Name gefiel ihr – Challen Ly-San-Ter, der ungewöhnliche Barbar vom Planeten Sha-Ka'an.

Sie verließen die Wiese und tauchten wieder in ein Waldgebiet ein. Nachdem sie eine ganze Zeit schweigend geritten waren, wagte Tedra das Gespräch fortzusetzen – mit einer neuerlichen Nörgelei. »Hättet Ihr nicht wenigstens meine Kleidung mitnehmen können, auch wenn Ihr mir das Tragen nicht gestattet? Ihr habt so ein Material doch noch nie gesehen. Seid Ihr nicht neugierig über die Beschaffenheit und woher es kommt?«

»Ihr beansprucht für Euch ein Land namens Kystran. Von dort muß es kommen.«

Ein scharfsinniges Kerlchen! »Interessiert Euch nicht, wo sich Kystran befindet?«

»Nein.«

»Nein?«

»Was nutzt ein Land, in dem die Frauen die Krieger sind und die Männer diese Frauen nicht zu schlagen vermögen? Unsere Krieger heben ihr Schwert nicht gegen Frauen und auch nicht gegen Männer, die ihre Frauen nicht unter Kontrolle haben.«

»Unter Eurer Würde, was?« spottete sie. »Doch Ihr habt ein falsches Bild davon – Challen. Auf Kystran haben wir uns schon längst von der Vorstellung befreit, daß ein Geschlecht dem anderen überlegen ist und es deshalb unterdrücken darf. Bei uns sind Frauen und Männer gleich, bekommen die gleiche Ausbildung, haben die gleichen Chancen im Beruf. Unsere Männer mögen zwar nicht an Eure Größe herankommen und sind auch keine Schwertträger, aber die Männer, die wie ich in der Security arbeiten, benutzen eine andere Art von Waffen. Waffen, deren Handhabung keine besondere Größe oder Stärke erfordert. Ihr habt ja bereits eine kleine Kostprobe dieser Waffen erhalten, doch es gibt noch andere, weitaus gefährlichere, die ein Lebewesen so gründlich auslöschen können, daß keine Spur davon zurückbleibt.« Sein verächtliches Schnauben zeigte ihr, daß er kein Wort glaubte. »Beantwortet mir eine Frage. Ihr habt doch einen Phazor gesehen und am eigenen Leibe gespürt. Habt Ihr jemals eine solche Waffe gesehen oder Geschichten darüber gehört?«

»So etwas ist nur für Männer, die nicht in der Lage sind, sich anderweitig zu verteidigen.«

»Eine bemerkenswerte Erkenntnis, aber nicht die Antwort auf meine Frage. Ihr habt noch nie von solchen Dingen gehört, weil sie in Eurer Welt nicht existieren.«

»Es gibt Länder, weit von hier entfernt, mit denen wir noch nie etwas zu tun hatten.«

»Ihr habt wohl für alles eine megalaktische Antwort parat!« stieß sie zähneknirschend hervor. »Und wie, bitte sehr, bin ich dann von diesen entfernten Ländern hierhergekommen. Und warum zum Teufel hätte ich überhaupt kommen sollen – noch dazu allein?«

»Wie Ihr sagtet – um zu handeln.«

»Und *Ihr* sagtet, Frauen würden nicht mit solchen Aufgaben betraut werden! Dürfen sie das jetzt auf einmal doch – wenn auch nur in Ländern, mit denen Ihr nichts zu tun habt?«

Er zog es vor, das Thema zu wechseln. »Was bedeutet eigentlich dieses ›megalaktisch‹?«

»Es wird verwendet, um einen gewissen Unmut auszudrücken, genau das, was ich im Augenblick empfinde!« Sterne, sie war wirklich nicht der aggressive Typ, aber er machte es einem verdammt schwer! Sie seufzte. »Na gut, dann bleiben wir eben bei den Themen, die Euch vertraut sind – beispielsweise bei dem Dienst, den ich Euch schulde. Ich habe den leisen Verdacht, daß Ihr darunter etwas anderes versteht, als ich anfangs glaubte. Klärt mich doch darüber auf – aber im Detail.«

»Ihr werdet viele Dinge für mich tun.«

»Als da wären?«

»Bei Mondaufgang werdet Ihr Euch meiner schmerzenden Muskeln annehmen.«

»O armer Kleiner«, schnurrte sie zuckersüß. »Hat die gute alte Tedra etwa dem großen, starken Barbaren wehgetan?«

Sie gratulierte sich insgeheim zu diesem Seitenhieb, der sicher gesessen hatte, wenn sie auch das Gesicht des hinter ihr sitzenden Barbaren nicht sehen konnte. Er gab keinen Laut von sich, sondern beugte sich vor und preßte sich dabei gegen ihren Rücken, um den Haltegriff zu erreichen. Sie beobachtete, wie seine Hände die Zügel am Haltegriff festbanden, und sie beschlich das dumpfe Gefühl, daß sie nun in Schwierigkeiten war. Was hatte er vor? Er hatte jetzt beide Hände frei, wollte er sie etwa schlagen? Etwas schwierig auf dem Rücken des *hataar*. Doch da schlüpften seine Hände unter ihr Fellkleid, und sie schnappte überrascht nach Luft.

Bebende Schauer durchzuckten ihren Körper, als diese langen, männlichen Finger ihre Brüste berührten, sie streichelten und umfaßten, bis jede der empfindsamen Wölbungen in einer starken Hand gefangen war. Die kleine Flamme, die vor ein paar Stunden entzündet worden war, wuchs zu einem lohenden Flammenmeer, das jeden einzelnen ihrer Nerven zum Erglühen brachte. Ihr Kopf fiel zurück gegen eine harte Schulter, und ein kehliges Stöhnen entrang sich ihrer Brust, das sie, auch wenn sie gewollt hätte, nicht hätte unterdrücken können.

Der Laut drang in ihren Kopf, in ihren Verstand, und sogleich kam ihr die ernüchternde Wahrheit, daß der Barbar schon wieder absichtlich und auf unfaire Art und Weise ihren Körper zum Erklingen bringen wollte, obwohl er offenbar keine Absicht hatte, ein Duett anzustimmen. Ihr erster Reflex war es, ihn aufzuhalten, und sie unternahm auch einen Versuch, freilich nur, um wieder an ihre gefesselten Hände erinnert zu werden. Sie konnte ihre Hände nicht einmal unter ihren Fellumhang schieben, geschweige denn die seinen entfernen.

Hilflos, wehrlos! Dieses ungewohnte Gefühl ließ ihren

Kampfgeist erwachen. Aber die einzigen Waffen, die ihr zum Kampf verblieben, waren Worte, und wahrscheinlich würde sie sich wohl oder übel damit abfinden müssen, daß diese unfaire Kriegsführung von nun an die Norm und nicht die Ausnahme sein würde.

»Ist mir in der Übersetzung irgend etwas entgangen, Krieger? Ich könnte schwören, daß mein Dienst an eine festgelegte Örtlichkeit gebunden war und jedes Techtelmechtel an anderen Orten klar ausschloß. Und wenn ich mich hier so umschaue, kann ich beim besten Willen nichts entdecken, was im entferntesten einem Schlafgemach gliche. Und dieses *hataar* sieht mir auch nicht gerade wie ein Bett aus. Also laßt das, alter Knabe, oder Ihr macht Euch des Vertragsbruches schuldig!«

»Klugheit bei Frauen wird bewundert, *kerima.*«

»Danke.«

»Aber an mir ist Eure Klugheit verschwendet. Die Worte waren ›wo immer ich schlafe‹.«

»Wenn Ihr mir damit unterjubeln wollt, auf diesem Reittier zu schlafen, dann ist Eure Erfindungsgabe an *mir* verschwendet. Überlegt Euch was Besseres!« erwiderte sie trokken.

»Wenn die Zeiten schwierig und die Wegstrecken lang sind, wird ein Krieger tatsächlich auf seinem *hataar* schlafen. Da ich dies schon mehr als einmal getan habe, kann eure Bestrafung nicht aufgeschoben werden.«

Tedra versteifte sich und versuchte von ihm abzurücken, doch seine Hände hielten sie fest an ihrem Platz. *Dies* sollte ihre Bestrafung sein? Jetzt verstand sie, warum er vorher, als er ihr Strafe für ihr respektloses Benehmen angedroht hatte, so fröhlich gewesen war. Dieser Mann war teuflisch! Wer, außer einem Barbaren, konnte auf die wahnwitzige Idee verfallen, eine Frau zu bestrafen, indem er ihre Begierde anstachelte?

Sie konnte ihm das nicht durchgehen lassen. Ein, zwei Hiebe hätte sie ja hinnehmen können, aber dies? Ihr Verlangen war noch zu neu für sie und ihre Reaktionen darauf völlig unkontrolliert. Dieser Kontrollverlust war für eine Sec, die in jeder Situation den Überblick behalten mußte, vollkommen unakzeptabel. Auch wenn sie nicht als eine Sec hier war, so doch als eine Frau mit Stolz, für die ein Kontrollverlust einem Verlust der persönlichen Würde gleichkam.

Sie konzentrierte all ihren Willen darauf, die Hände, die nun sanft ihre Brüste kneteten, zu ignorieren. Sie spürte die warme Brise auf ihrem Gesicht, das stachelige, zottige Fell des *hataar* an der Innenseite ihrer Schenkel, sogar die Berührung der weichen Felldecke auf ihrer Haut, aber nicht die Hände des Barbaren. Ihr Konzentrationsvermögen funktionierte und funktionierte – bis eine dieser vorwitzigen Hände die weitgeöffnete Mündung ihrer Beine entdeckte, und dann schlug jede einzelne Körperempfindung, die sie ignoriert hatte, mit geballter Wucht auf sie ein, und neue, ungeahnte Empfindungen kamen hinzu . . .

Es war wie ein Dahinschmelzen, ein Sichauflösen in heißen Flammen. Der Finger, der in sie hineinglitt, war die Fackel. Erhabene Sterne, so ein Gefühl hätte sie sich nie träumen lassen! Es raubte ihr den Atem, nahm ihr den Verstand. Sie drängte sich nun mit dem Rücken gegen den Barbaren, gewährte ihm totalen Zugang, wünschte, er möge nicht aufhören. Der Genuß war unbeschreiblich, tief, tief in ihr, schwoll an, drängte nach Erlösung. Aber Erlösung wurde nicht gewährt. Was als Lust begonnen hatte, wurde langsam, aber sicher zu einer Höllenqual tiefer Frustration, einem nervenzerreibenden Aufruhr, ohne auch nur einen Moment der Ruhepause. Sie zitterte, sie stöhnte, sie krümmte sich über diesem *hataar*, bäumte sich gegen ihren Peiniger. Gleich würde sie schreien müssen, weinen – und flehen.

»Neiiin!«

»Was haltet Ihr von der sha-ka'anischen Disziplin, Frau aus Kystran?« fragte der Krieger.

Seine Stimme war die Ruhe selbst, zerrte an ihren bereits bloßgelegten Nerven. »Sie . . . stinkt zum Himmel!«

»Dafür aber wirkungsvoll.«

Das war keine Frage, sondern eine Behauptung. Tedra war das egal. Es bedurfte all ihrer Konzentration, seine Stimme über das wilde Pochen ihres Blutes hinweg überhaupt zu hören. Sich auch noch auf ein Gespräch einzulassen war unmöglich.

»Genug, Challen! Ich . . . ich entschuldige mich!«

»Das ist gut, aber wofür entschuldigt Ihr Euch?«

»Für . . . für alles . . . was immer Ihr wollt!«

»Ihr müßt Euch genauer ausdrücken, Frau, damit Ihr Euch auch den Grund für Eure Strafe merken werdet!«

Diese Strafe würde sie ihr Leben lang nicht vergessen, aber das mußte er ja nicht unbedingt erfahren, und so stöhnte sie: »Ich kann nicht denken! Ich kann das einfach nicht mehr aushalten. Bitte, Challen . . .«

Mit einem scharfen Keuchen unterbrach sie sich. Nein, sie würde ihn nicht anbetteln, sie zu nehmen; im Moment könnte sie ihn sogar mit Freuden töten – beinahe zumindest. Sie gäbe alles, wenn sie die Möglichkeit hätte, wenigstens gegen ihn anzukämpfen, und es gab einige Dinge, die sie, gefesselte Hände hin oder her, immer noch tun könnte. Doch ihre Ehre stand ihr dabei im Weg, zwang sie, sich seinem Willen zu beugen, selbst wenn es sie umbringen würde. Und das schien ihr im Augenblick sehr wahrscheinlich.

Sie schluchzte auf, als er nun plötzlich seine Daumen ins Spiel brachte, der eine gegen ihren harten Nippel reibend, der andere gegen den nicht weniger harten, übersensibilisierten Punkt zwischen ihren Beinen. Doch in dem Moment, als sie zu weinen begann, hörte die Qual schlagartig auf. Das schmerzvolle Verlangen hielt dennoch an, und jede Faser ihres Körpers schrie noch vor Lust. Und sie konnte nicht aufhören zu weinen, da sie wußte, daß nur die Zeit sie aus diesem Zustand qualvollen Verlangens, in den der Barbar sie gebracht hatte, erlösen würde. *Er* würde es sicher nicht tun.

Er legte seine muskulösen Arme um sie, als wolle er sie trösten. Doch Tedra nahm diese Geste kaum wahr, da die bange Frage in ihr aufstieg, was er nun wohl mit ihr vorhatte. Sicherlich bedauerte er nicht, was er getan hatte.

»Was bedeutet dieser Ausdruck ›Techtelmechtel‹, den Ihr vorhin gebraucht habt?«

Wenn das ein Versuch war, sie von ihren Tränen abzulenken, so war er erfolgreich. »Es ist ein altes kystranisches Wort unserer Vorfahren. Damit ist ein lockeres, spielerisches Verhältnis zwischen Mann und Frau gemeint, das allerdings auf beiderseitiges Verlangen hin angefangen wird und auch die beiderseitige Befriedigung zum Inhalt hat. Was Ihr getan habt, hatte absolut nichts damit zu tun!«

»So war es auch nicht gemeint«, sagte er nur und seufzte dann auf. »Ihr nehmt die Bestrafung nicht sonderlich gut hin, *kerima.*«

»Ihr wolltet, daß ich Euch anflehe, nicht wahr?« fragte sie bitter.

»Das wäre ein süßer Klang in meinen Ohren gewesen.«

»Ich hasse Euch«, stieß sie hervor, verdarb den Effekt dieser Worte jedoch durch einen Hickser ihres Schluckaufs.

Er lachte. »Darf denn ein Krieger seine Frau nicht nekken?«

Meinte er das ernst? »Ich bin nicht Eure Frau, sondern nur eine Frau, die Euch einen Monat lang zu Diensten steht. Und ich warne Euch, Krieger, sobald dieser Monat vorbei ist, werde ich Euch töten!«

»Das sind wahrlich die Worte einer schwer gezüchtigten Frau. Ihr macht Fortschritte, da Ihr plötzlich so weibliche Züge offenbart.«

Sie wandte sich nach ihm um, weil sie den Menschen, der soviel Schwachsinn von sich gab, genauer betrachten mußte. »Ich habe gedroht, Euch zu töten, und Ihr nennt das weiblich?«

Er lächelte sie an und ergriff, während ihr Gesicht ihm zugewandt war, die Gelegenheit, sehr zart die Tränen von ihren Wangen zu wischen. »Es ist normal für eine Frau, so etwas zu sagen, wenn sie sich mißbraucht fühlt und keine andere Zuflucht hat. Dies sind nur Worte, *kerima*, die nicht ernst genommen werden.«

»Prima! Macht nur so weiter, aber beschwert Euch nicht, wenn es Euch dann an den Kragen geht!«

Sein Blick sprach Bände, doch er schien es vorzuziehen, nicht auf ihre Bemerkung einzugehen.

»Bestrafung hat einen Zweck. Ihr lernt daraus und werdet Eure Fehler nicht wiederholen. Sie ist nicht dazu gedacht, Euch weh zu tun, wenn Ihr das vielleicht auch anders empfunden habt. Deshalb bedaure ich die Art und Weise, die ich gewählt habe, um Euch zu tadeln. Hätte ich gewußt, wie leicht ihr zu Gefühlsausbrüchen neigt, hätte ich davon abgesehen, Euch an einer so empfindsamen Stelle zu berühren.«

Er entschuldigte sich? Aber er machte keine Anstalten, ihr die Erlösung, derer sie nach wie vor bedurfte, anzubieten, und deshalb konnte er sich mit seiner Entschuldigung zur Hölle scheren. Er hatte nur gesagt, es sei nicht seine Absicht gewesen, sie zum Weinen zu bringen, aber weiter ging sein Bedauern nicht. Er hatte ja keine Ahnung! Gefühlsausbruch war Gefühlsausbruch, und das hatte nicht nur etwas mit Tränen zu tun. Er hatte ihr diese Gefühle aufgezwungen, ohne selbst irgend etwas zu spüren . . . Er war wirklich aus Stein. Wie, zur megalaktischen Hölle, brachte er das fertig?

Und plötzlich durchzuckte sie ein ungeheurer Gedanke, der freilich alles erklären würde. »Seid Ihr echt, Challen? Blutet Ihr?«

Er sah sie stirnrunzelnd an. »Erklärt Euch, Frau!«

»Ich habe einen Androiden auf meinem Raumschiff. Er ist sehr schön, und er ist fast freidenkend, so wie Martha es ist. Er ist darauf programmiert, alles zu tun, was ich von ihm verlange. Aber er ist nicht echt. Er ist eine Maschine. Wenn er entsprechend programmiert ist, könnte *er* genau das gleiche tun, was Ihr soeben mit mir getan habt. Und er würde natürlich nichts dabei empfinden. Auch Ihr habt nichts empfunden, als Ihr mich berührt habt. Das könnt Ihr nicht leugnen. Eure Stimme war megalaktisch ruhig. *Seid* Ihr nun echt? Oder ist dieser Planet entwickelter, als ich anfangs geglaubt habe?«

»Eure Geschichten werden immer bizarrer, Frau.« Er kicherte. »Ich muß unbedingt Tamiron von Eurem ›unechten‹ Männern erzählen.«

Tedras Brauen zogen sich warnend zusammen. »Gebt mir eine klare Antwort, Barbar, oder ich muß einen anderen Weg wählen, um herauszufinden, ob durch Euch Blut oder nur schwarzes Schmieröl fließt!«

»Ich bin so echt, wie Ihr es seid, *kerima.* Glaubt Ihr, ein Krieger habe so wenig Kontrolle, daß er seine Frau nicht zur rechten Disziplin zu erziehen vermag? Ihr habt es selbst erlebt.«

»Ich bin *nicht* . . .«

»Ihr seid das, was ich Euch sage! Habt Ihr das vergessen?«

Ah ja, sie befanden sich immer noch dort, ›wo er schlief‹, was in der Übersetzung ›sein Wille war der ihre‹ bedeutete.

Zähneknirschend drehte Tedra wieder ihren Kopf nach vorne, und antwortete dann säuerlich: »Was immer Ihr sagt – Baby!«

Das brachte ihr einen Arm ein, der sich um ihre Taille schlang und sie gegen eine breite Brust preßte, und blitzende Zähne an ihrem Ohr, die ganz zart hineinbissen, bevor sie gefragt wurde: »Wollt Ihr Eure letzte Bemerkung umformulieren?«

Und, traurig, aber wahr, sie tat es.

12.

Als Tedra durch die Bäume hindurch das Lager erspähte, verstand sie, weshalb der Barbar sie die letzten zehn Minuten ihres Rittes in Ruhe gelassen hatte. Seine ›Verspieltheit‹ hatte sie schier wahnsinnig gemacht, und so gestattete er ihr, sich eine Weile auszuruhen, um wieder zu Kräften zu gelangen, bevor sie andere Leute seines Volkes treffen sollte.

Diese stellten sich als vom genau gleichen Schlag heraus, eine Horde von Riesen, wenn auch keiner so groß wie Challen war. Und wie er, trugen auch sie ihr Haar lang, hatten als Bekleidung nur die engen schwarzen *zaal*-Leder-*bracs* an und verschieden lange Schilde aus *Toreno*-Stahl um die Unterarme geschnallt. Rein äußerlich wiesen sie ebenfalls eine frappierende Ähnlichkeit auf, denn ihre Haarfarbe variierte lediglich zwischen blond und braun und die Farbe ihrer Augen zwischen braun und bernsteinfarben.

Wenn ein Feind ins Land einfiele, hätte er sicher Schwierigkeiten, diese Leute auseinanderzuhalten, schoß es Tedra durch den Kopf, als die Männer sich ihr näherten. Freilich waren sie nur acht an der Zahl, und bestimmt bestand nicht die ganze Bevölkerung dieses Planeten ausschließlich aus goldfarbenen Barbaren. Aber so sehr sie auch nach einem kleinen Fettansatz oder einer krummen, laschen Haltung Ausschau hielt, konnte sie doch nur gutgebaute, gutaussehende Männer entdecken, die offenbar alle der Kriegerklasse angehörten.

»Wie gut zu sehen, daß Ihr nicht der einzige attraktive Muskelprotz im Lande seid, Challen«, bemerkte Tedra boshaft, um ihn ein wenig von seinem hohen Roß herunterzuholen. »Hier gibt es etliche Krieger, die ich jederzeit gerne um ihren Schutz bitten würde – sobald mein Dienst bei Euch beendet ist.«

»Wenn Euer Dienst beendet ist, werdet Ihr wieder eine beanspruchbare Frau sein.«

»Nicht, wenn ich zuerst die Forderung nach Schutz ausspreche. Heute morgen sagtet Ihr, dies allein hätte zur Vermeidung meiner jetzigen Situation genügt. Ich habe ein gutes Gedächtnis, mein Freund.«

Er schwieg einen Moment, dann sagte er: »Wenn ich, sobald Eure Dienstzeit endet, der einzige Krieger in der Nähe bin, dann müßt Ihr diese Bitte an mich richten – falls nicht ich schon vorher eigene Forderungen ausspreche.«

Konnte er das tun? Das Ganze schien sich zu einer Frage des richtigen Timing auszuweiten. Wenn er sie nun einsperrte ... Sie mußte erst mal die Lage des Ortes erkunden. Vor sich sah sie ein Lager aus Zelten, sehr primitiv, aber immer noch besser als Höhlenbehausungen. Ob es wohl schwierig war, sich aus einem Zelt zu schleichen und in ein anderes zu schlüpfen? Sie müßte nur einen anderen Krieger, am besten den *shodan*, sollte dieser anwesend sein, um Schutz bitten, und schon bekäme sie einen Teil ihrer Rechte zurück und könnte ihren Aufenthalt angenehmer gestalten.

Sie hätte Challen zu gerne ein paar Fragen bezüglich dieser Sache mit dem Timing gestellt, aber das mußte warten. Sie gingen in das Zentrum des Zeltdorfes. Die Krieger liefen neugierig zusammen, um Challens ›Beute‹ zu beäugen.

Unter ihren Blicken wurde sich Tedra wieder ihres beinahe nackten Zustandes bewußt, und sie senkte errötend den Kopf. Im selben Moment spürte sie Challens Arm um ihrer Taille. Sie fragte sich, ob er vielleicht ebenfalls ihre dürftige

Kleidung bedauerte. Wahrscheinlicher war es allerdings, daß er mit dieser Geste lediglich den umstehenden Männern seinen Anspruch auf sie demonstrieren wollte. Oder nahm er an, sie habe Angst vor dieser neuen Situation und wollte sie ermutigen? Nein, sie mußte endlich damit aufhören, seinem Wesen mitfühlende und empfindsame Eigenschaften anzudichten. Er war nichts als ein Barbar, ein herrschsüchtiger, tyrannischer Wilder. Andererseits war er unglaublich zart mit ihr umgegangen, hatte sogar ihre Kleidung zerrissen, damit die rauhen Fesseln nicht in ihre Handgelenke einschnitten, ja, und auch während ihres Kampfes hatte er keinen einzigen harten Schlag an sie ausgeteilt, wohingegen sie versucht hatte, ihn zu treffen, wo sie nur konnte. Und als er sie dann überwältigt hatte, war er außerordentlich besorgt gewesen, ihr nicht weh zu tun. War das aus echter Sorge um ihr Wohl geschehen, oder handelte es sich dabei nur um die tiefsitzende Gewohnheit eines extrem starken Mannes, der seine Kraft im Umgang mit Frauen drosseln mußte? Wie dem auch sein mochte, ihr blieb ein Monat, dies herauszufinden.

»Was für eine Sorte Fleisch bringt Ihr denn da an, Challen?« rief einer der Krieger spöttisch.

»Süß und saftig, wenn es richtig zubereitet ist«, fiel ein weiterer ein.

»Was für eine Verschwendung, solch einen zarten Leckerbissen ausgerechnet während der Jagd zu erwischen«, ertönte ein anderer.

Die letzte Bemerkung rief unter allen Männern, einschließlich Challens, ein lautes Gelächter hervor, und Tedra überlegte, worin wohl der tiefere Sinn dieser Worte verborgen sein könnte. Welchen Unterschied machte es, ob sie während der Jagd gefangen wurde oder nicht? Wieso war das eine Verschwendung?

»Eine Verschwendung wovon, Challen?« fragte sie laut, löste damit jedoch nur eine neuerliche Lachsalve aus.

Sich immer noch vor Lachen krümmend, glitt der Barbar vom *hataar* und hob anschließend Tedra herunter. Da erst sah sie die toten Tiere, die von den Bäumen ringsum baumelten, einige bereits gehäutet, andere einfach zum Ausbluten aufgehängt. Es war abstoßend, doch sie hatte damit gerechnet, auf fremden Planeten solch antiquierte Methoden zur Nahrungsbeschaffung vorzufinden. Irgendwie hatte sie auch geahnt, daß das *taraan* sowie die beiden anderen am *hataar* befestigten Tiere zum Verzehr bestimmt waren. Nur weil Kystran vor Hunderten von Jahren damit aufgehört hatte, Tiere zum Zweck der Ernährung zu töten, mußten nicht auch alle anderen Kulturen fortschrittlichere Nahrungsquellen für sich entdeckt haben.

»Eure Furcht kommt spät, Frau.«

Tedra wandte sich nach der unbekannten Stimme um. Sie mußte den Hals recken, und was sie da sah, gefiel ihr. Der Krieger hatte hellbraune Haare und Augen, ein ebenso gutgeschnittenes Gesicht wie Challen und einen nicht minder vielversprechenden Körper. Sie ließ ihren Blick langsam an ihm herabgleiten, dann wieder hinauf, und als ihre Augen sich trafen, entdeckte sie, daß sie es geschafft hatte, den Fremden aus der Fassung zu bringen.

Die anderen Männer waren bereits wieder auseinandergelaufen, nur dieser stand noch da. »Von welcher Furcht sprecht Ihr, Krieger? Wenn Ihr glaubt, ich habe diesen Unsinn, daß ich einen leckeren Braten für den Kochtopf abgäbe, ernst genommen, so habt Ihr Euch getäuscht. Abgesehen davon würdet Ihr, falls Ihr wirklich Kannibalen seid, an mir sicherlich ersticken, und dieser Barbar hier neben mir hätte wohl auch einiges dagegen einzuwenden, meiner Dienste verlustig zu gehen.«

»Ihr selbst hättet natürlich keine Einwände, nicht wahr?« warf Challen trocken ein.

»Ich?« fragte Tedra mit unschuldigem Augenaufschlag.

»Mit Barbaren herumstreiten? Das würde mir nicht im Traum einfallen!«

Sie bemerkte, wie er zusammenzuckte, aber die Frage des anderen Barbaren rettete sie vor einem Strafgericht. »Woher kommt sie, Challen, daß sie so seltsam spricht?«

»Eine ausgezeichnete Frage«, bemerkte Tedra grinsend. »Wie ich Euch kenne, Challen, wagt Ihr sicher nicht, ihm meine Version zu erzählen!«

»Das könnt Ihr selbst tun, *kerima.* Wie ich Euch bereits sagte, weiß Tamiron eine gute Geschichte ebenso zu schätzen wie ich.«

Tedra zog eine Grimasse. »Was seid Ihr langweilig!« beschwerte sie sich. »Erzählt ihm von mir aus, was Ihr wollt. Er wird mir sowieso genauso wenig glauben wie Ihr. Ich hebe mir die Wahrheit für Euren *shodan* auf. *Er* wird doch hoffentlich, im Gegensatz zu gewissen anderen Leuten, klug genug sein, mich meine Worte wenigstens beweisen zu lassen.«

»Challen . . .«, begann der andere Krieger, wurde jedoch sogleich unterbrochen.

»Sie ist Tedra, eine Frau aus Kystran. Sie behauptet, dieses Kystran sei eine andere Welt als Sha-Ka'an.«

»Eine Himmelsfliegerin?« fragte Tamiron verblüfft.

»Das behauptet sie.«

»Jetzt haltet mal eine megalaktische Minute die Luft an!« mischte Tedra sich ein. »Bin ich bescheuert, oder habt Ihr tatsächlich soeben zugegeben, auch schon früher von anderen Weltenreisenden gehört zu haben? Wenn das so ist, warum habt Ihr dann . . .«

»Das ist keine neue Geschichte, Frau, nur eine, die sich nicht beweisen läßt.«

»Aber ich *kann* es beweisen! Gebt mir meinen Phazor und ich . . .«

»Das werde ich nicht tun.«

»Aber . . .«

»Nein!«

Tedra biß die Zähne zusammen. Sie erkannte ein klares, unerbittliches *Nein*, wenn sie eines hörte. Und soeben hatte sie eines gehört.

»Macht, wie Ihr denkt, Barbar«, grollte sie. »Aber sobald mein Dienstmonat um ist, werde ich das tun, was ich vorhatte, nämlich Handelsbeziehungen knüpfen und eine Söldnertruppe anheuern, und Ihr könnt Euren megalaktischen *fembair* darauf verwetten, daß Ihr mich nicht daran hindern werdet.«

»Schon wieder erwähnt sie einen zeitlich begrenzten Dienst«, wandte sich Tamiron an Challen. »Doch sie ist wie eine Gefangene gefesselt. Du hast doch sicher nicht vor, solch eine herrliche Beute auszulöschen?«

Da Challen nicht sofort antwortete, lästerte Tedra: »Was ist los? Habt Ihr Skrupel, zugeben zu müssen, daß . . .«

»Dort ist mein Zelt, Frau«, unterbrach Challen sie scharf und deutete mit einem Kopfnicken auf das Zelt hinter ihr. »Das ist der Ort, an dem ich schlafe. Ich habe keine Skrupel.« Tedra hatte die unterschwellige Botschaft verstanden und senkte errötend die Augen, während er sich wieder Tamiron zuwandte. »Die Frau war beanspruchbar, weigerte sich aber, meinen Anspruch zu akzeptieren. Statt dessen forderte sie mich heraus, und ich für mein Teil weigerte mich nicht, die Herausforderung anzunehmen.«

»Sie forderte . . .«

Weiter kam Tamiron nicht, da er in schallendes Gelächter ausbrach. Tedra war klar, daß er nicht über die Tatsache, daß Challen die Herausforderung angenommen hatte, lachte, sondern über ihre, in seinen Augen, abgrundtiefe Dummheit, einen Krieger herauszufordern. Aber Tedra war an diesem Tag schon genügend ausgelacht worden.

»Würde es mir sehr viel Schwierigkeiten einbringen, wenn ich ihm demonstriere, daß das kein Witz war?« fragte sie

Challen ernsthaft. »Immerhin ist die Effektivität des Überraschungsmomentes nicht von der Hand zu weisen – wie Ihr aus eigener Erfahrung wißt!«

Natürlich hatte sie auf ihren Zweikampf, als sie Challen in einem unerwarteten Augenblick auf den Rücken geworfen hatte, angespielt, und er schien die Anspielung auch verstanden zu haben, denn er packte sie am Arm und schob sie, ohne ein weiteres Wort an Tamiron, zu seinem Zelt.

»Habe ich etwas Falsches gesagt?« schnurrte sie unschuldig. Doch kaum im Zelt, wich ihre spöttische Laune einer nervösen Anspannung – wieder einmal war sie an einem Ort, an dem er schlief.

13.

Tedra kannte bereits jeden Zentimeter des weiträumigen Zeltes, da sie seit Stunden unruhig auf und ab lief und auf die Rückkehr des Barbaren wartete. Sie war hungrig und obendrein darüber verstimmt, den ganzen Nachmittag allein gelassen zu werden mit nur dem *fembair* als Gesellschaft. Am meisten ärgerte es sie freilich, daß ihr befohlen worden war, im Zelt zu bleiben.

Da der Befehl an einem Ort, ›an dem er schlief‹, ausgesprochen worden war, mußte sie ihn befolgen. Doch während sie sich so umsah, kam ihr zu Bewußtsein, daß Challens Schlafplatz gleichzeitig sein Wohnbereich war – folglich könnte er sie auch tagsüber herumkommandieren und nicht nur nachts, wie sie ursprünglich angenommen hatte. Nur außerhalb des Zeltes wäre sie seinem Willen nicht gänzlich untergeordnet, doch wenn er sie nicht herausließe . . . Dieses Thema bedürfte einer ernsthaften Unterredung. Es ging nicht an, daß sie ständig erst dann irgendwelche Dinge herausfand, wenn es bereits zu spät war, noch etwas daran zu ändern.

Der weiße *fembair* lag ausgestreckt am Boden, den Kopf stolz erhoben wie der König aller Tiere. Dann und wann zischte sein langer Schwanz durch die Luft, während diese großen, hellblauen Augen jede ihrer Bewegungen verfolgten. Als ihr Magen vernehmlich zu knurren begann, fragte sie sich, ob das riesige Katzenwesen nicht auch hungrig sei, und je mehr Zeit verging, desto mehr Sorge mischte sich in diese Frage.

Endlich öffnete sich die Zeltklappe. Tedra war so erleichtert, daß sie ihren Ärger beinahe vergaß, um so mehr, als sie in Challens Händen eine Platte mit Speisen entdeckte. Aber sie ging nicht so weit, ihm ein Willkommenslächeln zu schenken. Schließlich hatte er sie stundenlang allein gelassen, noch dazu bewacht von diesem unheimlichen Monster. Die Bewachung war unnötig gewesen. Sie hatte ihre Niederlage eingestanden und ihren Dienst akzeptiert; ihre Ehre verbot es ihr, sich den Regeln zu widersetzen, so unangenehm diese auch sein mochten.

»Warum habt Ihr die Gaalisteine nicht hervorgeholt, Frau?«

»Wenn ich irgend etwas hätte hervorholen sollen, so hättet Ihr mir dies sagen müssen. Es ist nicht meine Art, in fremden Sachen herumzuschnüffeln, wenn der Betreffende nicht anwesend ist.«

Die Versuchung war natürlich groß gewesen, wenn er auch nicht viele Besitztümer hatte, die sie erkunden hätte können. Auf dem mit Zeltplanen ausgelegten Boden lag ein großer Fellteppich, der möglicherweise auch als Decke gedacht war, daneben stand ein bis oben hin gefüllter Fellsack und ein kleines Holzkästchen.

»Dann mögt Ihr also die Dunkelheit?« fragte er, während

er die Essensplatte auf den Boden stellte und sich dann daneben auf den Fellteppich setzte.

»Was hat die Dunkelheit denn mit Steinen zu tun?« bohrte sie nach und erhielt als Antwort ein genervtes Stöhnen.

»Warum hört Ihr nicht endlich damit auf, ständig so zu tun, als wüßtest Ihr nichts über die natürlichen Dinge unserer Welt?«

»Eurer Welt«, berichtigte sie ihn. »Ich habe Euch gesagt, daß sie nicht die meine ist.«

»Das habt ihr gesagt. Ihr wollt mir also weismachen, nicht zu wissen, was ein Gaalikästchen ist?«

Sie grinste. »Klar weiß ich das! Nachdem sich hier nur ein Kästchen befindet, wird es wohl dieses sein. Aber was ist ein Gaalistein?«

Als Antwort öffnete er das Kästchen, und sogleich füllte sich das Zelt mit hellem Licht. Tedra sog überrascht die Luft ein. Neugierig kniete sie sich neben ihn und blickte in das Kästchen, in dem fünf weiche, abgerundete Steine lagen, ein jeder ein helles blaues Licht verströmend. Man konnte sie betrachten, ohne daß die Augen schmerzten, und doch strahlten sie ein so starkes Licht aus, daß das Innere des Zeltes taghell erleuchtet war.

»Fantastisch!« flüsterte sie gebannt. »Das ist eine Art Energiequelle, nicht wahr? Ich frage mich, ob diese Energieform mit Crysillium vergleichbar ist, das erst vor ein paar hundert Jahren entdeckt wurde. Vorher konnten unsere Raumschiffe nur mit Hypergeschwindigkeit fahren. Jetzt haben wir Stellargeschwindigkeit, die zehnmal schneller ist und es so viel einfacher macht, benachbarte Sternensysteme zu besuchen. Diese Steine sehen wie pure Energie aus. Sind sie heiß?«

Vor lauter Begeisterung war Tedra Challens befremdeter Gesichtsausdruck völlig entgangen. Er beantwortete ihre

Frage nun, indem er einen der Steine herausnahm und auf ihre flache Hand legte. Er fühlte sich seltsamerweise ganz kühl und nahezu gewichtslos an. Als Challen darauf das Kästchen mit den vier anderen Steinen zuklappte, wurde das Zelt von dem einen Stein nur mehr mit einem schwachen Licht erhellt. Je mehr Steine, desto heller, überlegte Tedra und fragte sich gleichzeitig, welches Licht wohl erst ein richtig großer Stein ausstrahlen würde.

Plötzlich ganz Geschäftsfrau, wandte sie sich Challen zu: »Das ist etwas, womit ich handeln könnte, Challen. Gibt es viele davon auf Sha-Ka'an? Sind sie leicht zu bekommen?«

Er nahm ihr den Stein aus der Hand, legte ihn auf das Kästchen und stellte dieses beiseite. »Eßt jetzt!« sagte er nur.

»Ihr habt vielleicht nicht die Befugnis, mit mir zu handeln, aber Ihr könntet mir wenigstens ein paar Fragen über diese Gaalisteine beantworten.«

»Ihr werdet mit mir nicht über das Handeln sprechen, Frau. Ihr werdet jetzt essen; danach werdet Ihr Euch, wie ich es vorhin erwähnt habe, um meinen Körper kümmern.«

Bei dem Gedanken, ihn massieren zu müssen, vergaß Tedra auf der Stelle die Gaalisteine. Allein die Vorstellung, seinen Körper zu berühren, ließ sie lustvoll erschauern. Auf der Platte vor ihr türmten sich gebratene Fleischstücke und eine Art Wurzelgemüse, aber sie war nicht mehr hungrig.

»Soll ich die Massage nicht vorher machen?« schlug sie vor, doch er schüttelte den Kopf.

Ihre Enttäuschung breitete sich als bitterer Geschmack in ihrem Mund aus. Sicher, was hätte sie schon erwarten sollen? Er war eben aus Stein gemacht. Wie war sie nur auf die Idee verfallen, eine Massage könnte ihn so weit erregen, daß er schließlich doch noch mit ihr Sex teilen wollte? Er wirkte jetzt auch nicht interessierter an ihr als vorher.

Um auf andere Gedanken zu kommen, betrachtete sie die Essensplatte. Da es nichts gab, was an ein Besteck erinnerte, pickte sie mit zwei Fingern zögernd ein Stück Fleisch heraus und versuchte nicht daran zu denken, daß dies noch vor wenigen Stunden ein lebendiges Tier gewesen war.

Challen lag, auf einen Ellbogen gestützt, auf dem Fell und beobachtete sie aufmerksam. So entging es ihm auch nicht, wie sie nach dem ersten Bissen unwillkürlich das Gesicht verzog. »Ihr mögt kein *kisrak*?« fragte er.

»Da ich hier mindestens einen Monat bleiben muß, werde ich mich wohl über übel daran gewöhnen müssen.«

»Und wohin gedenkt Ihr nach diesem Monat zu gehen?« fragte er gönnerhaft.

»Ihr sagtet, ich dürfe nicht darüber sprechen.«

Er schnaubte verächtlich. »Es ist noch anderes gebratenes Fleisch da, wenn Ihr kein *kisrak* mögt.«

Seine Aufmerksamkeit erstaunte sie. Wenigstens schien er nicht vorzuhaben, sie verhungern zu lassen, eine kleine Beruhigung, nachdem sie so lange auf Nahrung gewartet hatte.

»Danke, aber ob dieses Fleisch oder ein anderes macht für mich keinen Unterschied, da ich überhaupt noch nie Fleisch gegessen habe. Wir haben eine Speise, die genau wie Euer *kisrak* schmeckt. Wir nennen sie sogar Fleisch, und es gibt sie in einer Vielzahl verschiedener Geschmacksrichtungen, Beschaffenheiten und Farben. Aber es ist kein wirkliches Fleisch. Wir haben schon vor Hunderten von Jahren damit aufgehört, Tiere für den Verzehr zu töten.«

»Erst unechte Männer und jetzt unechtes Fleisch. Was ist noch unecht auf Eurem Kystran?«

Sie rechnete es ihm an, daß er seinen Unglauben hinter einer verbindlichen Phrase verbarg, doch gleichzeitig sah sie nun einen günstigen Zeitpunkt gekommen, ihm über die Wunder der modernen Welten zu erzählen. Vielleicht würde sie ihn doch noch davon überzeugen können, daß ihre Geschichten nicht nur Fantasiegebilde waren, die sie lediglich zu seinem Vergnügen ersann.

»Oh, viele Dinge, die für mich freilich völlig selbstverständlich sind. Beispielsweise Haustiere. Da viele unserer Tiere während der großen Wasserknappheit ausstarben, sind die wenigen verbliebenen Tiere, die sich als Haustiere eignen, so unerhört teuer geworden, daß nur die wirklichen Liebhaber dazu bereit sind, den Preis zu zahlen, zudem mechanische Haustiere um so vieles billiger sind. Ich meine damit nicht Tiere wie Euer *fembair*, sondern niedliche, kuschelige Schoßtiere, die mit all den Verhaltensweisen jener Tiere, denen sie gleichen sollen, ausgestattet sind.«

»Besitzt Ihr so ein Tier?«

»Nein, meine Martha bereitet mir schon genügend Probleme. Was soll ich mit einem mechanischen Hund anfangen, der darauf programmiert ist, meinen Teppich zu ruinieren?« Angesichts seiner verständnislosen Miene zog sie eine Grimasse. »Das war ein kleiner Scherz, Barbar. Tatsächlich war ich hin- und hergerissen, ob ich mir ein Haus in den Vororten oder ein Haustier anschaffen sollte. Ich habe mich dann für das Haus entschieden, da mir ein wenig Privatsphäre wichtiger schien als ein Gefährte. Außerdem habe ich ja bereits Martha, die, genau wie Corth, ebenfalls eine Art Gefährtin ist. Aber sobald ich genügend Umtauschgutscheine gespart habe, werde ich mir sofort ein Haustier anschaffen.«

»Ein echtes Haustier ist so teuer wie ein Haus?« Er bemühte sich nicht länger, seine Ungläubigkeit zu verbergen.

»So ziemlich.« Sie grinste. »Sind nicht auch hier die selteneren Dinge teurer als jene, die im Überfluß vorhanden sind? Was ist beispielsweise mit Euren Gaalisteinen? Sind sie sehr . . .«

»Jetzt werden wir das Thema wechseln«, unterbrach er sie.

Das hatte sie nun von ihrem Übermut. »Na schön, ich habe sowieso ein paar Fragen, die ich Euch stellen möchte.

Was würde geschehen, wenn ich, noch ehe mein Dienst beendet ist, einen anderen Krieger um Schutz bitte? Würdet Ihr beiden dann um mich kämpfen?«

»Wenn Ihr versucht, Unheil anzurichten, Frau, werdet Ihr bestraft werden.«

Sie lächelte angesichts seines strengen Blicks. »Ich war nur neugierig. Wie, außer durch Fragen, sollte ich sonst eure Gesetze kennenlernen? *Ihr* scheint damit zufrieden, mich erst dann darüber aufzuklären, wenn ich sie gebrochen habe. Das ist, meiner Ansicht nach, ziemlich spät.«

Augenscheinlich verwirrt, strich er mit der Hand durch sein Haar. »Es ist seltsam, eine Frau zu haben, die die Gesetze nicht kennt. *Alle* Frauen kennen sie von frühester Jugend an.«

»In anderen Worten, Ihr habt meine Unwissenheit nicht absichtlich dazu benutzt, um mir Fallen zu stellen. Wenn das so ist, Barbar, dann muß ich mich wohl bei Euch entschuldigen.« Ihr Ton war zu sarkastisch, als daß ihre Worte ernst gemeint sein konnten. »Jetzt versuchen wir mal eine andere Variante. Was geschieht, wenn ich jemanden herausfordere, ehe meine Dienstzeit beendet ist?«

Er setzte sich auf, ein Hinweis darauf, daß ihm die Richtung, die dieses Gespräch annahm, nicht behagte. »Das werdet Ihr nicht tun, Frau.«

»Nein? Wer sagt das? Und da wir schon mal beim Thema sind: Was, wenn ich Lust habe, Euch noch einmal herauszufordern?«

»Ihr würdet verlieren, und dann würde sich Euer Dienst um einen weiteren Monat verlängern.«

»Aber wenn ich gewänne, müßtet Ihr einen Monat lang Tedra-bei-Laune-halten spielen, nicht wahr? Eine wirklich hübsche Vorstellung. Ist das kein Grund, es Euch zweimal zu überlegen, ehe Ihr mich bestraft?«

»Nein.«

»Ihr hättet vor Eurer Antwort wenigstens ein bißchen zögern können«, maulte sie.

Nun war es an ihm zu lächeln. »Ich habe Euch gesagt, was Ihr tun müßt, um eine Bestrafung zu vermeiden, und deshalb sollte es gar nicht mehr so weit kommen.«

»›Sollte‹ ist weit entfernt von ›wird‹. Versteht mich jetzt bitte nicht falsch«, lenkte sie ein, als sein Lächeln schwand, »ich habe wirklich die Absicht, Euch zu gehorchen . . . Da fällt mir gerade ein: Eure Behausung müßte ein wenig umgestaltet werden, wenn ich den Monat hier verbringen soll. Ihr müßt eine Art Raumteiler aufstellen, damit nur ein Bereich des Zeltes ›der Ort, an dem Ihr schlaft‹ sein wird.«

»Das wird nicht nötig sein.«

»Dann werden wir einige Probleme miteinander bekommen, mein Freund, denn es war nicht ausgemacht, daß Ihr mich den ganzen Tag in Eurem Schlafgemach festhaltet. Wenn das der Fall . . .«

»Ist es nicht. Das ist nur das Lager, in dem wir uns während der Jagd aufhalten. Bei Sonnenaufgang reisen wir nach Sha-Ka-Ra zurück, der Stadt, in der wir leben.«

»In Häusern, hoffe ich.«

»Ja, in Häusern.« Er grinste. »Wir sind nicht so primitiv, wie Ihr uns gerne sehen würdet.«

»Darüber könnte man sicher streiten, aber ich bin bereit, mich mit meinem Urteil noch zurückzuhalten«, sagte sie und betrachtete dabei betont ihre fettigen Finger.

Der Barbar brach in schallendes Gelächter aus. »Kommt, *kerima*. Ich werde Euch zum Fluß führen, damit Ihr Euch waschen könnt.«

»Ein Stück Stoff reicht aus. Solange Ihr mir nicht einen dieser *chauri* zum Anziehen bringt oder wenigstens einen Gürtel, um diesen Sack halbwegs vernünftig aussehen zu lassen, werde ich keinen Fuß nach draußen setzen – Euch ist es scheinbar sowieso egal, wie ich aussehe.«

»Ist es nicht«, entgegnete er, keineswegs verärgert über ihren Versuch, sich seinem Befehl entgegenzusetzen. »Ihr müßt Euch auch erleichtern.«

»Oh«, stieß sie verlegen hervor und fuhr gleich darauf fort: »Nun, das ändert natürlich alles. Wie dumm von mir zu glauben, daß sich aus den Wänden eines Zeltes ein Badezimmer herabsenken würde.« Seinen fragenden Blick quittierte sie mit einem Lächeln. »Schon gut. Für heute habe ich Euch schon genug mit den Wundern meiner . . . mit den Wundern Kystrans unterhalten. Gehen wir.«

Tedra schob die Platte beiseite und stand auf, doch ehe Challen sich gleichfalls erhob, zog er seinen Fellsack zu sich heran und holte die Schnur heraus, die er vorher von ihren Handgelenken abgenommen hatte. Finsteren Blickes betrachtete Tedra die Schnur, hielt ihm dann aber folgsam ihre Handgelenke entgegen. Grinsend kam er auf sie zu und band die Schnur um ihre Taille, verknotete sie sogar für sie und zog die Falten ihres Umhangs zurecht.

Sie sah zu ihm auf und lächelte ihn schief an. »Danke. Vielleicht seid Ihr doch nicht so übel, wie ich glaubte.«

»Es freut mich, dies zu hören. Aber wenn wir Sha-Ka-Ra betreten, werdet Ihr wieder gefesselt werden.«

Tedras Augen verengten sich zu wütenden Schlitzen. Sie verspürte wirklich das Bedürfnis, ihm eine Ohrfeige zu verpassen, doch um sich nicht noch mehr Scherereien einzuhandeln, bezähmte sie sich – vorerst.

»Ihr solltet wirklich noch ein wenig an Eurer Strategie feilen, Barbar«, zischte sie verächtlich. »Ein kluger Mann hätte bis morgen gewartet, um mir diese nette Überraschung mitzuteilen.«

Ihr Ärger schien ihn nicht im mindesten zu treffen. »Zwischen uns wird Aufrichtigkeit herrschen, Frau, deshalb erzähle ich Euch schon jetzt, was Euch erwartet.«

»Damit ich die ganze Nacht darüber nachdenken kann,

wie ich die Demütigungen, denen Ihr mich den ganzen Tag ausgesetzt habt, zurückzahlen werde? Besten Dank! Ich verzichte auf Eure megalaktische Aufrichtigkeit!«

Sie rauschte aus dem Zelt, mußte aber dummerweise sofort stehenbleiben und auf ihn warten, da sie nicht wußte, in welcher Richtung der Fluß lag. Noch mehr Salz auf ihre Wunde. Auf diesem Planeten hatte sie nicht einmal die Möglichkeit zu einem effektvollen Abgang!

14.

Der Weg zum Fluß führte durch ein kleines Wäldchen und dann einen kurzen, von Gestrüpp gesäumten Pfad hinab. Ein Mond war am Himmel erschienen, eine große, gelbe Scheibe, die ein nebelhaftes Licht durch die Wolkenschwaden warf. Der Fluß glitzerte und gluckste sanft zwischen den grasbewachsenen Uferbänken, und die Wiese war mit kleinen weißen Blumen übersät, die im Mondlicht silbern schimmerten.

Es war ein romantischer Flecken, abgeschieden, vom Duft der Blumen geschwängert, vom leisen Plätschern des Flusses musikalisch untermalt – ein idealer Ort zum Sex-Teilen, aber Tedra war im Moment eher danach zumute, ihren Begleiter in kleine Stücke zu hacken und den Fischen, sollte es welche geben, zum Fraß vorzuwerfen. Selbst wenn Tedra irgendwelche amourösen Gedanken gehegt hätte, wären sie doch verschwendet gewesen, da der Barbar sie taktvoll allein gelassen hatte, damit sie sich ungestört waschen konnte. Binnen kurzem war sie fertig; jede intensivere Waschzeremonie wäre doch nur für die Katz gewesen.

»Wenn du irgend etwas hiervon aufschnappst, Martha, wirst du dich sicher totlachen. Wasser! Sie waschen sich hier tatsächlich mit Wasser! Und ich wette, daß es auf dem ganzen megalaktischen Planeten keine einzige Toilette gibt. Zum Glück bin ich ein Geschichtsfan und weiß ein wenig darüber, wie unsere primitiven Vorfahren in der Wildnis des Mutterplaneten gehaust haben, denn sonst wäre ich jetzt ernstlich in Schwierigkeiten.«

Ohne ihre Phazor-Einheit brauchte sie natürlich gar nicht erst auf eine Antwort zu warten. Doch wenn Martha sie hörte, dann könnte sie ihren Standort bestimmen und sie zurücktransferieren, und da Tedra blieb, wo sie war, spielte Martha entweder eines ihrer hinterhältigen Spiele, oder sie hatte sie noch nicht aufgespürt. Tedra hoffte, ersteres möge zutreffen, denn länger als einen Monat könnte sie es sicher nicht auf diesem Planeten aushalten.

Mißmutig trottete sie zum Zelt zurück. Bei ihrem Eintreten sah sie den großen Barbaren auf der Felldecke liegen, die Arme hinter dem Kopf verschränkt, vollkommen entspannt.

»Ganz schön riskant von Euch, mich allein zu lassen. Nach dieser netten Androhung bezüglich des morgigen Tages war ich schwer am Überlegen, ob ich überhaupt zurückkommen soll«, sagte sie schroff, und ihre funkelnden Augen verrieten, daß sie den Brocken noch immer nicht ganz verdaut hatte.

»Ich habe mich dazu entschlossen, in Eure Ehre zu vertrauen. Es ist eine seltene Eigenschaft für eine Frau, über die Ihr aber, wie Ihr bewiesen habt, verfügt.«

Sie haßte diese selbstsichere Ruhe, die ihn wie einen Mantel umhüllte. Sie haßte ebenfalls sein momentan großherziges Gehabe. Was hatte sie schon davon, daß er ihr Ehre zubilligte? Verdammt wenig, wenn sie sich morgen wieder von einer ganzen Stadt von Barbaren anglotzen lassen mußte!

»Habt Ihr deshalb Euer Schoßtier davongeschickt? Ich fand es nämlich heute nachmittag überhaupt nicht spaßig, von einem zähnefletschenden Ungeheuer bewacht zu werden.«

»Sharm ist durch das Leben mit mir faul geworden. Bei Mondaufgang, wenn alles schläft, geht er auf Beutefang.«

»Schön für ihn«, bemerkte sie sarkastisch.

Ihr Gesichtsausdruck entlockte ihm ein fröhliches Glucksen. »Ihr werdet immer weiblicher, *kerima.*«

»Wieso? Weil ich etwas dagegen habe, mich fesseln zu lassen und dem Gespött Eurer Leute auszusetzen?«

»Weil Ihr wegen etwas schmollt, das nicht zu ändern ist. Ein Krieger erwartet nicht, daß eine Frau sich anders verhält.«

»Ach nein?« schnappte sie. »Ihr nennt das also schmollen? Ich würde es eher als ›rasend vor Zorn‹ bezeichnen. Da ich überdies eine Sec 1 bin und darin geübt, Menschen mit der bloßen Hand zu töten, würde ich meine momentanen Gefühle alles andere als weiblich nennen.«

»Aber genau deshalb, weil Ihr keine Kontrolle mehr über Euch habt, ist das so. Oder könnt Ihr Eure Gefühlsaufwallungen kontrollieren – wie es ein Krieger kann?«

»Und wie ich das kann! Ich trete und boxe nicht nach Euch, oder? Was ist das anderes als perfekte Kontrolle?«

»Weise Zurückhaltung, die ich Euch auch empfehle. Aber könnt Ihr diese auch beibehalten, während Ihr mir Euren Dienst erweist?«

»Dienst?« Sie starrte ihn einen Moment fassungslos an. Dann fiel ihr wieder sein Wunsch nach einer Massage ein, und sie zischte wutentbrannt: »Ihr müßt scherzen! Ich bin nicht in der Stimmung, Euch einen Dienst zu erweisen – welcher Art auch immer.«

»Aber Ihr werdet es tun«, entgegnete er einfach. »Und Ihr dürft jetzt beginnen.«

Ungläubig beobachtete sie, wie er sich umdrehte und seinen lohfarbenen Schopf auf seine verschränkten Arme legte. Er erwartete tatsächlich von ihr, zu ihm zu gehen, ihre Hände auf seinen Körper zu legen und ihm den Schmerz aus den

Muskeln wegzumassieren. Und wenn sie es nicht tat! Würde sie wieder bestraft werden? Allein die Erinnerung daran ließ sie erschaudern. Sie fühlte sich im Moment außerstande, diese Tortur erneut über sich ergehen zu lassen.

Langsam ging sie zu ihm und kniete sich neben ihn. Doch damit ihm klar war, daß sie diesen Dienst nur unter Protest ausübte, sagte sie: »Es gibt Massagen, Krieger, und *Massagen.* Diejenige, die ich Euch verabreichen werde, ist sicherlich nicht die von Euch erwartete.«

»Dann beginnt mit einer Massage Eurer Wahl, doch aufhören werdet Ihr mit derjenigen, von der Ihr sagtet, daß ich sie erwarte; so werde ich die Unterschiede feststellen können.«

Warum, zur megalaktischen Hölle, hatte sie ihn gewarnt? Damit hatte sie sich um die Chance gebracht, sich auf ganz subtile Art zu rächen. Er hatte nun das Ganze als Befehl umgewandelt, den sie zu befolgen hatte. Sie wünschte, sie hätte das Wort ›Ehre‹ nie gehört.

Doch den Anfang der Massage durfte sie bestimmen, konnte also ihre Wut an seinem goldenen Rücken abreagieren. Und das tat sie, knetend, boxend, kneifend, alles, um ihm seine Massage so unangenehm wie nur möglich zu machen. Das Problem war nur, daß ihre Hände sehr bald zu schmerzen begannen, obgleich ihrem Opfer noch kein einziges schmerzhaftes Stöhnen entwichen war. Er spannte sich nicht einmal an, als sie verbissen die Körperzonen malträtierte, in die sie während des morgendlichen Zweikampfes ihre Treffer gelandet hatte.

»Habe ich Euch heute wirklich weh getan?« fragte sie.

»Nein.«

Tedra setzte sich, die Hände auf den Hüften, zurück und starrte böse auf seinen Hinterkopf. »Würdet Ihr mir dann bitte erklären, wozu ich mich hier abmühe?«

Er rollte behend auf den Rücken, seine dunklen Augen

funkelten belustigt. »Ihr brauchtet das, da Ihr immer noch wütend auf mich seid. Doch ursprünglich habe ich deshalb eine Massage gefordert, damit Ihr Euch schneller an meinen Körper gewöhnt. Zeigt mir jetzt den Unterschied.«

Ihr fehlten die Worte. Die Massage war also zu ihrem Wohl gewesen! Wie aufmerksam von ihm! Wahrscheinlich nahm er an, seine Größe ängstigte sie oder schüchterte sie ein. Er konnte nicht wissen, daß gerade seine Größe eine der Eigenschaften war, die sie so anziehend fand.

Sie kam sich jetzt ziemlich engstirnig vor, da sie ihre Enttäuschung über seine Gebräuche an ihm ausgelassen hatte. Immerhin war nicht er für die Gesetze verantwortlich, die bestimmten, wie Verlierer behandelt wurden. Und was bedeutete schon eine kleine Demütigung, wenn sie möglicherweise eine ganze Armee dieser Krieger nach Kystran beordern könnte.

»Tut mir leid«, sagte sie friedfertig. »Ihr wollt den Unterschied kennenlernen, also werde ich ihn Euch jetzt demonstrieren. Wenn Ihr Euch umdreht . . .«

»Nein.«

»Nein?«

»Ihr werdet ihn mir an meiner Brust demonstrieren.«

»Oh!«

Ihre Wangen begannen zu glühen, als sie auf seine massige Brust hinunterschaute. Noch ehe sie diese berührte, fühlte sie auch schon wieder jene Hitze in ihren Lenden aufsteigen . . . Und als sie ihn schließlich berührte, überrollte sie das Verlangen so schlagartig, daß sie unwillkürlich aufstöhnte. Seine Haut war so warm, so seidenweich unter ihren zart knetenden Fingerspitzen – und gleichzeitig so hart und straff. Sterne, es verlangte sie danach, seine Brust zu küssen, mit dem Gesicht darüberzustreichen, hineinzubeißen, doch an dem Barbaren wies nichts darauf hin, daß er etwas anderes wollte als die Massage. Sie war so heiß, daß sie zu verglühen drohte, und er war die Ruhe selbst, sein Körper war entspannt – ohne Verlangen.

Sie lehnte sich langsam zurück und sah ihn verwirrt an. »Ist meine Annahme falsch, daß der Dienst in Eurem Schlafgemach gleichbedeutend mit Sex-Teilen ist?«

»Sex-Teilen?«

Er verstand nicht, wovon sie sprach. »Wie haben diese Krieger es genannt?« murmelte sie zu sich selbst. »O ja, benutzen.« Als er sie weiterhin verständnislos ansah, dämmerte es ihr, daß die Sha-Ka'ari, die sie auf Kystran getroffen hatte, Sklavenhalter waren, gewohnt, sich ihr Vergnügen ohne Gegenleistung einfach zu nehmen, und deshalb wohl eine andere Bezeichnung für das Sex-Teilen hatten als die Sha-Ka'ani-Krieger. »Wie nennt ihr es, wenn sich eine Frau und ein Mann intim begegnen?«

»Spaß.« Er grinste, endlich hatte er verstanden.

»Nicht schlecht«, grinste sie zurück. »Aber gibt es keine anderen Wörter dafür?«

»Doch. Sich vereinen, paaren, Freude schenken. Ihr würdet es als Liebe machen bezeichnen.«

»Nur ich und Ihr nicht? Wieso?«

»Genug der Fragen, *kerima.* Jetzt werden wir schlafen.«

Sterne, nicht einmal das Reden darüber brachte ihn in Fahrt! Offenbar war es ihr nicht beschieden, heute noch zur Frau gemacht zu werden.

Sie seufzte. »Na gut, mein Freund, zeigt mir also mein Bett und . . .«

»Euer Bett ist hier, bei mir. Habt Ihr etwas anderes angenommen?«

»Angesichts Eures augenscheinlich geringen Interesses, ›Spaß‹ mit mir zu haben, ja, natürlich!«

Sie hätte sich die Zunge abbeißen können für ihre Worte, vor allem, weil sie wie eine Beschwerde geklungen hatten – was sie ja tatsächlich waren. Aber der Barbar zog es vor, ihre

Bemerkung zu ignorieren, und rutschte lediglich ein Stück beiseite, um ihr Platz zu machen. Ihr blieb nichts anderes übrig, als sich neben ihn zu legen, obwohl sie in seiner verführerischen Nähe sowieso kein Auge zumachen würde. Er hatte diese Probleme sicher nicht, doch das war wiederum *ihr* Problem.

»Legt Eure Arme um mich, *kerima.*«

Sie hob fragend den Kopf. »Habt Ihr Eure Meinung über das Schlafen geändert?«

»Nein.«

»Dann möchte ich Euch lieber nicht berühren, da es für Euch sowieso keinen Unterschied macht.«

»Aber Ihr werdet es tun.«

Sterne, wie sie diesen Satz haßte! »Wollt Ihr mich bestrafen, Challen?«

»Ich will Euch nur zeigen, wie Ihr von nun an jede Nacht zu schlafen habt. Auch wenn die Zeit zum Vereinen noch nicht gekommen ist, will ich Euch trotzdem nahe bei mir haben. Tut jetzt, wie Euch geheißen wurde.«

Die *Zeit* zum Vereinen war noch nicht gekommen? Mußte er sich vielleicht irgendwelchen Gebräuchen unterordnen, die ihm verboten, seinen Preis, den er im Zweikampf gewonnen hatte, vor Ablauf einer bestimmten Frist zu beanspruchen? Diese Möglichkeit hob ihre Stimmung schlagartig, und sie verbiß sich jede weitere Frage. Wenigstens war er nicht völlig immun gegen ihre Reize, sondern übte sich nur in seiner wunderlichen Kriegerbeherrschung.

Sie schob sich an ihn heran, umschlang ihn mit einem Arm und legte den anderen auf seine Brust. Als Gegenleistung wurde sie von einem seiner Arme umfaßt.

»Küßt mich jetzt.«

Diese Worte jagten einen Schauer über Tedras Rücken, und sie schloß die Augen. »Zählt das ebenfalls zu dem nächtlichen Ritual?«

»So ist es.«

»Na gut, wenn Ihr es wünscht.«

Sie beugte sich über seinen Mund und preßte ihre Lippen auf die seinen, doch das war anscheinend nicht das, was er sich vorgestellt hatte. Blitzschnell entzog er ihr seinen Mund, noch ehe sie ihn geschmeckt hatte.

»Ich wollte einen Kuß zum Schlafen, Frau, nicht zum Vereinen«, wies er sie zurecht.

»Ich hätte nie gedacht, daß ich irgendwann einmal Vergewaltigungsgedanken hegen würde«, brummte Tedra, allerdings in Kystrani. Dann rollte sie sich zur Seite. Wenn er darauf bestünde, daß sie ihre Arme wieder um ihn legte, würde er mit seinen Händen in Schwierigkeiten kommen. Er mußte das geahnt haben, denn er bestand nicht darauf und sagte auch nichts mehr. Seine große Hand legte sich auf ihre Hüfte, und sein Körper schmiegte sich eng an den ihren.

15.

Challen erwachte durch die Bewegungen der Frau. Er hatte aufgehört zu zählen, wie oft sie ihn in dieser Nacht mit ihren Seufzern, ihrem Gemurmel und ihrem unruhigen Hinundherwälzen geweckt hatte, aber er war glücklicherweise jedesmal wieder gut eingeschlafen. Allerdings bezweifelte er, daß sie viel Schlaf bekommen hatte. Das war auch normal für eine gefangene oder beanspruchte Frau, wenn auch aus anderen Gründen als bei seiner kleinen Kämpferin. Ihr hatten nicht Angst, Tränen oder einfach nur Furcht vor einem neuen Krieger, dem sie zu gehorchen hatte, den Schlaf geraubt, sondern ihr ungestilltes Verlangen. Er war mit dem scharfen Geruch ihrer Lust in der Nase eingeschlafen.

Lange hatte er überlegt, ob er, auch ohne Vereinigung, ihr Verlangen lindern sollte. Das wäre leicht möglich gewesen. Aber da sie anscheinend nicht darüber Bescheid wußte, war es besser, sie weiterhin im Unwissen darüber zu lassen. Außerdem würde dann hinterher ihre Befriedigung nur um so größer sein. Besser eine unruhige Nacht als wirklich Schmerzen, die ihn, sobald die Wirkung des *dhaya*-Saftes nachließe, überkommen würden, wenn die Frau nicht bereit für ihn wäre.

Als er die Augen öffnete, dämmerte es bereits. Er wandte sich nach der Frau um, die mit dem Gesicht ihm zugewandt dalag, und im selben Augenblick merkte er, daß die Wirkung des *dhaya*-Saftes soeben aufgehört hatte. Seine Lenden füllten sich mit Verlangen, und wie immer, wenn die Lust mit *dhaya* unterdrückt worden war, wurde dieses Verlangen so gewaltig, daß es schmerzte. Der Schmerz war sogar noch schlimmer als sonst, da ihm all die erregenden Erinnerungen wieder einfielen, klar und deutlich, Erinnerungen, wie er die Kystrani berührt hatte und sie ihn, Erinnerungen an diese brennenden, leidenschaftlichen Blicke, die sie ihm aus ihren faszinierenden aquamarinblauen Augen zugeworfen hatte.

Mit einem Aufstöhnen schloß er die Augen wieder und kämpfte gegen das Verlangen an, die Frau an sich zu reißen und seiner Qual ein Ende zu setzen. Er hatte vor ihr mit der Körperbeherrschung der Krieger geprahlt. Wo blieb diese nun?

Um seine Lust zu bezähmen, konzentrierte er sich nun auf seinen Schmerz, öffnete ihm seinen Geist, damit er ihn ganz umgebe. Das Ergebnis war zwar nicht so intensiv, um ihn in den tranceartigen Zustand verfallen zu lassen, der alle Gefühle ausschloß, aber ausreichend, um ihn wieder zur Ruhe und der einem Krieger angemessenen Beherrschung zu bringen. Das Verlangen war zwar noch da, doch es war nicht mehr die wilde Gier eines hirnlosen, getriebenen Wesens.

Wieder betrachtete er die Frau, die in den Tiefschlaf der Erschöpfung gefallen war. Sogar die dunklen Schatten um ihre Augen, die von ihrer unruhigen Nacht kündeten, konnten ihrer Schönheit nichts anhaben. Sie benutzte seinen Arm als Kissen, hielt ihn mit beiden Armen fest umschlungen, als fühlte sie im Schlaf das gleiche, was auch er empfunden hatte – ein Bedürfnis, das, was er gefunden hatte, festzuhalten, aus Furcht, diesen wertvollen Schatz wieder zu verlieren.

Seine Furcht war nicht unbegründet, obwohl er nicht glaubte, daß die Frau ihm entfliehen würde. Als er ihr sagte, in ihre Ehre zu vertrauen, hatte er die Wahrheit gesprochen. Keiner anderen Frau würde er dies sagen, denn die kan-istranischen Frauen waren dafür bekannt, es mit ihrer Ehre und ihren Versprechungen nicht so genau zu nehmen. Diese Kystrani war anders, sie war tatsächlich ihrem Wesen nach eine Kriegerin. Jede ihrer Handlungen zeugte davon, und auch ihre Arroganz, die der seinen in nichts nachstand.

Nein, seine Furcht entstammte einem anderen Grund, der zwar noch nicht aktuell war, aber dennoch existierte. Er hatte die Frau nur für einen Monat an sich gebunden, und ein Monat verging schnell. Gestern war es ihm als ideale Lösung erschienen, ihre unkluge Herausforderung gegen sie einzusetzen, doch nun war er sich dessen nicht mehr so sicher. Es stimmte, er hatte ihre Willensstärke gespürt, und er wußte, sie hätte sich bis zuletzt geweigert, seinen Anspruch anzuerkennen. Und irgendwie hatte er die Vermutung, daß ihr Widerstand mit nichts vergleichbar gewesen wäre, was er jemals kennengelernt hatte. Nicht einmal das Gefallen, das sie ganz offenkundig an ihm fand und durch ihre unverblümte, kriegerhafte Art, ihn anzusehen, ausdrückte, würde diesen Widerstand schmelzen lassen. Und trotzdem hatte er gleich zu Anfang, bei ihrer ersten Begegnung, beschlossen, daß sie die Seine sein mußte. Wäre plötzlich ein Beschützer aufgetaucht, der seine Ansprüche auf sie geltend gemacht hätte, hätte er um sie gekämpft, so tief war sein Verlangen, sie für sich zu haben. Aber er wollte nicht, daß sie gegen ihn ankämpfte, und deshalb war die Herausforderung eine ideale Möglichkeit gewesen, seine Wünsche zu realisieren – außer, daß es lediglich eine vorübergehende Lösung war.

Wenn er es nicht schaffte, sie bis zum Ablauf der Zeit dahingehend zu bewegen, sich unter seinen Schutz zu begeben, war es ihr Recht, ihren Schutz anderweitig zu suchen, und diese Vorstellung war ihm alles andere als angenehm. Wenn er ihre Fragen richtig deutete, dachte sie bereits jetzt an diese Möglichkeit. Und auch er sann bereits jetzt über weitere Schritte nach – wenn es sein müßte, würde er nicht davor zurückscheuen, sie zu einer neuerlichen Herausforderung zu provozieren. Wenn er sie selbst herausforderte, hätte das leider nicht dieselbe Wirkung. Sie würde es sofort als das durchschauen, was es war – ein Versuch, sie ohne zeitliche Einschränkungen zu seiner beanspruchten Frau zu machen, ihr jenen Status aufzuzwingen, den sie so strikt ablehnte. Sie akzeptierte ihren Dienst nur, weil er zeitlich begrenzt war, dessen war er sicher.

Sein Blick wanderte langsam über ihr Gesicht, nahm Dinge wahr, die ihm, gebannt von dem Schillern ihrer Augen und der Lebhaftigkeit ihrer Mimik, vorher entgangen waren. Da war Farbe auf ihren Wangen, die nicht dorthin gehörte, ein sehr zartes, kaum sichtbares Rosa. Ihre Augen waren von dünnen, schwarzen Linien umrahmt, die ebenfalls nicht natürlich sein konnten. Er rieb mit der Fingerspitze sanft an einem der Augenwinkel, doch die Farbe ging nicht ab. Er hatte gehört, daß die Frauen im nördlichen Mal-nik ihre Schönheit mit künstlicher Gesichtsbemalung zu betonen versuchten, doch gab es Farben, die nicht verblaßten oder verschmierten?

Seine kleine Kriegerin kam nicht aus Mal-nik, aber *woher* kam sie dann? Er wollte lieber nicht darüber nachdenken, um seine Vermutungen nicht bestätigt zu wissen. Außerdem fühlte er nun, wie seine Körperkontrolle schwand und bald gänzlich dahin sein würde. Wenn er sie jetzt nicht weckte, würde sie ihrer beider Vereinigung vermissen, denn er konnte nicht länger an sich halten. Nur bei einer Gelegenheit, nämlich bei Nachlassen der *dhaya*-Wirkung, verlor ein Krieger seine Arroganz und seinen Stolz auf seine Fertigkeiten, eine Frau hinlänglich zu befriedigen, da diese Fertigkeiten meist in der Wildheit seines Verlangens vergessen wurden. Das durfte mit dieser Frau nicht geschehen.

Binnen Sekunden hatte Challen seine *bracs* abgestreift, mußte sich aber sogleich wieder zügeln, nicht auf der Stelle in diesen warmen, schlafenden Körper neben ihm einzudringen. Der Duft, den sie ausstrahlte, war stark, füllte seine Nüstern mit blütenschwerer Süße. Aber jetzt verlangte es ihn nach der scharfen Ausdünstung der Lust, und kurz entschlossen zog er ihr die Decke weg. Sie erwachte halb, und sein Kuß ließ sie vollständig erwachen, tief und fordernd riß er sie aus dem Schlaf und stürzte sie erneut in den Strudel des Verlangens.

Schwer atmend lehnte er sich zurück, um ihre Reaktion zu beobachten. Ihre Augen waren verhangen, aber offen, um ihren Mund spielte ein Lächeln. »Ich dachte schon, Ihr würdet nie damit anfangen«, sagte sie rauh.

»Ihr habt keine Angst, Euch mit mir zu vereinen?«

»Wirke ich etwa verängstigt?«

»Eure Worte sind mutig, *kerima*, und anderes hätte ich von Euch gar nicht erwartet. Doch selbst die Frauen von Kan-is-Tra fürchten sich anfangs vor der Berührung des Kriegers, auch wenn sie diesen Mann begehren. Solch eine Angst ist normal und hält so lange an, bis die Frau sich an ihren Krieger gewöhnt hat. Bei gefangenen oder beanspruchten Frauen ist diese Angst noch ausgeprägter.«

»Und welcher Kategorie gehöre ich an? Laßt mich einfach

mal drauflosraten. Eure Frauen sind nicht viel größer als ich, nicht wahr?«

»So ist es.«

Sie lachte auf. »Es ist sicher schwierig, so ein Riese zu sein. Nein, seht das jetzt nicht als Beleidigung an. Für mich ist das wirklich komisch. Müßt ihr Krieger mit all euren Frauen so behutsam umgehen?«

»Frauen sind zerbrechlich und leicht zu verletzen«, erwiderte er schroff, verärgert über ihr Lachen und ihre Fähigkeit, ihn vollkommen von seinem eigentlichen Vorhaben abzulenken.

»Einige Frauen vielleicht, aber ich habe eine harte Ausbildung hinter mir. Ich breche sicher nicht gleich auseinander, wenn Ihr Euch gehenlaßt.«

Sie schien nicht zu wissen, was sie da vorschlug. »Ich fürchte, ich kann gar nicht zart mit Euch umgehen, auch wenn ich es wollte. Die Erinnerungen an gestern sind zu verführerisch.«

»Soviel übermenschliche Kontrolle muß sich ja irgendwann rächen. Nun, dafür habe ich kein Mitleid. Eure megalaktische Kontrolle hat mich schier wahnsinnig gemacht.«

Und sein Mangel an Kontrolle würde gleich dasselbe mit ihr tun, wenn sie nicht endlich den Mund hielt und ihn da weitermachen ließ, wo er begonnen hatte. Es gab nur eine sichere Methode, eine Frau zum Schweigen zu bringen, ohne sie zu knebeln. Und genau das tat er, solange seine Kontrolle es zuließ. Das war nicht lange.

Das Feuer in ihr wuchs langsam, aber als es dann aufflammte, war es ein Großbrand, der alle Spuren der Erschöpfung einer schlaflosen Nacht auslöschte. Und erst als die Flammen sie zu versengen drohten, bewegte sich der Barbar über sie und bedeckte sie mit seinem Körper. Wie konnte er wissen, daß sie bereit war? Ach, wen kümmerte das schon. Sie würde endlich zur Frau gemacht werden, und das von einem Mann, den sie erst einen Tag kannte, obgleich ihr vorkam, sie kenne ihn schon seit Ewigkeiten. Und genau das war so unglaublich: Nicht, daß sie ihn begehrte und sich nach ihm sehnte, sondern daß er ihr so vertraut erschien. Sicher spielte dabei eine Rolle, daß sie lange Zeit vergebens nach einem geeigneten Mann gesucht hatte, wie auch die Tatsache, daß sie in der kurzen Zeit ihrer Bekanntschaft schon so viele Höhen und Tiefen gemeinsam durchschritten hatten. Aber all das war null und nichtig, verglichen mit dem wilden Aufruhr, den er so mühelos in ihr zu entfachen verstand.

Er befand sich nun zwischen ihren Beinen, sein Gewicht auf seine gestreckten Arme gestützt. Seine vorgewölbten Bizepse schimmerten vor Schweiß. An ihm verlockte so vieles zum Berühren, und Tedra liebte es, ihn anzufassen, anzusehen. Doch jetzt wollte sie ihn vor allem tief in sich spüren.

»Wenn Ihr noch länger wartet, Challen, dann . . .«

Sie keuchte, als seine Hitze in sie eindrang. Sterne, was für eine Festigkeit, was für eine Fülle! Sie wußte, ihr Körper würde ihn aufnehmen können, aber er mußte sich beeilen, denn sehr viel länger könnte sie nicht mehr warten. Und er sicher auch nicht. Sein kräftiger Körper bebte vor unterdrücktem Verlangen, seine Muskeln zitterten, der Schweiß brach ihm aus. Entweder litt er ebensolche Qualen wie sie selbst, oder er wollte mal wieder seine übermenschliche Beherrschung demonstrieren. Diese Mühe konnte er sich sparen. Obwohl Tedra sein Eindringen einige Schmerzen bereitete, die, wie sie wußte, noch schlimmer werden würden, wollte sie alles von ihm, und sie wollte es jetzt.

»Wartet Ihr auf meine Erlaubnis?«

Er stieß einen Laut aus, halb Knurren, halb Stöhnen, und sagte dann gepreßt: »Von einem Verlierer im Zweikampf ist keine Erlaubnis erforderlich.«

»Verstehe«, war alles, was sie im Moment hervorbrachte,

und dann, zwischen zwei Atemzügen: »Warum haltet Ihr Euch dann zurück?«

Sie fürchtete schon, er könne zu lachen beginnen, doch seine angestrenge Mimik ließ das nicht zu. »Weil *du* so klein bist.«

»Ich? Klein? Vielleicht bist *du* einfach zu groß!«

Challen war es unbegreiflich, wie er in dieser Situation eine Unterhaltung führen konnte, wenn diese ihm andererseits auch ermöglichte, sich weiterhin zurückzuhalten. »Glaubst du, ich habe so wenig Frauen gehabt, daß ich den Unterschied nicht bemerken kann? Sehr lang muß deine Reise hierher gewesen sein.«

Tedra verstand zwar nicht, was dies mit all dem zu tun haben sollte, aber das war ihr auch egal. »Ich werde nicht größer werden, wenn wir nicht endlich anfangen und dann regelmäßig daran weiterarbeiten werden. Wegen mir brauchst du dich also nicht zurückzuhalten.«

»Geduld ist eine Tugend, in der auch du dich üben solltest, Frau.«

»Wie du? Vergiß es! Wenn du jetzt nicht sofort weitermachst, muß ich annehmen, daß du mich schon wieder bestrafen willst.«

Seine Augen schlossen sich, seine Stirn fiel auf die ihre. Seine Anspannung war geradezu greifbar. »Ich will . . . ich will . . . dich nicht . . . verletzen.«

Seine Worte erfüllten sie mit Zärtlichkeit, doch es gab keinen Grund, weshalb sie beide leiden sollten. Sie nahm sein Gesicht in beide Hände und sah ihm in die Augen. »Dies ist ein Sprengen, Challen. Schmerzen sind für mich unvermeidlich, egal, wie du es auch anstellst. Wenn ich das geahnt hätte, hätte ich es erledigen lassen . . . Du weißt nicht, wovon ich spreche, nicht wahr? Du wirst es aber verstehen, wenn du ganz in mich eindringst. Komm, mein sanfter Krieger. Tu es jetzt. Ich verspreche, ich kann es aushalten.«

Nun gab es kein Halten mehr für ihn. Als er in voller Länge in sie eintauchte, drang ein lauter Schrei an sein Ohr. Noch nie hatte er solch einen Schrei von einer Frau vernommen, doch plötzlich verstand er die Ursache, fühlte die Haut, die gewaltsam gesprengt wurde. Sprengen – ihr Wort. Hätte er nur geahnt, daß die Bedeutung wörtlich zu nehmen war. Jetzt verstand er auch ihre ungewöhnliche Enge, die nicht etwa auf zeitweilige Abstinenz während der langen Dauer ihrer Reise zurückzuführen war, sondern auf lebenslange Abstinenz. Sie war unberührt gewesen, eine Frau ihres unerschrockenen Blickes, ihrer kühnen Worte, eine Frau, kein junges Mädchen. Nein, das hätte er nie erwartet.

»Tut mir leid«, sagte sie unvermittelt, ihre Stimme bebte leicht. »Das . . . das war nicht so schlimm, wie es vielleicht klang.«

»War es das nicht, meine kleine Lügnerin?«

»Nein, wirklich, ich glaube, es war eher eine Kopfgeschichte – verstehst du, ich habe erwartet, daß es schon mit einem *normalen* Mann weh tut, und du bist, na ja, du bist riesig. Deshalb war ich natürlich der Meinung, mit dir würde es noch mehr schmerzen, und als du anfingst, schaltete sich mein Kopf hinzu und sagte ›Paß auf‹, und da habe ich dann überreagiert.«

Beinahe hätte er gelacht. Ihre Art zu reden verwirrte ihn oft, doch diesmal glaubte er, sie wirklich verstanden zu haben.

»Eine Kopfgeschichte? Frauen weinen oft, noch ehe sie einen Grund dazu haben, wohl in Vorahnung eines Grundes.«

»Da du mich generell verstanden zu haben scheinst, werde ich den Vergleich durchgehen lassen. Aber beachte bitte, daß in meinen Augen keine Tränen stehen.«

Er lächelte sie zärtlich an. »Ich wollte dich nicht in deiner Ehre verletzen, Kriegerin. Dein Schmerz war groß, und dennoch spielst du ihn tapfer für mich herunter. Du versuchst auch, mir meine Schuld zu nehmen, und dafür bin ich dankbar. Ich bin es, der um Vergebung bitten muß, für die Schmerzen, die ich dir zugefügt habe. Dein ... Sprengen ... hätte nicht so brutal sein müssen. Wenn ich gewartet hätte ...«

Sie legte einen Finger auf seine Lippen. »Ich will dich nicht kränken, aber können wir das Gespräch nicht auf einen anderen Zeitpunkt verschieben? Wie du bemerkst, tut mir im Moment nichts weh. Und so sehr ich das Gefühl liebe, dich in mir zu spüren, will ich doch nur zu gern wissen, was als nächstes kommt. Ich würde es wirklich begrüßen, wenn du einfach weitermachen könntest.«

Sie würde es begrüßen! Eine kan-is-tranische Jungfrau hätte den Rest des Tages mit Weinen und Jammern verbracht, hätte jede weitere Berührung verweigert. Und seine kystranische Jungfrau würde es begrüßen, ›wenn er weitermachte‹. Ihr Wunsch sollte erfüllt werden!

16.

Die Arme um die angezogenen Beine geschlungen, das Kinn auf die Knie gestützt, ließ Tedra sich von den sanften Streichbewegungen des Kammes, der durch ihr Haar glitt, verwöhnen. Challen war schon seit einer halben Stunde am Werk und machte keine Anstalten, aufzuhören.

Nach dem Abendessen hatte er den goldenen Kamm hervorgezogen und ihr befohlen, sich auf die Felldecke zwischen seine gespreizten Knie zu setzen. Sie hatte nichts dagegen einzuwenden gehabt, da ihr Haar völlig zerzaust und verfilzt war und sie keine Ahnung hatte, wie sie es ohne ihren Styler hätte bändigen können. Ihr Krieger hatte ihr mit kräftigen Strichen die verfilzten Knoten herausgekämmt, nur hatte er dann nicht aufgehört. Sie kam zu der Überzeugung, daß es ihm Spaß machte, Frauenhaar zu kämmen. Daß er vielleicht von ihren schwarzen Locken fasziniert sein könnte, kam ihr nicht in den Sinn.

Wie geplant, waren sie an diesem Morgen zu seiner Heimatstadt aufgebrochen. Tedra war nach ihrer ersten wunderbaren Erfahrung mit dem Sex-Teilen wieder in einen tiefen Schlaf gefallen, und Challen hatte sie bis weit in den Morgen schlafen lassen. Erst als die Sonne schon hoch am Himmel stand, war sie erwacht und hatte auf dem Fell sogleich Gesellschaft bekommen für ihre zweite, eher gemächlichere, entspannendere Erfahrung.

Challen beugte sich nun über sie und biß ihr in die nackte Schulter. Der Mann liebte es zu beißen. Die vielen Bisse, die sie bis jetzt abbekommen hatte, waren fest genug gewesen, um sie erschaudern zu lassen, aber nicht so fest, daß sie schmerzten. Und jedesmal, wenn diese kräftigen weißen Zähne in ihre Haut schlugen, schwang eine prickelnde Spannung mit.

Sie seufzte und blickte über die Schulter, um zu sehen, ob dieser Biß eine tiefere Bedeutung hatte. Der Ausdruck in seinen dunklen Augen sagte alles. Es war ein Ausdruck, den sie inzwischen schon kannte, der heute schon mehrmals dagewesen war, viele Male. Er bedeutete, daß er sie wollte. Sie hatte nichts dagegen. Und sie war auch nicht überrascht. Als er heute das dritte und vierte Mal über sie gerollt war, war sie überrascht gewesen. Irgendwann hatte sie dann zu zählen aufgehört und sich mit der Tatsache abgefunden, einen wahrlich unersättlichen Barbaren zum Gefährten zu haben. Aus welchen Gründen er sich auch gestern zurückgehalten hatte, heute schien er alles nachholen zu wollen. Und was sollte sie dagegen einzuwenden haben, wenn sie selbst dabei solche Wonnen erfuhr.

»Willst du etwas Bestimmtes, Challen?« schnurrte sie, und fand sich sogleich durch die Luft gewirbelt und mit gespreizten Beinen auf seiner Brust sitzend wieder, während er sich auf das Fell zurücksinken ließ. »Darf ich das als Antwort verstehen?« fragte sie und hauchte ihm einen Kuß auf die weiche Wange, die er heute morgen mit einer Klinge abgeschabt hatte.

Ohne ein Wort deutete er auf seine Lippen, und sie gehorchte, ließ lasziv ihre Zunge um die festen Konturen streichen. Da sie nicht mehr tat, schnappte er zu – und verfehlte sein Ziel. Sie kicherte und quietschte dann, als er es erneut versuchte. Die Schwierigkeit bei diesem Spiel war, daß seine Arme sie fest umschlossen hielten. Unfähig aufzustehen, beugte sie sich über ihn und küßte ihn so, wie er es wollte, schenkte ihm den Vereinigungskuß, den er letzte Nacht abgelehnt hatte.

Mitten im schönsten Küssen zog er plötzlich ihren Kopf zurück und fragte: »Bist du wund?«

Diese Frage kam ihrer Meinung nach ein bißchen spät, doch sie wollte jetzt nicht streiten. »Nein.«

»Du würdest es mir auch nicht sagen, wenn es so wäre, nicht wahr?«

Sie grinste. »Richtig.«

»Das wird das letzte Mal sein, *kerima*, ich gebe dir mein Wort.«

»Bring bloß wegen mir keine Opfer – oder bist *du* wund?« Diese Verdächtigung wurde mit einem Biß in ihren Hals geahndet. »Au! Du kannst das also den ganzen Tag *und* die ganze Nacht hindurch machen! Das habe ich auch nie bezweifelt!«

Er lachte, tief und grollend. Dieser Mann hatte wirklich Freude am Sex-Teilen. Und Tedra konnte inzwischen von sich dasselbe behaupten, zumindest mit ihm. Er brachte sie zum Lachen. Und manchmal brachte er sie zum Schreien. Eigentlich schrie sie meistens, wenn die Lust sie überkam, sie konnte nicht anders, es brach einfach aus ihr heraus.

Er hob sie nun leicht an und setzte sie auf seinen Bauch, ihre Knie waren angewinkelt, ihre Füße befanden sich neben seinen Hüften. In dieser Position hatten seine Hände leichtes Spiel, kosten zärtlich jeden Teil ihres Körpers. Diesmal ließ er nicht zu, daß sie ihn berührte, sondern befahl ihr, die Hände auf den Schenkeln liegen zu lassen. Und so sah sie ihn nur an und beobachtete, wie die Leidenschaft seine Augen verdunkelte.

»Gib mir deine Brust!«

Seine Stimme drang durch den dichten Schleier der Wollust, den seine Hände um sie gewoben hatten, und sie wimmerte auf. »Es wäre ... zuviel ... Challen.«

»Gib mir deine Brust!« wiederholte er, nun als Befehl.

Sie beugte sich langsam nach vorn, stöhnte in Erwartung dessen, was kommen würde, genauso, wie er vor kurzem das für Frauen typische Verhalten geschildert hatte. Aber sie wußte, sie hatte guten Grund dazu, und sie hatte sich nicht getäuscht. Kaum war ihre Brust in Reichweite, schloß sich sein Mund um ihren Nippel und begann zu saugen. Sie geriet außer sich, wußte, er hatte es nicht eilig, konnte sich Zeit lassen, sie zu genießen. Nach dem viertenmal hatte bei ihm das drängende Verlangen nach schneller Befriedigung nachgelassen. Ihr Verlangen hingegen war mit jedem Mal gewachsen, schrie nach Erfüllung, ungeachtet, wie schnell oder wie oft.

Sie würde ihn nicht anflehen, nein, sie würde es nicht tun.

Sie lehnte sich zurück, wurde jedoch gleich wieder in Position gebracht, damit sich sein Mund ihrem anderen Nippel widmen konnte. Feuer raste durch ihre Nervenstränge, schoß von den Brüsten zu den Lenden, pulsierte in ihrem Schoß. Sie zitterte, schäumte über vor Verlangen. Vergebens versuchte sie ihre Hände zu befreien, um sich an ihm abzustützen, an ihm herabzugleiten, damit sie endlich zu der Stelle käme, nach der es sie verlangte. Doch unnachgiebig hielten seine Hände sie fest, zwangen sie, dort zu bleiben, wo er sie haben wollte.

Bitte, schrie sie innerlich auf, während ihre Zähne in ihre Lippen schlugen, um den Schrei zu unterdrücken.

Und dann war sie unter ihm, und er war in ihr, tief, tief in ihr, und sie kam, explodierte um seine Fülle, Zucken um Zukken der süßesten Ekstase, immer weiter und weiter, während er sich rhythmisch in ihr bewegte, endlos, unermüdlich. O himmlische Sterne!

Tedra hätte nicht sagen können, wieviel Zeit vergangen war. Vielleicht war sie auch ohnmächtig gewesen, denn plötzlich sah sie vor sich Challens Gesicht und konnte sich nicht daran erinnern, wann ihre Atmung ruhiger, ihr Puls langsamer geworden war. Er lächelte ihr mit einem Ausdruck männlicher Überlegenheit zu, ein Ausdruck, der sie zu jedem anderen Zeitpunkt zur Weißglut gebracht hätte, der aber jetzt wirklich verdient war. Er wußte, was er zu tun hatte, ihr Krieger. Er hatte sie diesmal schier in den Wahnsinn getrieben, doch das Ergebnis war mehr als befriedigend gewesen.

»Ich werde heute nacht wie ein Baby schlafen«, verkündete sie mit einem Seufzen.

»Vorher müssen wir uns unterhalten.«

»Unterhalten?« fragte sie verblüfft. Sicher, heute hatten sie das etwas vernachlässigt, doch jetzt? »Ach, komm, der Mond scheint so schön, und ich bin in einer so sanften, weichen Stimmung . . .« Unversehens wurde sie hingesetzt, ihre Beine wurden gekreuzt und ihre Hände auf die Knie plaziert. Eine sehr kommunikative Position. »Gut, unterhalten wir uns«, sagte sie sachlich, wenn auch mit finsterer Miene.

»Wie kommt es, daß du unberührt warst und trotzdem . . . nicht so wirktest?«

Tedra grinste und entspannte sich. »Diese Laus hockt dir

also auf der Leber! Das wird bei uns Sexerziehung genannt und gehört zu den Pflichtfächern. Deshalb war ich, obwohl ich es noch nicht versucht hatte, dennoch sehr genau über das Wie und Wo informiert.« Sie lachte plötzlich auf. »Endlich begreife ich, weshalb die Kystrani ziemlich unausstehlich werden, wenn sie ihre tägliche Dosis nicht erhalten.« Seinen befremdeten Gesichtsausdruck quittierte sie mit einem Seufzen. »Denk nicht weiter darüber nach, das war eine Art Kompliment. Ist deine Frage damit beantwortet?«

Er schüttelte den Kopf. »Wie kommt es, daß auch dein Verhalten von Erfahrung zeugte?«

»Was für ein Verhalten? Hätte ich vorgeben sollen, keinen Gefallen an dem, was ich sehe, zu haben? Offen, frech, arrogant – so bin ich nun mal.«

»Doch mit einem solchen Verhalten würde eine Frau sehr schnell einen Partner zum Vereinen finden. Wieso bist du dann, trotz deines Alters, noch unberührt gewesen?«

»Weil ich dich noch nicht getroffen hatte, Süßer.«

»Ist das ebenfalls ein Kompliment – eine Art Kompliment?«

»Diesmal nicht nur ›eine Art‹. Mir hat vorher einfach niemand gefallen – bis ich dir begegnet bin. Nein, eigentlich ist das alles etwas komplizierter. Ich hätte mich nicht wohl gefühlt, mit einem Mann zusammenzusein, der mir . . . den ich . . .«

»Den du im Zweikampf besiegen könntest?«

Sie fürchtete schon, er könne, als Vertreter der männlichen Rasse, beleidigt sein, doch zu ihrer Erleichterung lächelte er. »Vielleicht sollte ich dir das alles ein bißchen näher erklären, damit du kein falsches Bild über die kystranischen Männer erhältst. Ich bin nicht die durchschnittliche Sec 1, die im Umgang mit Waffen und in der Kriegsführung ausgebildet wird. Ich habe meine Ausbildung beträchtlich erweitert, indem ich nicht nur die moderne Kampfführung, sondern auch die Techniken unserer Vorfahren erlernt habe. Diese Techniken sind schon lange vergessen, da sie durch die Erfindung machtvoller Waffen überflüssig wurden.« Angesichts seiner Miene runzelte sie die Stirn. »Du siehst nicht so aus, als hättest du verstanden, worauf ich hinauswill.«

»Wohl deshalb, weil ich es nicht verstanden habe.«

»Dann laß mich es dir anders erklären. Wie würdest du dich in meiner Gegenwart fühlen, wenn ich, so wie jetzt, vor dir säße, aber meinen Phazor auf dich gerichtet hätte? Hättest du da Lust, mich zu verführen, immer in der Gewißheit, daß ich dich jederzeit paralysieren könnte? Und du wärst nicht in Besitz einer ähnlich starken Waffe . . . würdest diese Waffe auch nie bekommen. Hingegen *du*, du hast eine ähnliche Waffe. Verstehst du mich jetzt?«

»Ist deine Waffe der waffenlose Nahkampf? Ist es das, was deine kystranischen Männer nicht mehr beherrschen?«

»Genau! Oh, sie wissen natürlich, wie man zuschlägt, aber das ist im Vergleich zu meinem Können Kinderkram. Außerdem würde ein kystranischer Mann nie die Hand gegen eine Frau erheben. Verstehst du nun, weshalb ich noch nicht gesprengt war?«

»Ja, weil du es so wolltest. Aber ich verstehe nicht, warum du nicht trotzdem von einem Mann genommen worden bist. Sieht ein Mann eine Frau, die er will, und sie ist bewaffnet, so wird er einen Weg finden, sie zu entwaffnen.«

»Mußt du unbedingt deine Arroganz mit ins Spiel bringen?« fragte sie wütend. »*Du* magst diese Einstellung vielleicht haben, aber ein kystranischer Mann würde das nie tun. Und deine Waffen, mein Freund, sind deine unglaubliche Größe und deine stählernen Muskeln.« Sie konnte sich ein Quentchen ihrer eigenen Arroganz nicht verkneifen. »Ohne diese Eigenschaften hätte ich dich besiegt, genau wie Kowan, einen Krieger aus euren Reihen.«

Er schnaubte verächtlich. »Dieser Kowan kann unmöglich ein Krieger aus Kan-is-Tra gewesen sein.«

»Ist er auch nicht«, besänftigte sie ihn. »Können wir jetzt schlafen gehen?«

»Erst erklärst du mir noch die Bedeutung von ›erledigen lassen‹. Hättest du auf irgendeine Art die Schmerzen des ersten Vereinens verringern können?«

»Ja.«

»So etwas ist nicht möglich«, erwiderte er gereizt.

»So etwas ist nicht nur möglich, sondern auf Kystran zu einer Standardprozedur geworden. Fünf Sekunden in einer Meditech-Einheit, und schon ist diese kleine Membran, die du in Fetzen gerissen hast, vollkommen entfernt, ohne den geringsten Schmerz.«

»Aber du sprachst immer von ›sprengen‹, was auf ein gewaltsames Öffnen hinweist.«

»Das Wort ›sprengen‹ stammt noch aus der Zeit, bevor die Frauen klug wurden und damit begannen, vor dem ersten Sex-Teilen eine Meditech-Einheit aufzusuchen. Heute bedeutet das Wort einfach nur ›erste Erfahrung‹.«

»Warum hast du dich dann nicht der schmerzlosen Entfernung unterzogen, als du ins passende Alter kamst?«

»Weil das in den Akten verzeichnet worden wäre und ich mir dann kurze Zeit später meinen ersten Mann hätte nehmen müssen, was ebenfalls registriert worden wäre. Wenigstens brauche ich mir jetzt keine Gedanken mehr über das Gesetz bezüglich des Alters der Einwilligung zu machen, wenngleich ich nicht weiß, wie ich ein altmodisches Sprengen ohne einen Computer als Zeugen überhaupt beweisen soll. Wahrscheinlich muß ich es noch einmal für Martha machen, wenn sie mich irgendwann aufspürt. Diese megalaktische Maschine würde mir sonst nie glauben.«

»Frau!«

»Ich weiß, ich weiß, das ging ein bißchen weit. Soll ich dir wirklich über eines unserer lächerlichsten Gesetze erzählen?«

»Wenn dieses Gesetz dich betrifft.«

»Inzwischen nicht mehr.«

»Es ist mein Recht, meine Frau zu beschützen, und das kann ich nicht angemessen tun, wenn sie einem mir unbekannten Gesetz untersteht. Deshalb wirst du es mir überlassen zu beurteilen, ob . . .«

»Oho, der Tyrann meldet sich wieder zur Stelle! Schon gut . . .«, murmelte sie, als seine Hand nach ihrer Brust griff, doch gleich darauf funkelte sie ihn wütend an, da ihr sein Versprechen einfiel, heute keinen Sex mehr zu machen. Folglich hatte er vor, sie zu bestrafen. »Du kämpfst mit schmutzigen Tricks. Glaube nicht, ich würde mir das nicht merken . . . ja, ist ja gut!« Sie wich seiner Hand aus.

»Erkläre jetzt!«

»Es ist ein dummes Gesetz, vor langer Zeit von dummen Männern erfunden. Damals wurde entschieden, daß Sex-Teilen ein megalaktisches Allheilmittel für alle möglichen Wehwehchen sei, und deshalb müßten alle Frauen in den Genuß davon kommen, ob sie nun wollten oder nicht. Aber das gilt nur für ungesprengte Frauen, also nicht für mich.«

»War das so schwierig zu erzählen?«

»Ja, das war es tatsächlich, weil gerade dieses Thema mir immer ein Dorn im Auge war. Aber darum geht es gar nicht, Challen. Ich habe dir gesagt, daß es mich nicht länger betrifft. Warum glaubst du mir nicht einfach und läßt das leidige Thema fallen?«

»Du sagtest vorhin auch, du müßtest beweisen, gesprengt worden zu sein. Unterstehst du dann nicht noch so lange dem Gesetz, bis der Beweis erbracht ist?«

Das war freilich die Frage. Ihre neuen Daten, die sie als Tamber De Oss, gesprengt, auswiesen, hatten nichts mit Tedra De Arr, ungesprengt, zu tun. Bis Garr wieder an der Macht war, durfte sie zwar ihre eigene Identität auf Kystran nicht wieder einnehmen, aber da *sie* sich nun selbst der Sache angenommen hatte, hätte sie ihre Akte gerne auf Vordermann gebracht.

»Die Security wird wohl nicht hier aufkreuzen, um meinen neuen Status zu überprüfen, Challen. Und wenn sie kämen, würde ich aufgrund unserer neuen Regierung sowieso in der Sklaverei enden, aber das ist eine andere Geschichte. Ach, zur Hölle mit dem Glimmen in deinen Augen! Ich werde dir nichts mehr erzählen, bis du endlich anerkennst, daß Kystran ein anderer Planet ist und nicht nur ein Land auf Sha-ka'an.«

Er starrte sie eine Weile an und schien dann zu dem Schluß zu kommen, sie für heute genug mit seinen Fragen bedrängt zu haben. »Zürne einem Krieger nicht für seinen natürlichen Instinkt, seine Frau in Sicherheit wissen zu wollen.«

War das eine Entschuldigung oder ein Tadel? Oder ein subtiler Hinweis darauf, daß es an ihr war, sich zu entschuldigen? Sie würde jedenfalls nicht nach dem Köder schnappen.

»Deine edle Hilfsbereitschaft in Ehren, doch solltest du damit warten, bis ich um deine Hilfe bitte«, wies sie ihn zurecht.

»Nicht in Kan-is-Tra.«

Dieses Argument entbehrte nicht der Wahrheit. Das Verhalten der Sha-Ka'ani hatte absolut nichts mit dem der Kystrani gemein.

17.

Am Vormittag verließen sie die Wälder und gelangten in eine weite, von sanften Hügeln durchzogene Ebene, die im Süden von einem hohen Berg beherrscht wurde, dem Mount Raik, wie Challen ihn nannte. Mit seinem schneebedeckten Gipfel, der hoch in den strahlendblauen Himmel ragte, bot er einen imposanten Anblick. Im Norden erstreckte sich das Bolcar-Gebirge, hinter dem die unbekannten Länder, Challens Meinung nach sicherlich auch Kystran, begannen. Doch keiner dieser purpurfarben getönten Bergzüge wirkte so erhaben wie der Mount Raik, auf den sie nun zusteuerten.

Um die Mittagszeit tauchten dann plötzlich Felder auf, die mit Getreide und Gemüse bebaut waren, doch so sehr Tedra auch Ausschau hielt, konnte sie doch weder Häuser noch Schuppen erkennen. Nun kamen wieder Bäume, hohe, stattliche Bäume, die einen Windschutz gegen eine blühende Obstplantage bildeten, danach ein goldbelaubtes Wäldchen, in dessen Mitte ein kleiner blauer See ruhte, und dann wieder ein bunter Wald, in dem sich orangefarbene, gelbe und leuchtendrote Blätter mit jeder nur möglichen Schattierung von Grün und Braun vermischten.

Sie betraten diesen Wald über einen befestigten Pfad, der sich um die Baumstämme schlängelte und so erkennen ließ, daß nichts abgeholzt worden war, um den Weg freizumachen. Reine, unverfälschte Natur! Nichts war zerstört, nichts um des Menschen willen vernichtet. Tedra gefiel diese Vorstellung. Überhaupt gefiel ihr alles an diesem Land, das angenehme Klima, die wunderschöne Landschaft, und die Männer waren auch nicht so übel.

Mit seinen Jagdgefährten, die mit ihnen reisten, verband Challen eine innige Kameradschaft; sie scherzten und knufften einander und lachten über Witze, die Tedra oft nicht verstand. Heute morgen hatten sie die Jäger in tiefste Verlegenheit gestürzt, denn als sie aus Challens Zelt geschlüpft war, hatte sie zu ihrem grenzenlosen Erstaunen alle Jäger abreisebereit auf ihren *hataari* entdeckt, und es bestand gar kein Zweifel, daß sie lediglich auf sie beide gewartet hatten. Und als sie dann noch herausfand, daß die Jäger einen zusätzlichen Tag mit Jagen eingelegt hatten, weil Challen den ganzen Tag mit ihr im Zelt verbracht hatte, wäre sie am liebsten in den Erdboden versunken, denn jeder einzelne mußte genau wissen, *warum* Challen die Abreise verzögert hatte.

Ihr rüpelhafter Krieger hatte mit seinem betont vertraulichen Verhalten ihr gegenüber die Sache noch schlimmer gemacht, denn bevor er sie auf sein *hataar* gehoben hatte, war seine Hand, für alle sichtbar, genüßlich von ihrer Taille bis zu ihren bloßen Beinen geglitten. Sicher, er war noch in einer weichen, sinnlichen Stimmung vom morgendlichen Sex-Teilen gewesen, aber ihre eigene gute Laune war schlagartig gesunken, hatte sich wieder in die gereizte Stimmung umgekehrt, mit der sie in der vergangenen Nacht, nach ihrem unbefriedigenden Gespräch, eingeschlafen war, denn trotz ihrer offenkundigen Gereiztheit hatte Challen darauf bestanden, daß sie sich an ihn schmiegte und ihm den obligatorischen Nachtkuß gab.

Doch der Tag war zu schön, die Reisegesellschaft zu fröhlich, als daß ihre üble Laune am Morgen lange angehalten hätte. Sogar die Fesseln um ihre Handgelenke störten sie weniger, als sie geglaubt hatte. Möglicherweise deshalb, weil Challen ihr vor der Abreise eine weitere Schnur beschafft und diese als einen Gürtel um ihren Fellumhang geschlungen hatte. Sie war wirklich dankbar für diese aufmerksame Geste. Von seiner Überheblichkeit in der Nacht zuvor hin zu dieser Geste ... ihr Barbar hatte mehr auf dem Kasten, als sie anfangs vermutet hatte.

Kurz nach Mittag machten sie am Ufer eines schäumenden Flusses Rast. Sie teilten sich das kalte Fleisch vom Vortag und verzehrten dazu süßschmeckende, kleine Brötchen, die *crumos* genannt wurden. Sie befanden sich noch immer mitten in einem Wald, dessen Bäume ausreichend Schatten boten. In den Baumwipfeln über ihnen zwitscherten Vögel, und seltsame kleine Pelztiere huschten durch das Geäst. Tedra hatte an diesem Morgen mindestens ein Dutzend neuer Tiere ausgemacht, allesamt harmlos, die beim Herannahen des riesigen *hataar* eilends die Flucht ergriffen hatten.

Tedras Hände wurden für die kurze Mahlzeit nicht aufgebunden, doch sie fand das nicht weiter schlimm, da Challen sich nun bemüßigt fühlte, ihr zu helfen, und darüber seine eigene Mahlzeit vernachlässigte. Darin liegt eine Art poetische Gerechtigkeit, überlegte sie schmunzelnd, während sie sich huldvoll bedienen ließ. Er lag neben ihr ausgestreckt und schnitt das Fleisch in mundgerechte Stücke, die er ihr in die Hand gab. Anfangs hatte er versucht, sie zu füttern, war aber für diese Demütigung mit einem Biß in den Finger bestraft worden. Hätte Tedra freilich geahnt, wieviel Vergnügen Challen an dieser Situation fand, wäre sie bei weitem nicht so selbstzufrieden und belustigt gewesen. Und wenn sie darüber hinaus auch noch gewußt hätte, daß er die Mahlzeit absichtlich in die Länge zog, um seinen Gefährten einen Grund für seine verlängerte Rast bieten zu können, dann wäre ihre momentane Blasiertheit wie ein Ballon zerplatzt und in wilde Empörung umgeschlagen.

Doch sie hegte keinerlei Mißtrauen, nicht einmal dann, als die Krieger der Reihe nach wieder aufbrachen, während Challen noch in aller Ruhe sein Schwert reinigte. Erst als der letzte Krieger langsam zwischen den Bäumen verschwand, stand er auf; sie erhob sich ebenfalls und ging auf das *hataar* zu. Er stellte sich hinter sie, allerdings nicht, um sie auf den Rücken des Tieres zu heben.

Ohne irgendwelche Hintergedanken nahm sie wahr, wie seine Arme sich von hinten um sie schlangen und sie sanft an seinen Körper preßten. Sie war satt, in wohliger Stimmung und rundum zufrieden, es gab nichts, woran sie etwas auszusetzen gehabt hätte. Außerdem hatte sie sich bereits daran gewöhnt, daß ihr starker Krieger ein richtiges Schmusetier war und sie gerne umarmte und sich an sie kuschelte. Plötzlich drehte er sie herum, und erst als sie seine großen Hände unter ihrem Fellkleid spürte, merkte sie, daß er ihren Gürtel gelöst hatte. Seine Hände walkten ihre Hinterbacken und wanderten dann langsam höher.

Noch ehe sie fragen konnte, was das sollte, wurde ihr Mund schon mit dem seinen verschlossen, und damit war ihre Frage beantwortet und gleichzeitig vergessen. Der Krieger verstand es, auf eine Art zu küssen, die ungemein erregend war, brachte gekonnt Lippen, Zunge und Zähne in das Spiel mit ein, und Hitze. Sterne, diese Hitze, die ihren ganzen Körper unter Strom setzte! Gleich darauf lag sie ausgestreckt auf dem weichen Gras, verloren im Reich der Sinne.

Nach dem gestrigen Exzeß war ihr Körper nun abermals, ohne daß sie es bemerkt hätte, wie ausgehungert, obwohl er am Morgen ausgiebig gesättigt worden war. Aber das lag Stunden zurück, und so war ihre Lust vollkommen und ihr Höhepunkt so intensiv, daß sich ihr ein lauter Schrei entrang, der mit wildem Vogelgezwitscher beantwortet wurde.

Nur langsam kehrte sie wieder in die Realität zurück, aber der erste klare Blick auf Challens Miene ließ in ihr sämtliche Warnglocken erklingen. Es war der Ausdruck eines Mannes, der gerade einen ganz besonderen Sieg errungen hatte, und da dämmerte es ihr mit einem Mal, daß sie sich nicht an einem ›Ort, an dem er schlief‹, befanden. Sie hätte das Vereinen verweigern können, hatte aber in dem Augenblick, als er sie küßte, den Kopf verloren, die Empfindungen ihres gerade erst erweckten Körpers nicht mehr steuern können.

»Warum hast du das getan?«

Er versuchte gar nicht erst, den Verständnislosen zu mimen. »Um zu sehen, ob es gelingt.«

»Du meinst, um zu sehen, ob ich es dir gestatte.«

»Laß uns doch darüber nicht herumstreiten.«

»Ich streite, wann ich will«, schnappte sie zurück, während sie sich unter ihm hervorwand. »Hier geht es um eine grobe Regelverletzung, Challen.«

Er grinste vergnügt. »Frau, wogegen hast du etwas einzuwenden, dagegen, daß du nicht nein gesagt hast, oder dagegen, daß du nicht nein sagen wolltest?«

Röte schoß ihr in die Wangen. »Das ist nicht fair. Du hast mir gar keine Gelegenheit zum Nachdenken gelassen.«

»Was meine Absicht war.«

»Du versuchst, mich zu einer beanspruchten Frau zu machen, nicht wahr?« sagte sie anklagend. »In eine, die du überall und jederzeit herumkommandieren kannst.«

Seiner Miene nach zu schließen, hatte sie ins Schwarze getroffen, doch er antwortete diplomatisch: »Das kann nicht während deiner Dienstzeit geschehen. Als Verliererin des Zweikampfes hast du meinen Schutz, und nur eine Frau ohne Schutz kann beansprucht werden.«

»Das ist doch lauwarmes Gewäsch, Krieger! Wir wissen beide um die Wünsche des anderen, und du hast soeben bewiesen, daß du versuchen wirst, unser Zusammensein so zu gestalten, wie du es dir vorstellst, ohne Rücksicht auf meinen offiziellen Status.«

»Mag sein.« Er zuckte die Achseln und warf ihr dann ein jungenhaftes Grinsen zu. »Aber das ist nun mal das Wesen eines Kriegers. Hätte ich es nicht versucht, wären wir nun um ein Vergnügen ärmer. Wenn du allerdings einmal kein Verlangen danach spürst, *kerima*, dann mußt du es nur sagen.«

»In anderen Worten, ich darf davon ausgehen, daß so etwas wieder passieren wird?«

»Richtig.«

»Und das ist für dich keine Regelverletzung?«

»Wenn es deine Entscheidung ist? Und es ist deine Entscheidung, *kerima*. Die Regeln würde ich nur dann verletzen, wenn ich dir keine Wahl ließe.«

Sie war zwar immer noch der Meinung, soeben keine Wahl gehabt zu haben, da er ihr jeglichen vernünftigen Gedanken einfach weggeküßt hatte, aber sie sah seinen Standpunkt ein. Außerhalb eines ›Ortes, an dem er schlief‹, würde sie ihm nicht gehorchen, sondern nur den notwendigen Respekt erweisen müssen. Und sie war eine wahre Meisterin darin, ihre ›Neins‹ in einer respektvollen Verpackung zu präsentieren. Sie brauchte sich seinen erotischen Launen nicht zu fügen, auch wenn er ihr zu vermitteln versuchte, wie unsinnig es sei, sich solch ein Vergnügen entgehen zu lassen.

»Diesmal hast du mich überrumpelt, aber erwarte nicht, daß das die Regel sein wird.«

»Du hast es dennoch genossen.«

»Darum geht es nicht. Außerdem könnte ich mich daran gewöhnen. Es ist doch sicher nicht in deinem Sinn, wenn ich mich in dieser kurzen Zeit, die wir miteinander verbringen, zu eng an dich binde!«

»Doch.«

Sie runzelte die Stirn. »Wozu? Damit du dir vorstellen kannst, ich werde mich, wenn wir nicht mehr zusammen sind, vor Sehnsucht nach dir verzehren? Ist das nicht . . .«

Sie brach ab, denn plötzlich sprang Challen auf und griff nach seinem Schwert. Vorsichtig erhob sie sich ebenfalls. Obwohl sie nichts sah oder hörte, was seine gespannte Wachsamkeit erklärt hätte, glaubte sie nicht, daß dies nur ein Ablenkungsmanöver war, da nun auch das *hataar* unruhig zu tänzeln begann. Tedra war klug genug, Challen jetzt nicht mit irgendwelchen Fragen zu behelligen.

Es kam mit einer solchen Geschwindigkeit, daß sie sein Nahen nicht einmal sah. Plötzlich war es da und sprang an Challens Kehle. Glücklicherweise wich Challen rechtzeitig aus, und das Wesen segelte an ihm vorbei und landete in einiger Entfernung hinter ihnen. Doch sogleich wirbelte es wieder in Challens Richtung, stellte sich aufrecht hin, bewies seine unglaubliche Schnelligkeit – unglaublich deshalb, weil es sich nicht um ein kleines Tier handelte, sondern um ein langes, häßliches, unförmiges Geschöpf, etwa eineinhalb

Meter groß, mit langen, spitzen Ohren, einer flachen Schnauze, gelblich schimmernden Schlitzaugen und rasiermesserscharfen Zähnen. Es hatte einen massigen Körper, breite, kräftige Beine, mit denen es seine Beute anspringen konnte, und einen langen, mit Stacheln versehenen Schwanz, den es zur Abwehr benutzte; seine Arme waren kurz und dünn, schienen für den Kampf völlig nutzlos, wenn auch die dreigliedrigen Hände ebenso wie die dreigliedrigen Füße mit langen Krallen versehen waren.

Schon bald erfolgte ein weiterer Angriff. Das Wesen bedurfte nur weniger Anlaufschritte, ehe es sich mit seinen kräftigen Sprungbeinen wieder abstemmte, durch die Luft schoß – und sein Ziel abermals verfehlte. Challen gelang es diesmal zwar, dem Wesen, während es an ihm vorbeiflog, einen Schlag mit dem Schwert zu versetzen, doch die Klinge schien an der dicken, grauen, faltigen Haut förmlich abzuprallen. Dieses Spiel ging noch ein paarmal hin und her, bis das Wesen sich zu einer neuen Taktik entschloß.

Tedra hatte sich langsam in den Hintergrund verzogen, aber das Wesen schien sowieso nicht an ihr interessiert zu sein, bedachte sie nur mit einem flüchtigen Blick. Entweder war es schon vorher mit Menschen in Kontakt gekommen, oder aber es war intelligenter, als es aussah, denn es schien ihm bewußt zu sein, daß es erst Challen besiegen mußte, bevor es sich auch über Tedra hermachen konnte.

Langsam, in simulierter Steifheit kam es näher, gebeugt, beinahe schon kriechend. Ein schmatzendes Knurren entrang sich seiner Brust, als könne es sich nicht entscheiden, ob es vor Vorfreude auf das kommende Mahl mit den Lippen schmatzen oder aus Wut über die Verzögerung knurren sollte. Tedra hielt den Atem an; bald würde das Wesen so nah sein, daß es für Challen keine Möglichkeit mehr gäbe, einem plötzlichen Sprung auszuweichen. Aber Challen mußte dasselbe gedacht haben, denn er ergriff nun die Initiative, hieb mit seinem Schwert pausenlos auf das Tier ein und trieb es in die Enge. Es versuchte einen Bogen um Challen zu machen, damit es sich ihm wieder frontal nähern konnte, doch das lange Schwert verschloß ihm diesen Weg. Jetzt schnalzte und schmatzte es nicht länger, sondern knurrte und fauchte vor Wut.

Dies wäre wohl doch eine geraume Zeit so weitergegangen, wenn Challen nicht über eine Baumwurzel gestolpert wäre. Er erlangte zwar binnen eines Augenblicks sein Gleichgewicht wieder, doch in diesem einen Augenblick schwenkte sein Arm mit dem Schwert zur Seite, öffnete damit die Abwehr, und das Wesen ergriff seine Chance. Blitzschnell stemmte es sich ab und sprang an Challens Kehle.

Tedra kreischte auf, machte sogar einen Schritt nach vorn, obwohl sie nicht wußte, wie sie Challen ohne eine Waffe helfen sollte. Aber die scharfen Zähne hatten sich nicht in den zarten Hals gebohrt, sondern in Challens schildbewehrten Arm, den er in der letzten Sekunde noch hatte hochziehen können. Und ehe die schrecklichen Klauen ihn ergreifen konnten, blitzte sein Schwert auf und senkte sich in den weichen Unterbauch des Tieres, seiner einzig verwundbaren Stelle. Ein entsetzlicher Schrei ertönte, dann trat eine beinahe unwirkliche Stille ein. Challen riß sein Schild aus dem Maul des Wesens, das daraufhin mit einem dumpfen Schlag zu Boden fiel, noch einmal zuckte und schließlich reglos liegen blieb.

Als Challen sich nach ihr umwandte, bemühte sich Tedra, ihr Zittern in den Griff zu bekommen – eine verspätete Reaktion auf den Schrecken, nahm sie an, die sie ihm allerdings nicht zeigen wollte. Mit einem Mal bemerkte sie, daß er splitternackt gegen das Tier gekämpft hatte. Über und über mit dem Blut des Ungeheuers bespritzt, stand er da und grinste sie an.

»Diesmal hättest du dich wirklich auf einem Baum verstekken sollen, Frau.«

Seine zur Schau getragene Heiterkeit ging ihr wirklich auf die Nerven. Während ihr Herz noch gegen ihre Rippen hämmerte, schien er nicht im mindesten von dem Erlebnis beeindruckt.

»Zählt dieses Ungetüm etwa auch zu deinen Schoßtieren? Was ist es, besser gesagt, was war es eigentlich?«

»Eines unserer Raubtiere, das schon seit Urzeiten in unseren Wäldern lebt. Es wird *sa'abo* genannt. Zum Glück hält sich sein Appetit einigermaßen in Grenzen. Dank seiner Schnelligkeit tötet es für gewöhnlich so rasch, daß das Opfer gar nichts davon merkt.«

»Es hatte ein ausgesprochenes Faible für deinen Hals«, bemerkte sie, während sie vorsichtig auf das *sa'abo* zuging, um es genauer zu betrachten.

»Es tötet nur auf eine Art, und zwar, indem es seinem Opfer die Kehle ausreißt. Würde es auch andere Techniken anwenden oder seinen Schwanz als Waffe einsetzen, wäre es weitaus gefährlicher.«

»*Noch* gefährlicher? Für meinen Geschmack war das schon gefährlich genug. Gibt es hier im Wald eigentlich noch irgendwelche anderen blutrünstigen Tierchen?«

»Nicht so nah an Sha-Ka-Ra. Normalerweise warnt mich Sharm bei Gefahr, aber er hat wohl sein Revier gewittert und ist zu seinen Gefährten vorausgelaufen.«

»Typisch Haustier – nie ist es da, wenn man es braucht«, sagte sie trocken.

»Hast du dir Sorgen um mich gemacht, *kerima*?«

»Warum sollte ich?« rief sie schnippisch. »Es war groß, aber du bist größer.«

»Dann kam dieser Schrei nicht von dir?«

»Muß irgendein Vogel gewesen sein«, log sie.

Zu ihrem Verdruß legte Challen den Kopf in den Nacken und begann schallend zu lachen. Und dann schritt er auf sie zu, und seine Miene ließ keinen Zweifel an seiner Absicht.

Mit einer Handbewegung hielt sie ihn zurück. »Stehen bleiben, Krieger! Zum einen bist du völlig mit Blut bespritzt, zum anderen hast du für heute deiner Laune schon ausreichend nachgegeben. Geh lieber zum Fluß und wasch dich! Ich würde deine Stadt gerne vor Einbruch der Dunkelheit erreichen, ehe hier noch mehr *sa'abos* auftauchen.«

Zu ihrem Erstaunen kam er ihrem Wunsch ohne Widerrede nach. Doch als er sich dem Fluß zuwandte, spielte ein zufriedenes Lächeln um seinen Mund, und den Grund hierfür wußte Tedra nur zu gut. Dem megalaktischen Krieger gefiel die Vorstellung, daß sie sich um ihn geängstigt hatte. Ihr freilich gefiel das ganz und gar nicht.

18.

Sha-Ka-Ra war völlig anders, als Tedra erwartet hatte. Die Stadt thronte hoch oben auf einem ausgedehnten Plateau des Mount Raik, und der Weg dorthin führte über eine steile, gewundene Straße, die an beiden Seiten von kahlen Berghängen begrenzt wurde. Es war eine für den Schutz und die Verteidigung ausgezeichnete strategische Lage, doch da keine hohen Mauern die Stadt umgaben, war die Verteidigung anscheinend nicht allzu notwendig. Auf die Idee, daß man Verteidigung möglicherweise als verachtungswürdig empfinden könnte, kam Tedra allerdings nicht.

Schon aus der Ferne hatte Tedra die Stadt erblickt. Sobald sie aus dem Wald gekommen waren, hatten sich Meilen von kultiviertem Ackerland vor ihnen ausgebreitet, an dessen Horizont der imposante Mount Raik und das darin eingebettete Sha-Ka-Ra aufragten. Trotz der Entfernung konnte sie die beträchtliche Größe der Stadt erkennen sowie die Architektur der Häuser, die, bis auf ein Gebäude, alle ein- oder zweistöckig waren. Und eben dieses eine Gebäude, das sich im Herzen der Stadt erhob, war, o gütige Sterne, ein *Schloß*! Ein weißes, aus Steinen errichtetes Schloß, mit runden Vorwölbungen, eckigen Anbauten, ein fantasievolles Formengebilde, das den Eindruck erweckte, als sei jedes einzelne Zimmer darin von einzigartigem Grundriß. In der Mitte ragte als höchste Erhebung ein viereckiger Turm empor, auf der Spitze mit einem zinnenbewehrten Laufgang versehen, von dem aus man sicherlich bis zum Bolcar-Gebirge oder sogar noch darüber hinaus sehen konnte.

Tedra hatte zwar schon computersimulierte Schlösser gesehen, die detailgetreu den Aufzeichnungen der kystranischen Vorfahren nachempfunden waren, aber diese Abbilder waren nichts, verglichen mit dem herrlichen, barbarischen Bauwerk, das gleich einem trutzigen Wächter über der Stadt thronte. Wahrscheinlich war es innen kalt, düster und gräßlich primitiv, aber der weiße Stein schuf, zumindest aus der Ferne, eine Illusion von Wärme und Geborgenheit.

Es konnte sich hierbei nur um den Wohnsitz des *shodan* handeln, überlegte Tedra. Wahrscheinlich würde sie diese primitive Pracht bald von innen betrachten dürfen, malte sie sich mit freudiger Erregung aus, denn sie würde sicher mit dem adligen Anführer zusammentreffen, um über den Aufbau von Handelsbeziehungen und die Entsendung einer Kriegertruppe zu diskutieren. Als sie sich jedoch den ersten Häusern von Sha-Ka-Ra näherten, wich ihre Hochstimmung einer nervösen Angst, da sie nun bald wieder den Blikken fremder Menschen ausgesetzt sein würde, die sie so sehen würden, wie sie war – gefesselt, mit zerzausten Haaren, bloßen Beinen und Füßen, mit nichts außer diesem megalaktischen Fellfetzen bekleidet. So hatte sie sich ihren Einzug in eine fremde Stadt auf ihrem ersten entdeckten Planeten wahrhaftig nicht vorgestellt; sicher, einen Eindruck würde sie auf jeden Fall machen, aber leider nicht den gewünschten.

Challens Jagdgefährten, die vor ihnen angekommen waren, mußten die Stadtbewohner schon auf eine Sensation vorbereitet haben, denn während sie mit Challen die breite Hauptstraße entlangritt, schien es, als sei die ganze Stadt auf den Beinen, um ihrer beider Einzug zu beobachten. Ob in den Fenstern, den Türeingängen, ob in großen oder kleinen Grüppchen, überall wimmelte es von Barbaren. Und wenn Tedra geglaubt hatte, Challens kleine Kriegertruppe sei, was Größe und Muskelkraft anbelangte, einzigartig, so wurde sie jetzt eines Besseren belehrt. Alle Männer von Sha-Ka-Ra waren, abgesehen von ein paar Zentimetern hin oder her, riesig groß, und bei allen, auch bei den Frauen, zeigten Haare und Augen diesselbe goldene bis braune Tönung, die lediglich in Nuancen differierte.

Tedra interessierte vor allem das Aussehen der Frauen. Sie wußte zwar nicht, was sie erwartet hatte, doch sicherlich nicht diese Verkörperung purer Weiblichkeit. Sie wirkten sanft, schüchtern, hilflos, und die schalartigen, dünnen Stoffbahnen, die ihre Körper umflatterten, trugen noch das Ihre zu diesem Eindruck bei. Viele unter ihnen hatten die Größe einer Sec, aber kein vorstehender Muskel, kein aggressiver Knochen störte die Sanftheit der Körper. Und Kinder! Sterne, wie lange hatte sie keine Kinder mehr gesehen! Das war Jahre her, seit sie selbst ein Kind war! Und hier waren auf einmal Dutzende aller Altersstufen versammelt, einige auf den Armen von Frauen, andere an den Händen von Kriegern, wieder andere, ältere Jungen, die sich im Schwertkampf übten. Tedra starrte die Menschen mit sicher ebenso großer Neugierde an wie diese ihrerseits die Fremde mit den schwarzen Haaren und den aquamarinblauen Augen.

»Wie gefällt dir Sha-Ka-Ra, Frau?«

Sie wünschte, er hätte nicht gefragt. Sie sah saubere Straßen, von Bäumen und Pfeilern, mit Gaalisteinen bestückt, gesäumt, gepflegte Marktplätze, auf denen Waren und Nahrungsmittel verkauft oder gehandelt wurden, einen hübschen grünen Park mit schattigen Bäumen und einem kleinen Teich, in dem ausgelassen Kinder herumhüpften. Die Häuserfassaden zeigten wundervoll geschnitzte Bögen, hohe Glasfenster in verschiedenen Formen und Größen, einige mit Balkonen oder Dachterrassen, und alle hatten sie einen eigenen Garten und einen Stall.

Die Stadt war zivilisiert, aber dennoch primitiv, die goldhäutigen Menschen in ihren schönen Gewändern und dem herrlichen Schmuck gutaussehend, aber ebenfalls primitiv. Jeder Mann, ob Händler, Handwerker oder Krieger, trug ein Schwert; jede Frau und jedes Kind befand sich in Begleitung eines Mannes, durfte sich nicht einmal in der Sicherheit der eigenen Stadt frei und ungezwungen bewegen. Wie also sollte Tedra ihm antworten, einem Mann, der die Primitivität seines Volkes selbst am meisten verkörperte? Im Vergleich zu Kystran war hier dunkelste Vorzeit.

»Deine Stadt ist . . . nun, sie ist wirklich schön. Offen, sauber, sehr viel reizvoller, als ich erwartet habe.«

»Warum spüre ich in deiner Antwort etwas Gezwungenes?«

»Das ist lediglich meine Überraschung. Du weißt doch, ich hatte insgeheim mit Höhlen gerechnet. Übrigens empfinde ich es als sehr angenehm, daß eure Frauen nicht wie ihr Männer in Tierhäuten herumlaufen.«

Das war unfair. Das *zaal*-Leder der engen, schwarzen *bracs* war so fachmännisch verarbeitet, als käme es aus einer Fabrik. Die Männer in der Stadt trugen die gleichen Hosen, darüber jedoch Hemden oder, präzise gesagt, eine Art ärmellose, hüftlange Weste, die vorne nur umgeschlagen und mit einem Gürtel zusammengehalten wurde, so daß ein V-förmiger Ausschnitt entstand, der den Blick auf die goldenen Medaillons, die alle Männer trugen, freigab.

»Weshalb ziehen eure Männer beinahe nackt in die gefährliche Wildnis, während sie zu Hause richtig angezogen sind? Ist das irgendein Kriegerbrauch?«

»Je weniger Kleidung unterwegs, desto besser.«

Sie konnte es sich nicht verkneifen, ein wenig zu sticheln. »Auch wenn du es nicht glaubst, aber die meisten Krieger, Soldaten oder wie immer du Kämpfer nennen willst, ziehen es vor, sich irgendwie zu schützen, sei es nun durch eine Rüstung oder weitreichenden Waffen. Das soll die Lebenserwartung um einiges verlängern.«

Ihr trockener Ton amüsierte ihn. »Diesen Kriegern muß es an Können mangeln.«

»Oh, sicher! Überheblichkeit ist natürlich der beste Schutz! Ich hätte es mir denken können!«

Er ignorierte ihren Sarkasmus. »Bei Kriegen oder Streifzügen tragen wir unsere Schilde. Das genügt.«

»Ihr führt Kriege gegeneinander?« fragte sie, um gleich darauf selbst die Antwort zu geben. »Aber ja! Woher bekämt ihr sonst die Gefangenen, von denen du gesprochen hast, diese armen Kreaturen, die per Gesetz gefesselt werden müssen, genauso wie ich jetzt?« Ihre Verbitterung über den unwürdigen Zustand kehrte zurück. »Doch ich sollte dankbar sein«, fügte sie hinzu. »Wenigstens verlangt das Gesetz nicht, daß die Gefangenen gefesselt *und* nackt sein sollen. Die Vorfahren meines Volkes pflegten nämlich ihre Gefangenen auf diese demütigende Art durch die Städte zu treiben.«

»Das gleiche tun wir.«

Erbleichend blickte sie in die Menge, die ihrer Ankunft so erwartungsvoll entgegensah. »Wirst . . . wirst du das auch mit mir tun?«

»Wenn ich das vorhätte, *kerima*, dann wäre es schon längst geschehen.«

Überrascht wandte sie den Kopf nach ihm um. »Du brichst für mich dieses Gesetz?«

»Du bist kein gewöhnlicher Verlierer. Nie zuvor hat eine Frau einen Krieger herausgefordert.«

Wenn das kein Kompliment war! »Könntest du dann nicht gleich zwei Gesetze brechen und mich ohne Fesseln in deine Stadt einziehen lassen?«

»Und die Sha-Ka-Rani in Zweifel über deinen Status lassen?«

»Oh, ich verstehe!« schnaubte sie verärgert. »Wir wollen selbstverständlich niemanden im Zweifel lassen. Sonst kämen sie vielleicht auf die wahnwitzige Idee, ich sei von einem anderen Planeten hierhergekommen, um ihnen zu helfen, ihre Lebensqualität zu verbessern.«

»Sie würden lediglich annehmen, daß du eine beanspruchte Frau bist – und zwar meine.«

»Sie könnten mich nicht für eine freie Frau halten, die unter deinem Schutz steht?« bohrte sie nach.

»Eine freie Frau würde sich der Öffentlichkeit niemals so gekleidet, wie du es bist, präsentieren. Sie würde darauf bestehen, daß ich sie vor der Ankunft mit einem *chauri* aus meinem Haushalt versorge.«

Dieses Beispiel zeigte ihr mehr als alles andere den Unterschied zwischen einer freien Frau in seiner Welt und einer beanspruchten Frau, die genauso wenig wie eine Gefangene irgendwelche Forderungen stellen konnte. Und *ihr* Status war noch niedriger als der dieser Frauen.

»Habt ihr noch nie von öffentlichen Ankündigungen gehört«, fragte sie erbittert. »Eine einzige Bemerkung von dir würde genügen, um meinen Status klarzustellen.«

»Hättest du das gerne?«

Sie wollte schon zustimmen, doch seine plötzliche Nachgiebigkeit machte sie mißtrauisch. Mit einem Mal wußte sie, was in ihm vorging. Er glaubte ihr nach wie vor kein Wort über ihre Herkunft, hielt sie lediglich für einen Verlierer im Zweikampf, und eben deshalb hatte er ihr großherzig dieses

Angebot gemacht, obgleich er ihr erzählt hatte, daß Verlierer mit mehr Verachtung und Spott bedacht wurden als Gefangene.

»Manchmal bist du ein richtiger Mistkerl, Krieger«, fauchte sie und wandte sich dann mit steinerner Miene von ihm ab.

»Weil ich dich necke? Öffentliche Kundgebungen werden nur abgehalten, wenn es um Kriege, Streifzüge oder um die Sicherheit der Stadt geht, aber niemals, um den Status einer Frau bekanntzugeben.«

»Weil wir so megalaktisch uninteressant sind, oder?«

»Weil der Status einer Frau lediglich ihren Beschützer sowie dessen Haushalt betrifft.«

»In meinem Fall trifft das nicht ganz zu, aber das scheint über deinen Horizont zu gehen. Laß mich dir eine andere Frage stellen. Was geschieht, wenn einer dieser Krieger Gefallen an deiner Trophäe findet und er mir doppelten Wohnraum anbieten möchte.«

»Doppelten was?«

»Ein Äquivalent dafür, wenn Mann und Frau ihr Leben zusammen verbringen möchten. Da die Sha-Ka'ari-Männer ihre Frauen als Sklavinnen halten, kennen sie dafür keinen Ausdruck. Wie nennt ihr das, wenn zwei Menschen sich zum Zwecke exklusiven Sex-Teilens zusammentun?«

Zu ihrem Unmut brach er in schallendes Gelächter aus. »Ja, wir kennen diese Bündnisse. Aber du bist wie eine Gefangene gefesselt, und einer Gefangenen wird solch ein Bündnis kaum angeboten.«

Sie überlegte, ob nicht genau *das* der Grund dafür war, daß er nur eine der Gesetzesregeln für sie gebrochen hatte. Er wollte nicht mit Angeboten für sie belästigt werden, da er dann ihren wahren Status hätte erklären müssen.

»Wie wär's, wenn du mich endlich einmal vollständig über diese subtilen kleinen Unterschiede zwischen euren Frauen aufklären würdest, besonders über den Unterschied zwischen einer beanspruchten und einer gefangenen Frau, der lediglich eine Frage von einem megalaktischen Stück Schnur um die Handgelenke zu sein scheint?«

»Eine beanspruchte Frau ist eine Frau ohne einen Beschützer. Wenn sie ein Angebot erhält, wird sie eine freie Frau mit all den damit verbundenen Rechten. Eine Gefangene ist eine Frau, die von ihrem Beschützer weggenommen wurde, deshalb wird ihr Aufenthalt auch nur als vorübergehend angesehen.«

»Weshalb?«

»Das ist doch klar, Frau. Ist sie begehrenswert genug, um gefangengenommen zu werden, ist es mehr als wahrscheinlich, daß ihr wahrer Beschützer versuchen wird, sie zurückzuholen, sei es durch Tausch oder Raub. Deshalb wird es sich ein Krieger gründlich überlegen, ehe er einer solchen Frau ein Angebot machen wird, da sie ihm ja jederzeit wieder gestohlen werden kann. Und wenn er sie wirklich will, muß er sie wieder zurückstehlen, und das kann dann Jahre so weitergehen.«

»Ihr mächtigen Krieger würdet demnach lieber mit dieser armen Frau ein Tauziehen veranstalten als mit dem Schwert um sie zu kämpfen?«

»Um Frauen wird nicht gekämpft, *kerima.*«

»Oh, Verzeihung! Ich habe ganz vergessen, wie unbedeutend wir sind.«

»Für Krieger gibt es genügend Gründe zu kämpfen, ohne daß . . .«

»Vergiß es, Challen«, unterbrach sie ihn kalt, obgleich ihr nicht ganz klar war, weshalb seine Worte sie derart verletzten. »Erklärungen würden auch nichts mehr an dieser Tatsache ändern. Selbst wir Kystrani, die wir uns nichts dabei denken, jeden Tag mit einem anderen Partner Sex-Teilen auszuüben, selbst wir kämpfen noch gelegentlich um eine

Frau oder einen Mann. Nicht bis zum Tod natürlich. Das würde gegen die Gesetze der Wertschätzung allen Lebens verstoßen. Aber wir setzen uns für die uns wichtigen Menschen ein. Ich kann dich und dein Volk nur dafür beglückwünschen, solch ein grundlegendes Gefühl wie die Eifersucht besiegt zu haben. Nur wenige Kulturen können das von sich behaupten.«

Wenn sie gehofft hatte, er möge ihr widersprechen und ihre Interpretation als ein Mißverständnis erklären, so wurde sie darin enttäuscht. Er sagte nichts mehr, und so schwieg sie gleichfalls und sann über diese ungewöhnliche Entdeckung nach. Aufgrund ihrer bisherigen Beobachtungen war es sehr gut möglich, daß die Barbaren viele der eher frustrierenden Gefühle wie Ärger, Eifersucht, Enttäuschung und Wut gar nicht empfinden konnten, Gefühle, die Tedra als für die menschliche Rasse universell angesehen hatte. Und wenn das so war, konnten sie dann überhaupt erhabenere Gefühle wie beispielsweise Liebe empfinden? War ihr Leben nur, wie bei den Tieren, auf den Überlebens- und Fortpflanzungstrieb reduziert? Andererseits besaßen sie Humor, eine typisch menschliche Eigenschaft. An diesen Gedanken wollte sie sich klammern.

19.

Tedras Laune besserte sich wieder ein wenig, als Challen in eine Straße einbog, an deren Ende das weiße Schloß emporragte, das von hohen Mauern aus demselben weißen Stein umgeben war. Das breite Tor stand offen, die Zugbrücke war herabgelassen und augenscheinlich von der Öffentlichkeit passierbar. Es war eine Gelegenheit, die sich so bald vielleicht nicht mehr bieten würde und die sich Tedra deshalb nicht entgehen lassen wollte.

»Warum halten wir hier nicht kurz und machen deinem *shodan* unsere Aufwartung, bevor du mich zu dir nach Hause bringst, Challen? Ich würde ihn wirklich gerne treffen.«

»Weshalb?«

Die Frage war eine reine Förmlichkeit, da beide wußten, daß er die Antwort bereits kannte. Deshalb erachtete es Tedra auch nicht als notwendig, ihm ihr Anliegen zum wiederholten Male darzulegen, sondern vielmehr, ihn bezüglich ihrer Absichten zu beruhigen.

»Ich verspreche, kein Wort über meine Herkunft, meine Handelspläne oder dergleichen mehr zu sagen. Ich will ihn nur kennenlernen.«

»Ist dein Versprechen soviel wert wie dein Schwur?«

»Mindestens«, entgegnete sie in gereiztem Ton, da er ihre Glaubwürdigkeit schon wieder in Frage stellte. »Ich werde sogar schwören, mich als ein Muster an kan-is-tranischer Weiblichkeit zu benehmen, unterwürfig und gehorsam.«

»Allein dafür muß ich deinen Wunsch erfüllen.«

»Sehr witzig«, höhnte sie.

Er mußte das ebenfalls so empfinden, denn er lachte leise vor sich hin, während sie über die Zugbrücke durch das Tor ritten. Tedra ignorierte ihn und konzentrierte ihr Interesse auf den weiten Innenhof und auf das Schloß selbst. Es war wirklich eine bizarre Anhäufung bunt zusammengewürfelter Einzelgebilde – verschieden geformte Gebäudeteile oder Räume waren wild aneinander- und übereinandergestapelt, von eckigen oder runden Türmen getrennt oder flankiert oder mit weiten Flächen voneinander abgeteilt, die entweder als Dachterrassen oder einfach als hoch gelegene Innenhöfe dienten. Insgesamt stieg das Schloß, ähnlich einer Pyramide, stetig nach oben, wobei der höchste Turm in der Mitte mit seinem konisch zulaufenden Dach die Spitze bildete.

Direkt vor dem Schloß befand sich ein langes, rechteckiges Gebäude mit einem flachen, zinnenbewehrten Dach. Entlang der gesamten Gebäudefront zog sich eine Treppenflucht mit sechs breiten Stiegen entlang, so daß man von jedem beliebigen Punkt aus zu dem Gebäude emporsteigen konnte, wenngleich die Wege notgedrungen alle an der gleichen Stelle, und zwar vor der breiten Doppeltür, mündeten, die, wenn Tedra sich nicht täuschte, aus *Toreno*-Stahl bestand.

Wahrscheinlich führten auch noch andere Wege in dieses gigantische Bauwerk, doch Tedra konnte momentan keinen anderen entdecken. Die Tür war verschlossen und zu beiden Seiten von zwei wachestehenden Kriegern flankiert. Challen ritt genau auf diese Tür zu, doch die anderen Menschen, die ebenfalls zu dem Schloß strömten, sei es auf einem *hataari* oder auf irgendwelchen Fuhrwerken, die von großen Tieren gezogen wurden und mit Nahrungsmitteln oder anderen Gütern beladen waren, steuerten alle auf die Rückseite des Schlosses zu.

Im Innenhof war auch ein Stall, an den sich ein großes umzäuntes Freigelände anschloß. Darin befanden sich etwa ein Dutzend abgezäumter *hataari*, die gerade über großen Futtertrögen ihren Hunger stillten. Tedra glaubte sogar einige der Tiere wiederzuerkennen, beispielsweise Tamirons *hataar*, doch noch ehe sie eine Bemerkung darüber machen konnte, wurde sie durch den Anblick eines Mannes abgelenkt, eines *kleinen* Mannes, der über den Hof auf sie zugelaufen kam. Er war nicht wirklich klein, nur erreichte er bei weitem nicht die Größe der Krieger. Und anders als die Krieger, trug er keine Lederkleidung, sondern ein Hemd und eine Hose aus dünnem, weißem Stoff, der bequem und luftig wirkte, ansonsten aber eher unauffällig war.

Das konnte nur ein Darash, ein Angehöriger der Dienerklasse, sein, von denen Challen gesprochen hatte, und offenbar arbeitete er im Stall, denn sein Interesse galt allein dem *hataar.* Er sagte kein Wort, doch in seinem Verhalten lag nichts Kriecherisches oder Serviles. Er bedachte Challen mit einem Nicken und einem Lächeln, Tedra allerdings erntete nicht einmal einen einzigen neugierigen Blick.

»Ist er an Frauen nicht interessiert?« fragte sie Challen erstaunt.

»Nur an Darash-Frauen«, erwiderte Challen leichthin. »Alle anderen sind für ihn verboten.«

»Deshalb schaut er sie also gar nicht erst an. Schlauer Bursche. Sind umgekehrt die Darash-Frauen für die Krieger verboten?«

»Nein«, antwortete Challen, und in seinem Lächeln lag auch nicht ein Funken Reue.

»Typisch!« stieß sie verächtlich hervor. Ihr Blick fiel wieder auf die anderen *hataari*, und sie fragte: »Sag mal, Challen, du hättest sowieso aus irgendwelchen Gründen hierherkommen müssen, nicht wahr?«

»Ja, das ist richtig.«

»Und warum hast du mir das nicht gesagt?«

»Du schienst es vorzuziehen, darüber zu verhandeln, *kerima.*«

»Auch noch hinterhältig«, brummte sie verärgert, woraufhin er sie nur fröhlich lachend am Ellbogen nahm und die Treppen hinaufgeleitete.

Keiner der beiden wachestehenden Krieger unternahm irgendwelche Anstalten, ihnen die Tür zu öffnen. Das erwies sich auch als unnötig, denn die Tür schwang von selbst auf, noch ehe sie dort angekommen waren. Die beiden Krieger mußten Challen kennen, denn sie fragten ihn nicht nach dem Grund seines Besuches, sondern schenkten ihm lediglich, wie vorhin der Diener, ein Lächeln und ein Nicken. Anders als der Diener freilich, starrten sie Tedra unverhüllt an, verfolgten sie mit ihren Blicken, bis sie durch die Tür entschwunden war. Doch Tedra fand gar keine Zeit, sich darüber aufzuregen, denn der erste Blick in das Innere des Schlosses verschlug ihr fast den Atem. Schloß? Von innen eher ein megalaktischer Palast!

Sie befand sich in einer riesigen Halle mit unglaublich hohen Wänden, die so hell und luftig war, wie sie es von außen versprach. Der Boden war mit einem weißen, schimmernden, marmorähnlichen Stein ausgelegt, der wunderbar zu dem Blau des in der Mitte aufgerollten Teppichs kontrastierte. Zu beiden Seiten der Halle waren die Wände in Form von weiten, offenen Gewölbegängen durchbrochen, die den Blick auf die angrenzenden Räume freigaben, Räume, in denen lange, rükkenlose Sofas und niedrige Tische standen, blühende Pflanzen in großen Töpfen einen berauschenden Duft verbreiteten und hohe offene Fenster für eine kühle, erfrischende Brise sorgten. Diese Bereiche konnten sowohl Speiseräume als auch Wohnräume sein, überlegte Tedra, doch weshalb waren sie geteilt? Trennung nach Klassen – oder nach Geschlecht?

Als sie sich fragend nach Challen umwandte, sah sie, daß dieser gerade von dem Mann, der ihnen die Tür geöffnet hatte, begrüßt wurde. Der Mann war so groß wie ein Krieger und auch ebenso gekleidet, nur war er sehr viel älter als alle, die sie bislang hier gesehen hatte. Er sah Challen ausgesprochen ähnlich, hatte dasselbe aggressive Kinn, dieselbe kräftige Nase und auch diese seltsamen Augen, die so dunkel waren, daß sie beinahe schon schwarz wirkten. Nur das Haar war anders, kürzer, und es hatte nicht Challens tiefen Goldton, sondern war eher kastanienfarben.

»Dann verlief alles friedlich?« fragte Challen den älteren Mann.

»So friedlich, wie es mit so vielen Frauen unter einem Dach eben möglich ist. Trotzdem bringst du uns jetzt eine neue an.« Die Miene des älteren Kriegers drückte unverhohlene Mißbilligung aus. Er fuhr fort: »Vor allem die Launen von . . .«

»Ich weiß, Lowden, ich weiß«, unterbrach ihn Challen seufzend. »Ich werde mich darum kümmern. Aber diese Frau ist etwas Besonderes und wird nicht wie die anderen behandelt werden. Sie ist ein Verlierer des Zweikampfes.«

»Ein . . .«

Weiter kam Lowden nicht, da er vor Lachen losprustete. Es war die gleiche Reaktion, die Tamiron gezeigt hatte, und Tedra glaubte vor Wut platzen zu müssen. Nervös mit einem Fuß auf den Boden tippend, überlegte sie, wieviel Schlagkraft ihre gefesselten Hände wohl hätten, wenn sie diese als Keule einsetzte. Dieser Kerl hier schien der Auffassung zu sein, sie sei als ein Geschenk für den *shodan* gedacht. Und ihr ebenfalls feixender Krieger dachte gar nicht daran, etwas Gegenteiliges zu sagen, außer, daß sie anders behandelt werden müsse. Wenn er es wagte . . .

»Ich finde es ziemlich ermüdend, ständig die Ursache für diese kindischen Lachanfälle zu sein . . .«

»Er lacht über *mich*, Frau, nicht über dich«, beeilte sich Challen zu sagen, dem das angriffslustige Funkeln ihrer Augen nicht entgangen war. »Ein Verlierer zu sein bedeutet, daß die Herausforderung angenommen wurde. Und genau diese Tatsache, daß ich die Herausforderung angenommen habe, belustigt ihn.«

Nun, wenn das so war, dann durfte sie nicht kleinlich sein und dem guten Mann die Details vorenthalten! »Was blieb dir auch anderes übrig, nachdem ich dich über meine Schulter geschleudert hatte?«

Schlagartig brach Lowdens Lachen ab, dafür geriet nun Challen, angesichts Lowdens verdutzter Miene, vor Lachen schier aus dem Häuschen. »Besser . . . besser du . . . du erklärst . . .«, japste er.

Tedra hatte nichts dagegen. »Ich glaube, er will hören, daß ich ihn in einem unbedachten Moment überrumpelt habe«, wandte sie sich an den alten Krieger, und senkte dann die Stimme zu einem verschwörerischen Flüstern. »Natürlich kann nur ein ausgemachter Trottel sich von solch einer Taktik überrumpeln . . .«

»Frau!«

Dieser Ruf ertönte aus beiden Mündern, wenn auch nur Lowden wirklich empört zu sein schien. In Challens Augen stand immer noch Heiterkeit, und da ihr im Moment lediglich Challens Reaktion sehr am Herzen lag, wandte sie sich ihm mit gespielt unschuldiger Miene zu und fragte: »Ist was?«

Er versuchte streng zu schauen, er gab sich wirklich Mühe. »Du weißt genau, was los ist. Wo bleibt der Respekt, den du versprochen hattest?«

»Führe mich zu deinem . . . o nein, Sterne!« keuchte sie. »Ist *er* etwa dein *shodan*?« Mit schreckgeweiteten Augen blickte sie zu Lowden, der daraufhin nur noch empörter dreinblickte.

»Ich?« schnaubte Lowden. »Frau, jener Mann ist der *shodan*, über dessen Fähigkeiten Ihr Euch soeben lustig gemacht habt!«

Sie wirbelte zu Challen herum, ihre Augen waren nur eine winzige Spur verengt und gaben keine Hinweise auf den Vulkan, der in ihr brodelte. »Ich hoffe, ich habe da irgend etwas mißverstanden. Wenn du der *shodan* wärst, hättest du doch nicht versäumt, mich darüber aufzuklären, oder?«

»Dieser Tatbestand war für unsere Beziehung völlig unwesentlich, *kerima*«, bemerkte er ruhig.

»Hör auf mit deinem *kerima*, du mißratenes Stück Dreck!« Der Vulkan war ausgebrochen. »Wie wagst du es, mir deinen Status zu verschweigen, wo du weißt, daß ich mit deinem *shodan* geschäftlich in Kontakt treten will? Du hast mich sogar versprechen lassen, mein bestes Benehmen an den Tag zu legen, damit ich ihn treffen darf! Nun, wie du siehst, ist es damit jetzt vorbei! Eigentlich sollte ich dich für dein unverschämtes Verhalten erneut herausfordern!«

Ungerührt hatte er ihren Wutausbruch über sich ergehen lassen, doch jetzt nutzte er ihre Atempause, um ihre gefesselten Handgelenke zu ergreifen und diese, während er sich herunterbeugte, über seinen Kopf zu ziehen. Als er sich wieder aufrichtete, war sie an ihn gefesselt, hatte keine Möglichkeit, sich aus der erzwungenen Umarmung zu befreien, aus dieser Position heraus ließen sich keine pathetischen Reden schwingen, und das wußte er auch ganz genau. Aber er täuschte sich, wenn er glaubte, sie durch diese neuerliche Freiheitsbeschränkung in die Knie zu zwingen.

»Da gibt es etwas, das du wissen solltest, Krieger«, sagte sie ruhig und sah ihn dabei völlig ausdruckslos an. »Als wir kämpften, habe ich bestimmte Techniken und Bewegungen nicht angewandt, da ich es als unfair empfunden hätte, aus der Tatsache, daß ich eine Frau bin und du ein Mann, irgendwelche Vorteile zu ziehen. Ich habe meine Meinung geändert.«

Ihr Knie schnellte in die Höhe, direkt zwischen seine Beine, und im selben Moment, als er sich vor Schmerz nach vorne krümmte, war sie auch schon frei. In der Annahme, sie wolle fliehen, packte Lowden sie sofort am Arm, doch da sie nicht die Absicht hatte, irgendwohin zu gehen, und abgesehen davon, daß ihre Ehre es sowieso nicht zuließe, vor Ablauf ihrer Dienstzeit die Flucht zu ergreifen, hatte sie entschieden etwas dagegen einzuwenden, von irgendeinem Krieger, dem sie weder Gehorsam noch sonst etwas schuldete, festgehalten zu werden. Und genauso leicht, wie sie Challen überrumpelt hatte, gelang es ihr nun bei Lowden.

Mit einer scharfen Drehung brachte sie ihren Fuß hinter sein Knie, das Knie knickte ein, er geriet aus dem Gleichgewicht, und nun bedurfte es lediglich eines kleinen Rucks mit ihrem Arm, den er noch immer hielt, um ihm den Rest zu verpassen. Er ging zu Boden, war aber im nächsten Augenblick schon wieder auf den Beinen. Er war vielleicht älter, aber nach wie vor ein Krieger, ebenso breit und groß wie Challen. Sein Gesichtsausdruck ließ keinen Zweifel daran, daß er es nur zu gerne auf einen neuerlichen Versuch ankommen lassen würde. So dumm war sie natürlich nicht.

»Sag ihm, er soll aufhören, Challen. Ich will weder fliehen, noch trete ich jemanden, der bereits am Boden liegt. Er hätte mich nicht festzuhalten brauchen.«

Challen stand wieder halbwegs aufrecht, wenngleich er noch immer zu kämpfen hatte. »Mein Onkel . . . sah es . . . nicht so.«

»Ist das mein Fehler?« gab sie zurück. »Und überhaupt, wenn ich dich herausgefordert *hätte*, dann hättest du wohl diesmal verloren.« Ihr Gesicht verzog sich zu einem breiten, genüßlichen Grinsen. »Sei froh, daß ich nur ›ich sollte‹ gesagt habe.«

»Die Frau muß sofort bestraft werden«, rief Lowden erregt.

»Sagt wer?« fragte Tedra, den Mann mit haßerfüllten Blikken musternd. »Was soll eigentlich diese megalaktische Einmischerei? Das ist eine Sache zwischen mir und diesem Krieger hier, der für seine hinterhältige Tour die genau passende Abreibung bekommen hat.«

»Frau, ich . . .«

»Vergeßt es, Onkelchen«, fiel sie ihm ins Wort. »Bestrafung ist in diesem Fall unangebracht und würde nicht akzeptiert werden. Behaltet also Eure Vorschläge besser für Euch. Und noch etwas: *Er* darf mich vielleicht *Frau* nennen, doch für Euch bin ich Tedra De Arr.«

Nun trat Challen zwischen sie, erholt genug, um wieder die Führung zu übernehmen. »Laß es, Lowden. Die Frau ist der Ansicht, guten Grund für ihren Zorn zu haben, und teilweise trifft das auch zu. Ich hatte keine Lust, mit ihr über die Themen zu diskutieren, die sie mit dem *shodan* besprechen wollte, und deshalb habe ich ihr meine wahre Identität verschwiegen. Mein Verhalten war nicht das eines *shodan*, sondern das eines Kriegers, der an anderen Dingen weit mehr interessiert war.« Die Art, wie er Tedra bei diesen Worten anblickte, erübrigte die Frage nach diesen ›interessanteren Dingen‹. »Ich gestehe mein Unrecht ein, Frau«, wandte er sich an Tedra. »Ist deiner Ehre damit Genüge getan?«

Hätte er ein anderes Wort als ›Ehre‹ benutzt, hätte sie stur verneint. Aber mit diesem Wort hatte er an ihren Gerechtigkeitssinn appelliert, und was blieb ihr da anderes zu tun, als ihm beizupflichten?

»Was das Unrecht betrifft, so würde ich sagen, daß wir quitt sind – vorausgesetzt, ich muß mir nichts mehr über Bestrafungen anhören.«

»Für diese Sache wird es keine geben«, versicherte er, nur um gleich darauf hinzuzufügen: »Ob du freilich in Zukunft bestr . . .«

»Ich weiß Bescheid!« unterbrach sie ihn gereizt. Mit dieser unnötigen Erinnerung kam ihr Blut wieder in Wallung, und rachsüchtig fuhr sie fort: »Und wenn mein Dienst beendet ist, werde ich mir einen anderen *shodan* suchen, um mein Anliegen zu besprechen. Du brauchst dir also keine Sorgen zu machen, daß ich dich mit irgendwelchen Diskussionen, an denen du nicht interessiert bist, belästigen werde. Du bist sowieso nicht aufgeschlossen genug, um meine Vorschläge beurteilen zu können.«

»Wie du willst«, sagte er knapp, doch sie hatte das Gefühl, gerade eine wunde Stelle berührt zu haben. Sie wünschte nur, er hätte seine Empfindungen auch *gezeigt*.

20.

Der Weg zum herrschaftlichen Schlafgemach, oder wie immer es bezeichnet wurde, führte über eine breite Treppenflucht nach oben, danach durch eine weitere, riesige Halle, die ebenfalls in der Mitte mit einem blauen Teppich ausgelegt war, und endete schließlich vor zwei gigantischen, kunstvoll geschnitzten Holztüren. Tedra beschlich das unbehagliche Gefühl, daß diese wuchtigen Türen nur von muskelbepackten Kriegern zu öffnen waren. Ihr Krieger hatte damit keine Schwierigkeiten. Er öffnete die Tür, schob Tedra in das Zimmer, und da verstand sie, weshalb Challen auf Lowdens Begleitung bestanden hatte.

»Du wirst dich jetzt bei meinem Onkel entschuldigen«, befahl Challen in einem Ton, der keinen Widerspruch zuließ.

Beinahe hätte sie gelacht, doch sie grinste nur. Das riesige Bett inmitten des Raumes ließ keinen Zweifel daran, wo sie sich befand und weshalb er sie hierher geführt hatte.

»Was ist los, großer Krieger? Hast du befürchtet, ich könnte mich deiner Forderung außerhalb dieses Zimmers widersetzen?«

»Dieser Gedanke kam mir in der Tat, *kerima.* Tu nun, wie ich dir befohlen habe!«

»Klar!« erwiederte sie schnoddrig. »Warum nicht?« Sie bedachte den streng blickenden Lowden mit einem frechen Grinsen. »Entschuldigt, daß ich Euch flachgelegt habe, und es Euch gegenüber möglicherweise an dem nötigen Respekt habe fehlen lassen. So etwas passiert nun mal, wenn fremde Männer die Hand gegen mich erheben.«

»*Das* soll eine Entschuldigung sein, Challen?« fragte Lowden mit vor Empörung triefender Stimme.

Challen seufzte. »Auf ihre Art, ja. Sie kommt nicht aus Kan-is-Tra oder einem anderen uns bekannten Land, und deshalb ist sie anders. Diese Tatsache muß ein Krieger beim Umgang mit ihr berücksichtigen, sonst könnte er in Versuchung kommen, die Kontrolle zu verlieren.«

»Wenn ich solch eine Plage für dich bin, Krieger, warum beendest du dann nicht einfach meine Dienstzeit und läßt mich meiner Wege gehen?« schlug Tedra vor.

»Du bist keine Plage für mich, da ich deinen absoluten Gehorsam habe.«

Das Wort ›absolut‹ bedurfte einer Klarstellung. »Nur in diesem Zimmer.«

»So ist sie dir, als Verlierer des Zweikampfes, zum Dienst verpflichtet«, bemerkte Lowden, und aus irgendeinem unerfindlichen Grund schien diese Tatsache seine Laune merklich zu heben. Er begann sogar leise in sich hineinzulachen. »Du hättest klarstellen sollen, *shodan*, daß ihr Aufenthalt allein deine Sache ist.«

»Warum amüsiert ihn das so?« wollte Tedra wissen.

Challen lächelte ebenfalls, da er nun den Grund für Lowdens anfängliche Verstimmung kannte. »Er glaubte, du würdest unter seine Aufsicht fallen. Er hat nämlich die Herrschaft über die Frauen in diesem Haus.«

»Herrschaft?«

»Er achtet darauf, daß sie sich gut benehmen.«

»Ah, der Peitschenschwinger! Das also ist ein Onkel!«

Beide Männer sahen sie befremdet an, allerdings nicht, wie Challens nächste Frage bewies, wegen ihres spöttischen Tonfalls.

»Wie ist das möglich, daß du die Bedeutung des Wortes ›Onkel‹ nicht kennst?«

»Ich habe das Wort gelernt, aber nicht dessen Bedeutung, da wir auf Kystran nichts Vergleichbares haben. Das ist wie mit dem Essen und den Tieren. Ich habe fast alle Wörter, doch ich muß sehen, was damit gemeint ist, um eine Verbindung . . .«

»Keine Onkel?« unterbrach er sie ungläubig. »Wie nennst du dann den Bruder deines Vaters?«

»Den was? Einen Moment ... Sprichst du über Verwandte?«

»Was sonst? Familie, Verwandte, Angehörige.«

»Ist ja gut! Ich weiß, was du meinst. Und sieh mich nicht so fassungslos an! Ich habe dir doch gesagt, daß wir so etwas auf Kystran nicht haben – genauer gesagt, seit Jahrhunderten nicht mehr haben. Aber ich erinnere mich jetzt daran, wir haben dieses Thema im Geschichtsunterricht kurz behandelt.«

Keiner der beiden Männer schien auch nur ein Wort verstanden zu haben. Lowden versuchte gar nicht, seinen Unwillen zu verbergen. »Ich werde mich verabschieden, *shodan*. Das wirre Gerede dieser Frau verursacht mir Kopfschmerzen.«

Sobald sich die Tür hinter ihm geschlossen hatte, fauchte Tedra: »Zufällig ist mir bekannt, daß ich ausgezeichnet Sha-Ka'ani spreche. Was bitte war denn so unverständlich?«

»Er kennt dich noch nicht lange genug, um sich an deine seltsame Ausdrucksweise gewöhnt zu haben. Aber was du soeben gesagt hast, ergibt keinen Sinn, Frau. Ohne Familie können Menschen nicht überleben.«

»Und ob sie das können! Wir kommen prima damit zurecht. Das ist nur einer der vielen Unterschiede zwischen unseren Planeten. Unterschiede, über die du ja nichts hören willst und mit deren Schilderung ich dich deshalb auch nicht langweilen werde. Ich spare mit die Details darüber für einen anderen *shodan* auf, der mehr Interesse zeigt.«

Sie mußte sich abwenden, um angesichts seiner gekränkten Miene nicht laut loszuprusten. Subtile Rache nannte man so etwas. Er lechzte danach, sie weiter auszufragen, aber den Gefallen würde sie ihm nicht tun, nicht, nachdem er seinem Onkel Lowden erzählt hatte, absichtlich diese Gespräche mit ihr zu vermeiden.

Man stelle sich vor, ein Onkel! Dann hatte er sicher auch richtige Eltern, vielleicht sogar Geschwister. Primitiv, wie diese Kultur nun mal war, hätte sie eigentlich schon früher an diese Möglichkeit denken können. Ihr brannten nun selbst ein paar Fragen auf der Zunge. Aber nachdem sie dieses Thema so wirkungsvoll abgeschlossen hatte, konnte sie Challen nun schwerlich mit Fragen bestürmen.

Sie nutzte die Gesprächspause dafür, sich in ihrem neuen Schlafgemach umzusehen; sie war mehr als nur beeindruckt. Allein die Ausmaße des Raumes machten sie schwindlig. Dieses eine Zimmer, das der *shodan* lediglich zum Schlafen benutzte, war mindestens doppelt so groß wie ihr ganzes neues Haus. Natürlich gab es keine beweglichen Wände, um einzelne Bereiche für private Bedürfnisse abzugrenzen. Es gab nur das, was man sah. Und was sie sah, gefiel ihr.

Wie die anderen Räume war auch dieser extrem hell und luftig. Entlang der einen Wand reihten sich hohe, geschwungene Fenster, die Fenster an der anderen Wand waren sogar noch größer und führten auf eine Art breiten Balkon, der mit Blumen und Pflanzen bewachsen war. Ein leiser Luftzug drang durch die Fenster und bauschte die zarten weißen Gardinen auf, die wunderbar zu den weiß und silbern gemaserten marmorähnlichen Böden und Wänden paßten. An manchen Stellen lag ein Stück des weichen blauen Teppichs – um das riesige Bett und darunter sowie unter den niedrigen rückenlosen Sofas, die um einen großen, viereckigen, flachen Tisch aus einem dunklen, hochglanzpolierten Holz arrangiert waren. In der Mitte des Raumes lag als Blickfang ein weiterer Teppich von gut drei Metern Durchmesser, dessen tiefes Blau mit weißen Ornamenten durchwebt war.

An einer Wandseite standen eine Reihe großer, geschnitzter Kästen, alle aus demselben dunklen Holz wie der Tisch, die an der Oberseite mit demselben weißen Stoff wie die Sofas gepolstert waren und sich so als Sitzgelegenheit anboten.

Stühle gab es anscheinend nicht, doch vor zwei geöffneten Fenstern standen weitere Exemplare der bequem aussehenden Sofas, jede Sitzecke mit einem kleinen Tisch und einem Gestell ausgestattet, das, wie Tedra vermutete, als Untersatz für die Gaalisteine diente.

Am allerbesten gefiel ihr jedoch die grüne Oase in der Ecke zwischen der Fensterwand und dem Balkon. In einem wundervollen schwarz glasierten Topf wuchs ein herrlich gewachsener, sicherlich drei Meter hoher, üppig belaubter Baum, daneben standen weitere Töpfe mit kleineren Pflanzen verschiedenster Größe; davor befand sich ein in den Boden eingelassenes Wasserbecken von etwa zweieinhalb Meter Durchmesser, auf dessen Oberfläche rote Blüten schwammen.

»Ein Schwimmbecken im Schlafzimmer?« wandte sich Tedra fragend an Challen, der immer noch an der Tür stand und sie unverwandt beobachtet hatte. »Ein bißchen klein, oder?«

»Es ist zum Baden gedacht, nicht zum Schwimmen.«

»Ach ja, stimmt.« Sie drehte sich wieder dem Becken zu, damit er ihre Grimasse nicht bemerkte. »Eine Weile werde ich es wohl ohne ein richtiges Bad aushalten können.«

Sein leises Lachen kam näher und näher, bis es direkt hinter ihr war. »Du wirst an meinem Bad sicherlich nichts auszusetzen haben, *kerima*«, sagte er, da er ihre Anspielung offenbar mißverstanden hatte. »Was willst du zuerst ausprobieren – das Bad oder das Bett?«

»Ich wäre für das Bett, aber bist du denn überhaupt in der Lage, es mit mir zusammen auszuprobieren – nachdem, was ich dir angetan habe?«

Sie wandte sich nach ihm um. »Vielleicht nicht«, antwortete er mit kläglichem Lächeln.

In Tedra stiegen Schuldgefühle hoch, die sie jedoch sogleich verbannte. »Dann werde ich mit dem Bett noch warten. Für mich allein ist es außerdem viel zu groß.« Das Bett war mindestens drei Meter breit; darauf lag eine weiche, bauschige blaue Decke, die den Eindruck machte, als könne sie darin versinken, wenn sie sich in die Mitte legte. »Wenn es dir nichts ausmacht, würde ich mit dem Bad auch noch eine Weile warten. Ich muß mich innerlich erst mal darauf vorbereiten, ehe ich mich auch an *diese* neue Erfahrung heranwage.«

Ihre Worte stimmten ihn wieder fröhlich. »Du hast recht, es ist kein gewöhnliches Bad, aber es ist nicht so tief, wie du vielleicht befürchtest. Und es wurde für meine Ankunft vorbereitet.«

»Ich war nicht wegen der Tiefe besorgt, obwohl ich das vermutlich auch sein sollte. Aber ich will dich nicht von deinem Vergnügen abhalten. Ich werde – zusehen.«

»Du wirst mehr tun als das, *kerima.*« Er lachte wieder vor sich hin, was sie eigentlich als Warnzeichen hätte betrachten sollen. »Du wirst mir Gesellschaft leisten.«

Mit einem Griff löste er ihren Gürtel und zog ihr das Fellgewand über den Kopf. »Nein, warte . . .«, rief sie, doch da wurde sie auch schon von starken Armen in die Höhe gestemmt und in Richtung des Beckens geschleppt. »Laß mich runter, Challen! Ich meine es ernst! Ich will nicht – neiiin!« Er hielt sie direkt über das Wasserbecken. »Wage nicht . . .«

Er wagte es, ließ sie einfach fallen. Tedra kreischte lauthals, als das Wasser ihren Körper berührte. Er hatte recht gehabt, es war nicht tief, sondern lediglich hüfthoch, aber dennoch brüllte und kreischte sie weiter, streckte die Arme hysterisch in die Luft, außer Reichweite von diesem nun sprudelnden, schwappenden, klebenden Wasser – bäh!

Challen krümmte sich vor Lachen. »So wie du dich benimmst, könnte man denken, du hast etwas gegen Wasser. Ist es dir nicht warm genug?«

Jetzt, da er es gesagt hatte, bemerkte sie es – Wärme, überall dort, wo das Wasser sie berührte, saugend, klebend. Es war zwar nicht ganz so ekelerregend, wie sie es sich ausgemalt hatte, aber immer noch gewöhnungsbedürftig.

»Soll es denn warm sein?« fragte sie schließlich.

»Es soll . . . oder würdest du ein kaltes Bad vorziehen?«

»Ich würde, ehrlich gesagt, ein Solarstrahlbad vorziehen, aber darum geht es jetzt gar nicht. Meine Frage war ernst gemeint, Krieger. Warm, heiß, kalt, was ist die Regel?«

Ohne auf ihre Frage einzugehen, begann er seinen Schwertgürtel abzulegen. Seiner finsteren Miene nach zu urteilen, war er mal wieder verärgert, und Tedra ahnte auch, worüber.

»Hör zu, Krieger, Situationen wie diese werden, solange wir zusammen sind, immer wieder auftreten. Du glaubst, ich will dich verspotten oder zum Narren halten, aber das stimmt in diesem Fall nicht. Wenn ein Mensch noch nie im Wasser gewesen ist, ein anderer aber schon, dann ist es doch nur natürlich, daß der eine den anderen über die Temperatur befragt oder über . . .«

»Genug, Frau! Du hast nicht den Körper eines Menschen, der noch nie im Wasser war. Glaubst du, ich könnte den Unterschied nicht *riechen*?«

Sie verschluckte sich beinahe vor Lachen. »Irgendwann und irgendwie, ehe ich diesen Planeten wieder verlasse, werde ich dich auf mein Schiff holen und in ein Solarstrahlbad stecken. Kein Tropfen Wasser wird dich berühren, doch innerhalb von drei Sekunden wirst du sauberer sein, als du es je warst. Das ist moderne Technologie, effizient, schnell, einfach. Aber ich sehe schon, du denkst, ich würde dir wieder eines meiner ›Lügenmärchen‹ erzählen. Ist in Ordnung, Schätzchen. Jedem das seine.«

Er gab keine Antwort, sondern streckte sein Schwert in Richtung ihrer gefesselten Hände aus. Glücklicherweise kannte sie ihn bereits so gut, daß sie seine grimmige Miene nicht einschüchterte oder gar zu der Vermutung hinriß, er strecke das Schwert nicht nach ihren Fesseln, sondern nach ihrem Herzen aus. Sie hob ihre Handgelenke über das Schwert und trennte die Schnur an der Klinge durch.

Erleichtert schleuderte sie die durchtrennte Schnur auf den Boden und sah Challen dann abwartend an. Wenn ihn ihre Fragen so sehr störten, dann würde sie ihn eben beim Baden beobachten und sich dadurch ihre Fragen selbst beantworten.

Neben dem Becken befand sich eine Art Bank, die sie vorhin nicht gesehen hatte, da sie zwischen den Pflanzen versteckt und an dem einen Ende mit kleineren Blumentöpfen vollgestellt war. Ein Berg von Handtüchern lag daneben. Challen setzte sich auf das freie Ende der Bank und zog seine Stiefel aus. Sein Blick ruhte mehr auf ihr als auf dem, was er tat, und langsam, aber sicher wich der Unmut aus seinen Zügen.

»Setz dich, *kerima*«, sagte er schließlich.

»Um zu ertrinken? Wenn du nichts dagegen hast, will ich lieber stehenbleiben.«

»Hinter dir ist ein Sims zum Draufsitzen.« Diese Worte wurden von einem Seufzen begleitet.

»Das ist sicher ein wunderbarer Sims, aber ich bleibe trotzdem stehen.«

Er stieß ein wütendes Schnauben aus, und dann fielen seine *bracs* zu Boden. Tedra spürte plötzlich eine Wärme in sich aufsteigen, die nicht allein vom Wasser herrühren konnte und die sich, während sie beobachtete, wie er sich in das Becken gleiten ließ, zu einer wahren Hitze ausweitete. Aber dann wurde sie abgelenkt, da das Wasser in Bewegung geriet und gegen ihren Bauch schwappte. Doch gleich darauf stand Challen vor ihr, und nun wurde sie nicht mehr allein von Wasser berührt.

»Du hättest sie mit dem Wasser bedecken können«, sagte er, während seine großen Hände ihre Brüste umkreisten.

Tedra zischte mißbilligend ob dieser unverschämten Lüge. »Dummes Zeug! Man hätte sie durch das Wasser hindurch gesehen.«

»Nicht so deutlich, wie ich sie jetzt sehe. Aber ich habe nichts gegen die Einladung einzuwenden, Frau.«

»Das war keine . . . Wolltest du deshalb, daß ich mich hinsetze? Warum hast du es dann nicht deutlicher gesagt? Wenn es einer guten Sache dient, wage ich schon mal ein kleines Abenteuer, und in dem Fall handelt es sich wirklich um eine gute Sache . . . oder fühlst du dich schon wieder – besser?«

Die großen Hände wanderten von ihren Brüsten zu ihrem Rücken und preßten sie an seinen Körper, und dann legte sich sein Mund in ausgesprochen köstlicher Manier auf den ihren. Eine deutlichere Antwort hätte er ihr nicht geben können. Ihre Arme schlangen sich um seinen kräftigen Nacken, und in den nächsten Stunden entdeckte sie, daß ein primitives Badebecken noch andere, weitaus vergnüglichere Möglichkeiten bot, als einfach nur zu baden.

21.

Beim Erwachen war Tedra völlig in der Bettdecke von Challens riesigem Bett verheddert. Sie hatte sich gleich gedacht, daß sie sich inmitten dieses megalaktischen Ungetüms einsam fühlen würde. Ohne den großen Barbaren an ihrer Seite war das auch so; aber sie hatte nicht damit gerechnet, von dieser Decke nahezu erwürgt zu werden.

Schließlich gelang es ihr, einen Ellbogen zu befreien, zumindest weit genug, um sich darauf stützen zu können. Sie sah sich um, um herauszufinden, wodurch sie aufgeweckt worden war, hoffte, es möge . . . aber nein, Challen war noch nicht zurückgekehrt. Bei Sonnenaufgang war er, nicht ohne sich auf ganz köstliche Art zu verabschieden, aufgebrochen und hatte gesagt, daß er den ganzen Tag über beschäftigt sein und erst am Abend oder – um seine Worte zu gebrauchen – bei Mondaufgang zurückkommen würde. Am Vortag hatte er sämtliche Verpflichtungen abgesagt, um Tedra ein angemessenes Willkommen in seinem Heim, vor allem aber in seinem Badezimmer zu bereiten. Doch heute hatte für ihn wieder der Alltag begonnen, und Tedra blieb sich allein überlassen.

Tedras Schlaf war durch die junge Darash-Frau gestört worden, die sie bereits gestern kennengelernt hatte – nun, nicht eigentlich kennengelernt. Als sie ihnen gestern abend eine Mahlzeit ins Zimmer gebracht hatte, hatte sich Challen nicht mit Vorstellen aufgehalten. Und auch das Mädchen hatte nichts gesagt, war schnell wieder hinausgehuscht, und die Tür war von einem Krieger, der anscheinend vor dem Zimmer postiert war, sogleich geschlossen worden. Tedra hatte angesichts des wachestehenden Kriegers ein leiser Argwohn beschlichen, und sie hatte gleich darauf selbst versucht, die Tür zu öffnen. Zu ihrer Erleichterung *konnte* sie dies, wenn auch mit einiger Mühe, da das Ding ausgesprochen massiv war. Die Tür war nur deshalb für das Dienstmädchen geöffnet und geschlossen worden, weil sie das große Tablett getragen und somit keine Hand frei gehabt hatte.

Jetzt trug sie ein anderes, weit kleineres Tablett, und diesmal stand die Tür auch nicht offen, sondern war geschlossen. Tedra sah zu, wie die Frau das Tablett auf dem großen, viereckigen Tisch abstellte, an dem sie und Challen schon letzte Nacht gegessen hatten. Was hieß hier gegessen – das war die pure Dekadenz gewesen, wie sie da ausgestreckt auf den bequemen Sofas gelegen, mit den Fingern die Speisen herausgepickt und sich gegenseitig gefüttert hatten. Die Angelegenheit wurde derart erotisch, daß sie das Essen für etwa eine

Stunde unterbrachen und sich hinterher mit kalten Speisen begnügen mußten. Challen wollte zwar eine frische Mahlzeit kommen lassen, doch Tedra hielt ihn davon ab, da es für alle zu offensichtlich gewesen wäre, warum sie die erste Runde hatten kalt werden lassen. Wenn auch sicher jeder *wußte*, was sich in Challens Schlafgemach abspielte, wollte sie doch nicht so unersättlich erscheinen, als könne sie nicht einmal die Zeit für eine megalaktische Mahlzeit erübrigen – ob es nun stimmte oder nicht.

Diesmal verließ das Mädchen das Zimmer nicht sofort wieder. Es näherte sich dem Bett, lächelte Tedra freundlich an und wirkte alles andere als unterwürfig oder verängstigt. Eine Stufe über einem feudalähnlichen Dienstbotenstatus stehend, aber dennoch nicht wirklich frei, hatten die Darasha ein eigentümliches Verhältnis zu der herrschenden Klasse. Sie waren Diener, und als solche, gleich den Frauen in dieser Welt, bestimmten Regeln unterworfen, aber sie waren anscheinend nicht unzufrieden mit ihrem Schicksal. Tedra kam aus einer Welt, in der es keine Dienstboten gab, da diese durch Maschinen ersetzt werden konnten, und deshalb würde es, wie sie annahm, einige Zeit dauern, bis sie sich an die Versorgung durch lebendige, atmende Menschen gewöhnt haben würde.

Dieses lebendige, atmende Exemplar nun war einige Jahre jünger als Tedra, ein recht hübsches Mädchen mit den für diesen Planeten wohl typischen braunen Haaren und Augen. Allerdings war ihre Haut dunkel, nicht golden, und wie der Darash-Mann, der in den Ställen arbeitete, war sie um einiges kleiner als die anderen Bürger dieser Stadt, sicherlich nicht größer als ein Meter sechzig, wenn überhaupt.

»Wünscht die Herrin ein Bad nach dem Essen?«

Tedra blickte zu dem kleinen Wasserbecken, das nun leer war. Diese Barbaren hatten – himmlische Sterne – sogar Wasserleitungen für fließendes Wasser mit heißen und kalten

Anschlüssen, waren also nicht völlig primitiv. Wie die Sha-Ka'ari waren auch die Sha-Ka'ani auf manchen Gebieten erstaunlich entwickelt, auf anderen wieder ausgesprochen rückständig, vor allem, was ihre Bräuche und Sitten betraf.

»Nein, danke, kein Bad.« Ohne den Barbaren hatte das Bad nichts wirklich Verlockendes an sich.

»Darf ich dann einen *chauri* für die Herrin auswählen?«

Tedra runzelte bei dieser wiederholten Anrede die Stirn. »Schau, du bist keine Sklavin, und ich bin nicht deine Herrin. Nenn mich doch einfach Tedra.«

»Das wäre nicht geziemend.«

»Ist für dich jeder ein Herr oder eine Herrin?«

»Ja, Herrin.«

»Stört dich das nicht?«

»Aus welchem Grund sollte es das?«

Tedra seufzte. »Womit wir wieder am Anfang wären. Und wenn ich dir nun befehlen würde, mich Tedra zu nennen? Würde das hinhauen?«

»Hinhauen?«

»Würde es funktionieren? Oder zählen hier die Befehle eines Verlierers im Wettkampf nichts?«

»Verlierer? Wettkampf? Die Herrin macht sicher Spaß?«

»Klar doch, ich bin ein großer Spaßvogel!« schnaubte Tedra wegwerfend. Sie beschloß, ihre Bemühungen einzustellen, denn nur, um ihren Namen aus dem Munde dieses Mädchens zu hören, hatte sie keine Lust, sich irgendwelchen Ärger einzuhandeln. »Bis ich mich aus diesen megalaktischen Decken gekämpft habe, kannst du mir ein paar Kleider herauslegen – natürlich nur, wenn das zu deinem Job gehört.«

Das Mädchen war so bemüht, ihr Lachen zu unterdrükken, daß es kaum nicken konnte. Tedra bot auch einen wahrlich komischen Anblick, wie sie, eng von einer Decke umwickelt, dalag und sich verzweifelt freizustrampeln versuchte. Was gäbe sie jetzt für eine Luftdecke, die, sobald man sich aufsetzte, sofort wegrutschte, in der sich die Füße nicht verhedderten, und die einen nicht wie eine dieser megalaktischen urtümlichen Riesenschlangen umgürtete.

»Darf ich?«

Das Mädchen kroch auf das Bett, zog einen Deckenzipfel unter Tedras Hüfte hervor und entrollte dann langsam die ganze Decke. Tedra schoß das Blut in die Wangen, sie hatte ganz vergessen, daß sie völlig nackt war, aber das Mädchen nahm davon nicht die geringste Notiz. Sie erhob sich vielmehr vom Bett und ging auf eine Tür zu, die Tedra bislang noch gar nicht bemerkt hatte, da sie keinerlei Anzeichen eines Griffs aufwies und genau zwischen zwei der großen, langen Kästen eingearbeitet war. Das Mädchen stieß die Tür mit einem leichten Druck auf, und dahinter erschien eine Kammer, die Tedra zu gerne selbst inspiziert hätte, wenn es ihr nur erst gelänge, das Laken, das sich irgendwo zwischen der Decke versteckt hatte, zu finden.

Als sie Minuten später die Kammertür erreicht hatte, malerisch das hellblaue Laken um sich herum drapiert und eine gut zweieinhalb Meter lange Schleppe hinter sich herziehend, stieß sie einen überraschten Pfiff aus, denn vor sich entdeckte sie einen altertümlichen Kleiderschrank, etwas, das sie noch nie zuvor gesehen hatte. In ihrer Welt war ein Kleiderschrank ein mechanisches Gestell, das auf Knopfdruck mit der gewünschten Garderobe aus der Wand hervorkam. Wo die Kleider aufbewahrt wurden oder wohin ihr Roboputzer diese verräumte, hatte sie sich nie überlegt, und nun wurde ihr mit einem Mal bewußt, wie viele Dinge sie zu Hause einfach als selbstverständlich hingenommen hatte.

Dieser Schrank hier war sicher größer als gewöhnlich, fast so groß wie das Schlafzimmer selbst, mit dem er verbunden war. Der hohe Spiegel sowie die mit Flaschen und Gefäßen gefüllten Regale und das in einer Ecke stehende Sofa deuteten darauf hin, daß der Schrank auch als Ankleidekammer diente, die vielen Truhen und Kommoden wiederum ließen an eine weitere Nutzung als Lagerraum denken. Doch abgesehen davon, gab es Kleider in Hülle und Fülle, an Wandhaken, an Gestellen mit stockartigen Auswüchsen, auf seltsam geformten Kästen mit geschwungener Oberfläche, überall, wohin man nur schaute.

Unter den zumeist männlichen Kleidungsstücken und Accessoires, wie Schuhe, Schwertgürtel, Dutzende verschiedener *bracs*, alles aus schwarzem *zaal*-Leder, sowie *comtocs* aus fantastisch glitzerndem Material, wirkten die wenigen, über die Kästen drapierten *chauris* ziemlich fehl am Platz. Es waren die gleichen, die Tedra am Vortag bei den Frauen auf den Straßen gesehen hatte, dünne, zarte Gebilde, aus einzelnen Stoffbahnen zusammengeknotet.

»Diese drei wurden für Euch vorbereitet, Herrin, aber wenn Euch die Farbe nicht zusagt, so kann ich Euch einen anderen *chauri* anfertigen. Die Stücke gibt es in allen nur erdenklichen Farben.«

Der Ausdruck ›Stücke‹ hätte Tedra eigentlich hellhörig machen müssen, aber erst als sie vor den drei *chauris* stand, ging ihr die volle Bedeutung dieses Wortes auf. Diese Dinger waren tatsächlich nichts außer Schals – oder ›Stücke‹, wie das Mädchen sie genannt hatte –, die zu einem Oberteil mit einem daran befestigten Rock geknotet waren.

Als Tedra neugierig das Oberteil des weißen *chauri* ergriff, erkannte sie jedoch, daß die Kleidungsstücke komplizierter waren, als sie auf den ersten Blick wirkten. Allein das Oberteil bestand aus zwölf Schals, die bis zur Oberschenkelmitte reichten. ›Vorbereiten‹ bedeutete in dem Falle, daß die Schals bereits durch winzige Knoten aneinander geknüpft waren, und zwar sechs Knoten pro Schulter. Jede dieser Stoffbahnen war für sich völlig durchsichtig, und auch die Tatsache, daß die Teile übereinander drapiert wurden, änderte nur wenig an dem Effekt; lediglich um die Brüste sorgte eine extra Bahn für Undurchsichtigkeit.

Mit dem Rock verhielt es sich wiederum ganz anders. Er bestand zwar ebenfalls aus zwölf Stoffbahnen, die rings um ein schmales elastisches Band, das als Rockbund diente, genäht waren, doch keine dieser Stoffbahnen war an irgendeiner anderen Stelle zusammengeknotet oder vernäht. Sie fielen einfach bis zu den Knöcheln herab, und jeder einzelne Schritt oder jede noch so kleinste Brise mußte zwangsläufig dazu führen, daß sich die Bahnen teilten und ein gut Teil der Beine entblößten.

Aus dem gleichen Material gab es auch noch einen Gürtel, der in Taillenhöhe um das Oberteil geschlungen wurde und damit dem Gewand eine bessere Paßform verlieh. Tedra hatte genug gesehen. Achtlos warf sie das weiße Kleidungsstück auf die Truhe zurück. Für das Mädchen, das auf ihre Entscheidung, welches der drei *chauri* sie zu tragen wünschte, wartete, hatte sie nur zwei Worte.

»Vergiß es!«

»Herrin?«

»Ich würde mir nicht ums Verrecken eines dieser Dinger überziehen, Kleines – wie heißt du überhaupt?«

»Jalla, Herrin. Wenn diese Farben ...«

»Es geht nicht um die Farben, Jalla, obgleich ich für Pastelltöne noch nie viel übrig hatte. Es liegt eher an diesem durchsichtigen Stoff, ganz zu schweigen davon, daß die megalaktischen Dinger so aussehen, als wären sie eher zum Ausziehen als zum Anziehen konzipiert. Es muß doch noch etwas anderes geben, das ich tragen kann.«

»Aber ...«

»Beispielsweise so etwas, wie du es trägst.« Wie der Darash-Mann, trug auch Jalla eine weiße, ärmellose Tunika, nur hatte sie anstatt einer Hose einen weiten, knöchellangen Rock an. »Das sieht luftig und bequem aus, und ich würde mir darin wenigstens nicht wie auf dem Präsentierteller vorkommen.«

»Aber das ist kein *chauri.*«

»Und?«

»Die Damen von Kan-is-Tra tragen nur den *chauri.* Und auch Ihr dürft nichts anderes tragen.«

Die Diener anscheinend schon, dachte Tedra bei sich. Ihr war nicht entgangen, daß Jalla von den Frauen des ganzen Landes, nicht nur von denen der Stadt gesprochen hatte.

»Was geschieht, wenn ich mich weigere?«

Jalla starrte sie entsetzt an. »Das könnt Ihr nicht! Der *shodan* würde es nicht zulassen!«

Tedra kaute nachdenklich auf ihrer Unterlippe. Einerseits wollte sie diesen verfluchten *chauri* nicht anziehen, andererseits wollte sie es sich nicht schon wieder mit Challen verscherzen. Sehnsüchtig schaute sie zu den *bracs* und *comtocs* hinüber, aber sie wagte nicht, sich davon etwas auszuleihen, denn ihr war klar, daß der erste Krieger, dem sie über den Weg liefe, ihr befehlen würde, die Sachen auszuziehen, und sie hatte kein Verlangen auf eine Wiederholung dieses lächerlichen Spiels.

»Megalaktische Hölle!« murmelte sie leise und streckte dann einen Finger aus. »Diesen da!«

Sie hatte sich für das hellgrüne Modell entschieden, da ihr das Blau und Weiß der anderen *chauris* irgendwie symbolisch für den *shodan* schienen, als seien diese, in Anbetracht an die Farbgebung des Schlosses, seine ganz persönliche Farben. Und momentan war sie wirklich nicht in der Stimmung, ihm zu Gefallen in seinen Wappenfarben herumzulaufen.

»Wessen *chauris* sind das überhaupt?« fragte sie Jalla, als diese ihr beim Anziehen half. Nun merkte sie auch, wie wichtig der Gürtel war, da ohne ihn das Oberteil völlig verrutschen würde.

»Eure, Herrin.«

»Aber wem gehörten sie davor?«

»Euch . . .«

»Laß gut sein«, unterbrach Tedra, nun zusehends gereizt.

Die Kleidungsstücke waren vor ihr dagewesen, demnach konnten sie nicht ihr gehören. Aber sie wollte gar nicht wissen, wer vor ihr Challens Schlafgemach und Kleiderzimmer geteilt hatte. Jedenfalls würde sie ihm klipp und klar sagen, was sie davon hielt, die *chauris* irgendeiner Person anziehen zu müssen.

Als sie nach Beendigung der Bekleidungszeremonie an sich herunterblickte, stöhnte sie auf, und nach einem Blick in den Spiegel stöhnte sie noch lauter. Es war weit schlimmer, als sie befürchtet hatte. Jetzt verstand sie, weshalb die Frauen in den Straßen so sanft, so schüchtern, so . . . so hilflos ausgesehen hatten. In diesem Gewand konnte man gar nicht anders aussehen.

Wenn es darum ging, ein wenig Haut zu zeigen, war Tedra wirklich nicht pingelig. Allein ihre Bodysuits waren weit gewagter als dieser *chauri*. Doch sie hatte noch nie ein so zartes, so durch und durch weibliches, so megalaktisch verführerisches Teil getragen. Sie fühlte sich fremd darin, ausgeliefert, verletzlich.

»Der *shodan* wird entzückt sein, Herrin«, beeilte sich Jalla, der ihr wütendes Stöhnen nicht entgangen war, zu sagen. »Ihr seht wunderschön aus.«

»Ich sehe aus wie die Angestellte einer Sexklinik«, knurrte Tedra. »Aber solange Martha mich darin nicht sehen kann, werde ich es wohl überleben.«

22.

Tedra kam zwar nicht umhin, den gehaßten *chauri* zu tragen, doch eher als vermutet bot sich die Gelegenheit zur Rache, und diese war um so süßer, da sie gänzlich unerwartet kam.

Jalla hatte sie nach dem Essen auf einen Rundgang durch das Schloß mitgenommen. Angesichts von all dem Neuen um sie herum vergaß Tedra beinahe ihre würdelose Aufmachung, nicht zuletzt deshalb, weil alle Frauen im Schloß ebenso gekleidet waren und völlig selbstverständlich damit herumspazierten. Jalla stellte sie einigen dieser Frauen vor und erklärte ihr anschließend, wer sie waren und was sie hierhergeführt hatte. An diesem Morgen erfuhr Tedra eine ganze Menge über die Frauen von Sha-Ka'an, vieles davon, was ihr mißfiel, aber schließlich war sie nicht hierhergekommen, um diese Welt zu verändern, sondern um Handelsbeziehungen anzuknüpfen und ein Söldnerheer anzuheuern.

Einer der Räume, die sie, wie Jalla sie mahnte, nicht betreten durfte, war Challens Arbeitszimmer, aber wann hatte Tedra sich schon durch Verbote von irgend etwas abhalten lassen! Ungeachtet Jallas Protest schlüpfte sie durch die Hintertür und ließ das vor Schreck erstarrte Mädchen einfach draußen stehen. Der Raum entpuppte sich als ein langgedehntes, hohes Gewölbe, Wände und Boden waren, wie überall im Schloß, mit dem schimmernden marmorähnlichen Stein ausgelegt, nur war hier das helle Blau mit dunklen Adern durchzogen. Es gab Unmengen dieser flachen, weißen Sofas, alle in Reihen aufgestellt mit einem Durchgang zur Mitte hin, und hinter einem Schreibtisch am Ende des Raumes saß, gleich einem kystranischen Regierungsbeamten, Challen, ihr wilder Barbar.

Tedra hatte einen Thron oder zumindest ein mit Kissen ausgelegtes Podest erwartet, jedenfalls alles andere als einen gewöhnlichen Schreibtisch. Aber wahrscheinlich war das wieder eine der vielen kleinen Abnormitäten von Sha-Ka'an, die eine Beurteilung und Einschätzung dieser Kultur so schwierig machten.

Der Raum war voll von Männern, auf jedem Sofa saßen zwei oder drei dieser riesigen Kerle. Sie warteten anscheinend alle auf eine Audienz mit dem *shodan*, der sich gerade mit einer Gruppe von vier Männern, die vor seinem Schreibtisch standen, unterhielt.

Aus der Entfernung konnte Tedra nicht verstehen, worüber sie redeten. Mit einem Blick wurde Tedra freilich klar, daß sie in eine rein männliche Domäne eingebrochen war, und sie wollte sich gerade wieder aus dem Zimmer stehlen, als Challen plötzlich sein Gespräch unterbrach und sie mit seinem Blick festnagelte. Sich ihrer brenzligen Lage wohl bewußt, beobachtete Tedra, wie er langsam aufstand, hinter seinem Schreibtisch hervorkam und direkt auf sie zuschritt. Gleichzeitig wandten sich alle Köpfe, um zu sehen, was Challens Aufmerksamkeit derart gefesselt hatte, und ehe Tedra sich's versah, waren alle Augen im Raum auf sie gerichtet.

Am liebsten wäre sie auf der Stelle aus dem Zimmer gerannt, aber das hätte nach Feigheit gerochen, und so blieb sie tapfer stehen. Mut war manchmal wirklich eine Qual, ebenso Stolz, vor allem, wenn er mit Sturheit gekoppelt war. Sie konnte nur hoffen, daß Challen nicht allzu wütend über ihr unbefugtes Eindringen sein würde.

Als er näher kam, entdeckte sie freilich, daß das Funkeln in seinen Augen nichts mit Wut oder Ärger zu tun hatte. Diesen Blick kannte sie inzwischen nur zu genau, und so entspannte sie sich und wartete, beinahe schon belustigt, auf das, was da kommen möge. Der Barbar brannte frömlich vor Lust, und Tedra hatte keinen Zweifel, daß nicht allein sie, sondern der *chauri* ihn in Wallung gebracht hatte. Es gefiel ihm, sie in diesem megalaktischen Fähnchen zu sehen, o ja, sein Blick sprach Bände.

Dann stand er vor ihr, packte sie schweigend am Arm und zog sie aus dem Zimmer. Auch draußen blieb er nicht stehen, sondern eilte, Tedra am Ellbogen hinter sich herzerrend, den langen Korridor entlang.

»Wohin gehen wir?« fragte sie unschuldig.

»In meine Gemächer«, erwiderte er knapp.

»Wieso? Was soll ich dort?«

»Frau . . .«

»Nein, ich meine es wirklich. Würdest du bitte einen Moment stehenbleiben?« Unvermittelt blieb er stehen und wandte sich nach ihr um. Mit tonloser Stimme fuhr sie fort: »Ich sehe keinen Grund dafür, in dein Zimmer zu gehen, Challen.«

»Aber ich.«

»Dann geh! Ich halte dich nicht zurück.«

Er hatte sein Verlangen zwar unter Kontrolle, doch es war keineswegs abgeflaut. »Du kommst mit mir, *kerima*!« sagte er bestimmt.

»Warum sollte ich?«

»Frau, du weißt sehr gut, warum.« Dies klang schon etwas weniger bestimmt.

Tedra mußte all ihre Beherrschung aufbringen, um nicht laut loszulachen. Mit betont gelassener Stimme sagte sie: »Vielleicht weiß ich das wirklich, mein Schatz, aber du mußt die Sache mal von meiner Warte aus betrachten. Dein plötzliches Verlangen ist alles andere als schmeichelhaft für mich. Es ist sogar ziemlich beleidigend, da ich weiß, daß es nicht durch mich, sondern durch dieses dämliche Gewand hervorgerufen wurde. Wenn ich etwas von meinen eigenen Kleidungsstücken anhätte – die ich übrigens, nur nebenbei bemerkt, ohne Schwierigkeiten von meinem Schiff holen könnte, wenn du mir, verdammt noch mal, endlich meinen

Kommunikator zurückgeben würdest – dann hättest du deine Arbeit sicher nicht im Stich gelassen, um eine kleine Pause zum Sex-Teilen einzulegen. Du hättest mich wahrscheinlich nur angeschnauzt, ich solle den Raum verlassen, anstatt einfach selbst zu verschwinden.«

Sie hielt einen Moment inne, da ihm, seiner Miene nach zu urteilen, anscheinend erst jetzt dämmerte, daß er tatsächlich seine Pflicht vernachlässigt und all die Krieger mit ihren Fragen und Gesuchen sich selbst überlassen hatte. Es war wirklich komisch zu beobachten, wie sich in seinem Gesicht Wut und Verlegenheit mit Verlangen mischten, aber noch immer bezwang Tedra ihr Lachen. Das nannte man ›quitt werden‹, und sie wollte das nicht zerstören, indem sie ihn wissen ließ, daß sie eigentlich bereits quitt *war*.

»Noch etwas«, fuhr sie fort, »im Moment bin ich dabei, dein Schloß kennenzulernen, und das macht mir wirklich Spaß. Deshalb sehe ich gar nicht ein, weshalb ich deiner Aufforderung gerade jetzt nachkommen soll. Du hast selbst gesagt, ich könne unsinnige Forderungen ablehnen, genauso wie ich meinen Dienst verweigern kann, wenn wir nicht an einem ›Ort, an dem du schläfst‹ sind. Willst du mir etwa weismachen, du schläfst in dieser Halle . . .«

»Genug, Frau!« unterbrach er sie, ohne sich jetzt noch zu bemühen, seinen Unmut zu verbergen. »Ich brauchte dich nur in mein Schlafgemach zu tragen, dann wäre der Fall erledigt.«

»Sicher, das könntest du tun«, sagte sie mit gespieltem Erstaunen, ehe sie zum nächsten Schlag ausholte. »Allerdings würde das einem Vertragsbruch gleichkommen, und damit wäre ich, wenn ich das recht verstanden habe, von meinem Dienst befreit. Aber bitte, tu, was du nicht lassen kannst!«

Lange Zeit sah er sie nachdenklich an, und sie wußte mit einem Mal genau, woran er dachte. Er hatte sie schon einmal an einem Ort, an dem er *nicht* schlief, verführt, sie mit einem so süßen Kuß überrumpelt, daß ihr gar keine andere Möglichkeit mehr geblieben war, als sich ihm hinzugeben. Argwöhnisch versuchte sie, einen Schritt zurückzugehen, doch er hielt sie immer noch mit eisernem Griff am Arm fest.

»Den Gedanken kannst du gleich wieder vergessen, Krieger.«

»Welchen Gedanken?«

»Du weißt megalaktisch gut, wovon ich spreche! Ich wiederhole jetzt in aller Deutlichkeit mein Nein, und damit kommt jede Überrumpelungstaktik von dir einem Vertragsbruch gleich.« Seufzend ließ er ihren Arm los, und sie sagte tröstend: »Sei nicht traurig. Bis zum Mondaufgang sind es nur mehr ein paar Stunden, und dann hast du mich genau dort, wo du mich haben willst.«

»Diese Vorstellung hilft mir im Moment auch nicht weiter, *kerima.*«

Sein Ton war so wehmütig, daß sie beinahe schwach geworden wäre. Sein Verlangen hatte auch das ihre entfacht, eigentlich seltsam, wenn sie sich überlegte, wie viele Männer sie schon begehrt hatten, ohne daß bei ihr eine ähnliche Reaktion eingetreten war. Aber sie wollte sich die Gelegenheit zur Rache nicht entgehen lassen. Später würde sie dafür den für beide verlorenen Genuß doppelt und dreifach nachholen.

Da er sie nicht mehr festhielt, wagte sie sich näher an ihn heran, strich ihm sogar kühn mit dem Finger über die Brust, ganz sachte, von seinem Medaillon bis zum V-förmigen Ausschnitt seines *comtoc*, das knapp über dem Bund seiner *bracs* endete.

»Du solltest dich eigentlich freuen, daß ich dich zur Vernunft bringe, Challen. Wäre es dir nicht peinlich, wenn du Stunden später in dein Amtszimmer zurückkehrtest und jeder einzelne der Männer genau wissen würde, was dich aufgehalten hat? Jetzt werden sie lediglich denken, du wärst mit mir hinausgegangen, um mich für mein unerlaubtes Eindringen zu bestrafen.«

»Frau, keiner der dort wartenden Krieger hegt irgendeinen Zweifel daran, weshalb ich hinausgegangen bin. Nicht, nachdem sie dich gesehen haben. Aber habe ich mich verhört, oder hast du eben zugegeben, genau gewußt zu haben, daß dein Eindringen unerlaubt war?«

Sie überlegte, ob sie ihn belügen sollte, denn sein Gesichtsausdruck deutete darauf hin, daß nun er eine Gelegenheit zur Rache witterte. Nachdenklich trat sie einen Schritt zurück, biß sich unentschlossen auf die Lippen, doch ihr langes Zögern war ihm schon Antwort genug.

»Da du bezüglich der Verhaltensregeln für Krieger ein so gutes Gedächtnis zu haben scheinst, will ich dir darin in nichts nachstehen und auch mir die Regeln über Vertragsbrüche wieder ins Gedächtnis rufen.«

Tedras Mund klappte auf, um sich gleich darauf zu einem Zähneknirschen wieder zu schließen. »Wenn du vorhast, mich zu bestrafen, Challen, dann kannst du das, zur megalaktischen Hölle, gleich hier tun! Es ist nicht mein Fehler, wenn du wegen diesem verfluchten *chauri*, den ich von Anfang an gehaßt habe, in sexuelle Erregung gerätst!«

Er grinste über das ganze Gesicht; während ihr Humor versiegt war, schien der seine zurückgekehrt zu sein. »Auch wenn du mir nicht glaubst, *kerima*, so hat doch dieses Gewand nichts mit meinem plötzlichen Begehren zu tun. Ich sehe tagtäglich Frauen, die so gekleidet sind, aber keine hat mir je solch ein mächtiges Verlangen eingeflößt, sie mit meiner Hitze zu füllen, wie du es vermagst.«

»Aber dieses Verlangen kam nur, weil du mich so gesehen hast, wie *du* es für richtig erachtest, in Kleidern, auf die *du* bestanden hast. Gib's zu, Challen, es hat wohl etwas mit dem *chauri* zu tun!«

»Ich will nicht leugnen, daß ich dich in der Kleidung der

kan-is-tranischen Frauen sowohl schön als auch begehrenswert finde, aber nicht schöner oder begehrenswerter, als wenn du gar nichts anhättest.« Ihre Wangen brannten vor Verlegenheit, doch er war noch nicht am Ende. »Und ich will auch nicht leugnen, daß ich immer noch wünsche, du mögest es dir anders überlegen und mir in mein Schlafgemach folgen.«

»Würdest du dann die Strafe über mein unerlaubtes Eindringen vergessen?« fragte sie listig, während ihr kurz der Gedanke durch den Kopf schoß, daß Bestechung wohl auf allen Welten existierte.

»Nein.«

Diese Antwort hatte sie nicht erwartet. »Wenigstens bist du ehrlich«, gestand sie ihm widerwillig zu. »Aber unter diesen Umständen wirst du einsehen, weshalb ich nicht in der Stimmung zum Einlenken bin.«

»Natürlich.« Er nickte und wandte sich zum Gehen um.

»Warte!« Sie packte ihn am Arm. »Ich habe es wirklich ernst gemeint. Wenn du mich bestrafen willst, dann tu es jetzt. Ich habe keine Lust, mir den ganzen Nachmittag mit bangem Warten zu vermiesen.«

Eine goldene Augenbraue hob sich spöttisch in die Höhe. »Hast du nicht vorhin gesagt, es dauerte nicht mehr lange bis zum Mondaufgang? Erst dann werde ich mich um dich kümmern, *kerima*, und keine Stunde früher.«

Sie bedachte ihn mit ihrem bösesten Funkeln, bevor sie auf ihrem barfüßigen Absatz kehrtmachte und von dannen stolzierte. Mißmutig sah sie sich nach Jalla um, die sich allerdings wohlweislich aus dem Staub gemacht hatte, um ihrem Anteil an der erwarteten Strafe zu entgehen. Kluges Mädchen.

»Frau?«

»Was?« Sie wirbelte herum, das böse Funkeln ihrer Augen immer noch einsatzbereit.

»Wenn ich dir den Zugang zur Petitionskammer verboten hätte, hättest du doch gehorcht, nicht wahr?«

Darüber hätte man diskutieren können, aber sie sagte einfach: »Und?«

»Und deshalb habt ihr nicht den Befehl eines Kriegers, sondern den einer Darash mißachtet, ein geringfügiges Vergehen, das nur einer kleinen Maßregelung bedarf.«

Mit diesen Worten machte er kehrt und eilte zu seiner exklusiven Männerrunde zurück. Tedra starrte ungläubig auf die geschlossene Tür. Soeben hatte er ihr durch die Blume zu verstehen gegeben, daß ihre Strafe nicht mehr als ein kleiner Klaps beziehungsweise oder das sha-ka'anische Äquivalent dazu sein würde. Er hätte ihr dies nicht mitteilen müssen, es sei denn, er wollte sie nicht beunruhigt und verängstigt zurücklassen. Sie lächelte, fühlte plötzlich eine Wärme in sich emporsteigen, die sie bis ins Innerste erfüllte. Sie wollte vor Freude laut lachen. Sie wollte Challen zurückrufen und ihm sagen, daß sie ihre Meinung geändert habe. Sie tat nichts von beidem. So sehr sie sich auch über seine aufmerksame Geste freute, durfte sie doch nicht aus den Augen verlieren, daß jene Dinge, die ihr in dieser Welt mißfielen oder ihrem persönlichen Stolz zuwiderliefen, nur dann Gehör fanden, wenn sie sich mit aller Kraft dagegen einsetzte. Jetzt wußte er, wie sehr sie den *chauri* haßte ... Wer weiß, vielleicht würde er für sie eine Ausnahme machen und ihr eine akzeptablere Kleidung zukommen lassen?

23.

Da Jalla nicht mehr auftauchte, setzte Tedra ihre Entdekkungsreise durch das Schloß alleine fort. Doch ohne Jallas Erklärungen, welches Zimmer zu welchem Zweck diente und wer die verschiedenen Personen waren, begann sich Tedra sehr bald zu langweilen. Für die Gestaltung des Nachmittags blieb ihr nur mehr die Wahl, entweder in Challens Schlafgemach zurückzukehren und dort untätig zu warten oder in den großen Raum zu gehen, an dem sie vorher schon einmal vorbeigegangen war und der ein Art Aufenthaltsraum für die Frauen zu sein schien, zumindest für die freien Frauen. Wie Jalla erklärt hatte, handelte es sich um Frauen, die alle unter dem Schutz des *shodan* standen, da sie verwaist, verwitwet oder so alt waren, daß sie alle Angehörigen überlebt hatten. Als Tedra mit Jalla den Raum betreten hatte, hatten all die Frauen schwatzend zusammengesessen und emsig mit Nadel und Faden hantiert.

Eigentlich verspürte Tedra kein Verlangen, diesen Raum noch einmal aufzusuchen. Zum einen konnte sie nicht nähen, zum anderen war sie, als Jalla sie vorgestellt hatte, nicht gerade freundlich aufgenommen worden. Sich in Challens Schlafzimmer dem Nichtstun hinzugeben war allerdings genauso wenig verlockend. Sie entschloß sich, keine dieser beiden Möglichkeiten zu wählen. Das Schloß hatte sie bereits kennengelernt. Jetzt wollte sie die Stadt entdecken.

Das war leichter gesagt als getan. Erst nach einer geraumen Weile entdeckte sie ein geeignetes Zimmer, dessen Fenster nach draußen führten und in dem sich vor allen Dingen niemand aufhielt. Die nächste Hürde war das Tor, aber sie hatte das Glück, aus einem Fenster im rückwärtigen Teil des Schlosses geklettert zu sein, deshalb befand sich ganz in der Nähe ein kleineres, weniger frequentiertes Tor. Im diesem Teil des Schloßhofes kamen die Lieferungen an, weshalb sich hier ausschließlich Darasha aufhielten; die Männer nahmen, wie es sich geziemte, keine Notiz von Tedra, und die Frauen bedachten sie lediglich mit neugierigen Blicken.

Rasch durchquerte Tedra den Schloßhof und schlüpfte durch das Tor. Erst jetzt merkte sie, daß sie barfuß war, aber Umkehren kam nicht in Frage. Wenn schon das Wissen, etwas Verbotenes zu tun, sie nicht von ihrem Vorhaben abbringen konnte, dann konnten dies wunde Füße schon gar nicht.

Hinter dem Tor befand sich eine Art Markt, eine Straße voller Läden und Händler, die ihre Waren teilweise auch vor den Geschäften, auf Tischen und Kisten, in Körben oder auf Decken, feilboten. Es gab eine breite Auswahl verschiedenster Güter, von Nahrungsmitteln und Kleidung bis hin zu Schmuck und Waffen.

Erleichtert stellte Tedra fest, daß vorwiegend Darasha hier verkehrten, sowohl zum Kaufen als auch zum Verkaufen. Nur vereinzelt entdeckte sie freie Frauen beim Einkaufsbummel; über ihren *chauri* trugen sie farbenfrohe Umhänge, die zwar am Hals verschnürt, jedoch über beide Schultern zurückgeworfen waren. Wäre Tedra im Besitz eines solchen Umhangs gewesen, hätte sie diesen eher zum Verhüllen des *chauri* benutzt; vermutlich stellten diese Frauen jedoch ihre *chauris* bewußt zur Schau, weil dieser ihren Status als freie Frau kennzeichnete. Oder was sie darunter verstanden, denn alle hatten sie einen oder zwei Krieger als Geleitschutz dabei. Tedra war zwar ohne Begleitung, doch wenn sie sich in der Nähe einer dieser Frauen aufhielte, würde es so aussehen, als sei deren Beschützer auch der ihre.

Sie suchte sich ein Paar heraus und folgte ihnen unauffällig. Da der Krieger natürlich wissen würde, daß er nicht ihr persönlicher Beschützer war, blieb sie direkt hinter seinem Rücken und damit außerhalb seines Blickfeldes, ohne selbst in ihrer Sicht eingeschränkt zu sein.

Die Freude währte gerade kümmerliche fünf Minuten, dann fiel eine große Hand auf ihre Schulter, drehte sie herum, und sie wußte, noch ehe sie die beiden Krieger sah, daß ihr Ausflug nun beendet war. Der eine grinste zu ihr hinunter, der andere demonstrierte Mißbilligung. Beide waren sie typische Riesen, wenn auch nicht von Challens Kaliber – aber immerhin eine ganze Ecke größer als sie. Trotzdem könnte sie, wenn es sein müßte, mit den beiden fertig werden, entschied sie nach einer kurzen Musterung. Zunächst wollte sie aber erfahren, woher die beiden, trotz ihrer perfekten Tarnung, wissen konnten, daß sie ohne Begleitung war. Vielleicht wußten sie das gar nicht. Vielleicht wollten sie sich nur ein wenig unterhalten.

Von diesem Gedanken getröstet, fragte sie: »Ja?«

»Ja, sagt sie«, sagte der Grinsende, ohne jemand besonderen dabei zu meinen. Ihr zugewandt fuhr er fort: »Frau, Ihr hattet genügend Zeit, Eure Wahl zu treffen. Da Ihr die Zeit nicht genutzt habt, um einen der unseren um Schutz zu bitten, werde ich Euch nun beanspruchen.«

»O himmlische Sterne, jetzt geht das schon wieder los!« rief Tedra entnervt.

Ihr Ton verscheuchte das Grinsen nicht. Und auch als er den Arm nach ihr ausstreckte, blieb es an seinem Platz. Doch sie schnitt ihm den Weg ab, packte seine Hand, und mit einem kurzen Griff hatte sie seine Finger in eine äußerst ungemütliche Stellung gedreht.

»Nehmt dies nicht persönlich, Krieger«, sagte sie ruhig. »Aber ich bin bereits beansprucht worden, besser gesagt, ich bin bis zum nächsten Monat so ziemlich ausgebucht. Jetzt versteht Ihr doch, weshalb ich nicht mit Euch gehen kann, nicht wahr? Meinem Krieger würde das gar nicht gefallen, und allein schon aus Achtung vor ihm mußte ich mich gegen Euch wehren.«

»Bullan!« war alles, was er dazu sagte, aber er sagte es ziemlich laut und auf eine Art, die nach Hilfe verlangte.

Bullan mußte demnach der mißbilligend dreinschauende Freund des Kriegers sein. Kampfbereit wandte sich Tedra nach ihm um, doch der Griesgram war nicht mehr da. Wohin er freilich gegangen war, wurde ihr gleich in der nächste Sekunde klar, als stahlharte Arme sich von hinten um sie schlangen und ihre Oberarme dabei an den Körper preßten, um sie bewegungsunfähig zu machen – zumindest glaubte er das.

»Laßt ihn los, Frau!« herrschte Bullan sie an.

»Und wenn ich es nicht tue?«

Eine lange Pause trat ein. Entweder stand er unter Schock, überlegte Tedra, oder aber er konnte es einfach nicht fassen, daß eine Frau sich seinen Befehlen zu widersetzen wagte. »Bringt mich nicht dahin, Euch weh zu tun.«

Diese Warnung verstimmte sie etwas. »Weh tun? Mir? O nein, Krieger, Ihr werdet Euer Gewissen nicht erleichtern, indem Ihr *mir* die Schuld dafür zuschiebt, daß ich möglicherweise verletzt werden könnte. Ich habe euch Clowns nicht um eure Gesellschaft gebeten, und ich habe bereits klar und deutlich verkündet, daß ich nicht mehr beansprucht werden kann. Wenn Ihr mir also weh tun wollt, so ist das Eure Sache, nicht die meine. Natürlich gilt das auch umgekehrt«, konnte sie sich nicht verkneifen zu sagen. »Für jede Verletzung, die ich euch beiden zufüge, übernehme ich die volle Verantwortung.«

»Bul-lan!« schrie der nun nicht mehr grinsende Krieger abermals.

Er bekam bereits seinen Teil ab, und sie hatte nicht vor, ihn vorzeitig freizugeben. Sein Freund wiederum wollte die Sache zu einem schnellen Ende bringen und begann langsam den Druck seiner massigen Arme zu verstärken. Aber Tedra hatte seine Taktik durchschaut; er hatte vor, seinen Druck allmählich zu steigern, bis sie schließlich seinen Freund loslassen oder vor Schmerzen verrückt würde. Ehe der Druck zu stark zu werden drohte, drehte sie das Handgelenk ihres Opfers noch eine Idee weiter. Das darauffolgende Aufstöhnen lenkte, wie geplant, Bullan so weit ab, daß er für einen Moment seinen Griff lockerte. Dieser Moment genügte Tedra, um einen Arm zu befreien und ihn nach hinten zu stoßen, wo ihre Finger sich in etwas Weiches einkrallten.

Ein winziger Druck, und sie war wieder frei. Die Schwierigkeit war nur, daß sie beide Männer zwar, im wahrsten Sinn des Wortes, im Griff hatte, aber auch ihre beiden Hände dadurch gefesselt waren. Wenn sie auch die Situation im Augenblick beherrschte, so war diese dadurch keinen Deut besser geworden. Offen gesagt hatte sie keine Ahnung, was sie als nächstes tun sollte.

24.

»Und wie lange glaubt Ihr die beiden noch festhalten zu können, ehe ihnen irgendwelche anderen Krieger zu Hilfe eilen werden?«

Der Ausdruck ›irgendwelche anderen Krieger‹ ließ Tedra zu dem Schluß kommen, die Stimme hinter ihr könne nur einem Darash-Mann gehören. Aber ein kurzer Blick über die Schulter belehrte sie eines Besseren. Hinter ihr stand Tamiron, Challens Freund. Ob diese Tatsache nun ihre Situation verbessern oder sie in noch mehr Schwierigkeiten bringen würde, wußte sie allerdings nicht. Wenn sie seinen Gesichtsausdruck freilich richtig interpretierte, so war eher letzteres der Fall.

Sie entschloß sich, vernünftig zu sein und ihre Opfer freizugeben. Um ganz sicher zu gehen überlegte sie, könnte sie ja auch ein paar Worte der Entschuldigung äußern.

»Tut mir leid, Jungs, aber Tamiron kann bestätigen, daß . . .«

Weiter kam sie nicht. Sie hatte Bullan zwar nicht ernstlich verletzt, ihn aber ziemlich nervös gemacht. Sobald ihre Hand seine Weichteile losließen, reagierte er blitzschnell, umschlang sie so fest mit einem Arm, daß ihr die Luft wegblieb.

Mit dem anderen Arm hielt er ihre Hände in Schach, eine recht unnötige Vorsichtsmaßnahme, da sie ihre ganze Kraft darauf verwenden mußte, genügend Luft in ihre Lungen zu saugen.

Der andere Krieger schüttelte währenddessen seine tauben Finger, um die Blutzirkulation wieder anzuregen, und funkelte Tedra dabei mordlüstern an. Glücklicherweise stellte sich Tamiron, ehe der Krieger seine Gedanken in die Tat umsetzen konnte, zwischen ihn und Tedra. Doch sie hoffte nur, Tamiron möge sehr bald etwas unternehmen, denn vor ihren Augen flackerten bereits Sterne.

»Die Frau hat einen Beschützer, Kogan.«

»Ihr lügt, Tamiron Ja-Na-Der! Sie trägt keine Farben.«

»Weil sie unwissend ist.« Tamirons Stimme klang im Vergleich zu Kogans aufgebrachtem Zischen unnatürlich ruhig. »Sie kommt nicht von Kan-is-Tra und kennt deshalb unsere Gebräuche nicht. Auch ihre Verhaltensweisen sind vollkommen anders als die unseren, wie ihr ja beide am eigenen Leib erfahren durftet. Glaubt Ihr, eine kan-is-tranische Frau würde es wagen, sich so zu benehmen?« Tamiron erwartete keine Antwort. Er sah Bullan fest an und sagte ruhig: »Laßt sie lieber los, sonst müssen wir die Angelegenheit vor den *shodan* bringen.«

»Es besteht kein Grund, den *shodan* herbeizuziehen.«

Trotz ihrer Benommenheit hörte Tedra die Nervosität aus Bullans Stimme heraus. Verdammt, er sollte sie endlich loslassen! Als er es freilich tat, wäre sie beinahe wie ein Stein zu Boden gesackt, wenn Tamiron sie nicht aufgefangen hätte.

»Seid Ihr in Ordnung, Tedra-de-Arr?«

Sie war für ein paar Sekunden zu sehr mit Luftschnappen beschäftigt, um ihm sofort zu antworten. Dann entwand sie sich ihm und keuchte: »Ihr klingt genau wie mein Android. Der nennt mich auch immer mit vollem Namen. De Arr ist aber meine Klassifikation, kein Nachname, wie er bei Euch üblich ist. Nennt mich also einfach Tedra, oder, falls Euch das zu vertraut erscheint, dann von mir aus Frau. So langsam gewöhne ich mich daran.«

»Es ist gut zu hören, daß Ihr wenigstens *einige* Dinge unseres Landes akzeptiert. Wärt Ihr so weise, alles zu akzeptieren, dann käme kein Krieger auf die Idee, er habe das Recht, Euch zu beanspruchen.«

»Ich wußte, ich würde Euch mögen, Schätzchen. Eure Schelte hält sich wirklich in Grenzen.«

»Schelte? Ich glaube, Ihr könnt Euch auf einiges mehr gefaßt machen, Tedra.«

»Ach, seid doch nicht so! Ihr werdet *ihm* doch nichts davon erzählen, nicht wahr?«

Bevor Tamiron antworten konnte, meldete sich Kogan zu Wort. »Ich würde gerne wissen, wer ihr Beschützer ist, Tamiron. Weshalb sollte ich Eurem Wort glauben, wenn allein schon ihre Anwesenheit ohne einen Krieger an ihrer Seite beweist, daß sie keinen Beschützer haben kann?«

In Tedras Ohren klang das wie eine Herausforderung, und sie blickte gespannt zwischen den beiden Männern hin und her. Sie wußte noch nicht, daß mit der Arroganz eines Kriegers eine gewisse Streitlust einherging, die von allen Kriegern als normal betrachtet wurde und nicht als Beleidigung galt. Nach Auffassung der Krieger hatte jeder Mann das Recht, zu argumentieren und zu streiten, ganz egal, um welche Angelegenheit es sich auch handeln mochte.

»Ihr braucht meinem Wort nicht zu glauben«, erwiderte Tamiron und fügte gleich darauf grinsend hinzu: »Geht einfach ins Schloß und fragt dort nach, wo diese Frau schläft. Jeder wird Euch antworten, daß sie im Schlafgemach des *shodan* persönlich schläft.«

»Das war ziemlich drastisch ausgedrückt«, bemerkte Tedra, während sie den beiden Möchtegern-Beanspruchern, die nach diesen Worten schleunigst Reißaus genommen hatten, hinterherblickte.

»Eigentlich wollte ich Euch mit diesen Worten in Verlegenheit bringen, aber wie ich sehe, ist mir dies nicht gelungen. Das beste wird sein, ich überlasse Eure Erziehung demjenigen, der das Recht dazu hat.«

Sie nahm seinen Arm, während sie zusammen in Richtung des Schlosses zurückgingen. »Aber mir sagt Eure Vorstellung von Erziehung sehr viel mehr zu. Fahrt einfach damit fort, dann könnt Ihr Euch irgendwelche Berichte ersparen.« Sie erwartete von ihm zu hören, daß er Challen ihre kleine Eskapade verschweigen würde, aber er schwieg beharrlich. Zwischen zusammengepreßten Lippen stieß sie hervor: »Schaut, alles, was ich wollte, war eine kleine Stadtbesichtigung. Ich hatte nicht die Absicht zu fliehen, wenn Ihr das annehmen solltet.«

»Ich glaube, Ihr habt soeben selbst entdeckt, daß eine Flucht aus Sha-Ka-Ra kein leichtes Unterfangen wäre. Aber ehrlich gesagt, ist mir der Gedanke, Ihr könntet fliehen, auch gar nicht gekommen.« Er lachte leise in sich hinein. »Wahrscheinlich hättet Ihr mit einem ordentlichen Umhang gar kein Aufsehen erregt. Natürlich hätte ich nicht zugelassen, daß Ihr Euch allzu weit vom Schloß entfernt.«

»Ihr seid mir gefolgt?« rief sie empört.

Er nickte nur, schien nicht im mindesten darüber verlegen, ihr erst im letzten Moment zu Hilfe geeilt zu sein. Womöglich hatte er ihr eine Lehre erteilen wollen. Aber sie wollte ihn jetzt nicht wegen seiner verspäteten Hilfe zur Rechenschaft ziehen; erst einmal interessierte sie brennend, weshalb ihre Tarnung so schnell aufgeflogen war.

»Es sind die megalaktischen Umhänge, nicht wahr? Und die verschiedenen Farben, von denen die Krieger gesprochen haben, bezogen sich auf die Farben der Umhänge.«

Wieder nickte er, diesmal aber eifriger. »Die Farbe der Ly-San-Ter Familie ist Blau, aber die Farbe für den Haushalt des *shodan* ist Weiß. Jede dieser Farben oder auch beide zusammen sind als Challens Farben erkennbar. Verläßt eine Frau das Schloß ohne Umhang und Schuhe, so wird sie beanspruchbar. Habt Ihr diese Kleidungsstücke nicht zusammen mit Eurem *chauri* erhalten?«

Mit einer gespielten Grimasse musterte sie ihr knappes Gewand und ihr bloßen Füße. »Glaubt Ihr, dann würde ich so herumlaufen?«

Er zollte ihrem Humor zwar ein kleines Lächeln, schüttelte aber dann sogleich mißbilligend den Kopf. »Das Fehlen dieser Kleidungsstücke kann nur auf Challens Wunsch zurückzuführen sein, daß Ihr das Schloß nicht verlaßt, es sei denn, unter seiner persönlichen Begleitung. Deshalb muß Eure Mißachtung seines Wunsches ihm auch ...«

»Hört auf!« unterbrach sie ihn ängstlich.

Dies war kein kleineres Vergehen, das lediglich einer geringen Strafe bedurfte. Wäre Tamiron nicht zur Stelle gewesen, hätte die Sache übel enden können. Und übel würde wohl auch die Strafe werden, wenn Challen von der Sache Wind bekäme.

»Und wenn ich schwöre, es nie wieder zu tun?« fragte sie hoffnungsvoll. »Dann könnte die Angelegenheit doch wirklich unter uns bleiben?«

»Und wenn nun Bullan und Kogan auf die Idee verfallen, sich beim *shodan* dafür zu entschuldigen, seine Frau beansprucht zu haben?«

»Ich bin nicht *seine* Frau«, brauste sie auf, wenn auch nur deshalb, weil sie Tamirons Standpunkt verstand. Es wäre weitaus verhängnisvoller, wenn Challen erst später darüber erfahren würde, denn dann hätte sie sich darüber hinaus auch noch schuldig gemacht, ihm irgendwelche Dinge verheimlicht *und* seinen besten Freund in die Sache mit hineingezogen zu haben. »Ach, wißt ihr«, begann sie im Plauderton, als sie sich dem Hintereingang des Schlosses näherten, »ich hätte fast vergessen, daß ich diese Welt nicht besonders mag. Eigentlich sollte ich dankbar sein, wieder daran erinnert zu werden, denn eine der wichtigsten Regeln für die Weltenentdekker ist es, gegenüber der fremden Welt Zurückhaltung und Distanz zu wahren, damit nicht die Versuchung aufkommt, bleiben zu wollen. Die Erforscherkommandos sehen es nämlich gar nicht gerne, auf diese Art ihre Piloten zu verlieren.«

25.

Die letzten Stunden des Nachmittags verbrachte Tedra damit, sich in einen Zustand äußerster Nervosität gepaart mit Wut zu steigern. Wut deshalb, weil sie eigentlich keinen Grund hatte, nervös zu sein. Was immer Challen ihr antun würde, mußte sie akzeptieren, da sie sich absichtlich und bei vollem Bewußtsein einem Verbot widersetzt hatte. Wenn man die Regeln mißachtete, sollte man sich hinterher nicht über die Konsequenzen beklagen.

Tedra beklagte sich nicht über die Konsequenzen. Aber sie beklagte sich über solch lächerliche Regeln, die sie zum Bleiben an einem Ort zwangen. Seit sie erwachsen war, konnte sie gehen und kommen, wie es ihr beliebte. Und nun war sie plötzlich an einen einzigen Platz festgenagelt. Sicher, sie hatte den Zweikampf verloren, doch es ging nicht an, daß ihr Dienst jede Stunde des Tages in Anspruch nahm; ein paar Stunden am Morgen und am Abend genügten, und vielleicht, wenn Challen sie nachmittags in seinem Schlafzimmer erwischte, noch ein paar zwischendurch. Das nahm in etwa die Hälfte ihrer wachen Zeit in Anspruch, aber daß sie für die andere Hälfte an das Schloß gebunden war, schmeckte verdammt nach Gefängnis, egal, wie sie es nun drehte und wendete.

O ja, sie hatte einiges zu beanstanden, aber Challen würde

sie so oder so bestrafen, denn er war ein Barbar, und diese Barbaren schienen der Überzeugung anzuhängen, Bestrafung sei die einzige Antwort auf alles, was geschah. Gut, das mußte sie als gegeben hinnehmen, nur wäre ihr um einiges leichter zumute gewesen, wenn sie gewußt hätte, was sie erwartete. Jede Frau auf diesem Planeten schien genau zu wissen, welche Bestrafung für welches Vergehen verabreicht wurde. Und eben dieses Wissen nicht zu haben, war der Grund ihrer Nervosität, die mit Einbruch der Dämmerung noch zunahm.

Sie beschloß, sich vorsichtshalber so weit wie möglich von der Schlafzimmertür entfernt zu plazieren, und das war draußen auf dem Balkon. Sie wollte Zeit gewinnen, Challens Reaktion genau beobachten, ehe er sich ihr nähern würde. So könnte sie feststellen, wie groß sein Zorn war und gegebenenfalls vom Balkon hinunterspringen, einfach eine Weile verschwinden, bis er sich wieder etwas abgekühlt hätte. Tapfere Närrin, die sie war, würde sie das zwar sowieso nicht tun, aber sie wollte sich zumindest die Möglichkeit offenhalten. Wenn sie sich auf dem Weg nach unten etwas brechen würde, dann würde er vielleicht seine Bestrafung vergessen – immerhin lag das Schlafgemach sicher an die sieben Meter hoch.

Unter anderen Umständen hätte sie ihren Aufenthalt auf dem Balkon sehr genossen. Man hatte von dort einen Blick auf den Schloßhof und einen großen Teil der Stadt, sogar auf die Straße, die durch das breite Eingangstor führte, das bis in die späte Nacht geöffnet blieb. Sie konnte die Behüter der Gaalisteine erkennen, die mittels langer Stecken die Abdekkungen von den entlang der Straße aufgereihten Pfosten wegzogen.

Auch Tedra hatte bereits ein paar Steine abgedeckt, nachdem sie Challen am Vorabend bei dieser Handlung beobachtet hatte. In jede Wand des Schlafzimmers war ein etwa zwei Meter hoher, schmaler Sims mit einer hölzernen Spitze eingearbeitet, der auf eine Hebeldrehung hin wieder in die Wand zurückrollte. Verborgen in diesen Simsen befanden sich Lagen von Gaalisteinen; die fünf Einstellungen am Hebel ermöglichten jedes Licht, von dämmrig bis hin zu gleißend hellem Licht. Tedra hatte nicht nur ein helles Licht gewählt, sondern zusätzlich auch noch alle im Raum verteilten Behälter mit Gaalisteinen geöffnet. Lediglich die Steine auf dem Balkon hatte sie nicht aufgedeckt, da aus dem Zimmer genügend Licht drang, um den Balkon ausreichend zu erhellen.

Tedra gönnte sich nur einen kurzen Blick über die herrliche Aussicht, ehe sie ihre Aufmerksamkeit wieder der Schlafzimmertür zuwandte. Es dauerte lange, bis diese sich endlich öffnete. Challen war nicht allein. Er hielt die Tür für eine Darash-Frau auf, die ein mit Essen beladenes Tablett in Händen trug, dieses auf den Tisch stellte und dann wieder hinaushuschte. Challen schloß leise die Tür hinter ihr. Dann blickte er sich nach Tedra um.

Es war nicht schwierig, sie zu finden. Dieses große Zimmer bot wenig Möglichkeiten zum Verstecken, es sei denn unter dem breiten Bett, doch sie wußten beide, daß Tedra sich nicht derart erniedrigen würde. Außerdem war sie auf dem Balkon gut zu erkennen. Vielleicht nicht ganz so gut, als wenn sie im Zimmer gestanden hätte, aber erkennbar genug. Doch all ihr Warten und ihr sorgfältiges Postieren erwiesen sich als zwecklos. Der Barbar durchquerte mit unbewegter Miene den Raum und blieb unter einer der gewölbten Mauerdurchgänge stehen. Er bot das Bild eines Mannes, der alle Gefühle unter Kontrolle hatte. Und genau das war verdächtig. Kein Lächeln zur Begrüßung. Kein begehrendes Flackern in den Augen. Nur ein kühler, prüfender Blick, der einige angespannte Sekunden währte.

»Komm herein, Frau!«

Selbst seine Stimme verriet nicht die leiseste Gemütsbewegung. »Werden wir jetzt essen?«

»Wir werden reden. Ich werde essen.«

»Werde ich etwa ohne Abendessen ins Bett geschickt?«

»Ja – unter anderem.«

Einen Moment lang hatte sie eine tiefe Erleichterung empfunden. Kein Abendessen. Eine vorsintflutliche Bestrafung für Kinder, aber für Erwachsene durchaus erträglich. Mit äußerster Wachsamkeit kam sie in das Zimmer und ergriff die Hand, die er ihr entgegenhielt. Sie kam gar nicht auf die Idee, seine Hand zurückzuweisen. Immerhin befand sie sich an einem Ort, an dem er absolute Macht über sie besaß.

Er geleitete sie an den mit Speisen beladenen Tisch. Es gab helles und rotes Fleisch, in mundgerechte kleine Happen geschnitten, mit einer dunklen Soße übergossen; auf einer anderen Platte lag etwas, das aussah wie Gemüse oder geschälte Früchte; weiterhin stand da ein Korb mit süßen *crumos*-Brötchen, ein Teller, auf dem sich ein köstlich duftendes, überbackenes Dessert mit glasierter Oberfläche befand, und eine Karaffe mit *yavarna*-Wein. Es war genug für zwei, sogar drei Leute.

Obwohl sich Tedra bis eben kein bißchen hungrig gefühlt hatte, lief ihr nun beim Anblick der für sie unerreichbaren Speisen das Wasser im Mund zusammen. Challen streckte sich auf einem der Sofas aus, hieß sie aber nicht, dasselbe zu tun. Tedras Magen krampfte sich vor Hunger zusammen. Ohne Abendessen zu bleiben, wenn man das Essen weder sah noch roch, war einfach, diese Situation aber grenzte an Folter.

Sie wandte sich um und wollte gerade auf die am Fenster stehenden Sofas zugehen, als Challens Stimme sie zurückhielt: »Du wirst deinen *chauri* jetzt ausziehen.«

Ein Blick in seine Richtung zeigte ihr, daß er selbst keine Anstalten unternahm, seine *bracs* oder sein schickes, metallisch blaues *comtoc* auszuziehen. Na, wenn schon! Wie oft hatte sie sich heute gedacht, daß sie lieber nackt sein würde, als diesen verdammten *chauri* tragen zu müssen? Und sie würde schließlich nicht das erste Mal nackt vor Challen stehen, während er selbst angezogen bliebe.

Achselzuckend brummte sie: »Du bist der Boß.«

Sie band den Gürtel auf, zupfte hier, zog da, beförderte den federleichten *chauri* mit einem Fußtritt beiseite und stellte sich dann nackt neben sein Sofa. Wieder musterte er sie eingehend, auf eine ruhige, gelassene Art, die Tedra unwillkürlich an den ersten Tag ihrer Begegnung erinnerte, und langsam begann ihr zu dämmern, welche perfide Folter er sich für diesen Abend ersonnen hatte.

»Setz dich hierhin!« befahl er.

›Hierhin‹ bedeutet in dem Fall sein Schoß, auf den er deutete, während er ihre Reaktion beobachtete. Er wurde nicht enttäuscht, Tedra errötete bis zum Brustansatz. Als ihre Augen sich trafen, weiteten sich ihre Pupillen, allerdings nicht aus Leidenschaft, sondern aus Wut über ihre Verlegenheit. Wenn sie schon ein paar Jahre Sex-Teilen hinter sich gehabt hätte und nicht erst einige Tage, hätte sie diese Situation sicher spielend gemeistert, aber sich nun plötzlich rittlings auf seinem Schoß niederzulassen, noch dazu nackt, während er in voller Montur blieb, nein – auf diese Variante war sie wahrlich nicht vorbereitet.

Sie tat es trotzdem und fragte dann in gespielt gleichgültigem Ton: »Werden wir uns in dieser Stellung unterhalten?«

»Du wirst mich füttern. Und währenddessen werden wir uns unterhalten.«

Eine doppelte Gemeinheit! Ihn füttern zu müssen, was letzte Nacht ein so erotisches Erlebnis war, das sie, mit gespreizten Beinen auf ihm sitzend, schwerlich aus ihrem Gedächtnis streichen konnte, *und* ihm das duftende Essen in den Mund zu schieben, während ihr eigener Magen vor Hunger knurrte. Ihr Barbar war wirklich ausgesprochen erfindungsreich, wenn es ans Bestrafen ging. Oder handelte es sich hierbei nur um eine kleine Extrazulage, um ihrer Unterredung einen pikanten Rahmen zu verleihen?

»Laß mich mal raten«, sagte sie, während sie sich nach der Fleischplatte beugte, die sie ihm am liebsten über den Schädel gehauen hätte. »Dein süßer Tamiron hat sich bei dir ausgekotzt, nicht wahr?«

»Er ist nicht süß, und er hat sich auch nicht übergeben. Er hatte eine Unterredung mit mir, wenn es das ist, was du auf deine kystranische Art zu wissen verlangtest.«

»Und meine Sichtweise darüber interessiert dich wohl nicht?«

»Auch deine möglichen Gründe werden dich nicht vor der Strafe bewahren.«

»Tatsächlich?« Sie schob ihm einen Fleischbrocken in den Mund. »Und wenn ich dir nun erzähle, daß mich jemand mit vorgehaltenem Messer dazu gezwungen hat, das Schloßgelände zu verlassen?«

»Ist das wahr?«

»Nein.« Sie beförderte zwei weitere Fleischstücke zwischen seine Lippen. »Ich wollte nur herausfinden, ob wirklich *alle* Gründe nichtig sind oder nur diejenigen, die du für wahr ansiehst.«

Er runzelte die Brauen und wehrte, indem er ihr Handgelenk packte, den nächsten Fleischbrocken noch in der Luft ab. »Das ist keine Angelegenheit, die du leichtnehmen solltest, Frau.«

»Oh, da stimme ich dir voll und ganz zu. Es ist eine Angelegenheit, die mir beträchtlich Angst eingeflößt hat, und ich traue mich wetten, daß genau das als ein Teil der Strafe beabsichtigt war. Aber laß mich dir eines sagen.« Sie stellte die Fleischplatte auf seine Brust, damit sie ihm ungehindert, bis sie mit ihrer Ansprache fertig wäre, den Mund mit weiteren Fleischstückchen stopfen konnte. »Deine Regeln mögen vielleicht für all deine Frauen gelten, aber ich gehöre nicht dazu.

Ich bin hier Besucher und sollte deshalb von deinen Regeln befreit sein, schon allein deshalb, weil ich sie als barbarisch, um nicht zu sagen als beleidigend empfinde. Woher ich komme, können Frauen gehen, wohin sie wollen, und tun, wonach ihnen der Sinn steht. Sie werden nicht die Hälfte der Zeit wie Kinder, die andere Hälfte wie Sklaven behandelt.«

»Bist du fertig?«

Seinem Ton entnahm sie, daß er wieder mal nichts verstanden hatte. »Nein. Zu deiner Erinnerung, ich habe niemals eingewilligt, mich deinen megalaktischen Regeln unterzuordnen. Ich war lediglich bereit, dir in diesem Zimmer hier zu gehorchen. Aber meine Worte scheinen für dich ja kein Gewicht zu haben. Wie viele verschiedene Möglichkeiten habt ihr großen tapferen Krieger denn, um eure armen, hilflosen Frauen zu bestrafen?«

Er besaß tatsächlich die Frechheit, über ihren spöttischen Ton zu grinsen. »Es sind zu viele, um sie alle aufzuzählen. Eine Frau lernt sie durch Erfahrung.«

»Pah, Erfahrung! Das ist doch sicher ein Witz, denn wenn du annimmst, daß ich jedesmal, wenn ich mich ein wenig danebenbenehme, diese Angst durchstehen muß, dann bist du komplett verrückt.«

»Die Regeln für die Frauen dienen deren Schutz. Und deshalb wirst auch du sie befolgen.«

»Obwohl ich mich selbst schützen kann?«

»Du kannst nicht gegen die Krieger antreten, Frau. Wenn du allein unter sie gehst, wirst du beansprucht. Wenn du sie herausforderst, wirst du verlieren. Hier geht eine Frau weder hin, wo sie will, noch tut sie, was sie will, benimmt sich, wie sie will, oder trägt, was sie will – nicht in einem Land, in dem Krieger das Sagen haben. Du hast diese Wahrheit schon einmal, als du im Zweikampf verloren hast, am eigenen Leib erfahren. Jetzt wirst du sie ein zweites Mal erfahren – wenn du bestraft wirst.«

»Einfach so?« Sie nahm das Tablett von seiner Brust und knallte es auf den Tisch. Als sie ihn ansah, sprühten ihre Augen förmlich vor Wut; sie bohrte einen Finger in seine Brust und zischte böse: »Ich soll mich von dir einfach so mißhandeln lassen, du arroganter Scheißer? Mich einfach zurücklegen und meine Strafe in Empfang nehmen? Und nur, weil ich mich gelangweilt habe und deine Stadt ein wenig kennenlernen wollte? Das nennst du schon ein Verbrechen?«

In der Absicht, von seinem Schoß herunterzurutschen, hob sie ihre Knie. Eine breite Hand auf jedem ihrer Schenkel zwang sie zurück. Dann glitten beide Hände unter ihre Knie und zogen ihre Beine um seine Brust, so daß ihre Schenkel ihn nunmehr umschlangen. Für einen Moment vergaß Tedra, weshalb sie wütend war. Doch Challen erinnerte sie gleich wieder daran.

»Du hast den Haushalt deines Beschützers ohne Begleitung verlassen, so etwas würde keine kan-is-tranische Frau tun. Dafür mußt du bestraft werden.«

Sein Ton war ruhig, und auch seine Miene zeigte weder Bedauern noch das geringste Zögern. Er erzählte ihr einfach nüchtern, wie er die Sache sah. Und er war noch nicht fertig damit.

»Außerdem bist du ohne die Farben des Hauses, anhand derer man dich hätte identifizieren können, gegangen. Dafür mußt du bestraft werden.«

»Ich habe nichts davon gewußt«, entgegnete sie schneidend.

»Unwissenheit ist keine Entschuldigung, da man dir, hättest du nach einer Begleitung gefragt, die angemessene Kleidung gegeben hätte.«

»Aber hätte ich denn überhaupt eine Begleitung bekommen? Tamiron schien das nicht zu glauben.«

Challen ließ sich nicht zu einer Bemerkung darüber herab, wohl deswegen, weil er mit seiner Strafpredigt noch immer nicht fertig war. »Du hast dein Können gegen unwissende Krieger eingesetzt, sie dadurch zu ebensolchen Handlungen gezwungen, die du möglicherweise nicht überlebt hättest. Dafür mußt du bestraft werden.«

»Sag mir eines, mein Herr und Richter. Hätte ich tatenlos zusehen sollen, wie diese beiden hirnlosen Monster mich rauben?«

»Hättest du dich geziemend verhalten, wäre es gar nicht so weit gekommen.«

Tedra kreuzte die Arme über der Brust und funkelte ihn an. »Wenn wir schon einmal dabei sind, dann vergiß bitte nicht mein unerlaubtes Eindringen in deine Männerrunde.«

»Das habe ich auch nicht. Dieses Vergehen hat dich dein Abendessen gekostet.«

Wie einfach. Ein anschauliches Beispiel barbarischer Logik. Nun, immerhin gelangte sie so zu der Erkenntnis, daß sie, zur Hölle mit Ruhm und Handel, diesen megalaktischen Planeten bei der erstbesten Gelegenheit wieder verlassen würde. Aber da waren die Söldner, die sie benötigte, eben jene Krieger, die sie zunehmend zu hassen begann, die aber dennoch die einzige Rettung für die Befreiung Kystrans waren. Und was galt schon ihr Stolz, angesicht all der kystranischen Frauen, die als Sklavinnen nach Sha-Ka'ar verschleppt worden waren und sicher ein schlimmeres Dasein fristen mußten als sie selbst?

»Gut, Barbar«, sagte Tedra tonlos. »Wenn du mit der Auflistung meiner gräßlichen Verbrechen fertig bist, dann hol deine Peitsche und tu, was du zu tun hast.«

»Du *willst* geschlagen werden?«

»Ja«, sagte sie, und sie meinte es ehrlich. *Aber wenn du glaubst, daß zwischen uns hinterher alles so weitergeht wie bisher, dann hast du dich getäuscht.*

Sie behielt diese Drohung für sich, aber nicht etwa, weil eine seltsame Enge sich um ihren Hals legte, die das Sprechen schwierig machte. Nein, sie wollte ihm keinen Grund geben, sich die Sache noch einmal zu überlegen. Jetzt wollte sie, daß er ihr weh tat. Sie wollte den Schmerz, um sich hinterher daran erinnern zu können, um diesen Mann zu fürchten, zu hassen, denn bisher wollte ihr dies noch nicht gelingen. Nach all diesen gelassen ausgesprochen ›dafür mußt du bestraft werden‹ sollte sie das eigentlich, aber sie konnte nicht. Alles, was sie im Moment fühlte, war . . . war das Bedürfnis zu weinen. Sterne, welche grauenvolle Erkenntnis!

Derart tief in Gedanken versunken, nahm sie seinen Seufzer gar nicht wahr, doch als er sich plötzlich aufsetzte und dadurch sein Gesicht nah an dem ihren war und seine Brust die ihre berührte, schreckte sie jäh auf.

»Leg dich quer über meine Beine, Frau. Du kannst, wenn du willst, deine Hände auf den Boden legen.«

»Was?« fragte sie abwesend, da sein warmer Atem an ihren Lippen sie irritierte. Doch gleich darauf kam sie wieder zu sich: »Oh, sicher. Über die Beine.«

Wie in Trance drehte sie sich in die gewünschte Position, bevor ihr klar wurde, was sie da eigentlich tat; doch da war es bereits zu spät. Die schwere Hand auf ihrem Rücken ließ sie nicht mehr los, so sehr sie sich auch mit ihren beiden Händen gegen das Sofa stemmte. Ihre Brüste reichten gerade bis zum Sofarand, und vor ihrem Gesicht befand sich der Tisch mit den Speisen.

Sie konnte ihre Hände also nur auf den Boden zwischen Sofa und Tisch legen. Jetzt war sie nicht mehr abwesend, sondern hellwach und zutiefst empört.

»Das wird nicht hinhauen, Krieger. Du wirst mich fesseln müssen, weil ich keine Verantwortung dafür übernehmen kann, was geschieht, wenn ich durchdrehe.«

»Nein.«

»Nein?« Sie drehte den Kopf, um Challen ansehen zu können. »Das war kein Scherz. Ich habe einige Techniken so tief verinnerlicht, daß sie wie Reflexe funktionieren. Deine rechte Seite ist beispielsweise für mich frei. Von meiner Position aus könnte ich deiner Leber und deinen Nieren schweren Schaden zufügen, und wenn es mir gelänge, mich umzudrehen, könnte ich dich sogar töten.«

»Du glaubst wirklich, daß das möglich ist, Frau?«

Er nahm sie nicht ernst, und das machte sie nur noch rasender. »Natürlich ist das möglich. Ich kann eine Menge Schmerz aushalten, aber ich habe noch nie eine so extreme Situation wie diese durchgemacht und weiß deshalb nicht, wie ich reagieren werde. Nur wegen deiner megalaktischen Arroganz willst du nicht wahrhaben, daß ich gefährlich werden kann. Jeder Mensch ist gefährlich, wenn man ihn richtig provoziert, aber ich bin darüber hinaus auch noch dazu ausgebildet. Ich will nicht riskieren, dich aus Versehen zu töten, auch wenn die Versuchung im Moment groß ist.«

»Ich schätze deine Offenheit wie auch deine Sorge um meine Sicherheit, doch ich werde nicht über die Grenzen deines Durchhaltevermögens gehen. Das einzige, was du zu tun hast, ist, ruhig und still zu bleiben und zu akzeptieren, was von dir gefordert wird. Ist das klar?«

»Du befiehlst mir, mich zu beherrschen?« fragte sie fassungslos.

»Ich sehe, du hast verstanden«, erwiderte er ernst.

Aber sein Ton mochte noch so ernst sein, Tedra hätte dennoch schwören können, daß er am liebsten laut gelacht hätte. Sie drehte ihren Kopf wieder dem Tisch zu. Aus ihren Augen leuchtete pure Mordlust.

»Dann fang an, verfluchter Mistkerl!« grollte sie düster.

»Wie du wünschst.«

Mit diesen Worten landete seine offene Hand auf ihrem Hinterteil und blieb dort liegen, um ihre Reaktion abzuwarten. Diese Tatsache allein hätte sie schon mißtrauisch machen sollen, ganz zu schweigen von der geradezu lachhaften

Leichtigkeit des ersten Schlages. Tedra wurde aber nicht mißtrauisch, sondern lediglich gereizt, da sie nicht den erwarteten Schmerz fühlte, der ihr die Möglichkeit gegeben hätte, ihn zu hassen.

»Laß mich kurz ausruhen«, versuchte sie ihn mit hohntriefender Stimme zu provozieren. »Ein Mückenstich hat mehr Feuer als dein lächerlicher Klaps. Das ist keine Bestrafung, sondern eine Beleidigung.«

»Ist es so besser?«

Der nächste Schlag war ein wenig stärker, aber immer noch harmlos. Wieder blieb seine Hand liegen, bis sie eine Bemerkung machte.

»Würdest du jetzt bitte mit dem Kinderkram aufhören und zur Sache kommen?«

»Wie du wünschst.«

Dieser Schlag nun hatte einen gewissen Biß, war allerdings weit davon entfernt, ihr die Tränen in die Augen zu treiben.

»Versuch's doch mal mit der rechten Hand«, schlug Tedra trocken vor. »In der linken scheint es dir an Kraft zu fehlen.«

»Wie du wünschst.«

Tedra hätte die Zähne gar nicht so fest zusammenbeißen müssen, denn der nun folgende Schlag hatte den gleichen kraftlosen Schwung wie der vorherige. Jetzt ließ er beide Hände auf ihrem nur leicht erwärmten Hinterteil liegen und wartete abermals auf irgendeine Reaktion. Die Reaktion folgte sofort; da er sie nicht mehr auf seine Beine herunterpreßte, gelang es ihr, sich halb zu ihm umzudrehen und ihm ihre ganze Verachtung entgegenzuschleudern.

»Was zur Hölle tust du da überhaupt? Wenn ich meine *bracs* ausschüttle, liegt darin mehr Kraft als in deinen dämlichen Hieben!«

»Wenn du genug hast, Frau, mußt du es nur sagen. Es war deine Idee, nicht meine.«

»Was?!«

»Du hast mich gebeten, dich zu schlagen«, erinnerte er sie und bemühte sich nicht länger, sein Grinsen zu unterdrükken. »Ich fand diesen Wunsch sehr seltsam, aber da deine Bestrafung erst beginnt, wenn ich fertig gegessen habe, entschloß ich mich, deinen Wunsch zu erfüllen.«

Sie kreischte vor Wut und schlug nach ihm, ohne ihn natürlich, aus dieser verdrehten Position heraus, zu treffen. »Du mißratenes Stück Dreck! Du wußtest genau, was ich dachte! Wie kannst du es wagen, mich derart zu hintergehen!«

»Wenn eine Frau sich derart dumme Dinge vorstellt, kann ein Krieger nicht widerstehen, sie damit ein wenig zu nekken.«

Sein ›wie du wünschst‹ bekam nun eine gänzlich andere Bedeutung, eine wörtliche nämlich, und wieder schlug sie wild kreischend nach ihm. Diesmal schnappte er allerdings nach ihrem Handgelenk, und ehe Tedra sich's versah, hatte er sie in dieselbe Position zurückverfrachtet, in der sie sich vor diesem kleinen Intermezzo befunden hatte.

»Du wirst jetzt ruhig sein, Frau.«

Er ließ ihr Handgelenk los, um zu sehen, ob sie ihm gehorchte. Sie fügte sich, doch ihre Augen schienen ihn versengen zu wollen.

Ihr Zorn reizte ihn nur zum Lachen. »Glaubst du jetzt endlich, daß ein Krieger einer Frau niemals körperlichen Schmerz zufügt? Das ist bei der Erziehung auch nicht notwendig, wenn es doch andere Mittel gibt, die nur wenig Schaden anrichten. Das habe ich dir bereits bei unserer ersten Begegnung gesagt. Du hättest dich daran erinnern sollen.«

»Und welche Strafe erfordern meine schrecklichen Missetaten dann? Etwa eine Nacht lang in einer Ecke knien?«

»Wieder stellst du irgendwelche Vermutungen an und mißverstehst den Ernst deines Vergehens.«

Jedes Lachen war nun aus seinen Zügen gewichen. Seine

Hand strich über ihre Wange, und in seinen Augen stand Bedauern. Das erschreckte sie mehr, als alles andere es vermocht hätte.

»Nein, *kerima.*« Seine Stimme war weich, traurig; zum erstenmal an diesem Abend nannte er sie bei ihrem Kosenamen. »Noch ehe die Sonne aufgeht, wirst du geschworen haben, alle Regeln zu befolgen. Du wirst nicht nur um Gnade betteln, du wirst weinen. Aber dein Flehen und dein Weinen werden von dem Krieger, der an seine Pflicht gebunden ist, nicht erhört werden. Die Beherrschung eines Kriegers verbietet das.«

Sie schüttelte ungläubig den Kopf. Jetzt wußte sie, was er vorhatte, das Wort ›Beherrschung‹ hatte es ihr verraten. Aber diesmal würde es nicht so sein wie vorher. Diesmal würde er nicht aufhören, ehe sie bettelte, weinte, ehe sie schwor, alles, was immer er wollte, zu tun, und selbst dann würde er wahrscheinlich nicht aufhören. Das, was er vorhatte, war dazu gedacht, sie zu demütigen, ihren Stolz zu zerbrechen, sie in eine gefügige, unterwürfige kan-is-tranische Frau zu verwandeln. Es würde ihr keine Schmerzen bereiten. Nein, es würde sie wahnsinnig machen.

26.

Tedra lag reglos auf dem Sofa im Schrankzimmer und bemühte sich verzweifelt, wieder einzuschlafen. Aber nachdem sie bereits den ganzen Morgen und den halben Nachmittag verschlafen hatte, wollte ihr die Flucht aus der harten Realität nicht mehr gelingen.

Im Schrankzimmer war es heiß und stickig, doch zumindest war der entsetzliche Alptraum der letzten Nacht nun vorbei. Von dem Strafgericht war ihre Haut noch immer so gereizt, daß sogar die sanfte Brise im Schlafgemach unerträglich gewesen war. Deshalb hatte sie sich auch ins Schrankzimmer zurückgezogen und sich dort auf das Sofa gelegt, da sie merkte, daß sie sich nur dann etwas besser fühlte, wenn sie völlig ruhig dalag und ihre Atmung drosselte.

Sterne, was gäbe sie dafür, Corth hier zu haben, und sei es auch nur für fünf Minuten! Sie war so scharf auf Sex-Teilen, daß sie selbst in dieser kurzen Zeit ein Dutzend Orgasmen hätte erleben können. Fünf Minuten in der Meditech-Einheit des Transporters würden es ebenfalls tun.

Aber diese Wünsche würden sich sowieso nicht erfüllen, genausowenig wie zahllose andere, die sie ersehnte und die sich in erster Linie auf die Beseitigung des Barbaren bezogen. Einen ganz bestimmten Wunsch würde sie sich jedoch, koste es, was es wolle, erfüllen: Bei der ersten Gelegenheit würde sie ihren Kommunikator ausfindig machen und dann aus Kan-is-Tra verschwinden. Auch in anderen Ländern von Sha-Ka'an mußte es Krieger geben, und mit denen ließe es sich vielleicht besser aushalten und verhandeln. Und das nächste Mal würde sie sicher nicht mehr den Fehler begehen, ihren Phazor zu verlieren oder sich auf einen Zweikampf einzulassen.

Sterne, sie war wirklich hungrig, aber um nichts in der Welt würde sie ins Schlafzimmer zurückgehen, wo das Essen auf sie wartete. Vielleicht sollte sie sich überhaupt zu Tode hungern. Dann würde er aber dumm aus der Wäsche schauen! Dieser Gedanke verschaffte ihr nur für einen Moment Befriedigung, ehe die schnöde Realität sich wieder einmischte.

Der Barbar würde nicht zulassen, daß sie sich zu Tode hungerte. Er würde ihr einfach befehlen zu essen, und sie dürfte sich seinem Befehl nicht widersetzen. Aber nicht deshalb, weil ihre Ehre es ihr gebot, nein, diese Ehre war schon letzte Nacht zum Teufel gegangen und spielte nicht mehr mit. Nein, sie würde tun, was immer er ihr befahl, da er sie sonst wieder bestrafen würde, und das könnte sie nicht noch einmal auf sich nehmen, unmöglich. Allein die Erinnerung daran ließ sie erbeben, und ein tiefes Stöhnen entrang sich ihrer Brust. Letzte Nacht hatte sie nicht nur gestöhnt, sondern all das getan, was er ihr prophezeit hatte. Zuerst hatte sie ihn fertig füttern müssen, und das hatte sie auch gerne getan, einfach deshalb, um Zeit zu gewinnen. Doch allein das Wissen um seine Absicht hatte dazu geführt, daß die Sache für sie schon begann, noch ehe er damit anfing. Das Sitzen auf seinem Schoß wurde zur Folter, ihre Hände begannen so zu zittern, daß er sein Mahl selbst beenden mußte. Und als er damit fertig war . . .

Es war wirklich die schrecklichste Erfahrung ihres Lebens gewesen. Wieder und wieder hatte Challen sie an den Rand der Hysterie getrieben, ihr Verlangen nach ihm ins Unerträgliche gesteigert. Sie hätte ihn vergewaltigen wollen, alles getan, was er von ihr verlangte, nur um endlich erlöst zu werden. Aber Erlösung war in diesem Spiel nicht vorgesehen, nur das konstante Verlangen danach, und dieses Verlangen ließ er auch niemals auch nur um einen Bruchteil abschwellen. Zwischendurch hatte er sie für ein paar Minuten allein gelassen, und sie hatte inständig gebetet, daß es endlich vorbei wäre. Aber bei seiner Rückkehr hatte er sie in seine Arme gezogen und wieder von neuem begonnen.

Sie hätte nie geglaubt, daß ihr Körper so reagieren würde, daß er dazu gebracht werden konnte, ihren Willen, ihre Instinkte, ihren Stolz zu besiegen. Und das Grausame an dem Spiel war, daß Challen sie in dem Glauben ließ, es gäbe irgendwann ein Ende, die Erlösung. Seine leidenschaftlichen Küsse und seine wilden Zärtlichkeiten versprachen dies. Sie war der festen Überzeugung, auch er sei erregt und übe sich nur in seiner phänomenalen Beherrschung. Aber bald mußte sie erkennen, daß dies lediglich ein Teil der Strafe war und es für sie in diesem Spiel keine Hoffnung gab.

Er war nicht erregt gewesen, kein bißchen. Oh, die Flammen der Scham schlugen über ihr zusammen, als sie daran dachte, wie sie auf ihn gekrochen war, ihn mit unzähligen Küssen bedeckt und angefleht hatte, sich doch endlich mit ihr zu vereinen. Aber nichts, nichts hatte seine Beherrschung ins Wanken gebracht. Und das hatte vielleicht am meisten geschmerzt – nicht so sehr ihre sexuelle Frustration, sondern die Tatsache, daß der Mann, den sie so rasend begehrte, ihr gegenüber völlig gleichgültig blieb. Das war die tiefste Demütigung. Dadurch fühlte sie sich als Frau völlig unfähig, wertlos, nicht begehrenswert und so schrecklich, daß sie auch jetzt, bei der Erinnerung daran, gleich wieder hätte losweinen können.

Sterne, sie wollte wirklich weg von hier, und zwar sofort, noch ehe der Barbar wiederkehrte. Allein der Gedanke an ihn war unerträglich, zumal dieses Verlangen noch immer in ihr brannte.

Doch auch wenn sie in besserer körperlicher Verfassung gewesen wäre, hätte sie sich jetzt nicht auf die Suche nach dem Kommunikator machen können. Ihre Bestrafung hatte nicht nur beinhaltet, in einer einzigen Nacht sämtliche Höllenqualen zu erleiden. Irgendwann zwischen diesen unsäglichen Martern hatte Challen sie darüber informiert, daß sie für eine Woche in seinem Schlafgemach zu bleiben habe. Als kleine Sonderzulage gestattete er ihr, ohne Kleidung bleiben zu dürfen.

Vermutlich wollte er mit diesem Befehl zwei Fliegen mit einer Klappe schlagen: Zum einen wollte er sie dazu bringen, sich nach dem verhaßten *chauri* zu sehnen, zum anderen sollte sie jede einzelne Sekunde daran erinnert werden, was geschah, wenn sie sich seinen Befehlen widersetzte. Aber das war nicht notwendig. Niemals würde sie vergessen, was er ihr angetan hatte. Challen hatte erreicht, was er wollte. Sie würde die Regeln nicht mehr verletzen. Und auch sie hatte erreicht, was sie wollte. Sie hatte geglaubt, er müsse sie verprügeln, damit sie ihn hassen könnte. Nun war es ihm ohne einen einzigen Hieb gelungen.

27.

Erst im tiefsten Teil des Waldes stieg Challen von seinem *hataar* ab. Dichte Nebelschwaden krochen vom Boden empor und tauchten den Wald in ein unheimliches, düsteres Licht, das genau zu Challens momentaner Stimmung paßte. Er war nicht zum Jagen hierhergekommen, obgleich es in dieser Gegend von Tieren nur so wimmelte. Im Baum neben ihm gurrten zwei plumpe, graue *curaki*, vermutlich ein Pärchen. In einem anderen Baum glitt ein *karril* geschmeidig durch das Geäst. *Kisraki* brachen, aufgeschreckt durch das *hataar*, aus dem Unterholz hervor, doch das gut abgerichtete Tier wedelte nur leicht mit dem Schwanz.

Challen setzte sich unter dem Baum, in dem das *karril* jagte. Beinahe hoffte er, das schleimige Tier möge ihm mitten in den Schoß fallen. Abwesend beobachtete er, wie das Tier sich träge um einen Ast schlängelte, aber er sah es nicht wirklich, da sein Blick nach innen gerichtet war, und was er dort entdeckte, gefiel ihm jetzt genausowenig wie zuvor, als seine Gedanken und sein Mangel an Beherrschung ihn aus dem Schloß getrieben hatten.

Beinahe hätte er, aus irgendeinem lächerlichen Grund, an den er sich nicht einmal mehr erinnern konnte, den *shodan* von Sha-lah herausgefordert, und alles nur deshalb, weil eine Frau seine Gefühle in ein Chaos aus Bedauern, Wut, Verwirrung, Schuld und Enttäuschung verwandelt hatte. Und, Droda möge ihm helfen, seine innere Spannung ebbte nicht ab! Schon als Tamiron ihm von dem ungeheuerlichen Vergehen der Frau berichtet hatte, war er einem Tobsuchtsanfall nahe gewesen.

Eine nie gekannte Wut hatte ihn ergriffen, ein maßloser Zorn darüber, daß sie sich durch die Anwendung ihrer sonderbaren Techniken in Lebensgefahr gebracht hatte. Gleichzeitig war er zutiefst verärgert gewesen, daß sie nicht die Farben, die sie als die Seine identifizierbar gemacht hätten, getragen hatte, gleichgültig, ob er ihr diese Notwendigkeit nun erklärt hatte oder nicht. Es war eine feste Regel, um Verwirrung zu vermeiden und die Krieger davon abzuhalten, beschützte Frauen zu beanspruchen, wenn diese, aus welchem Grund auch immer, von ihrer Begleitung getrennt sein sollten. Challen machte sich freilich nichts vor – sein Hauptanliegen war es, daß kein anderer Krieger Tedra De Arr zu nahe kam.

Nach dem Zorn war die Verwirrung gekommen, zum einen, weil er von Empfindungen geplagt wurde, die er nicht verstand, zum anderen aber, weil ihm plötzlich seine Pflicht zutiefst verhaßt war. Die Frau mußte bestraft werden. Es durfte keine Ausnahme geben, und es war seine Aufgabe, die Bestrafung zu vollziehen. Aber er wollte es nicht. Und eben dieses Zögern war etwas, das er noch nie zuvor empfunden hatte.

Er hatte Frauen bestraft, seit er alt genug war, Verantwortung für sie zu übernehmen, zumeist wegen unziemlichen Betragens und nicht, weil sie die Gesetze gebrochen hatten. Frauen befolgten die Gesetze, denen sie unterworfen waren, weil sie wußten, daß diese ihrem eigenen Schutz und Wohl dienten. Doch da die Frauen, verständlicherweise, nur ungern bestraft wurden, ließen sie sich nur selten etwas zuschulden kommen, und Challen hatte bislang nicht allzu häufig eingreifen müssen. Und wenn es einmal dazu gekommen war, hatte es ihm nicht das geringste ausgemacht. Aber er hatte erst sehr wenig Frauen auf dieselbe Art wie die Kystrani bestraft, und es waren ausschließlich Frauen gewesen, die das Bett mit ihm geteilt hatten.

Diese Bestrafung war die gebräuchlichste Erziehungsmaßnahme, die ein Krieger seiner eigenen Frau angedeihen ließ, eine Maßnahme also, die er dann vorzog, wenn er mehr als gewöhnliches Interesse für eine Frau hegte, da diese Strafe keinen Schaden verursachte und schnell vorüber war. Würde ein Krieger seine Frau mit Nahrungsentzug strafen, müßte er sich um ihre Gesundheit sorgen. Verurteilte er sie zu Einzelarrest, müßten sie beide darunter leiden, ebenso bei Strafen wie Darasha-Arbeiten, die lediglich zu Erschöpfung und Schmerzen führten. Lust ohne Erlösung war auch die von den Frauen bevorzugte Strafe, nicht nur aus den erwähnten Gründen, sondern auch deshalb, weil sie wußten, daß ihre Lust dann am nächsten Tag doppelt und dreifach befriedigt würde.

Und genau *weil* Frauen diese Strafe bevorzugten, hatte er geglaubt, Tedra würde ebenso denken. Aber dennoch hatte er es nicht tun wollen. Durch sein Zögern hatte er sich schließlich zu der Dummheit hinreißen lassen, eine doppelte Dosis *Dhaya*-Saft zu trinken, was, wie er glaubte, die Bestrafung einfacher machen würde. Und so war es. Nur hatte der Saft auch seinen Verstand benebelt, ebenso wie sein Erinnerungsvermögen. Selbst jetzt konnte er sich kaum an das wirkliche Geschehen erinnern, außer, daß er währenddessen völlig gnadenlos, erbarmungslos gewesen war.

Aber er hatte nicht nur Gnade und Mitleid, die wesentlichsten Voraussetzungen bei der Erziehung, sondern auch jegliches Zeitgefühl verloren. Erst als die Wirkung des *dhaya*-Saftes im Morgengrauen langsam abgeschwächt war, hatte er erkannt, daß die Bestrafung viel länger gedauert hatte, als sie eigentlich durfte. Und damit hatte er eine so tiefe Schuld auf sich geladen, daß er nicht wußte, wie er der Frau jemals wieder gegenübertreten konnte.

Das *karril* ließ sich plötzlich vom Baum fallen und landete dicht neben Challens gekreuzten Beinen. Um das giftige Wesen nicht zum Angriff zu reizen, blieb Challen ruhig sitzen, bis es im Gestrüpp verschwunden war. Doch dieses Erlebnis hatte ihn aus seinen Gedanken gerissen, er nahm seine Umgebung wieder wahr und auch das kystranische Kästchen in seiner Hand.

Er konnte nicht sagen, weshalb er es mitgenommen hatte. Er hatte vor, es genau zu untersuchen, doch dafür bestand keine Eile. Irgendwie hatte er gehofft, es würde zu ihm sprechen und er könne dadurch die Frau ein bißchen besser verstehen lernen. Aber er wußte nicht, wie er es zum Sprechen bringen konnte oder ob es überhaupt mit jemand anderem außer Tedra sprach.

Das Kästchen war weiß, teils rund, teils rechteckig, und auf seiner Oberfläche ragten kleine, graue Knöpfe empor. Auf einer flachen Seite war eine weiche, viereckige, schwarze Oberfläche mit einem Kreis darunter, der etliche Löcher enthielt. An einem Ende befand sich ein tieferes Loch, gleich einem umgestülpten Kegel, und über das gesamte Kästchen verliefen winzige Markierungen, ähnlich den Kritzeleien auf den vom Hüter der Zeit bewahrten Schriftrollen.

Challen schüttelte das Kästchen, doch es blieb stumm. Er hatte mit eigenen Augen gesehen, wie Tedra damit das *taraan* und ihn selbst bewegungsunfähig gemacht hatte. Paralysieren nannte sie dies; wie sie allerdings den roten Strahl aus dem Kästchen hatte schießen lassen, wußte er nicht. Um die Stimme zum Schweigen zu bringen, hatte Tedra auf das Kästchen geschlagen. Vielleicht konnte man auf diese Weise die Stimme auch herbeiholen?

Er schlug auf das Kästchen und war so erschrocken wegen

des roten Strahls, der aus dem Kästchen in die Baumkrone über seinen Kopf hinaufschoß, daß er es sofort zu Boden fallen ließ. Sogleich verschwand der rote Strahl. Mißtrauisch starrte er das Kästchen an, hatte Angst, es erneut zu berühren, wußte aber gleichzeitig, daß er es tun würde. Wenn es ihm gelungen war, einen Baum zu paralysieren, dann würde er es auch schaffen, das Kästchen zum Sprechen zu bringen.

Er hob es also wieder auf und hielt dabei das große zylinderförmige Loch, aus dem der Strahl gekommen war, vorsichtig von sich weg. Dann begann er nacheinander die grauen Markierungen zu berühren, um zu sehen, welche Linie für den Strahl verantwortlich gewesen war. Die erste Markierung ließ sich nicht drücken, sondern rutschte nur unmerklich auf und ab. Nichts geschah. Die nächste ließ sich drücken, und wieder schoß der Strahl hervor. Nachdem er eine Weile an dieser Markierung herumgespielt hatte, wich seine anfängliche Angst, denn er entdeckte, daß der Strahl nur so lange hervorkam, wie er die runde Markierung berührte. Die nächste Markierung war ebenfalls rund, aber mit einer Linie darauf. Er preßte den Daumen darauf, doch nichts geschah. Mutig geworden, drückte er gleichzeitig auf die daneben angebrachte Markierung. Eine laute Stimme ertönte aus dem Kästchen, die Challen derart erschreckte, daß er es wieder aus der Hand fallen ließ.

»Wo zur Hölle bist du gewesen?!« kreischte ihn die Frauenstimme vom Boden her an. Und dann trat Stille ein.

28.

Challen wußte, die Frau in dem Kästchen wartete auf seine Antwort. Aber ihre Frage hatte nicht ihm gegolten, und deshalb sagte er nichts. Außerdem war er sich gar nicht sicher, ob er überhaupt mit ihr sprechen wollte. Auch sie könnte seine Schuld nicht mildern oder ihn von seinen Gewissensqualen befreien.

Da erklang die Stimme abermals, diesmal in einem weit sanfteren Ton.

»Ich habe deinen Gürtel ausfindig gemacht. Du kannst dir sicher vorstellen, wie beunruhigt ich war, als ich entdeckte, daß du nicht mehr darin stecktest.« Wieder folgte ein abwartendes Schweigen, ehe die Stimme fortfuhr: »Tedra, kannst du im Moment nicht sprechen?«

Das nun eintretende Schweigen dauerte an, und Challen begann sich Sorgen zu machen. Wenn er nicht antwortete, würde die Stimme womöglich verschwinden, und er wußte nicht genau, ob sie von selbst gekommen war oder ob er den Kontakt durch sein Drücken bewirkt hatte.

»Tedra ist nicht da.«

Sofort wurde er gefragt: »Wer seid Ihr?«

»Challen Ly-San-Ter.«

»Wie interessant«, grollte die Stimme. »Kommt, Kleiner, seid ein fairer Sportsmann und gebt die Einheit an Tedra zurück. Ihr wißt doch, wer Tedra ist, nicht wahr?«

»Ja.«

»Und Ihr wißt auch, wo sie ist?«

»Sicher.«

»Sicher? Wieso kommt mir dieses Wort nur so bedeutungsschwer vor!?«

»Seid Ihr Martha?«

»Aha, dachte ich es mir doch! Ihr kennt Tedra also so gut,

daß sie Euch von mir erzählt hat. Das ist gut. Das erleichtert die Sache. Weshalb hebt Ihr die Einheit nicht auf und dreht sie um? Das Gras auf Eurem Planeten ist zwar recht faszinierend, aber ich sehe ganz gerne, mit wem ich mich unterhalte.«

»Befindet Ihr Euch in dem Kästchen?«

»In gewisser Weise, ja. Zumindest ein winziger Teil von mir, der es mir ermöglicht, mit Euch zu sprechen und Euch zu sehen. Wenn Ihr die Einheit umdreht, werdet Ihr verstehen, was ich meine. Na los, ich werde Euch nicht beißen – nicht, wenn Ihr die Knöpfe am Schalter in Ruhe laßt.« Als noch immer nichts geschah, gab Martha ihre beste Imitation eines Seufzers von sich. »Das war ein Scherz, Kleiner. Wieso gibt Tedra Euch die Einheit, ohne zu erklären, wie sie funktioniert?«

»Sie hat sie mir nicht gegeben. Ich habe sie ihr weggenommen.«

»Verstehe. Nun, das erklärt natürlich eine Menge, und jetzt ahne ich auch, wer Ihr seid. Macht schon, hebt die Einheit auf, damit ich sehen kann, ob meine Schlußfolgerungen, wie immer, richtig sind. Euch wird wirklich nichts geschehen. Schlimmstenfalls könntet Ihr paralysiert werden, aber darüber wißt Ihr doch sicher schon Bescheid, oder?« Die letzten Worte wurden von einem unmißverständlichen Kichern begleitet, spöttisch und herausfordernd.

Challen hob das Kästchen auf und drehte es um, so daß die flache Seite mit den farbigen Dingen nach oben lag – und beinahe hätte er es wieder fallen lassen. Das kleine schwarze Quadrat war nicht länger schwarz. Winzige, nadelpunktförmige Blitze zuckten in etwas auf, das aussah wie ein weiteres Kästchen, welches sich wiederum in etwas befand, das aussah wie ein Miniaturzimmer. Und das alles in diesem kleinen Kästchen? Unmöglich! Andererseits war eine Stimme, die in einem Kästchen wohnte, genauso unmöglich, und trotzdem hatte er sich soeben mit ihr unterhalten.

»Ich wußte, daß Ihr es seid, Krieger«, sagte die Stimme in unverkennbar blasiertem Ton. »Meine Kombinationsgabe ist nun mal unübertroffen.«

»Ihr könnt mich sehen?«

»Klar und deutlich.«

»Und warum sehe ich Euch dann nicht, Frau?«

»Das ist süß, Kleiner! Wißt Ihr nicht, daß Ihr mit einem Computer redet? Computer haben kein Geschlecht, nur eine Stimme. Und außerdem seht Ihr mich. Ich bin die umwerfende Maschine mit all den blitzenden Lichtern, über die Ihr so ungläubig die Stirn runzelt. Nein, dreht die Einheit nicht wieder um. Ihr habt mir noch nicht erzählt, wo Tedra ist und wie es ihr geht.«

Challens Miene gefror. Er gab keine Antwort. Was sollte er auch antworten, wenn er selbst nicht wußte, wie es Tedra ging, ob sie immer noch vor Verlangen brannte und wenn ja, ob sie ihn dieses Verlangen stillen lassen würde. Er sehnte sich danach, sein Herz dieser Stimme, oder was immer es war, auszuschütten. Wer weiß, wenn die Stimme schon gut zu kombinieren verstand, dann wußte sie vielleicht auch, ob Tedra ihm verzeihen würde oder nicht.

»Na los, Krieger, redet endlich!« Die Stimme klang ungeduldig. »Fair ist fair. Immerhin überlasse ich Euch Tedra diesen einen Monat, bis ihr Dienst beendet ist. Das ist eine reine Gefälligkeit. Ich hätte sie noch am selben Tag auf das Schiff zurückholen können, und Ihr hättet nichts, absolut nichts dagegen tun können.«

Obwohl ihn diese Vorstellung rasend machte, blieb seine Stimme völlig ruhig und gelassen. »Wieso wißt Ihr von diesem Dienst?«

»Ich war dabei, erinnert Ihr Euch nicht? Sie hat mich abgeschaltet, damit ich nichts sehen oder kommentieren konnte, aber ich blieb in Verbindung und habe alles gehört, was geredet und getan wurde. Und für einen Computer, der ein Experte im Kombinieren ist, bedeutet Hören dasselbe wie für euch Menschen das Sehen. Habt Ihr sie gesprengt?«

Angesichts dieser unverblümten Frage war er beinahe versucht, das Kästchen an den nächsten Baum zu schleudern, aber dann fiel ihm wieder ein, was Tedra ihm über die gesetzliche Bestimmung, ihr ›Sprengen‹ beweisen zu müssen, erzählt hatte. »Seid Ihr befugt, dieses Ereignis, wenn es stattgefunden hätte, in die Akten aufzunehmen?«

»Ja.«

»Es ist geschehen.«

»Hat es ihr gefallen?«

»Ja.«

»Dachte ich mir. Sie hat lange auf einen geeigneten Mann gewartet, und anscheinend mußte sie erst auf einen fremden Planeten reisen, um einen solchen Mann zu treffen. Erzählt mir, werdet Ihr mit uns zurückreisen?«

»Zurückreisen?«

»Auf unseren Planeten, Kystran«, erklärte Martha. »Um diesen Sha-Ka'ari-Kriegern, die Euer Volk vor etwa dreihundert Jahren hervorgebracht hat, wieder die Herrschaft über Kystran zu entreißen.«

»Ich verstehe Eure Worte nicht.«

»Hat Tedra Euch denn gar nichts erzählt?«

»Ich wollte mit ihr nicht über den Grund ihres Hierseins diskutieren.«

»Nun, das ist Euer gutes Recht, aber irgendwann solltet Ihr Euch doch einmal mit Tedra darüber unterhalten. Wenigstens seid Ihr genau das, was sie braucht, und deshalb wird ihr Aufenthalt keine pure Zeitverschwendung sein, wenn ich auch meine Zweifel daran hege, ob sie das ebenfalls so sieht. Diese Frau nimmt das Leben viel zu ernst. Sie kennt nur Arbeit und hartes Training, um noch mehr arbeiten zu können. Und jetzt hat sie sich in den Kopf gesetzt, Kystrans Retterin zu werden . . . aber das ist nicht Euer Problem. Solange sie das Zusammensein mit Euch genießt, bin ich zufrieden.«

»Und wenn nicht?«

»Aha, daher weht der Wind! Ich frage mich schon die ganze Zeit, weshalb Ihr so schuldbewußt dreinschaut.«

Challen schoß das Blut in die Wangen. Wieso konnte die Stimme sein Gesicht lesen, wo er doch darin geübt war, seinen Ausdruck zu kontrollieren? Wahrscheinlich wieder pure Kombination. Er würde seine Worte und seine Reaktionen genau überlegen müssen, um zu verhindern, daß dieses Ding auch noch seine geheimsten Gedanken lesen konnte. Aber er brauchte Informationen, und die würde er nur bekommen, wenn er aufrichtig war.

»Die Frau hat bestimmte Regeln verletzt und sich eines Vergehens schuldig gemacht, das Bestrafung erforderte. Diese habe ich ihr erteilt.«

Ein kurzes Schweigen trat ein, ehe die Stimme antwortete: »Ich glaube, ich befinde mich in einem Zustand, den ihr Menschen Schock nennt. Ich habe einen Fehler gemacht, und ich bin nicht darauf programmiert, Fehler zu machen. Wie zur Hölle konnte ich mich so in Euch täuschen, Krieger? Ich dachte, Ihr würdet sie begehren!«

Challen wußte nicht so recht, ob er nun beleidigt oder noch schuldbewußter sein sollte. »Darin habt Ihr Euch nicht getäuscht«, sagte er steif.

»Wie konntet Ihr sie dann verletzen? Wie schwer ist sie überhaupt verletzt? Benötigt sie die Meditech-Einheit?«

»Ich verstehe nicht, wovon Ihr sprecht, aber die Frau ist nicht verletzt. Sie wurde nur dazu gebracht, große Frustration und körperliches Verlangen zu empfinden, ohne anschließend davon erlöst zu werden.«

»*Deshalb* fühlt Ihr Euch schuldig? Und ich glaubte schon, Ihr hättet sie halb totgeschlagen. Aber wenn das die ganze Strafe war, weshalb komme ich dann auf diesen Schuldtrip?«

»Ich ... ich habe etwas eingenommen, um meine Pflicht erträglicher zu machen.« In knappen Worten berichtete er Martha die Geschichte und sagte abschließend. »Seit ich sie bei Sonnenaufgang verlassen habe, bin ich nicht wieder zurückgekehrt. Ich weiß nicht, ob die Sache nun für sie erledigt ist und sie mich wieder willkommen heißt oder ob sie jetzt meine Berührung verabscheut.«

»Da hast du dich wirklich in Schwierigkeiten gebracht, Kleiner. Merke dir, man bestraft keine Sec 1«, erklärte ihm Martha unumwunden. »Sie verkörpern selbst das Gesetz.«

»Hier ist sie lediglich eine Frau und muß sich als solche den Gesetzen fügen.«

»Oh, ich wette, sie liebt das!« Die Stimme hatte einen ausgesprochen trockenen Ton angeschlagen. »Nur ein Barbar kann auf die Idee verfallen, den Körper einer Frau als Mittel zur Bestrafung einzusetzen. Aber ich vermute, ihr riesigen Kerle mußtet irgendwas in der Art erfinden, um die Frauen nicht mit euren mächtigen Fäusten umzubringen.« Ein höhnisches Kichern ertönte, das alles andere als Sympathie für die männliche Bevölkerung Sha-Ka'ans verriet. »Und jetzt wollt Ihr wohl von mir wissen, was Euch erwartet, nachdem Ihr Tedra auf ziemlich brutale Art mit den Gesetzen Eurer Welt vertraut gemacht habt?«

»Ich habe den Eindruck, Ihr kennt sie besser als ich«, antwortete er.

»Ihr seid wirklich ein schlaues Bürschchen!«

Challen versteifte sich angesichts des offenkundigen Hohnes. Zu gerne hätte er die Stimme über das einem Krieger gegenüber angemessene Verhalten belehrt, wußte aber gleichzeitig, daß dieses Unternehmen völlig sinnlos gewesen wäre. Wie sollte er einer in einem Kästchen verborgenen Stimme gutes Benehmen beibringen, wenn er weder wußte, wie dieses Ding funktionierte, noch wie es sich öffnen ließ? Die Stimme war sicher vor Vergeltung, was nur wieder bewies, daß solche

Narrenfreiheit zu zweifelhaftem Benehmen ermutigte, wohingegen strenge Erziehung dieses verhinderte.

Er atmete ein paarmal tief durch, dann sagte er barsch: »Wenn Ihr die Frau wirklich so gut kennt, dann werdet Ihr mir mittels Eurer Kombinationsgabe, die Ihr angeblich so meisterhaft beherrscht, sagen können, was mich erwartet, damit ich mich darauf einstellen kann.«

»Werde ich das? Wenn Ihr auch bei Tedra Befehle anstatt Bitten gebraucht, ist es kein Wunder, daß sie die Regeln verletzt. Aber mit Eurer Annahme, meine Hilfe zu benötigen, beweist Ihr den richtigen Riecher, Kleiner. Ich bin darauf programmiert, sie besser zu kennen, als es ein Mensch je vermag, und ich sehe nur zwei Möglichkeiten, wie sie reagieren wird. Wenn sie Euch verbal angreift, Euch ihre ganze Wut entgegenschleudert, dann braucht Ihr Euch keine Sorgen zu machen. Sie wird Euch verfluchen und beschimpfen, aber das ist nur ihre Art, ihr System von verletzten Gefühlen zu reinigen. Was allerdings nicht bedeutet, daß ihr Zorn nicht sehr real ist.«

»Ich habe gehofft, Ihr würdet mir verraten, wie ich sie beschwichtigen kann«, wandte Challen ein.

»Mein Rat ist es, dies auf keinen Fall zu versuchen. Wenn Ihr sie besänftigen wollt, *bevor* sie die Möglichkeit hatte, Euch mitzuteilen, wie mißbraucht und verletzt sie sich fühlt, dann handelt Ihr Euch nur noch mehr Ärger ein. Ihr solltet eigentlich schon entdeckt haben, daß sie mit ihrem aufbrausenden Temperament kinderleicht zu provozieren ist. Allerdings werdet Ihr wohl noch nicht herausgefunden haben, daß sie es nicht *mag*, auf Menschen wütend zu sein. So besteht auch eine meiner Aufgaben darin, ihre Wut und Frustrationen auf mich zu kanalisieren, da man eine Maschine anbrüllen kann, ohne sich hinterher schuldig zu fühlen.«

»Ich soll ihr also erlauben, sich ungebührlich zu benehmen?«

»Wenn Euch das nicht paßt, Krieger, dann könnt ihr sie mir auf der Stelle zurückgeben. Ich dachte, Ihr sucht nach einer Möglichkeit, Eure Schuld wiedergutzumachen«, erinnerte sie ihn.

»Aber ihr zu gestatten . . .«

»Ihr könnt nichts erwarten, ohne auch selbst etwas dafür zu geben, mein Junge, und mir will scheinen, Ihr schuldet es ihr, daß sie ihre ganze Wut, die sie auf Euch hat, auch abreagieren kann.«

Challen überlegte lange, ehe er schließlich fragte: »Wenn ich es zulassen sollte, wie lange dauert ihre Wut dann an?«

»Wenn Ihr nicht nur geprahlt habt und sie wirklich das Sex-Teilen mit euch genossen hat, dann braucht Ihr Euch darüber keine Gedanken zu machen. Die längste Zeit waren bisher zwei Tage, und auch nur deshalb, weil niemand klug genug war, sie nach ihrem Wutausbruch wieder zu besänftigen. Aber da sie ihren Aufenthalt bei Euch als vorübergehend betrachtet, wird sie nicht allzuviel Zeit damit verschwenden wollen.«

Challen wußte sehr wohl, daß die Frau ihren Aufenthalt als vorübergehend ansah. Daß er selbst freilich anderer Meinung war und nicht beabsichtigte, sie nach ihrer Dienstzeit wieder gehen zu lassen, würde er besser für sich behalten und nicht gerade jemandem so Mächtigen, wie diese Martha es offenbar war, anvertrauen.

»Habt Ihr nicht eben von zwei Möglichkeiten gesprochen?«

»Die zweite ist weitaus einfacher, Kleiner. Es ist Schweigen. Wenn Tedra nicht mehr mit Euch spricht, dann könnt Ihr Eure überentwickelten Muskeln darauf verwetten, daß sie nur noch eines von Euch will – Euer Blut. Sollte das der Fall sein, will ich sie sofort zurück, da sie für Euch dann sowieso von keinerlei Nutzen mehr ist.«

»Nein.«

»Wieso habe ich nur das Gefühl, daß Ihr die zweite mögliche Reaktion nicht als ein Problem seht? Wahrscheinlich weil es Euch so leichtgefallen ist, sie im Zweikampf zu besiegen, nicht wahr? Seid Ihr so arrogant oder habt Ihr tatsächlich niemals die Möglichkeit in Betracht gezogen, daß Ihr diesen Kampf nur deshalb gewonnen habt, weil die Frau nicht versuchte, Euch zu töten, sondern Euch lediglich abwehrte? Ihre Fähigkeiten sind sehr breit gefächert. Wenn es keine Rolle spielt, ob ihr Kontrahent schwer verletzt oder getötet wird, kann sie auf eine enorme Anzahl verschiedenster Techniken zurückgreifen, die um so gezielter einzusetzen sind, wenn sie tatsächlich die Absicht hat zu töten.«

»Das mag für kystranische Gegner gelten. Die Frau hat mir erzählt, daß diese Männer nicht die Kunst des waffenlosen Nahkampfes kennen. Unsere Krieger allerdings sind darin perfekt ausgebildet. Wenn ich Euch also sage, daß die Frau mich nicht besiegen kann, egal, wie groß ihre Fähigkeiten auch sein mögen, dann hat das nichts mit Arroganz zu tun.«

»Sei es, wie es ist, ich glaube, Ihr habt mich nicht verstanden. Wenn sie es auf Euer Blut abgesehen hat, dann müßt Ihr jedesmal, wenn Ihr in ihre Nähe kommt, gegen sie kämpfen oder sie die ganze Zeit über fesseln. Ihr hättet nicht mehr viel Freude an ihr, und zwar in jeder Beziehung. Dieses Szenario würde nur dazu führen, daß Ihr sie immer mehr bestraft, und ich lasse sie nicht bei euch, damit Ihr sie mißbrauchen und quälen könnt. Sobald ich es als notwendig erachte, sie zurückzuholen, *werde* ich dies auch tun!«

Diesmal versuchte Challen gar nicht erst, seinen hilflosen Zorn über diese Worte zu beherrschen. »Die Frau gehört mir! Sie hat mir ihr Wort gegeben, einen Monat bei mir zu bleiben. Und Ihr gebt mir nun *Euer* Wort, daß Ihr Euch nicht einmischen werdet!«

»Das ist großartig, Schätzchen! Ständig vergeßt Ihr, daß ich ein Computer bin! Ich bin nicht auf Rechtschaffenheit programmiert!«

»Heißt das, Ihr würdet Euer Wort nicht halten?«

»Es heißt, ich tue, was immer mir richtig erscheint.«

»Und wenn ich dieses Kästchen nun zerstöre?«

»Tedra braucht es, um zurückzukommen. Aber ich brauche es nicht, um sie zu holen. Ich muß sie nur anpeilen können, so wie Euch jetzt. Und Ihr führt mich zu ihr.«

»Eurer Drohung mangelt es an Substanz, Computer. Wenn Ihr mich bis zu ihr hin verfolgen könntet, hättet Ihr sie nicht verloren.«

»Ihr haltet Euch wohl für besonders schlau, was? Aber glaubt nicht, ich würde solch eine Information völlig grundlos von mir geben.«

»Und der Grund wäre?«

»Es ist richtig, daß ich Euch in der Menge verlieren und nur mit sehr viel Glück wieder aufspüren könnte, und Computer arbeiten nicht mit dem Faktor Glück. Sobald Ihr Tedra mißhandeln würdet und ich mich nicht dazuschaltete, wüßtet Ihr, daß ich Euch verloren habe. Deshalb werde ich Euch ein Geschäft vorschlagen. Wie ich erkannt habe, haltet Ihr Euer Wort. Versprecht mir also, die Frau *nicht* zu mißhandeln und zu bestrafen, wenn sie vor Wut außer sich ist und Euch töten will.«

Challen brach in lautes Gelächter aus. »Bei den Steinen von Gaali, Eure Frechheit ist wirklich erstaunlich!«

»Nur ein Gentleman würde das so nett umschreiben! Kommen wir jetzt ins Geschäft oder nicht?«

»Worum wollt Ihr verhandeln?«

»Ich erhalte Euer Wort, und Ihr versprecht mir außerdem, mich weiterhin auf dem laufenden zu halten. Dafür sichere ich Euch zu, mich während dieses einen Monats, den sie Euch schuldet, nicht einzumischen. Ich bin sogar bereit, Euch, wenn nötig, meinen Rat anzubieten, und wie ich meine Tedra kenne, wird das sicher öfter mal nötig sein.«

»Ihr habt vorhin bereits verkündet, man könne Euch nicht

trauen. Wenn ich nun mit Euch in Kontakt trete, während Tedra in der Nähe ist, dann müßt ihr Euch nicht auf den ungewissen Faktor Glück, sondern lediglich auf Eure gepriesene Kombinationsgabe verlassen, um ihren Standort ›anzupeilen‹.«

Aus dem Kästchen ertönte ein leises Kichern. »Bravo, Krieger! Ihr habt mich ertappt! Aber Ihr habt einiges übersehen. Wenn Tedra nur wütend ist, aber nicht so sehr, daß es sie nach Eurem Blut verlangt, dann wird sie allein aus ihrem Ehrgefühl heraus den Dienst bei Euch weiterführen. Und wenn ich mich entschließen sollte, sie zurückzuholen, würde sie sich einfach eine neue Transfer-Einheit beschaffen und auf der Stelle zu Euch zurückkehren, um ihren Dienst zu beenden. Nun, das würde Tedra tun. Aber jetzt werde ich Euch sagen, wozu ich in der Lage wäre, wenn Ihr nicht in den Handel einwilligt. Ich könnte eine ungeheure Katastrophe über Eure Welt hereinbrechen lassen. Ganze Städte würden dem Erdboden gleichgemacht werden, und Euer Volk würde denken, das Ende der Welt sei gekommen. Natürlich würde ich das nicht tun, ohne zu wissen, in welcher Stadt Ihr Tedra versteckt haltet. Doch allein schon die Vernichtung Eurer gesamten Ernte würde genügen, um Angst und Schrecken zu verbreiten. Die gleiche Reaktion ließe sich auch erreichen, wenn ich mich einfach Eurem Volk zeigte. Ihr wißt wahrscheinlich nicht, daß der Rover die Größe einer mittleren Stadt hat. Was, glaubt Ihr, würden Eure Leute denken, wenn dieses Gefährt bedrohlich nah über ihren Städten und Dörfern kreisen würde?«

»Es ist leicht, Dinge zu behaupten, die sich nicht beweisen lassen«, spottete Challen. »Wenn Eure Worte wahr sind, dann zeigt Euch.«

»Wenn ich das tue, würden mich auch andere Menschen sehen, und es käme zu der eben erwähnten Panik.« Eine kurze Pause trat ein, dann fuhr die Stimme fort: »Wie wäre es stattdessen damit?«

Challen duckte sich erschreckt, als plötzlich in sechs Meter Entfernung der Boden explodierte und Erde und Grasbüschel durch die Luft wirbelten. »Droda«, flüsterte er bebend. »Ihr seid tatsächlich eine Göttin, wie die Frau sagte.«

»Nein, ich habe nur die Kontrolle über die Angriffs- und Verteidigungssysteme des Rovers. Und das war lediglich ein Rückstoßstrahl, ein Stoß aus dem Luftgebläse, das vornehmlich dazu eingesetzt wird, die Flugbahn des Rovers von Raummüll zu reinigen. Ich mußte dazu in Eure Atmosphäre eindringen, da dieses Gebläse nicht so weit reicht wie die wirklichen Waffen. Ein Schuß aus der Lazor-Einheit hätte ein weitaus größeres Loch hinterlassen und gleichzeitig die Vegetation um Euch in Flammen gesetzt. Solange ich mich hinter dieser Wolkenformation verstecken kann . . . Hey, Ihr seht nicht gerade gut aus, Krieger! Habt Ihr denn vorher nie daran gedacht, daß Tedra womöglich doch die Wahrheit über ihre Herkunft erzählt hat?«

Sicher hatte er die Vermutung gehabt, aber das hätte er niemandem anvertraut, am wenigsten Tedra. Er wollte sie, allen Ahnungen zum Trotz, nur als eine Frau seiner Welt sehen, unwichtig, beanspruchbar. Denn wenn sie dies nicht wäre, dann wäre sie nicht allein für ihn, sondern für jeden *shodan* von Kan-is-Tra von Interesse.

»Da soll mir doch einer sagen, ein Mock II wäre nicht zur perfekten Simulation von Gnade und Mitleid imstande«, unterbrach die Stimme seine Gedanken mit einem langgezogenen Seufzer. »Wahrscheinlich ist mir, ohne daß ich es merkte, aus einem Schaltkreis irgendeine Sicherung durchgebrannt, aber ich werde Euch nun in ein kleines Geheimnis einweihen, Krieger, das Euer Befinden umgehend aufbessern wird. Ich stehe auf Eurer Seite. Ihr mögt das vielleicht, nach allem, was ich erzählt habe, nicht glauben, doch ich habe lediglich mein unerbittliches Taktikprogramm ablaufen lassen. Davon abgesehen seid Ihr genau das, was Tedra benötigt, und eine meiner vorrangigsten Aufgaben ist es, darauf zu achten, daß sie bekommt, was sie braucht.«

»Sie ist in *meinem* Besitz, Computer, nicht ich in ihrem«, wandte er konsterniert ein.

»Arroganz beeindruckt mich nicht, Kleiner, hebt Euch also Eure flotten Sprüche für später auf. Ich weiß, Ihr betrachtet sie bereits als die Eure, aber Ihr müßt die Tatsache hinnehmen, daß sie als allererstes die Meine ist. Ich wurde für sie geschaffen, und zwar einzig allein zu dem Zweck, auf ihre Gesundheit zu achten und mich um ihr Glück und Wohlergehen zu kümmern. Alles, was ich tue, geschieht zu ihrem Besten. Wißt Ihr, an wie vielen Welten ich einfach vorbeigerauscht bin, da deren Entdeckung ihr nur wenig Erfüllung gebracht hätte? Ich halte nichts von halben Sachen. Lange, bevor sie es selbst merkte, wußte ich bereits, was notwendig sein würde, um jenes Ziel, das für sie so wichtig geworden ist, zu erreichen. Deshalb machte ich mich auf die Suche nach dem Mutterplaneten der Krieger, die sie bekämpfen möchte, und ganz nebenbei gesagt – es war nicht leicht, den Planeten aufzuspüren. Ich gab ihr die Gelegenheit, ihr Vorhaben in die Tat umzusetzen, und ich werde alles, was ich für notwendig erachte, tun, ihr beim Erreichen ihres Ziels zu helfen. Mit anderen Worten – sie muß nach Kystran zurückkehren, Krieger, ob Euch das nun paßt oder nicht. Obgleich das noch lange nicht bedeuten muß, daß Ihr sie dann verloren habt. Ihr seid herzlich an Bord willkommen. Wie es hinterher weitergeht, könnt ihr beiden dann zwischen euch ausmachen.«

»Wenn dieses Ziel so wichtig für sie und damit auch für Euch ist, weshalb habt Ihr dann die Verzögerung durch den verlorenen Zweikampf in Kauf genommen? Die Frau sagt, Ihr hättet vorher eingreifen und sie zurückholen können.«

»Sicher hätte ich das, aber mir schien es in dem Fall wichtiger, daß sie vorher etwas bekommt, worauf sie schon lange gewartet hat – auch wenn sie dies nie zugeben würde, stur und eigensinnig, wie sie ist. Und wie ich bereits sagte, seid genau Ihr dieses ›Etwas‹ gewesen, das sie benötigte.«

»Aber Ihr kennt mein Naturell nicht, Computer. Ihr wißt nichts über den Charakter des Kriegers, dem Ihr sie anvertraut.«

»Soll das ein Scherz sein?« lachte Martha. »Ihr habt ihre Herausforderung an- und ihre Schläge hingenommen, ohne auch nur einmal zurückzuschlagen. Das hat mir alles, was ich wissen wollte, über Euch gesagt. Abgesehen davon ist ihre sexuelle Libido völlig aus dem Häuschen geraten, als sie Euch das erste Mal sah. Das war für mich ausschlaggebend. Eure anschließende Zurückhaltung hat mich dann total überrascht, da ich erwartet hatte, Ihr würdet sie auf der Stelle sprengen. Ich kombiniere, Ihr wart an diesem Tag nicht ganz bei Sinnen, genausowenig wie letzte Nacht. Und daraus schließe ich, daß Ihr auch damals, ebenso wie gestern, unter der Wirkung eines Mittels gestanden habt.«

Er überlegte, ob er leugnen sollte, sah aber keinen Grund dazu. »Ja.«

»Weiß sie das?«

»Nein.«

»Sterne, wenn sie das herausfindet, würde ich liebend gern dabeisein, aber das ist ein anderes Thema. Also, wie steht's mit unserem Geschäft? Ich warte immer noch auf Euer Wort, daß Ihr sie nicht mißhandeln werdet. Und falls sie sich tatsächlich mit Mordgedanken trägt, will ich sie auf der Stelle zurück.«

»Es ist unnötig, Euch mein Wort zu geben. Krieger mißhandeln niemals Frauen. Und ich werde die Entscheidung treffen, ob ich sie aufgeben muß.«

»Gut. Dann solltet Ihr Euch aber langsam auf den Weg machen, um zu sehen, ob eine Entscheidung ansteht.«

»Wie kann ich ... Euch fortschicken?«

Perlendes Gelächter ertönte. »Und ich dachte, Ihr würdet

den Fehler begehen und es vergessen. Nun gut, drückt einfach den runden Knopf unter dem Monitor, dann bin ich weg. Wenn Ihr ihn erneut drückt, bin ich wieder da. Und vergeßt nicht, mich auf dem laufenden zu halten, natürlich nur dann, wenn es Euch gerade paßt. Bevor Ihr mich nun aber endgültig abschaltet, möchte ich Euch darauf hinweisen, daß Ihr für Euren Heimweg eine sehr lange Zeit benötigen werdet, wenn Ihr nicht die Phazorsicherung herunterschiebt – das ist das Rechteck, welches sich hoch und runter bewegen läßt. Meine Berechnungen ergeben, daß der Phazor immer noch auf volle Stärke geschaltet ist, die Einstellung, die Tedra zuletzt gewählt hat, da sie an jenem Tag keine weiteren Risiken mit Euch eingehen wollte. Solltet Ihr Euch aus Versehen selbst paralysieren, wärt Ihr für die nächsten zehn Stunden außer Gefecht gesetzt. Und derlei Zufälle sind sehr wahrscheinlich, wenn die Sicherung nicht eingeschaltet ist und der Benutzer keine Ahnung von dem Gerät hat. Habt Ihr das alles behalten?«

»Ja.«

»Dann viel Glück. Krieger! Wie ich meine Tedra kenne, werdet Ihr das sicher nötig haben. Und ich kenne sie sehr gut!«

29.

»Fühlt Ihr Euch so wohl, Herrin?«

»Wenn ich im Wasser sitze? Und naß werde? *Sollte* ich mich denn wohl fühlen?«

Jallas Miene war nicht wegen des unüberhörbaren Sarkasmus in Tedras Stimme so betrübt. Diesen Gesichtsausdruck hatte sie schon, seit sie in das Zimmer gekommen war, um

Tedra etwas zu essen zu bringen und ihr ein Bad einzulassen.

»Nach bestimmten Bestrafungen gilt ein Bad als beruhigend und wohltuend«, antwortete sie sanft.

Tedra sah das Mädchen mißtrauisch an. »Weiß hier etwa jeder über meine Bestrafung Bescheid?«

Sogleich erkannte sie, wie dumm diese Frage war, da ihr lautes Schreien sicher nicht ungehört geblieben war. Aber Jalla nickte dennoch, und das machte Tedra nur noch wütender.

»Das ist wirklich toll, genau das, was mir zu meinem Glück noch fehlte! Das gibt meiner Demütigung noch den letzten Schliff! Du bist mir auch keine Hilfe, Jalla, weshalb verschwindest du nicht einfach? *Darin* bist du doch besonders gut, nicht wahr?«

Jallas Miene wurde noch betrübter, und ihre Augen füllten sich mit Tränen. »Ich weiß, es war mein Fehler, Herrin. Ihr könnt mich dafür bestrafen, wenn Ihr wollt.«

»Mach dich nicht lächerlich!« fuhr Tedra sie an und ärgerte sich gleichzeitig darüber, daß sie ihre Wut an dem armen Mädchen ausließ. »Ich bin selbst für mein Verhalten verantwortlich. Hätte ich mich gestern nicht hinausgewagt, dann eben irgendwann später. Hör also auf, mich mit diesem schuldbewußten Blick anzustarren. Das macht die Sache auch nicht besser. Aber warum *hast* du dich gestern eigentlich aus dem Staub gemacht? Hattest du Angst, du könntest ebenfalls um dein Abendessen gebracht werden?«

»Hätte Lowden Ly-San-Ter davon erfahren, wäre er nicht so milde wie der *shodan* verfahren. Ich wäre dazu verurteilt worden, ganze sieben Tage lang die Aufgaben, die ich am wenigsten mag, zu verrichten.«

»Ist das alles?«

»Ihr spottet, Herrin, denn es ist kein Vergnügen, mitten in der tiefsten Dunkelheit aus dem Bett gerissen zu werden, um Brot für die erste Mahlzeit zu backen. Noch ehe die Sonne aufgeht, ist man völlig ausgelaugt und ausgetrocknet von der Hitze der großen Öfen, die Arme schmerzen von all dem Rühren und Kneten und fühlen sich an, als würden sie jeden Moment abfallen. Es gibt auch Darasha mit kräftigen Muskeln, und denen macht Brotbacken nichts aus, sie lieben es geradezu. Ihnen werden natürlich, wenn sie bestraft werden, andere Aufgaben zugewiesen. Der Herr, Lowden Ly-San-Ter, weiß sehr genau Bescheid, wer welche Aufgaben haßt.«

Tedra konnte nur den Kopf schütteln. Die barbarische Erfindungsgabe war wirklich faszinierend. Wer sonst wäre in der Lage, so harmlose und gleichzeitig so grausame Mittel zur Erziehung zu ersinnen?

Plötzlich kam ihr ein Gedanke, der ihr sogar ein Grinsen entlockte. »Was geschieht mit einer Aufgabe, die *jeder* haßt? Wird sie jemals gemacht?«

»Im Schloß leben so viele Darasha, Herrin, und so viele Frauen, die unter dem Schutz des *shodan* stehen. Da gibt es immer irgendeine, die einer Bestrafung bedarf.«

»Die einzige Sache, mit der die Barbaren sicher keinen Handel aufziehen wollen, sind dann wohl Roboputzer«, murmelte Tedra vor sich hin und mußte bei dieser Vorstellung laut lachen.

Und so traf Challen sie an, als er das Zimmer betrat. Eine laut lachende Tedra war das letzte, was er erwartet hätte, doch seine Befürchtungen erfüllten sich in dem Moment, als sie seiner ansichtig wurde. Ihre gute Laune schwand auf der Stelle, schlimmer noch, sie drehte ihm, ohne ihn auch nur eines Blickes zu würdigen, den Rücken zu.

Challens Kehle schnürte sich zusammen. Er war auf einen Schwall böser Worte vorbereitet gewesen, den der Computer ihm vorhergesagt hatte, nicht aber auf das schreckliche Schweigen, das er als die andere Möglichkeit prophezeit hatte. Das Schweigen hielt an, füllte den Raum, daß er meinte, daran ersticken zu müssen.

Er entließ Jalla mit einem Nicken, doch auch als diese gegangen war, machte er keinen Schritt auf die Badewanne zu. Tedra zu beobachten kam nicht in Frage. Die Wirkung der Doppeldosis *dhaya*-Saft war nun vorbei, und sollte bei Tedra noch ein Rest von Verlangen geblieben sein, so brannte er darauf, dieses zu stillen. Aber ihr Verlangen mußte geschwunden sein, und eher würden die Gaalisteine ihr Licht verlieren, als daß er einer Frau sein eigenes Verlangen aufzwingen würde.

Tedra blieb im Wasser, wenn auch nicht, weil ihr dies so gut gefiel. Doch die Strafe beinhaltete auch das Verbot von Kleidung oder irgendeiner Bedeckung, und sie wollte lieber in dem unangenehmen Naß verharren, als nackt vor ihm herumzuspazieren. Oder sah der Barbar das Wasser etwa auch als eine Art Bedeckung? Ha! Sollte er es doch sagen, dann müßte sie wenigstens nie mehr in dieses widerliche Becken steigen.

Sie hatte gewußt, daß Challen irgendwann auftauchen würde, und ihre einzige Angst war gewesen, er könnte zurückkehren, ehe sie die Kontrolle über ihren eigenen Körper wiedererlangt hätte. Aber er hatte sie erstaunt. Ob nun absichtlich oder nicht, jedenfalls hatte er ihr genügend Zeit gelassen, wieder zu sich zu kommen. Ihr Verlangen nach einem Mann war verschwunden. Womit sie allerdings nicht gerechnet hatte, war, daß dieses Verlangen bei seinem Anblick sofort wiederkehren könnte. Aber es war kontrollierbar. Und das sollte es, zur megalaktischen Hölle, auch bleiben!

»Beabsichtigst du, die ganze Nacht im Bad zu bleiben, *kerima*?«

Ohne sich umzudrehen, sagte sie: »Vielleicht.«

Sie hörte, wie er zum Tisch ging, auf dem Speisen und Wein auf ihn warteten. »Ich weiß, du magst Wasser nicht. Komm raus.«

»Ist das ein Befehl, o Herr? Wenn ja, werde ich natürlich augenblicklich gehorchen. Wenn nicht . . .«

Trotz ihres Widerwillens schöpfte sie eine Handvoll Wasser und krümmte sich nur leicht, als das schlüpfrige Zeug über ihre Brüste rann. Damit hatte sie ihre Gleichgültigkeit ihm gegenüber wohl genügend demonstriert – wenn er sie überhaupt beobachtete. Sie würde sich keinesfalls umdrehen, um das herauszufinden.

»Das war kein Befehl, Frau. Du kannst tun, was du willst.«

»Ach, sind wir heute abend aber höflich«, erwiderte sie trocken. »Wenn das so ist, dann werde ich jetzt heraussteigen: Mir liegt diese verlogene Höflichkeit nicht besonders. Ich ziehe es vor, die Dinge beim richtigen Namen zu nennen.«

»Tu dir bitte keinen Zwang an.«

Jetzt drehte sie sich um, und zwar so schnell, daß eine Welle gegen eine Seite des Beckens und wieder auf ihren Körper zurückschwappte. »Um mich wieder bestrafen zu lassen? Nein, danke!«

Argwöhnisch beobachtete sie, wie er auf sie zukam. Doch er hob nur eines der Trockentücher auf und reichte es ihr. Sie nahm es, während sie aus dem Becken stieg, und verfluchte insgeheim die Tatsache, daß sie das Tuch nur zum Abtrocknen benutzen konnte. Nackt vor dem Barbaren herumzustolzieren war nicht gerade das, was sie unter Spaß verstand, unter kystranischem Spaß jedenfalls. Nun, wenn er allerdings daraufhin Lust auf ein wenig sha-ka'anischen Spaß bekäme, dann könnte sie sich zumindest damit rächen, ihm die kalte Schulter zu zeigen. Aber letzte Nacht hatte er ja ausreichend bewiesen, wie wenig ihn ihre Nacktheit zu beeindrucken vermochte. Er wollte sie damit nur in Verlegenheit bringen.

Und gerade jetzt war ihre Verlegenheit groß, da Challen einfach dastand und sie beobachtete, wach und aufmerksam, als wartete er darauf, daß etwas ganz Bestimmtes passieren würde.

Sie wäre ihm am liebsten an die Kehle gesprungen. Er hatte zwar gesagt, sie könne offen reden, doch das nahm sie ihm nicht ab. Die Ohren würden ihm klingen, wenn sie all das sagen würde, was ihr auf dem Herzen lag, und sie hatte keine Minute vergessen, welche Konsequenzen Respektlosigkeit gegenüber einem Krieger nach sich zog. Sein Angebot mußte eine Falle sein, und das konnte nur bedeuten, daß ihm das Bestrafen letzte Nacht ein enormes Vergnügen bereitet hatte und er nur auf eine Gelegenheit zur Wiederholung lauerte.

Sie würde ihm jedenfalls nicht dabei behilflich sein. Sie würde ihr Temperament zügeln, und wenn es sie umbrächte! Innerlich vor Wut kochend, schleuderte sie das Tuch zu Boden, noch ehe sie vollständig trocken war, und ging hocherhobenen Hauptes auf das Schrankzimmer zu. Solange er es ihr nicht befahl, würde sie sich nicht im gleichen Raum wie er aufhalten.

Auf halbem Weg holte sie seine Stimme ein. »Du wirst mir beim Essen Gesellschaft leisten.«

Den himmlischen Sternen sei Dank, daß sie antworten konnte: »Ich habe bereits gegessen.«

»Dann wirst du dich eben neben mich setzen.«

Sie wandte sich um und fragte betont kühl und sachlich: »Ist das ein Befehl, o Herr?«

Er zuckte zusammen, als sie ihn abermals auf diese Weise anredete. »Es ist eine Bitte.«

»Dann lehne ich ab.«

»Gut, dann ist es hiermit ein Befehl«, stieß er zwischen den Zähnen hervor.

»Dann werde ich natürlich gehorchen.«

So freundlich ihre Stimme auch klang, so verriet doch ihre Körpersprache das Gegenteil. Steif und eckig marschierte sie auf den Tisch zu. Challen gelangte vor ihr dort an, und wirbelte sogleich herum, damit er sie ansehen konnte.

»Wenn du so willfährig im Gehorchen bist, Frau, dann verrate mir jetzt deine Gedanken. Ich habe dir die Erlaubnis dazu erteilt.«

War da etwa Kummer in seinem Gesicht? Sei's drum, das war nichts im Vergleich zu ihrem!

»Die Erlaubnis erteilt? Nun denn, Krieger, dann werde ich gleich mit diesem Punkt beginnen. Ich sollte keine Erlaubnis zur freien Meinungsäußerung benötigen. Die Freiheit, zu sagen, was ich denke und fühle, habe ich immer gehabt – bis ich hierhergekommen bin. Nicht einmal meinem Boß gegenüber halte ich mit meiner Meinung hinter dem Berg, und er hat die Macht über einen Job, der für mich sehr wichtig ist. Hier aber kann eine Frau nur das sagen, was *du* hören willst. Doch eines kannst du dir merken, Krieger – ich werde dir niemals nur nach dem Mund reden.«

»Das würde ich von dir auch gar nicht verlangen.«

»Würdest du nicht? Hast du das denn nicht? Wie, zur megalaktischen Hölle, würdest du dann deine permanente Forderung nach Respekt bezeichnen? Ist euch begriffsstutzigen Rüpeln denn nie in den Sinn gekommen, daß sich Respekt nicht erzwingen läßt, daß er verdient werden muß, da er ansonsten völlig wertlos ist?«

»Was du da sagst, ist bekannt, Frau. Ebenfalls bekannt ist auch, was geschieht, wenn eine Frau mit ihrer vorlauten Zunge einen Krieger so in Rage bringt, daß er jegliche Kontrolle verliert und sie mit Schlägen zum Schweigen zwingt. Dann leiden beide, sie, weil sie verletzt ist, und er, weil er sich schuldig fühlt. Die Forderung nach Respekt dient allein dem Schutz der Frauen.«

Sie hatte kein Verlangen nach einem Einführungskurs in barbarischer Logik. »Kontrolle verlieren? In Rage geraten? Du mußt scherzen«, höhnte sie. »Ihr Krieger habt Kontrolle doch zu einer wahren Kunstform gesteigert. Ihr habt ungefähr so viel Gefühle wie ein Roboter, und ich spreche da aus Erfahrung.«

»Krieger *können* die Kontrolle verlieren. Sie kämpfen dagegen an, aber es kann geschehen.«

Seine Mundwinkel zuckten belustigt, kaum merklich, aber für Tedra dennoch genug, um nun ihrerseits die Kontrolle zu verlieren.

»Wieso zeigst du es mir dann nicht?« kreischte sie, ehe sie ihm eine Ohrfeige verpaßte. »Los, schlag zurück, zeig mir, wie sehr ein Krieger eine Frau verletzen kann!«

Die Hand an seiner Wange, sah Challen auf sie hinab. »Ich bin kein unreifer Junge, den man so leicht provozieren kann.«

Sein Grinsen war verschwunden, doch in seinem Gesicht lag immer noch ein Ausdruck, der Belustigung, ja, sogar Freude über das, was sie getan hatte, verkündete. So ganz sicher war sich Tedra allerdings nicht. Möglicherweise interpretierte sie seinen Gesichtsausdruck völlig falsch. Aber dennoch hätte nichts in der Welt sie jetzt noch bremsen können.

»Dann versuchen wir es eben härter!« Diesmal schlug sie so fest zu, daß seine Wange sich verfärbte. »Wirst du *jetzt* zurückschlagen?«

»Du kannst das die ganze Nacht hindurch machen, *kerima*, und ich werde nicht reagieren.«

»Auch nicht, wenn ich es möchte?«

»Du möchtest nur, daß ich mich schuldig fühle«, antwortete er sanft. »Das ist nicht nötig. Ich fühle bereits soviel Schuld in mir, daß für mehr gar kein Raum mehr vorhanden wäre.«

»Lügner!« schrie sie und schlug ihn abermals. Dann hämmerte sie mit beiden Fäusten auf seine Brust. »Zur Hölle mit dir für deine Lügen, du unsensibler Trottel! Du weißt doch noch nicht einmal, was Schuld überhaupt ist! Und weshalb solltest du dich schuldig fühlen? Du hast doch nur deine *Pflicht* getan! Das hast du selbst gesagt! Und faß mich bloß nicht an!« Sie wehrte seine Arme ab, die sie zu umfassen versuchten. »Glaubst du ernsthaft, ich wollte mich von dir jemals wieder anfassen lassen?«

»Ja«, antwortete er im Brustton der Überzeugung. »Du

willst dich jetzt anfassen lassen, und zwar deshalb, um getröstet zu werden. Einzig deine Sturheit hindert dich daran, dies zuzugeben.«

»Was du so alles weißt!« gab sie zurück, allerdings in einem gemäßigteren Tonfall. Ihre erste große Wut war mit den Ohrfeigen, die sie ihm verpaßt hatte, verraucht. Sie kochte nun auf kleinerer Flamme weiter. »Ich will nicht getröstet werden. Ich will nur von hier verschwinden und dich nie wiedersehen.«

»Nein!«

Er schrie nicht, doch in diesem Wort lag mehr Gefühl, als sie je von ihm vernommen hatte. »Oh, keine Bange, Krieger. Ich habe den verlorenen Zweikampf nicht vergessen. Eine Weile glaubte ich, dies zwar zu können, aber mit der Ehre ist das so eine Sache; sie läßt sich nicht so leicht abschütteln und verfolgt einen sogar bis ins Grab. Ich werde bis zum bitteren Ende durchhalten, ich werde sogar springen, wenn du mir befiehlst zu springen. Aber ich werde jede einzelne Minute hassen.«

»Nein.«

»Schon wieder ein Nein? Was ist heute nur los mit dir?« fragte sie höhnisch. »Habe ich mich nicht deutlich genug ausgedrückt? Ich *mag* dich nicht mehr, Krieger! Muß ich dir noch mehr Ohrfeigen verpassen, damit du das endlich kapierst?«

»Weshalb machst du nicht von deiner Kampftechnik Gebrauch?«

Diese Frage wurde wieder von einem Lächeln begleitet, woraufhin sie erneut zu brüllen begann: »Weil das, was du getan hast, du nicht einer Sec 1 angetan hast – sondern *mir*!«

»Und du bist schließlich eine Frau?«

»Ich hasse dich«, war alles, was ihr dazu einfiel. Aber wegen dem Knoten in ihrem Hals kamen die Worte nur gepreßt hervor und klangen verdächtig den Tränen nah.

»So sehr, daß du mein Blut willst?«

»Sei nicht albern«, erwiderte sie automatisch. »Wenn ich dein Blut wollte, dann hätte ich es jetzt bereits.«

Während sie redete, weiteten sich ihre Augen, da ihr mit einem Mal dämmerte, weshalb es ihren Worten vorhin an Überzeugung gefehlt hatte. Sie haßte diesen megalaktischen Trottel immer noch nicht! Verdammt! Weshalb mußten die Nachwehen der Bestrafung auch so schnell vergehen, so daß nun nichts mehr da war, womit sie ihrer Wut weitere Nahrung hätte geben können? Diese Tatsache bewies freilich, daß die Bestrafung zwar schrecklich war, so lange sie angedauert hatte, aber keine Rechtfertigung für echte Rache in sich barg.

Trotzdem wollte sie nicht vergessen, wie entsetzlich es gewesen war, wie er sie dazu gebracht hatte, zu betteln und zu flehen und jeglichen Stolz zu vergessen. Das schlimmste war, daß er alles gesehen und gehört hatte, und jedesmal, wenn sie ihn von nun an ansehen würde, müßte sie sich fragen, ob er sich gerade daran erinnerte und sich an dieser Vorstellung weidete. Aber inzwischen konnte sie die Sache objektiv beurteilen und in gewisser Weise sogar einsehen, weil er nur so gehandelt hatte, wie es seiner sha-ka'anischen Sichtweise entsprach. Daß sie diese Sichtweise nicht akzeptierte, war ihr Problem. Und daß dadurch ihre Gefühle für den Krieger ruiniert worden waren, war ebenfalls ihr Problem. Sie wünschte nur, sie würde dies nicht so sehr bedauern.

Aber *ihm* waren ihre Gefühle sowieso egal, Hauptsache, sie leistete ihren Dienst bei ihm ab. Oder waren sie ihm vielleicht doch nicht egal? Aus irgendeinem Grund hatte sie das Gefühl, er sei der Ansicht, sie lasse nur Dampf ab, und hinterher würde dann wieder alles wie früher sein. Dafür würde auch seine Belustigung sprechen und die Tatsache, daß er nichts von dem, was sie sagte, wirklich ernst nahm.

Weshalb sollte sie überhaupt versuchen, ihm ihre Empfindungen klarzumachen. Er würde sehr bald von selbst darauf kommen, spätestens dann, wenn er merkte, daß sie ihren Dienst von nun an nur mehr unwillig verrichtete. Er hatte gesagt, sie dürfe frei reden, aber sie hatte ihm noch nicht einmal die Hälfte dessen, was sie eigentlich sagen wollte, erzählt. Nun, vielleicht würde er die andere Hälfte besser begreifen, und vielleicht wäre eine ruhigere Tonart dabei hilfreich.

»Schau, Krieger, offen gesagt, hasse ich dich gar nicht. Genausowenig wie du etwas dafür kannst, ein unsensibler Flegel zu sein, kann ich etwas dafür, dich einfach gern zu haben. Niemand ist vollkommen, und ich gebe gerne zu, daß gerade ich noch sehr weit davon entfernt bin. Ich schulde dir noch meine Dienste. Gut, ich bleibe bei dir, und du kannst sie dir nehmen, doch das Schlüsselwort ist ›nehmen‹. Du wirst von mir niemals mehr einen freiwilligen Dienst erhalten.«

Als Reaktion hob sich nur eine goldene Augenbraue.

»Vielleicht hast du vergessen, was dein Dienst beinhaltet, Frau. *Du darfst mir nichts verweigern.* Wenn ich deine Bereitwilligkeit fordere, wirst du diese mir dann verweigern?«

Tedra schoß die Zornesröte ins Gesicht. »Es gibt einen Unterschied zwischen geschenkter Bereitwilligkeit und erzwungener. Ich habe dir meine Bereitwilligkeit geschenkt, weil ich es wollte . . . weil ich dich wollte. Aber ich will dich nicht mehr, und deshalb wirst du meine Dienste nur mehr durch Befehle erhalten. Ich werde nicht mit dir streiten. Das meine ich damit überhaupt nicht. Nein, ich werde dir gehorchen und mich all den megalaktischen Gesetzen und Regeln hier unterordnen, denn glaub mir, Krieger, du hast letzte Nacht deinen Willen endgültig durchgesetzt, und dieser Erfolg hat etwa eine Stunde später, nachdem du angefangen hast, eingesetzt. Die anderen fünf Unterrichtsstunden in barbarischer Bestrafung waren dann für mich insofern lehrreich, als ich meine eigene Welt, meine eigene Kultur wieder zu schätzen lernte, in der Frauen nicht zu willfährigen Objekten des Mannes degradiert sind. In diesen fünf Stunden habe ich eingesehen, wie dumm ich all die Jahre war, da ich immer einen Mann gesucht hatte, der mich besiegen kann, und dem Trugschluß verfallen war, ein anderer käme gar nicht in Frage. Eigentlich sollte ich dir danken, denn du hast mir die Augen geöffnet, und ich weiß nun, daß ich mich geirrt habe. Wenn ein Mann noch einmal versuchen sollte, das, was du getan hast, mit mir zu machen, breche ich ihm eher sämtliche Finger, als dies zuzulassen. Das nächste Mal werde ich mir diese Gelegenheit nicht entgehen lassen.«

»Heißt das, daß du vorhast, meine Finger zu brechen?«

Er machte sich immer noch über sie lustig! Grinste immer noch! »Nicht deine, du Dummkopf«, fauchte sie. »Ich rede über den nächsten Mann, den ich in meiner Blödheit zu begehren glaube. Sterne! Ich liebe es, meinen Atem zu vergeuden!«

»Das glaube ich auch, denn das meiste, was du gesagt hast, entsprach nicht der Wahrheit.«

»Na gut, dann schnappe ich eben nach dem Köder! Auf welche barbarische Überlegung gründet sich deine Behauptung?«

»Du willst mich immer noch.«

Es dauerte einen Moment, bis sie antworten konnte, denn die Arroganz hinter diesen Worten verschlug ihr die Sprache. Er *konnte* es nicht wissen. Er vermutete einfach ins Blaue hinein. Selbst sie war in der Lage gewesen, ihre Reaktion auf seine körperliche Nähe zu ignorieren.

»Nein, ich . . .«

»Du willst mich jetzt.«

»Nein!« schrie sie.

Sie trat einen Schritt zurück, stieß allerdings sofort gegen das Sofa. Wild schüttelte sie den Kopf, konnte es einfach nicht fassen, derart durchschaut worden zu sein. Aber sie wußte nicht, daß er ihr Verlangen riechen konnte. Ohne auf ihre Abwehr einzugehen, griff er nach ihr. Und sobald diese kräftigen Arme sie umschlossen und diese festen Lippen Besitz von ihrem Mund nahmen, gab es nichts mehr zu sagen. Innerlich schüttelte sie zwar weiterhin den Kopf, doch lediglich wegen ihrer jämmerlichen Schwachheit. Sie begehrte diesen flegelhaften Kerl noch immer. Ihr Verstand mochte darüber zürnen, aber ihr Körper war nur zu glücklich, einen Narren aus ihr zu machen.

30.

Erst mehrere lustvolle Stunden später gelang es Tedra, wieder klar zu denken. Aber noch ehe sie beginnen konnte, sich über die Art, wie er ihr den Wind aus den Segeln genommen hatte, zu beschweren, beugte sich der Barbar im Bett über sie, und in seiner Miene war nichts Spöttisches oder Amüsiertes mehr. Er war befriedigt. Er war gesättigt. Doch sein Gesichtsausdruck war völlig ernst.

»Damit ist es bewiesen«, sagte er.

Sie brauchte gar nicht fragen, was bewiesen war. Ihre verletzten Gefühle und ihr verwundeter Stolz hatten seinen Küssen nicht standgehalten, genausowenig wie ihr Zorn und ihre Willenskraft. Sie mußte dieser Tatsache ins Auge blikken. Sie war lediglich ein Spielball ihres eigenen Verlangens, war auf diesen prachtvollen Riesen reingefallen. Es war verachtenswert, beschämend, aber so war es nun mal, und zwar unwiderlegbar bewiesen. Sie fand es nur seltsam, daß Challen sich an ihrer Schmach nicht weidete. Sein Ausdruck zeigte keinen Triumph, nur ein leises Zögern, als habe er Angst, weiterzusprechen.

»Es ist nun an der Zeit, daß ich meine Gedanken ausspreche, so wie du es vorhin getan hast. Ich werde mich allerdings um mehr Wahrhaftigkeit bemühen.«

Die letzten Worte wurden von einem halbherzigen Grinsen begleitet, mehr ein krampfhafter Versuch zu scherzen, ohne in der Stimmung danach zu sein. Sie bezweifelte, ob er überhaupt Schadenfreude empfinden konnte, da für ihn alles nur schwarz oder weiß war. Er war von all seinen Ansichten so felsenfest überzeugt, daß es bei ihm gar keinen Raum für Zweifel oder schäbigen Triumph gab. Sie wünschte, sie wäre wenigstens halb so entschieden.

»Gut, Krieger, ich werde dir zuhören«, sagte sie seufzend. »Aber eines möchte ich vorab klarstellen: Es ist lediglich bewiesen, daß mein Körper das Sex-Teilen mag. Das bedeutet noch lange nicht, daß meine Worte nicht wahrhaftig waren. Mein Körper hat sich nur über meinen Verstand hinweggesetzt.«

Und er wird es weiterhin tun, dachte sie und wünschte, er möge ein Stück beiseite rutschen, wenn er tatsächlich nur vorhatte, mit ihr zu reden. Er war in vollem Kontakt mit ihrer rechten Körperhälfte, sie auf dem Rücken, er, auf den Ellbogen gestützt, seitlich über sie gebeugt. Seine Brust war so breit, daß er nur eine Schulter hätte senken müssen, um ihren Oberkörper vollständig zu bedecken. Seine andere Hand ruhte auf seiner Hüfte und war in direkter Reichweite zu all den delikaten Teilen ihres Körpers. Sicher hatte er diese Position absichtlich eingenommen, um sie abzulenken, damit sie sich seinen Worten mit doppelter Konzentration widmen müßte. Doch allein schon aus Ärger über seine subtile Taktik würde sie sich keine Blöße geben und sich zur Gelassenheit zwingen.

»Wenn ein Krieger weiß, daß seine Frau ihm zürnt«, begann er nun, »dann bereiten ihm für gewöhnlich ihre Reden und Rechtfertigungen großes Vergnügen. Ich wünschte wahrhaftig, ich hätte auch an deinen Worten Vergnügen gefunden.«

»Du *warst* belustigt und vergnügt«, erinnerte sie ihn.

»Ich war erleichtert, *kerima*, und vor allem glücklich, daß ich keinen nicht wiedergutzumachenden Schaden angerichtet hatte.«

»Das ist wieder mal typisch, du hast nichts verstanden von dem, was ich sagte. Was geschehen ist, kann *nicht* wiedergutgemacht werden, Challen. Du hast eine einfache erzieherische Maßnahme in eine Demonstration barbarischer Grausamkeit umgewandelt. Du hast den Bogen überspannt.«

»Ich weiß.«

Stirnrunzelnd sah Tedra zu ihm auf, sie glaubte, falsch gehört zu haben. »Wie bitte? Was soll das heißen, du weißt?«

»Deine Bestrafung hat weit länger als nötig gedauert.«

»Du willst also eingestehen, daß du ein Sadist bist, oder?« stichelte sie. »Irgendwie hatte ich so etwas schon vermutet.«

Nun war es an ihm, die Stirn zu runzeln. »Ich gestehe, soviel Abscheu vor der mir auferlegten Pflicht empfunden zu haben, daß ich dazu ein Hilfsmittel benötigte. Ich nahm dieses Hilfsmittel, ohne zu wissen, welche Folgen daraus entstehen konnten.«

»Moment mal! Du meinst, ein Mittel mit bestimmten Wirkstoffen? Wie ein Charakterumwandler? Du hast eine megalaktische Droge eingenommen?«

»So kann man es nennen. Ja.«

Sprachlos starrte sie ihn an. Sie wußte nicht, ob sie lachen oder wütend sein sollte. Der große, mutige Barbar benötigte ein Hilfsmittel, um eine kleine, schwache Frau zur Räson zu bringen? Das war wirklich komisch! Und irgendwie auch rührend, wenn der Grund, den er genannt hatte, auch stimmte – stopp, laß dich davon nicht einwickeln, Tedra! Das änderte doch nichts an dem Sachverhalt, oder? Nein, kein megalaktisches bißchen!

»Du hast deine Pflicht also nicht gemocht? Das ist wirklich süß. Aber erwarte nicht, daß mich dein Geständnis vom Hokker haut, denn soweit ich mich entsinne, bist du deiner Pflicht mehr als genug nachgekommen, ob du sie nun gehaßt haben magst oder nicht!«

»Das habe ich damit auch gar nicht gemeint. Ich wollte nur sagen, ich bedaure, daß ich meine Pflicht erfüllen mußte. Aber es wäre unmöglich gewesen, mich davor zu drücken.«

»Komm mir nicht damit! Du bist doch hier der Obermakker, der *shodan*. Du kannst alles tun, was dir gefällt.«

»Und mir gefällt es, *kerima*, wenn du in Sicherheit bist. Wenn damit bestimmte Regeln verbunden sind, denen du dich fügen mußt, dann . . .«

»Ich glaube, ich habe genug gehört, Krieger«, unterbrach Tedra ihn eisig. »Wenn du dir darüber klar geworden bist, was du nun empfunden hast, ob Gefallen oder Abscheu, dann laß es mich wissen, und wir können weiterreden. Obwohl – wenn ich es mir so recht überlege, brauchen wir eigentlich gar nicht mehr darüber zu reden. Das Thema ist bereits völlig ausgereizt.«

»Du *wirst* mir zuhören!« Er hatte unversehens einen strengen Befehlston angeschlagen. »Ich muß dich noch um Vergebung bitten. Das tue ich hiermit.«

»Das ist ein kleiner barbarischer Witz, habe ich recht? Du willst Vergebung, obwohl du soeben zugegeben hast, daß es dir nicht leid tut. Du darfst es mir nicht übelnehmen, wenn ich das nicht gerade komisch finde.«

Die Hand, die sie so abgelenkt hatte, hob sich nun und legte einen Finger auf ihre Lippen. »Kein Wort mehr von dir, bis ich fertig bin.«

Er wartete auf ihr Nicken. Sie hatte keine Lust dazu, doch er würde nicht eher weiterreden, und seine Geduld war, im Gegensatz zu der ihren, geradezu grenzenlos. Also nickte sie, ohne daß dadurch allerdings ihre Lippen von seinem Finger erlöst wurden. Er wollte anscheinend kein Risiko eingehen.

»Ein Krieger tut, was er zu tun hat, ungeachtet seiner Empfindungen. Täusch dich nicht, Frau – sollte dein Verhalten erneut eine Bestrafung erforderlich machen, so wirst du diese erhalten. Aber nie mehr mit der Unbesonnenheit und Kaltblütigkeit der letzten Nacht. Dafür gibt es keine Entschuldigung. Ich war mir dessen, was ich tat, so wenig bewußt, daß ich weit über das eigentliche Maß der Bestrafung hinausging. Ich hätte mich meiner Pflicht ohne ein Hilfsmittel stellen müssen, und es war ungemein verantwortungslos, dieses Hilfsmittel zu nehmen, ohne die möglichen Konsequenzen zu kennen. Die Schuld liegt bei mir, und ich bereue mein Verhalten zutiefst. Es ist fraglich, ob deine Vergebung mich von all der Schuld, die ich fühle, befreien kann, doch ich bitte dich inständig darum. Wirst du mir Vergebung gewähren, *chemar*?«

Er nahm seinen Finger von ihren Lippen und wartete auf ihre Antwort. Aber Tedra fehlten die Worte. Diesen Alptraum hatte er nicht bewußt inszeniert? Konnte das wahr sein? Würde er so etwas sagen, wenn es nicht stimmte?

Er gab zu, unvollkommen zu sein, einen Fehler gemacht zu haben. Das allein war schon erstaunlich. Doch er hatte auch sein Bedauern zugegeben, und verdammt wollte sie sein, wenn er nicht aufrichtig geklungen hatte. Allerdings hatte er nicht gesagt, daß er von nun an von Bestrafungen Abstand nehmen würde – eher das Gegenteil. In einem Atemzug versprach er ihr weitere Strafen, im nächsten bat er um Vergebung. Und das war auch so eine Sache. Er bat um Vergebung. Er *bat*. Wollte er ihr damit einen Brocken hinwerfen, damit sie für ihren lädierten Stolz entschädigt wurde? Das löste bei ihr lediglich die Erinnerung an ihr eigenes Betteln und Flehen aus. Ihr schamloses Betteln um Sex! Oh, wie *könnte* er das jemals vergessen!

Sie hatte ihre eigene Sichtweise, und es gefiel ihr gar nicht, daß er mit seinen Argumenten diese ins Wanken brachte. Sonst würde er annehmen, er könne alles mit ihr tun und brauche sich hinterher nur nett entschuldigen. Andererseits ... andererseits hatte er sie *chemar*, Liebe, genannt. Sicher, für einen Sha-Ka'ani-Krieger war dies lediglich ein Kosename, nicht mehr und nicht weniger. Aber trotzdem hörte sie es gerne, spürte eine eigene Bedeutung dahinter, und ... und war sie denn komplett verrückt geworden, sich von seinem Gefasel einlullen zu lassen?

Aus purem Selbstschutz fragte sie: »Wie kannst du dir deines Tuns nicht bewußt sein und trotzdem die Erinnerung daran haben? Das ist vollkommen unmöglich, Challen.«

»Ist es auch. Ich kann mich nur an sehr wenig erinnern. Allein deine Reaktion und die Tatsache, daß es bereits dämmerte, als ich wieder zu mir kam und dich verlassen habe, hat mir den Ernst der Situation klargemacht.«

»Willst du damit wirklich sagen, du erinnerst dich nicht mehr daran, was du mir letzte Nacht angetan hast?« fragte sie fassungslos.

»Das ist richtig ... doch habe ich die Gewißheit, daß das, was getan werden sollte, auch getan wurde.«

Seinen arroganten Hinweis darauf, seiner Pflicht Genüge getan zu haben, hätte er sich an dieser Stelle sparen können. »Noch mal von vorn – du behauptest, du könntest dich an *meine* Rolle in dem abendlichen Schauspiel nicht erinnern?«

»Das letzte, woran ich mich entsinne, ist dein Versuch, mich zu füttern. Aber ich kann mich nicht mehr an den Beginn deiner Bestrafung erinnern oder an das, was währenddessen geschah.«

Und sie sollte ihm das einfach so abnehmen? »Dann erinnerst du dich nicht mehr an meine Drohung, vom Balkon zu springen, mir das Leben zu nehmen, dieses unnütze Stück Fleisch abzuschneiden, das ... zwischen deinen ...?«

Sie redete nicht weiter. Seine entsetzte Miene verriet, daß er ihr glaubte. Das war freilich ein Beweis dafür, daß er sich nicht mehr daran erinnerte, was sie tatsächlich gesagt und getan hatte. Sie hätte all das vielleicht gerne gesagt, doch sie war viel zu sehr mit Weinen und mit Flehen, er möge Sex mit ihr machen, beschäftigt gewesen, um noch an Drohungen oder Bluffs zu denken.

Mit einem Mal fühlte sie sich von einer Riesenlast befreit. All ihre noch verbliebene Wut und ihre Rachegelüste lösten sich in Nichts auf. Die bloße Überzeugung, er habe seine Pflicht getan und sie habe sich entsprechend der Strafe verhalten, war nicht das gleiche, wie wenn er eine echte Erinnerung daran gehabt hätte. Er hatte keine Erinnerung an ihr beschämendes Verhalten, konnte es sich lediglich vorstellen, und zwischen einer Vorstellung und der Realität lagen Welten.

Sie konnte sogar ihren Stolz wieder ein wenig aufbauen, da sie die Bestrafung wahrscheinlich ehrenvoller ertragen hätte, wenn sie nicht über die übliche Zeit hinausgegangen wäre – obgleich Challen, hätte er nicht unter dem Einfluß eines Charakterumwandlers gestanden, sicher erst dann aufgehört hätte, wenn sie zumindest ein bißchen geweint und gefleht hätte. Doch selbst ein bißchen Weinen und Flehen wäre, könnte er sich daran erinnern, schlimmer gewesen als das, was sie jetzt empfand, denn jetzt war sie von einer tiefen Freude erfüllt, weil sie ihm vergeben *konnte*, ihn während der Dauer ihres Dienstes weiterhin genießen *konnte*. Eigentlich müßte sie dankbar dafür sein, daß er das megalaktische Zeug eingenommen hatte, selbst wenn dadurch ihre Qualen verlängert worden waren. Das schlimmste, nämlich die Beschämung und die Demütigung, war allein in ihrer Erinnerung vorhanden, und wie lange blieb so eine Erinnerung schon bestehen, wenn niemand da war, der sie hätte teilen können?

Aber sollte sie ihn so leicht davonkommen lassen? Ihr Vergehen war nicht schlimmer als das seine gewesen, nur war sie dafür bestraft worden. Wer strafte einen Krieger für seine Fehler? Sie könnte es tun, überlegte sie mit äußerster Befriedigung, sie müßte nur seine Schuld gegen ihn ausspielen.

Aber sie wollte nicht unnötig grausam sein. Schon jetzt tat er ihr leid. Er wirkte so bekümmert, weil er tatsächlich glaubte, sie zur Gewalt nicht nur gegen ihn, sondern gegen sich selbst getrieben zu haben.

»Erkennst du nicht, wenn jemand aus purer Wut heraus redet, Krieger? Ich habe diese Dinge letzte Nacht nicht gesagt. Ich habe sie nicht einmal gedacht.«

»Diente das dazu, meine Schuld zu vermehren?«

»Nein, ich wollte nur sehen, ob du die Wahrheit sagst.«

»Wenn du immer noch wütend auf mich bist, dann schließe ich daraus, daß die Wahrheit auch keinen Unterschied zu deiner Haltung mir gegenüber macht. Wenn du mir nicht verzeihen kannst . . .«

»Das habe ich nicht gesagt«, unterbrach sie ihn und bemühte sich, widerwillig zu klingen.

Aber er nahm es wörtlich. Sie hatte nicht gesagt, ihm nicht verzeihen zu können, und demnach würde sie ihm verzeihen. Sofort überkam ihn eine tiefe Erleichterung, überschwemmte ihn förmlich. Sie hatte nicht gemerkt, wie angespannt er war, bis sie nun fühlte, wie sich sein Körper neben ihr entspannte. Tedra war allerdings der Meinung, daß es für sein Grinsen noch etwas zu früh war.

»Du verlangst eine Menge, Krieger, ohne dafür irgendeine Gegenleistung zu bieten«, beschwerte sich Tedra, um seiner guten Laune einen kleinen Dämpfer zu verpassen.

Das gelang ihr nicht. »So ist es.« Er bemühte sich um einen ernsteren Gesichtsausdruck, was ihm allerdings nicht gelang. »Deshalb habe ich ein Geschenk für dich mitgebracht, als kleine Wiedergutmachung sozusagen.«

Ihre Neugierde war entfacht, vor allem, da er mit leeren Händen in das Zimmer gekommen war. Es interessierte sie wirklich brennend, was ein Barbar unter einem Wiedergutmachungsgeschenk verstand. Aber was immer es war, es war nicht das, was ihr vorschwebte.

»Geschenke mögen deine Sha-Ka'ani-Frauen vielleicht besänftigen, aber nicht mich. Woher ich komme, gilt der Spruch: ›Wie du mir, so ich dir.‹«

»Du wirst mir das erklären müssen.«

»Es bedeutet, Gleiches mit Gleichem zu vergelten, aber ich wäre bereit, mich mit einem Platztausch zufriedenzugeben – sagen wir, für den Rest des Abends.«

»Du wünschst, ich solle mich auf den Rücken legen und du zur Seite?«

Beinahe wäre sie in Lachen ausgebrochen. »Nein, keine räumlichen Plätze.«

»Ah, ein Statuswechsel«, folgerte er fröhlich. »Du willst der *shodan* sein.«

»Nein . . . ich habe mir eher vorgestellt, daß du der Verlierer des Zweikampfes bist und ich der Gewinner, und zwar mit allen damit verbundenen Rechten und Privilegien.«

Er war so still, daß sie schon glaubte, er habe zu atmen aufgehört. Er mußte sich nicht länger um eine ernste Miene bemühen. Er sah vielmehr ziemlich schockiert aus.

»Du willst mich in einer Position haben, in der du befiehlst und ich gehorchen muß?«

»Jetzt hast du es verstanden, und wenn du dich zu dieser Art der Wiedergutmachung entschließt, dann gibt es kein Zögern und Zaudern. Egal, was ich tue oder nicht tue, es gibt kein Zurück mehr. Du wirst es ertragen, als seist du wirklich ein Verlierer und würdest mir denselben Dienst schulden wie ich dir.«

»Und dann würdest du mir vergeben?«

»Ganz und gar.«

»Und wirst mir bereitwillig deinen Dienst geben?«

»Uneingeschränkt.«

Er fragte nicht nach weiteren Erklärungen. Lange Minuten verstrichen, in denen er sie nur ruhig anschaute. Aber sie fühlte instinktiv, daß er innerlich einen schweren Kampf ausfocht. Einerseits wollte er sie zurückgewinnen, andererseits schreckte er vor diesem gewaltigen Schritt zurück. Sie war schon drauf und dran, ihre Forderung wieder zurückzunehmen; er war es einfach nicht gewohnt, von anderen Menschen Befehle anzunehmen, vor allem nicht von einer Frau. Und sich einverstanden zu erklären, diesen Befehlen zu gehorchen, ohne im voraus zu wissen, welcher Art sie sein würden – nein, sie müßte ihre Forderung gar nicht erst zurückziehen. Er würde sowieso nie zustimmen.

»Du sollst dein ›Wie du mir, so ich dir‹ haben, *kerima.*«

31.

Tedras Augen weiteten sich, sie glaubte, nicht richtig gehört zu haben. Er wollte sich ihr tatsächlich ausliefern?

»Du . . . du bist einverstanden?«

»Ist dir das etwa nicht recht?«

»Nun . . . ja, doch, aber . . .«

Sofort unterbrach sie sich und preßte die Lippen zusammen. Sie hätte all ihre Umtauschgutscheine der nächsten zehn Jahre darauf verwettet, daß er einen Rückzieher machen oder sie zumindest um ein anderes Angebot bitten würde. Vielleicht hatte sie irgend etwas überhört, irgendein schlau eingefügtes Wort, mit dessen Hilfe er aus der Sache wieder herauskäme?

»Bist du sicher, daß du die Regeln dieses Abkommens auch richtig verstanden hast, Challen? Du wirst tun müssen, was immer ich dir sage, ohne Wenn und Aber. Weder darfst du dich weigern noch deine Stärke gegen mich einsetzen. *Ich* werde die Befehle erteilen. Ist das klar?«

»Ja.«

»Und du bist nach wie vor einverstanden?«

»Ja.«

Seine Antworten erfolgten ohne das geringste Zögern, aber seine Stimme klang wahrlich elend. Und sie müßte blind sein, um nicht den Ausdruck tiefster Niedergeschlagenheit in seinem Gesicht zu erkennen. Das war auch nicht verwunderlich, da es gerade ihm, der zeit seines Lebens gewohnt war, zu herrschen und zu befehlen, absolut gegen den Strich gehen mußte, auf einmal die entgegengesetzte Rolle zu spielen. Doch plötzlich kam ihr zu Bewußtsein, daß diese tiefe Niedergeschlagenheit noch einen anderen Grund hatte: Er war der Meinung, sie wolle ihn demütigen, ihn beschämen, ihn auf dieselbe Art bestrafen, wie er es mit ihr getan hatte. Und trotz dieser Befürchtungen hatte er seine Einwilligung gegeben!

Sterne, fühlte er sich tatsächlich *so* schuldig? Oder war nur sein Verlangen, die Dinge wieder wie früher zu haben, so ausgeprägt, daß er dafür alles zu tun bereit war? Er hatte sie gebeten, ihm zu vergeben. Glaubte er wirklich, sie hätte ihm ohne sein Bitten nicht vergeben? Nun, es würde ihm nichts schaden, dies anzunehmen. Und es würde ihm auch nichts schaden, eine Weile in der Angst zu leben, sie könne das Schlimmste tun. Sie hatte diese Art von Rache nicht beabsichtigt, doch wenn die Gelegenheit dazu schon einmal da war, dann wollte sie diese auch ein wenig auskosten.

»Bevor du dich mir nun endgültig auf Gedeih und Verderben auslieferst, Krieger, will ich mich vorab noch absichern. Gib mir dein Wort, daß du weder morgen noch zu irgendeinem anderen Zeitpunkt Vergeltungsmaßnahmen für das, was heute nacht geschieht, ergreifen wirst.«

Unversehenes wandelte sich seine niedergeschlagene Miene in einen Ausdruck tiefsten Gekränktseins. »An so etwas habe ich nicht einmal gedacht«, erwiderte er steif.

»Das mag sein«, lenkte sie ein. »Nur der Vollständigkeit halber – gibst du mir dein Wort?«

»Du hast es.«

Seine augenscheinliche Verstimmtheit entlockte ihr ein Grinsen. »Armes Baby«, schnurrte sie, wohl wissend, wie sehr er diese Anrede verabscheute. »Wenn dir so ein kleines Versprechen schon so schwerfällt, wie wirst du diese Nacht dann bloß überstehen? Aber jetzt wollen wir erst mal anfangen. Leg dich hin, Baby, auf den Rücken.«

Einen kurzen Moment glaubte sie, er würde sich weigern, aber anscheinend fiel ihm dann doch ein, daß er keine Wahl hatte. Sie half ihm bei dieser Erkenntnis, indem sie sich aufrichtete und seine Brust nach hinten drückte. Jetzt schaute sie zu ihm hinab, und was sie sah, war ein sehr angespannter, argwöhnisch dreinblickender Barbar, dem die Furcht vor ihrem nächsten Befehl deutlich im Gesicht geschrieben stand.

Um ihn nicht zu enttäuschen, sagte sie: »Spreiz deine Beine ein wenig, Süßer!«

Wieder sah er sie an, als wolle er sich ihrem Befehl widersetzen. Seine Lippen preßten sich zusammen. Seine Fäuste ballten sich. Eine Ewigkeit schien zu vergehen, ehe er endlich eins seiner Beine hob und es ein paar Zentimeter von dem anderen Bein entfernt wieder niederlegte. Tedra mußte sich das Lachen verbeißen. Er haßte diese Rolle, er haßte sie *wirklich*, und jeder andere Mann an seiner Stelle hätte sie mit seinen Augen zu erdolchen versucht, nicht aber ihr Barbar. Er gab seinen Gefühlen, die einem brodelnden Vulkan gleichen mußten, nur mit ein paar dürftigen Seufzern Ausdruck, seine Augen blieben indes völlig unergründlich. Nun, ihr würde schon etwas einfallen, um dies zu ändern.

»Du wirst mich heute nacht nicht berühren, Krieger, es sei denn, ich gestatte es dir. Und damit du dies nicht vergißt, wirst du deine Hände unter deinen Kopf legen, und sie dort lassen.«

Ohne zu zögern folgte er dieser Aufforderung, wohl deshalb, weil er schon drauf und dran gewesen war, seine Hände um sie legen – um ihren Hals.

Zufrieden betrachtete sie dann ihr Werk; er lag in einer Position, die er auch sonst einzunehmen pflegte, nur war er jetzt alles andere als entspannt. Da er von ihr in diese Lage gezwungen worden war, merkte er wahrscheinlich gar nicht, daß dies seine bevorzugte Ruheposition war. Aber sie würde ihn nicht darauf hinweisen. Es schadete ihm wirklich nicht, eine kleine Kostprobe der sexuellen Qualen, denen er sie ausgesetzt hatte, am eigenen Leib nachzuempfinden. Und die Macht über diesen starken, prächtigen Körper zu haben, sei es auch nur für eine Weile, barg eine ganz eigene Faszination.

Sterne, wie sie es liebte, ihn nur anzusehen! Die massige, muskulöse Brust, die breiten Schultern, die mächtigen Arme, mit den hervorquellenden Bizepsen und den kräftigen Unterarmen, die dicker als ihre Waden waren. Auch sein Bauch war von festen Muskelsträngen durchzogen, und sie wußte aus erster Hand, wie unverwundbar diese Körperzone war. Stein könnte nicht härter sein. Und diese langen, wohlgeformten, muskulöse Beine standen in perfektem Einklang zu seinen Proportionen.

Seine Größe vermochte sie jedesmal aufs neue zu erregen, und das war jetzt nicht anders. Macht über ihn zu haben bot einen zusätzlichen Kitzel; sie fühlte sich dadurch in einer gleichberechtigten Position, wie es auf ihrer Welt für sexuelle Beziehungen üblich war. Sie war schon wieder für ihn bereit, obwohl sie vor kurzem nicht weniger als sechs gewaltige Orgasmen gehabt hatte. Doch sie hatte aufgehört, sich darüber zu wundern. Sobald er nur das Zimmer betrat, löste allein sein Anblick in ihrem Körper ein heftiges Begehren aus. Sie war über diese Reaktion alles andere als erfreut, aber sie konnte nichts dagegen tun. Es wäre weniger schlimm, wenn er auf ihren Anblick ebenso prompt reagieren würde, doch sie hatte auf quälende Weise erfahren müssen, daß dem nicht so war.

Die Erinnerung daran trieb einen Stachel in ihre momentane Überheblichkeit, und der Anblick des lebenden Beweisstückes vor ihr tat das Seine dazu. Da Challen bereits dreimal seinen Höhepunkt gehabt hatte, war sein Fleisch nun weich und gesättigt, keineswegs so, wie sie es haben wollte. Ihm Bereitschaft zu befehlen war absurd, unmöglich. Anders als eine Frau mußte ein Mann, um angemessen reagieren zu können, Verlangen empfinden, und unter diesen Umständen würde Challen sicherlich nichts dergleichen fühlen. Und der Barbar hatte darüber hinaus auch noch uneingeschränkte Kontrolle über seinen Körper. Megalaktische Hölle! Wenn er diese Kontrolle ausübte, würde die Sache nicht sonderlich spaßig werden, und sie hegte kaum Zweifel, daß er genau dies bereits tat. Und schlimmer noch – sie hatte sich ihrem eigenen Verlangen, in der Überzeugung, es würde gestillt werden, blindlings überlassen. O himmlische Sterne, hatte sie vollends den Verstand verloren und sich in eine Selbstbestrafung hineinmanövriert?

»Entspann dich, Krieger!«

Ihr gereizter Ton erschreckte ihn, aber nur einen kurzen Moment. »Dies zu tun steht nicht in meiner Macht.«

»Nun gut, das kauf ich dir ab. Dann werden wir es anders versuchen. Du wirst heute nacht nicht von deiner übermenschlichen Beherrschung Gebrauch machen, und zwar kein bißchen. Ich will ehrliche Reaktionen von dir sehen, *jede* Reaktion, nicht nur die, die du zu zeigen bereit bist.«

Als Antwort begann er zu knurren, und sie klopfte sich in Gedanken auf die Schulter. War es tatsächlich so einfach, seine Beherrschung zu durchbrechen? Das mußte sie austesten! Sie beugte sich vor und schnappte mit den Lippen nach einer seiner Brustwarzen. Sein Knurren wandelte sich in ein Stöhnen, ein Beweis, wie schnell sein Fleisch zu Leben erwachte, wenn er es nicht mehr zu beherrschen versuchte. Durch ihren Befehl, seine Reaktionen nicht zu unterdrücken, hatte sie ihm seine Macht genommen, denn er hatte sich einverstanden erklärt, jeden ihrer Befehle strikt zu befolgen. Seine Augen waren nicht länger undurchdringlich. Es gefiel ihm gar nicht, daß sie den letzten Schutzwall seiner Verteidigung niedergerissen hatte. *Ihr* gefiel es dafür um so mehr. Sie hatte sich vorhin umsonst gesorgt.

Leise lachend ließ sie ihre Zunge nun kreisen. Währenddessen schaute sie Challen unentwegt an, doch er schloß die Augen, als wollte er damit den Empfindungen, die ihre Zunge in ihm auslösten, Einhalt gebieten. Listig änderte sie nun ihre Position, kroch auf ihn, bis ihre beiden Arme neben seinem Hals lagen und ihr Gesicht nur wenig über dem seinen. Ihre Brustwarzen versteiften sich durch den engen Körperkontakt.

»Schau mich an, Baby!«

Seine Augen öffneten sich, und nun lag glühende Leidenschaft darin. Ob aus Zorn oder Verlangen, hätte sie allerdings nicht sagen können. Das spielte auch keine Rolle, da jede seiner Reaktionen aufregend war.

»Gib mir jetzt einen Vereinigungskuß, und zwar einen so heißen, daß meine Schaltkreise, hätte ich welche, durchschmelzen würden.« Aus purer Gewohnheit versuchte er, seine Hände ins Spiel zu bringen, doch sie schüttelte den Kopf. »Nein, nein! Du darfst Tedra nicht berühren.«

»Wie soll ich dich dann küssen?«

»Mit deinen Lippen, Süßer, nur mit deinen Lippen.«

Erheitert registrierte sie seinen grimmigen Blick und wartete dann geduldig darauf, daß er seinen Kopf erhob. Das würde für ihn keine bequeme Position sein, aber sie hatte nicht vor, den Kuß übermäßig in die Länge zu ziehen. Sie brannte schon darauf, ihre weiteren Ideen in die Tat umzusetzen.

Als er schließlich den Kopf hob und seine Lippen auf die ihren preßte, war jeder Gedanke an einen kurzen Kuß verschwunden. Darin war er nach wie vor perfekt, sein Mund gebieterisch, drängend, und sie gab seinem Drängen nach. Hitze wallte in ihr auf, und das war nur eine von vielen Reaktionen, mit denen ihr Körper antwortete. Es gab andere, genauso machtvolle, und sie alle eskalierten, als seine Zunge in ihren Mund glitt und mit der ihren spielte.

Sterne, wie sie seinen Geschmack liebte! Berauscht legte sie ihre Hände unwillkürlich um seinen Nacken, um diesen zu stützen. Nicht, daß diese starken Nackenmuskeln ihre Arbeit nicht hätten leisten können, aber sie wollte kein Risiko eingehen und diesen Kuß bis zum Ende genießen. Sie merkte nicht, wie seine Hände sich um ihre Handgelenke legten, um sie an dieser Stelle zu halten, da auch er den Kuß nicht enden lassen wollte.

Sie hätte nicht sagen können, wie lange dieser Kuß währte. Schließlich riß sie sich aus purem Selbstschutz von seinen Lippen. Sie brannte lichterloh. Sie begehrte ihn ebenso inbrünstig wie in der letzten Nacht. Und das wegen eines einzigen Kusses.

Plötzlich wurde sie sich seiner Hände, die immer noch ihre Handgelenke umklammerten, bewußt. Und auch, daß ihre Hände seinen Kopf stützten. Auf der Stelle ließ sie ihn los, und er tat das gleiche. Aber sie hatte nicht vor, auch nur ein Wort darüber zu verlieren.

Sie setzte sich, das Gesicht ihm abgewandt, auf. Sie hätte sich gerne ein wenig Luft zugefächelt, wollte sich aber keine Blöße geben. Erst nachdem sie wieder einigermaßen normal atmen konnte, drehte sie sich zu ihm um, allerdings mit dem Erfolg, daß ihr Atem erneut ins Stocken geriet. Es bestand kein Zweifel mehr daran, welcher Art die Leidenschaft in seinen Augen war. Sein Körper lieferte den Beweis – einen sehr harten Beweis.

Am liebsten hätte sie ihr ganzes Vorhaben zum Teufel gejagt. Es war nicht fair, daß sein Verlangen ihr eigenes nur um so mehr anstachelte. Und die Leichtigkeit, mit der sie sein

Verlangen entfacht hatte – war das lediglich ein weiterer Besänftigungsversuch seinerseits, ein Ausgleich für letzte Nacht? Sie hatte ihm zwar befohlen, jeglicher Kontrolle zu entsagen, wußte aber sehr wohl, daß er durchaus einen Teil dieser Beherrschung hätte beibehalten können, ohne daß sie den Unterschied gewußt hätte. Er hätte sagen können, nichts empfunden zu haben, und ihr wäre nichts weiter übriggeblieben, als ihm zu glauben. Und nachdem er heute bereits dreimal gekommen war, hätte sie seine Aussage auch nicht bezweifelt. Trotzdem gestattete er ihr aber, ihn zu erregen, reagierte so, wie sie es seiner Meinung nach wünschte, selbst wenn er dabei Gefahr liefe, ebenso unbefriedigt zu bleiben, wie sie es letzte Nacht gewesen war. Oder kannte er sie gut genug, um zu wissen, daß sie so etwas, auch wenn sie es wollte, nie tun könnte, weil auch ihr Körper nach Erlösung strebte und ihr Verlangen mit dem seinen untrennbar verbunden war? Vielleicht wußte er das oder vermutete es zumindest, und das war für sie wiederum Grund genug, ihn noch eine Weile im Zweifel zu lassen, ja, diese Zweifel sogar noch zu schüren.

Sie schenkte ihm ein listiges Lächeln. »Ich weiß nicht, wie es mit dir steht, Baby, aber ich habe wirklich großen Spaß an der Sache. Ich bin tatsächlich auf den Geschmack gekommen, und wenn ich dich das nächste Mal herausfordere, werde ich viel härter um den Sieg kämpfen, weil ich nun weiß, wie süß die Macht schmeckt.«

Sie ignorierte sein Stirnrunzeln und lehnte sich über ihn, bis ihre Wange seine Brust berührte. Dann begann sie mit der Hand an der Brustwarze, die direkt neben ihrem Gesicht war, zu spielen, beobachtete, wie sie hart wurde, so hart, wie ihre Nippel bereits waren. Als er aufstöhnte, ließ sie seinen Nippel los und widmete sich dafür seiner ganzen Brust. Sie gebrauchte nun beide Hände, spreizte die Finger weit auseinander, um möglichst viel von seiner Brust zu umfassen, fühlte, wie sich seine Muskeln unter ihren Fingerspitzen zusammenzogen, und hörte, wie sein Herz gegen ihr Ohr hämmerte.

»Sterne, es ist wirklich ein Vergnügen, dich anzufassen, Baby!«

Die Worte waren ihr unwillkürlich entschlüpft, doch sie bedauerte es nicht. Sein Stöhnen wurde lauter. Sie hob den Kopf, küßte ihn mitten auf die Brust und fuhr dann mit der Zunge über die gleiche Stelle, während sie ihn unverwandt beobachtete. Er hatte es wirklich nicht leicht. Seine Gesichtsfarbe wurde dunkler, mit einem Stich ins Rote. Auf seiner Stirn erschienen Schweißperlen, und seine angespannten Armmuskeln deuteten darauf hin, daß er seine hinter dem Kopf verschränkten Hände zu Fäusten geballt hatte. Er verhielt sich wirklich anerkennenswert. Seine Augen hatte er diesmal nicht geschlossen, er starrte sie vielmehr mit einer solchen Intensität an, daß sie wegschauen mußte, um nicht auf der Stelle alle Zurückhaltung fahren zu lassen.

Nein, sie war noch nicht bereit, auch wenn ihr Körper dies meinte. Der Barbar sollte vorher noch eine kleine Kostprobe dessen, was er ihr letzte Nacht zugemutet hatte, erhalten. Aber nicht bis hin zu dem Punkt, an dem sein Verlangen in Schmerz umschlüge oder er sie um Erlösung anflehen müßte. Selbst wenn sie es wollte, könnte sie ihm das nicht antun. Aber er sollte ruhig noch eine Weile im ungewissen bleiben.

»Nach der letzten Nacht«, begann sie, während ihre Küsse von seiner Brust langsam tiefer glitten, »nach der letzten Nacht habe ich entdeckt, wie lange ich das Unvermeidliche hinauszögern kann, ja, daß ich auch dann nicht umkomme, wenn es gar nicht geschieht.«

»Frau . . .«

»Nein!« unterbrach sie ihn schneidend und biß ihn dann in den Bauch, um ihrem Mißfallen über seinen versuchten Einwand zu betonen. Sie wußte, was er hatte sagen wollen – er wollte sie vor der Richtung warnen, die sie eingeschlagen hatte, aber sie würde sich durch nichts von ihrer eingeschlagenen Bahn ablenken lassen. »Du sollst nicht sprechen, Krieger. Habe ich das vorhin nicht gesagt? Jetzt ist meine Zeit gekommen, und Tedra will spielen ... mit *allem* von dir.«

Sie versuchte, an der Stelle, in die sie vorher ihre Zähne eingeschlagen hatte, zu saugen, doch sein Fleisch war so fest, daß sie sich aufs Lecken beschränken mußte. Sein lautes Keuchen ließ sie lächeln. Zweifelte er etwa daran, noch mehr ertragen zu können? Es würde ihm nichts anderes übrigbleiben.

»Keine Bange, Baby«, raunte sie, während sie sich mit ihrer Zunge auf seinen empfindsamsten Körperteil vorarbeitete. »Ich werde nichts tun, was du nicht auch mit mir getan hast.«

Sie hatte ihre Worte mit Bedacht gewählt, und die Geräusche, die er nun von sich gab, erinnerten verdächtig an ersticktes Keuchen. Wäre ihr eigener Atem nicht so von ihrem Tun in Anspruch genommen, hätte sie jetzt gelacht. Sie ließ eine Hand über sein Bein gleiten, streichelte die Innenseite seines Schenkels und strich dann zart mit ihren Nägeln zu seinem Bauch zurück. Er bebte, und ihr eigener Körper antwortete mit einer Gänsehaut.

Sie wölbte die Hand um die Stelle, wo er weich war, und beugte sich über das, was hart und pulsierend war. Ihr Barbar war sehr still geworden. Wahrscheinlich hielt er den Atem an. Immerhin hatte sie ihm genügend Hinweise über ihre Absicht gegeben.

Dieser Teil von ihm, der so viel Vergnügen spenden konnte, faszinierte sie ungemein. Groß und lang und voller Kraft, gehorchte er gewöhnlich nur seinem Willen. Doch heute nacht gehorchte er ihr, und er gehorchte so gut!

»Ich liebe diesen Teil von dir, Challen«, konnte sie nicht umhin zu sagen. »Ich liebe seine Stärke und seine Zartheit. Es erstaunt mich, daß du mich nie damit verletzt, auch nicht aus

Versehen. Ich weiß, du könntest es ... du weißt, du könntest es. Aber du bist sehr vorsichtig, wenn du mit einer Frau zusammen bist, nicht wahr? Die einzige Zeit, in der du nicht gerade sanft bist, ist beim Liebemachen, und dann ist es absichtlich. Es erschreckt mich manchmal, wie ... unsanft ... du sein kannst. Aber es erregt mich auch unsagbar. Und ich glaube, du weißt das. Ich glaube, deshalb tust du es auch ...«

Das war die ganze Warnung, die er erhielt, ehe sie sich vorbeugte und ihre Zähne langsam über seine volle Länge gleiten ließ, genauso, wie er es schon oft mit ihren Brüsten getan hatte. An der Spitze hielt sie plötzlich inne und biß zu, ein wenig fester, als er es mit ihren Nippeln getan hatte. Er bäumte sich auf und warf sie dabei beinahe um.

»Langsam, Baby«, kicherte sie. »Du solltest doch inzwischen wissen, daß ich noch nicht fertig bin.«

Nicht nur aus reinen Rachegelüsten schickte sie nun ihre Zunge los, damit diese dem Weg, den ihre Zähne vorher erkundet hatte, nachfolgte. Sein Stöhnen glich eher einem Brüllen. Sein Körper versteifte sich, erzitterte dann und versteifte sich wieder. Aber seine Reaktionen, dieselben Reaktionen, die sie von ihm gefordert hatte, zeigten eine unerwünschte Nebenwirkung – auf sie. Ihn heiß zu machen bedeutete, selbst heiß zu werden, und sie hatte weniger Ausdauer als er. Sie konnte es keine Minute länger aushalten.

Sie erhob sich auf die Knie, sah ihn an, und gelangte zu der unangenehmen Erkenntnis, daß sie seine Männlichkeit nicht in sich aufnehmen, sondern sich vielmehr von ihr durchbohren lassen wollte. Sie konnte ihm befehlen, Liebe mit ihr zu machen, aber sie fürchtete, das würde auch nichts bringen. Sie wünschte sich von seinen Armen umschlungen, weil *er* sie um sie schlingen *wollte*, und nicht weil sie ihm dies befahl. Sie brauchte sich nichts vorzumachen – sie war süchtig nach seiner ganz speziellen Dominanz. Die Hilflosigkeit, die sie dabei empfand, bewirkte, daß sie ganz aus sich herausging, sich ihm hingab, sich völlig in Besitz genommen fühlte und ... geliebt fühlte.

Das war es, was sie wollte, aber sie hatte sich selbst in eine Lage gebracht, in der sie das nicht bekommen würde, es sei denn ...

»Ich ... ich glaube, ich habe genug gespielt, Challen. Ich danke dir für deine Fairneß, aber jetzt will ich die Rollen wieder zurücktauschen. Du kannst ...«

Sie konnte nicht fertigsprechen, denn er erhob sich schlagartig auf die Knie, zog sie an sich und schloß sie in den Schraubstock seiner Arme.

»Hast du mir vergeben, Frau?« fragte er.

»Ja«, konnte sie nur noch keuchen, da er bereits in sie eindrang.

»Leg die Hände hinter deinen Kopf.«

Sie zögerte keine Sekunde.

»Du wirst dich jetzt zurücklegen«, befahl er weiter.

Würde sie? Ihr Hinterteil ruhte auf seinen weit gespreizten Schenkeln, während ihre Schenkel seine Hüften umklammerten. Er war tief in ihr, und dieses köstliche Empfinden ließ sie beinahe den festen Griff seiner Hände um ihre Taille vergessen. Wenn sie sich zurücksinken ließe, würde sie nicht weit fallen.

Sie sank zurück und erkannte augenblicklich, weshalb er dies verlangt hatte. Diese verwundbare Stellung drängte ihre Brüste ihm entgegen, und er beugte sich auch sogleich vor, um ihrer habhaft zu werden. Er biß nicht, saugte aber so heftig, daß sie glaubte, er wolle sie schlucken. Sie schrie auf. Er ergoß sich in sie, und sie explodierte, löste sich auf, explodierte, Sterne, diese unglaubliche Schönheit, diese unglaubliche Ekstase!

Sie war hinterher so benommen, daß sie weder merkte, wie er sie sanft auf das Bett legte, noch wie sie ihm den Gute-Nacht-Kuß gab, der zu einem Ritual zwischen ihnen geworden war. Und nur er merkte auch, wie sie sich eng gegen ihn schmiegte, ehe sie in tiefen Schlaf versank.

32.

Welch Vergnügen, so wunderbar erfrischt aufzuwachen – zumindest war das Tedras erster Gedanke, ehe die Ereignisse des gestrigen Abends mit voller Wucht über sie hereinstürzten. Allein die Erinnerung trieb ihr die Schamesröte in die Wangen. Am liebsten wäre sie aufgesprungen, doch dazu müßte sie Challen wecken, dessen Arm sie fest umschlang.

Woher im Sternenuniversum hatte sie die Dreistigkeit genommen, mit dem mächtigen Barbaren derart umzuspringen? War sie denn komplett verrückt? Eine Masochistin? Und wie, zur megalaktischen Hölle, war sie auf die wahnwitzige Vorstellung verfallen, daß sie es *mochte*, von einem so unerträglich arroganten, unflexiblen Mann dominiert zu werden, einem Mann, der den Prototyp eines absoluten Tyrannen verkörperte? Und sie hatte wirklich geglaubt, den Spieß umdrehen zu können, obwohl er gerade darin ein Experte war?

Sie hatte zwar sein Wort, daß er keine Vergeltungsmaßnahmen ergreifen würde, doch das hatte sie erzwungen. Sie würde sich nicht an einen unter Druck gegebenen Schwur halten, weshalb sollte er dies dann tun?

Ihrer Kehle entrang sich ein Laut, und Challens Arm bewegte sich; seine Hand glitt zu ihrem Gesicht. »Fühlst du dich nicht gut, *chemar*?«

»Ich . . . habe ich dich aufgeweckt?«

»Nein«, sagte er einfach und stürzte sie damit in einen Strudel der Ungewißheit. Hatte er sie etwa die ganze Zeit beobachtet?

Sie blickte in seine mitternachtsdunklen Augen, hoffte, darin etwas lesen zu können, doch sie waren so undurchdringlich wie immer. Nicht zum erstenmal wünschte sie, die Ruhe und Gelassenheit eines Kriegers zu haben, die Fähigkeit, nach außen hin gleichmütig zu wirken, selbst wenn innen ein Vulkan brodelte.

»Bleibst du heute aus . . . einem bestimmten Grund hier?« tastete sie sich vor.

»Nein.«

Diese aussagekräftigen Antworten brachten sie nicht weiter. »Bist du wütend auf mich, Challen?«

Eine goldene Braue wölbte sich nach oben. »Sollte ich denn?«

Sie war versucht zu sagen, welch wunderbarer Unterhalter er doch war, aber sie unterdrückte diesen Wunsch und fragte sich gleichzeitig, woher sie wohl ihre selbstzerstörerischen Neigungen hatte. Zweifellos von einem ihrer Spender, einem jener beiden Unbekannten, die ihre Gene für ihr Glasröhrchen zur Verfügung gestellt hatten. Einer von beiden mußte etwas instabil gewesen sein – wahrscheinlich der Mann.

»Wenn du nicht wütend auf mich bist, Krieger, werde ich auch kein Thema anschlagen, wodurch sich dies ändern könnte. Aber falls du doch wütend bist, möchte ich darüber reden.«

»Eine vernünftige Strategie«, bemerkte er lachend.

»Nun?«

»Ich werde dir die Entscheidung überlassen, ob ich wütend sein soll oder nicht.«

»Sehe ich aus, als wäre ich bescheuert?«

»Du siehst aus wie immer – sehr begehrenswert.«

Sie dachte kurz nach, dann erhellte ein strahlendes Lächeln ihr Gesicht. »Du bist tatsächlich nicht wütend, stimmt's? Das freut mich sehr, da ich nicht behaupten kann, diese – äh, diese einzigartige Erfahrung nicht genossen zu haben. Da es dir anscheinend nichts ausmacht, können wir ja öfter dieses Spiel spielen.«

»Bestimmt nicht.«

»Oh?« Lächelnd beobachtete sie ihn, wie er sich etwas steif im Bett aufsetzte. »Muß ich dich daran erinnern, daß unser Zweikampf härter verlaufen wird? Falls ich dich noch einmal herausfordern sollte, werde ich mich anderer Taktiken bedienen – und gewinnen.«

»Du kannst es gerne versuchen«, gab er selbstherrlich zurück.

»Danke! Da du gerade in einer so hochherzigen Stimmung bist – was hältst du davon, in unseren nächsten Kampf ein Handicap für dich einzubauen? In Anbetracht deiner Größe und deines Geschlechtes wäre das nur fair!«

»Was ist ein Handicap?«

»Ein Vorteil für mich. Ein kleiner Vorsprung sozusagen. Wenn du beispielsweise eine Hand hinter deinen Rücken gebunden hättest, um das Mißverhältnis zwischen uns auszugleichen.«

Er dachte eine Weile über ihre Worte nach. »Nun gut, welches Handicap forderst du?«

»Das Element der Überraschung wäre ausreichend. In anderen Worten: Ich dürfte dich ohne vorherige Warnung angreifen. Wärst du damit einverstanden?«

»Durch deine Frage hast du mir bereits eine Warnung gegeben. Wie willst du da dein Element der Überraschung einbringen?«

»Ich meine damit nicht, daß ich dich genau jetzt herausfordere, Baby. Und du kannst nicht jede Minute des Tages wachsam sein, oder?«

Mißtrauisch beäugte der Krieger sie. »Würdest du mich auch im Schlaf angreifen?«

»Nein, diese Zeit wäre ausgeklammert.«

Da er nicht gleich antwortete, wurde ihr klar, daß er sich

ihren Vorschlag tatsächlich überlegte. Sie hatte ihn eigentlich nur ein wenig necken wollen. Aber bitte, wenn er töricht genug war, die Unterschiede zwischen ihnen ausgleichen zu wollen, wäre sie die letzte, ihn davon abzuhalten. Im Moment war sie zwar recht zufrieden mit ihrem Barbaren, aber das konnte sich schlagartig ändern, und dann wäre sie um diese Option sehr froh.

»Deine Argumente klingen plausibel, *kerima.*« Seine etwas selbstgefällige Miene versetzte Tedras Hochstimmung einen kleinen Dämpfer. »Wenn du mich also herausfordern willst, so brauchst du das vorher nicht anzukünden.« Er beugte sich zu ihr herab und gab ihr einen kurzen, süßen Kuß. »Allerdings hoffe ich, daß du keinen Grund zu einer neuerlichen Herausforderung haben wirst.«

»Wenn du so weitermachst, dann sicher nicht.«

Sie grinsten einander an, ehe er sich wieder aufsetzte. Sie wollte ihn nicht gehen lassen und den ganzen Tag allein in diesem Zimmer verbringen.

Als er Anstalten machte, sich vollends zu erheben, ergriff sie seine Hand. »Du steckst heute morgen voller Überraschungen. Apropos Überraschung – hattest du gestern nicht von einem Geschenk für mich gesprochen?«

»In der Tat«, sagte er und zog sie über das Bett, bis sie neben ihm saß. »Zieh dich an, und ich werde dich hinführen.«

»Mich anziehen? Du meinst, Kleider anziehen?«

Nun schnellten beide Goldbrauen in die Höhe. »Du empfindest diesen Vorschlag als unzumutbar?«

»Überhaupt nicht, ich bin sogar sehr dafür! Aber ich habe keine Lust, eine neue Bestrafung zu riskieren, nur weil dein Gedächtnis im Moment etwas nachzulassen scheint.«

Verständnislos sah er sie an und befahl dann schroff: »Erkläre, Frau!«

»Was erklären? Ich wollte dich nur an den anderen Teil

meiner Strafe zu erinnern. Keine Kleider, weißt du noch? Für die gesamte Dauer meines Stubenarrestes?«

Sie hatte erwartet, er wäre betreten über seinen Gedächtnisverlust, doch er schüttelte nur seufzend den Kopf.

»Langsam sehe ich nun ein, daß du vor der letzten Nacht deinen Körper nicht freiwillig zur Schau gestellt hast.«

»Zur Schau gestellt?« wiederholte sie empört. »Als ob ich das je getan hätte!«

»Nein, ich erkenne nun, daß du nicht so schamlos wärst, obwohl ein Krieger es sich vielleicht anders wünschen würde.«

»Challen . . .«

»Ich will dich nur ein wenig necken, *kerima*, und dafür werde ich mich auch nicht entschuldigen. Aber ehrlich gesagt – ich erinnere mich nicht an diese zusätzliche Bestrafung und sehe eine solch auch gar nicht als nötig an. Ich habe zugegeben, über das Ziel hinausgeschossen zu sein, und eine zusätzliche Bestrafung würde das Ganze nur noch verschlimmern. Du wirst diese Anordnungen also ignorieren und meine Entschuldigung dafür annehmen, daß ich sie ausgesprochen habe.«

»Gut, ich werde sie ignorieren, aber ob ich deine Entschuldigung annehme, mußt du mir überlassen.«

»Wie es letzte Nacht auch mir überlassen war, dir mein Wort zu geben?« erinnerte er sie.

»Einverstanden!« rief sie rasch. Sie könnte auch später mit ihm über seine Befehle diskutieren, wenn diejenigen, die sie ihm erteilt hatte, nicht mehr ganz so frisch in seinem Gedächtnis wären. »Laß uns die Sache jetzt begraben und einen Baum darauf pflanzen, okay? Entschuldigung angenommen, wie befohlen! Wie war das noch mal? Wolltest du mich nicht zu dem Geschenk führen«

Leise lachend zog er sie auf seinen Schoß. »Du hast zu lange neben mir gesessen, *kerima*. Der Anblick deiner schamlosen Nacktheit hat mich dazu gebracht, mir die Sache anders zu überlegen. Dein Geschenk muß warten, bis ich mich um andere Dinge gekümmert habe.«

»Die da wären?« fragte sie, als ob sie es nicht wüßte.

Er gab keine Antwort, er zeigte sie ihr.

33.

Als der Barbar Tedra durch die große Eingangshalle geleitete, mußte sie noch immer über seine Vergeßlichkeit lächeln. Sie hatte sich entschieden, zu dem weißen *chauri* ihre Kystralle anzulegen, da Challen ihr mitgeteilt hatte, sie würden an diesem Morgen zusammen mit den anderen Schloßbewohnern speisen. Er hatte einige Andeutungen darüber fallenlassen, daß er es gerne sähe, wenn sie sich mit den Angehörigen seines Haushaltes anfreunden würde. Der Krieger dachte immer noch auf lange Sicht, während sie ihren Aufenthalt nach wie vor als vorübergehend ansah – was jegliche gefühlsmäßige Verknüpfung mit den Bewohnern Sha-Ka'ans ausschloß. Einen riesigen Fehler hatte sie sich auf diesem Planeten bereits zuschulden kommen lassen, und es wäre idiotisch, noch weitere zu begehen. Doch wenn der Herr befahl, mußte der Zweikampfverlierer wohl oder übel gehorchen.

Die Kystralle hatte sie vor allem als moralische Stütze angelegt. Als diese dann aber unter Challens Augen die Farbe veränderten, erkannte sie anhand seiner Reaktion, daß ihre Kystralle eine ausgezeichnete Revanche für seine letzte Überheblichkeit darstellten – sie waren wieder quitt.

Beinahe hätte sie laut losgeprustet, als er mit fassungsloser Miene beobachtete, wie die Steine sich von einem klaren Rot in ein leuchtendes Aquamarinblau verwandelten. Er wußte nicht, wie das funktionieren konnte, war allerdings entschlossen, dies herauszufinden. Ohne zu fragen, nahm er ihr die Kette aus der Hand und begann, jeden einzelnen Kystral sorgfältig zu untersuchen. Das dauerte eine ganze Weile, ohne daß er freilich irgendeinen Mechanismus entdecken konnte.

»Wie machst du das?« fragte er schließlich.

»Hast du keine Ohren, Baby? Ich habe der Farbe doch laut und deutlich befohlen, sich zu ändern.«

»Dann ist diese Kette ein Computer wie deine Martha, progomiert, das zu tun, was du sagst?«

»*Programmiert*, Schätzchen!« berichtigte sie ihn grinsend. Anscheinend hatte sie dieses Wort ihm gegenüber schon einmal erwähnt. »Aber du irrst dich, das ist kein Computer oder eine wie auch immer geartete Maschine, die du aus- und andrehen kannst. Kystralle ändern die Farbe für dich, weil sie wissen, daß sie schön sind und ihre Schönheit gerne zur Schau stellen. Sie sind lebendig, Süßer.«

Seine Miene verriet tiefe Ungläubigkeit, doch er drang nicht weiter in sie ein. Er war aber offensichtlich zutiefst beeindruckt und befühlte die Steine mit geradezu andächtiger Faszination. Irgendwann würde sie ihn vielleicht von der Wahrheit ihrer Worte zu überzeugen versuchen, und bis dahin sollte er die Geschichte ruhig dem Bereich kystranischer Märchenwelt zuordnen.

Sie hatten sich noch nicht allzu weit von Challens Zimmer entfernt, als er vor einer etwa zweieinhalb Meter hohen Tür stehenblieb, niedrig, im Vergleich zu den anderen Türen. Mit einem Nicken hieß er sie, die Tür zu öffnen, was ihr diesmal auch mühelos gelang. Innen entdeckte sie den vertrauten blauen Teppichboden und die vertrauten weißen Wände mit dem Gesims für die Gaalisteine. Und damit endete auch schon das Vertraute.

Es war der kleinste Raum, den sie bislang im Schloß gesehen

hatte, nicht größer als ein Viertel von Challens Zimmer. Gemessen an kystranischem Standard, war das natürlich immer noch ziemlich groß. Der weiche Teppichboden ging von Wand zu Wand. Darauf standen einige Sofas in gedämpften Blauviolett, die tatsächlich Rückenlehnen hatten. Auch die Stühle hatten Lehnen und wirkten mit ihrer dicken Polsterung ausgesprochen einladend.

In einer Ecke lehnte etwas, das wie ein Musikinstrument aussah, obwohl Tedra so eines noch nie gesehen hatte. Vor einem der Sofas lag ausgestreckt der *fembair*, Sharm. Sie war überrascht, ihn hier vorzufinden, noch überraschter allerdings über die Miniaturausgabe von ihm, die eingerollt auf dem Sofa über ihm schlief. In einer anderen Ecke befand sich ein Apparat, ähnlich jenem, den sie im Versammlungsraum der Frauen gesehen hatte und den Jalla als einen Stoffmacher bezeichnet hatte.

An einer Wandseite standen Regale voll mit Vasen verschiedener Größen und Formen, einige schienen aus Gold gearbeitet zu sein. Darunter befand sich ein langer Kasten mit geöffnetem Deckel, der bis über den Rand mit herrlich bunten Steinen, schimmernden Metallen und farbenprächtigen Juwelen gefüllt war. In einem kleineren Kasten befanden sich noch mehr Juwelen, in silbernen und goldenen Fassungen oder als Ketten aufgefädelt, sowie Werkzeug zur Herstellung von Schmuck. In wieder einem anderen Behälter standen kleine Fläschchen und Phiolen, teils voll, teils leer, die anscheinend zur Parfümherstellung dienten.

»Das ist ein Hobbyraum, stimmt's?« tippte Tedra, nachdem sie den Inhalt des letzten Kastens inspiziert hatte. »Das einzige, was noch fehlt, ist ein Computerschaltpult und eine Diskettensammlung zum Thema Frühgeschichte. Geschichte ist nämlich mein Hobby.«

»Vielleicht findest du ein neues, mit dem du dich beschäftigten willst, denn dieser Raum gehört nun dir.«

»Mir?«

»Ein Ort, an dem du allein sein kannst oder nicht, ganz wie du willst. Du kannst dich mit allem, was sich hier befindet, beschäftigen. Hast du nicht irgendwann gesagt, ein privater Ort sei für dich sehr wichtig?«

»Stimmt.« Seine aufmerksame Geste erstaunte und rührte sie zugleich. »Das ist ein wunderbares Geschenk, Challen. Ich habe mich sowieso schon gefragt, was ich die ganze Zeit ohne eine Beschäftigung anfangen soll. Allerdings muß ich gestehen, daß ich noch nie im Leben etwas mit meinen eigenen Händen getan habe. Ich wüßte auch gar nicht, wie.«

Er lächelte. »Dann hast du jetzt die Gelegenheit, verborgene Talente in dir zu entdecken. Die Frauen werden dir alles erklären und zeigen. Aber das war noch nicht mein Geschenk, *chemar.* Das Zimmer soll dich nur davon abhalten, während meiner Abwesenheit irgendwelchen Unfug anzustellen.«

»Ach ja?« erwiderte sie gewollt beleidigt, da sie merkte, daß er sie nur necken wollte. »Also dann, schieß los! Was sollte besser als dieses Zimmer hier sein?«

»Sharms Sohn.«

»Sharms was?« Doch noch während sie fragte, hatte sie schon begriffen, und ihre Augen eilten zu dem Sofa, auf dem der kleine *fembair* schlief. »Oooh!« Sie konnte ihre Tränen nicht mehr zurückhalten, so sehr sie es auch versuchte. »Ein Haustier, du schenkst mir ein Haustier, ein lebendiges Haustier! O Challen«, flüsterte sie ergriffen.

Sie schlang die Arme um seinen Hals, verbarg ihr Gesicht an seiner Brust und schluchzte herzzerreißend. Sehr zögernd schlossen sich schließlich Challens Arme um sie. Er war zutiefst verwirrt.

»Dieses Geschenk sollte dich glücklich machen, *chemar.*«

»Das bin ich doch!«

»Weshalb weinst du dann?«

»Ich weiß nicht!« schniefte sie.

Jetzt verstand er. »Ah, eine weibliche Reaktion! Ich hatte nicht erwartet, schon so bald die sanfte, weibliche Seite an dir zu entdecken.«

»Ich habe gerade einen kleinen Zusammenbruch. Gib mir einen Moment Zeit.« Sie entwand sich seinen Armen und bedachte ihn mit einem vorwurfsvollen Blick. »Ich bin eine Sec 1. Eine Sec darf nicht sanft oder weiblich sein. Das läßt der Job nicht zu.« Sie wischte die Tränen von ihren Wangen und betrachtete dann grimmig die Feuchtigkeit an ihren Fingern. »Ich kann nicht glauben, daß ich das getan habe.«

Er bemühte sich, sein Lachen zu unterdrücken. »Frauen weinen oft, wenn sie glücklich sind. Dennoch muß ich gestehen, daß ich das bei dir nicht erwartet habe.«

»Schon gut, reib's mir nur unter die Nase!« schimpfte sie. »Ein kleiner Ausrutscher . . .« Unvermittelt brach sie ab, da ihr plötzlich wieder die Ursache ihres kleinen Zusammenbruchs einfiel. »O Challen, gehört er wirklich mir? Darf ich ihn behalten?«

Jetzt brach das Lachen aus ihm hervor. »Ja. Er ist gerade von seiner Mutter entwöhnt, aber wie du siehst, hat Sharm für sein Junges eine starke Zuneigung entwickelt. Es wird nicht einfach sein, die beiden zu trennen.«

Aufgeregt und glücklich, wie sie war, war ihr die Doppeldeutigkeit seiner Bemerkung vollends entgangen. »Wie soll ich ihn nennen?« fragte sie, während sie sich über das Sofa beugte, das Junge hochhob und mit klopfendem Herzen in den Arm nahm. »Sterne, das soll ein kürzlich geborenes Tier sein?« Das Jungtier wog sicher an die dreißig Pfund, und sie mußte es mit beiden Armen festhalten.

»Ist seine Größe ein Problem?« erkundigte sich Challen stirnrunzelnd. »Keine Angst, er wird größer werden, sehr viel größer.«

Sie warf einen Blick auf Sharm, der sehr aufmerksam beobachtete, was sie mit seinem Sohn anstellte. »So groß wie

Sharm? Nun gut, dann muß ich eben Platz für ihn schaffen. Ich lebe nämlich auf dem Land, weißt du.«

Challen überhörte diese Bemerkung; wenn es nach ihm ginge, bräuchte sie keinen Platz für ihr Tier zu schaffen, da hier mehr als genug Platz vorhanden war. Er beobachtete, wie sie die Wange an den Kopf des Tierbabys legte und kleine beruhigende Töne ausstieß. Das Junge ließ diese Gefühlsaufwallung nur kurze Zeit über sich ergehen, ehe es sich aus Tedras Armen herauszuwinden versuchte.

Challen lächelte über Tedras offenkundigen Widerwillen, das Tier wieder herunterzulassen. Aber dann sah sie ihn an, und die Wärme, die aus ihren Augen strahlte, raubte ihm den Atem. Hinter ihrem schnoddrigen Verhalten verbarg sich ein weiches, sanftes Weib. Irgendwann würde er sie ganz kennen und verstehen lernen. Droda, wie sehr ihn diese Frau mit ihrem komplexen Wesen doch faszinierte! Und wie sehr er wünschte, mehr als alles, was er jemals gewünscht hatte, sie möge die Mutter seiner Kinder werden!

Sie war auf ihn zugegangen, stand nun direkt vor ihm, und in ihren Augen lag wieder ein feuchter Schimmer. »Ich danke dir für mein Geschenk, Challen.«

»Es dir zu geben hat auch mir viel Freude bereitet, *chemar*«, sagte er ernst.

Ihre Finger strichen zart über seine Wange. »Du bist so ein süßer Barbar. Kein Wunder, daß ich . . .«

»Was?«

Sie ließ die Hand sinken und senkte die Augen vor seinem durchdringenden Blick. »Nichts.«

Er drang nicht weiter in sie ein. Sie war noch nicht bereit, ihre wahren Gefühle für ihn zuzugeben. Aber bald . . .

Er legte den Arm um ihre Taille, um sie aus dem Zimmer zu führen. »Komm, laß uns jetzt essen gehen; anschließend muß ich los, um die Gaalisteinminen zu inspizieren. Hättest du Lust, mich zu begleiten?«

Sie sah ihn überrascht von der Seite her an. Er kannte ihr Interesse an Gaalisteinen. Sie hatte nie versucht, es zu verleugnen. Gehörte das etwa auch zu seiner Wiedergutmachung?

»Sicher komme ich mit. Und ich verspreche auch, keine Notizen zu machen«, neckte sie ihn.

Aber das Ausmaß seiner Großherzigkeit erstaunte sie immer noch ungemein. Ein Barbar mit schlechtem Gewissen war wahrscheinlich eine ganz besonders nette Spezies.

34.

»Wem gehören die Minen?«

»Mir.«

Tedra wirbelte überrascht zu ihm herum. Über einen sich beständig hinabschlängelnden Pfad waren sie schon etwa dreißig Meter ins Innere des Berges eingedrungen. Challen hatte sie unterwegs darüber aufgeklärt, wie der Gaalistein abgebaut, transportiert und verkauft wurde, und welche Gefahren damit verbunden waren. Seinen Angaben zufolge waren die Minenarbeiter ausschließlich Männer, die aus irgendeinem Grund ihr Augenlicht verloren hatten, denn das Licht einer größeren Gaalisteinader würde auf der Stelle zur Erblindung führen. So war es auch verständlich, daß nur wenige Männer in den Minen arbeiteten. Anscheinend hatten die Sha-Ka'anis noch keine Möglichkeit gefunden, diese Gefahr in den Griff zu bekommen, und vielleicht wollten sie das auch gar nicht. Immerhin bot die Arbeit in den Minen einen sinnvollen Job für die Sehbehinderten.

»Was heißt das, sie gehören dir?« fragte sie. »Willst du damit sagen, du überwachst sie kraft deines Amtes als *shodan*?«

Ihre Annahme brachte Challen zum Lachen. »Ein *shodan* zu sein hat, außer in einem schönen Haus leben zu können, keine besonderen Vorteile. Schon seit sehr langer Zeit sind die Minen sowie die gesamte Nordseite des Mount Raik im Besitz meiner Familie.«

»Aber die Stadt liegt doch am Nordhang. Gehört dann Sha-Ka-Ra ebenfalls deiner Familie?«

»Ja, zum Großteil.«

»Sterne, kein Wunder, daß du *shodan* bist! Weshalb hast du mir nie erzählt, daß du ein mächtiger Grundbesitzer bist?«

»Es bestand kein Anlaß dazu. Außerdem ist auch diese Annahme nicht ganz richtig, *kerima*. Der *shodan* wird allein wegen seiner Stärke gewählt, oder aber ihm wird dieses Amt übertragen, wenn er den amtierenden *shodan* besiegt.«

»Wie war das bei dir?«

»Ein wenig von beidem. Ich hatte Krieger, die mir folgten und den Titel für mich haben wollten. Als dem letzten *shodan* diese Gerüchte zu Ohren kamen, wurde er wütend und forderte mich zum Zweikampf.«

»Du hast dich sicher sehr über deinen Sieg gefreut.«

»Nicht nur. Als ich weniger Pflichten hatte, blieb mir mehr Zeit zum Vergnügen.«

Nicht so sehr die sexuelle Anspielung als vielmehr sein Blick ließ sie erröten. »Armes Baby«, säuselte sie ablenkend. »Aber eigentlich ist mir gar nicht aufgefallen, daß du dich besonders einschränkst.«

»Bei einer so schönen, verführerischen Verliererin könnte ich das auch nicht.«

Tedra wandte sich von seinem besitzergreifenden Blick ab, der ihr durch Mark und Bein ging. »Wir steuern auf ein etwas unpassendes Thema zu, Baby. Schließlich sind die Minen wohl kaum ›ein Ort, an dem du schläfst‹.«

»Zählt das denn noch?«

Das tat es überhaupt nicht, aber das mußte sie ihm ja nicht

unbedingt unter die Nase reiben. Lüstern, wie er nun mal war, würde er sonst glauben, an jedem noch so absurden Ort mit ihr Liebe machen zu können. Vor den Minen warteten Challens Krieger auf sie, und sie würden sicher Nachforschungen anstellen, wenn die Inspektion zu lange dauerte.

Sie entschloß sich, das Thema zu wechseln. »Was sollst du eigentlich überprüfen, wenn du nicht in das Gebiet vordringen darfst, in dem die Steine abgebaut werden?«

Er seufzte, ehe er antwortete: »Diese Gänge, die Trägerbalken. Es gibt zwar Krieger, die das täglich überprüfen, aber zweimal im Jahr möchte ich mir selbst ein Bild machen.«

Die Decke und die linke Wand waren mit Brettern abgeschottet, da dort die Ausläufer der Hauptgaaliader verliefen, deren Leuchtkraft für das Auge zu blendend wäre. Die dicken Balken, die er erwähnt hatte, liefen an der Mitte der Decke zusammen und wurden in Abständen von etwa zweieinhalb Metern von schmalen Holzpfosten gestützt.

»Ist jetzt wirklich gerade eine deiner Inspektionszeiten?« fragte Tedra.

»Nein«, gestand er, ohne im mindesten verlegen zu sein. »Ich habe nur beschlossen, die von meinem Zweikampfverlierer geäußerte Neugierde zu befriedigen.«

Sie lächelte und sah ihn sanft an. »Was soll ich nur mit dir machen, Krieger? Du mußt wirklich aufhören, so lieb zu sein, sonst bleibt mir nichts anderes übrig, als dich mit nach Hause zu nehmen.« Sogleich bedauerte sie ihre Worte und fuhr betont burschikos fort: »Was ist, du wolltest doch deine Inspektion machen, oder? Ich werde dir dabei helfen.« Sie ging zum nächsten Pfosten. »Dieser sieht so stabil aus wie die anderen.«

Sie trat spielerisch gegen den Pfosten, nicht fest, doch das megalaktische Ding bewegte sich. Aus der Decke rieselte Staub herab, und Tedra sprang erschreckt zurück. Während sie mit der Hand den Staub vor ihrem Gesicht wegfächelte, sagte sie: »Tut mir leid, Cha . . .«

Ehe sie fertigreden konnte, zog Challen sie schon mit einem heftigen Ruck beiseite. »Geh zurück zum Eingang, Frau, *sofort*!«

Er schob sie in Richtung des Eingangs, doch nach zwei Schritten blieb sie stehen, um sich nach ihm umzublicken. Challen ging gerade auf den Pfosten zu, gegen den sie getreten hatte.

»Was ist mit dir . . .«

Ein tiefes Grollen über ihr verschluckte ihre Worte. Der Berg preßte auf die Deckenbalken, der aus der Position geratene Pfosten konnte das Gewicht nicht mehr halten und knickte durch. Bar dieser Stütze begann nun auch das Dekkengebälk zu bersten, und voll Entsetzen beobachtete Tedra, wie ein großer Teil der Decke herunterstürzte. Das Ganze hatte sich innerhalb weniger Sekunden abgespielt.

Eine Wolke aus Staub und Dreck schlug Tedra entgegen, die ihr einen Hustenreiz verursachte. Die Wolke war so dicht, daß sie nichts vor sich erkennen konnte, obwohl das aufgedeckte Gaaligestein das Gebiet erhellte. Kleinere Gesteinsteile schwirrten durch die Wolke gleich schwebenden Sternen.

»Challen, ich kann nichts mehr sehen! Komm raus! Challen?!« Als weder eine Antwort noch ein Husten ertönte, gefror Tedra vor Angst das Blut in den Adern. Das einzige Geräusch, das zu ihr drang, war das Poltern und Rieseln weiterer Gesteinsbrocken – und genau unter der einstürzenden Decke mußte sich Challen befinden. »Challen!«

Von Panik ergriffen, schob sie sich durch die schimmernde Wolke, stolperte über irgend etwas, fiel dann nach vorne über einen hohen Geröllhaufen – und vernahm darunter ein schwaches Stöhnen! Sofort rollte sie sich zur Seite, um den Haufen nicht noch mit ihrem eigenen Gewicht zu belasten. Er war bereits so hoch, so entsetzlich schwer!

Wie eine Wahnsinnige begann sie sich mit bloßen Händen

durch den Schmutz und die Steine zu graben, schrie, schluchzte, rief unablässig seinen Namen und kreischte hysterisch, weil kein weiteres Stöhnen mehr als Antwort erfolgte. Sie konnte nicht sehen, was sie tat, nur fühlen, ob sie Stein, Staub oder Holz berührte. Und dann versuchte jemand, sie fortzuziehen, und sie wandte sich angriffsbereit um.

»Ruhig, Tedra.« Starke Arme umfaßten sie, bevor sie zu einem tödlichen Schlag ausholen konnte. »Wir schaffen das schneller als Ihr.«

Tamiron und der Rest der Begleitmannschaft! Den Sternen sei Dank! Entweder hatten sie ihr Schreien gehört, oder die Staubwolke hatte sich bis zum Eingang ausgebreitet und sie gewarnt.

»Geht jetzt raus.«

»Ich werde warten.«

Er versuchte nicht weiter, sie zum Gehen zu überreden, sondern zog sie nur etwas beiseite, damit die anderen mit der Arbeit beginnen könnten.

Nach langen, quälenden Momenten war ein neuerliches Stöhnen zu hören. Vor Erleichterung schwanden Tedra beinahe die Sinne, da sie schon das Schlimmste befürchtet hatte. Challen würde wieder gesund werden. Er war nicht ernstlich verletzt. *O Sterne, bitte, bitte, laßt ihn nicht ernstlich verletzt sein!*

Und dann wurde er hinausgetragen. Die sechs Krieger, die dazu nötig waren, gingen einfach an Tedra vorbei, ohne daß sie einen Blick auf Challen hätte werfen können. Tamiron hätte um ein Haar sämtliche Finger gebrochen bekommen, da er sie nicht schnell genug losließ. Aber selbst als sie die sechs Krieger schließlich eingeholt hatte, konnte sie Challen nicht sehen, da die riesigen, breitschultrigen Krieger jegliche Sicht versperrten. Als sie versuchte, sich zwischen zwei Männern hindurchzuschieben, wurde sie wieder gewaltsam zurückgezerrt.

»Habt Ihr die Absicht, sie zu behindern?« fuhr Tamiron sie ungehalten an, da er wegen seiner schmerzenden Finger sowieso nicht allzugut auf sie zu sprechen war.

»Nein, ich will nur . . .«

»Geht aus dem Weg, Frau, dann wird man sich seiner um so eher annehmen können.«

Auf der Verstandesebene hätte sie ihm zustimmen müssen, doch im Moment funktionierte ihr Gehirn nicht wie gewohnt. Tamiron mußte ebenfalls zu dieser Meinung gekommen sein, denn er hielt ihren Arm fest, um sicherzugehen, daß sie nicht wieder entwischte. Bis sie dann endlich ins Freie traten, war Challen dort bereits auf den Boden gebettet worden.

Sie schüttelte Tamirons Hand ab und wollte zu Challen eilen, aber einer der Krieger, der Challen vorhin getragen hatte, drehte sich um und schirmte die Sicht auf Challen ab. Ein Blick in das Gesicht des Mannes genügte, und Tedra kreischte laut auf. Eine tiefe Angst breitete sich in ihrer Brust aus, daß sie glaubte, daran ersticken zu müssen. Völlig außer sich sprang sie den Krieger an, warf ihn in Sekunden zu Boden, und den nächsten Krieger, der ihm zu Hilfe eilen wollte, gleich hinterher. Es bedurfte der Kraft von vier Männern, um sie schließlich zu bändigen. Sie bauten sich gleich einer stählernen Wand vor ihr auf, hinderten sie am Vorbeigehen, hinderten sie daran, zu sehen, was von ihrem Barbaren übriggeblieben war.

»Ich will ihn nur anfassen!« brüllte sie gegen die undurchdringliche Mauer, während sie auf die Knie sank und mit den Fäusten auf den Boden trommelte, bis sie blutig waren. »Ach, Sterne, neiiin! Neiiin! Nehmt ihn mir nicht fort! Gebt ihn mir zurück, bitte, bitte, biiitte!«

»Tedra, Ihr müßt damit aufhören.« Tamiron kniete sich neben sie und nahm sie in den Arm. »Er hört Eure Stimme und versucht aufzuwachen. Wollt Ihr denn, daß er, bevor er stirbt, noch mehr leidet?«

Sie entwand sich ihm und starrte ihn geschockt an. »Er ist

noch nicht tot? Ihr haltet mich von ihm fern, obwohl er noch nicht tot ist?«

In ihrer Hast, hochzukommen, verpaßte sie Tamiron einen Schubs, aber als sie an ihm vorbei wollte, schnappte er mit der Hand nach ihrem Knöchel, und sie fiel zu Boden. Um sie am Aufspringen zu hindern, rollte er mit seinem ganzen Gewicht auf sie, aber sie schlug wie eine Besessene um sich, da sie so kurz vor dem Ziel nicht zum Aufgeben bereit war.

»Genug, Frau!« mußte er brüllen, damit seine Worte überhaupt zu ihr durchdrangen. »Ihr könnt nichts für ihn tun, versteht Ihr? Nichts! Noch vor Sonnenuntergang wird er sterben. Laßt ihn in Frieden sterben, ohne daß Eure Hysterie ihn zu Schmerzen erweckt!«

»Oh, ihr Idioten!« kreischte sie. »Ich kann ihn retten!«

»Ihr habt ihn nicht gesehen«, erwiderte er etwas sanfter.

»Weil Ihr mich nicht zu ihm laßt!«

»Frau . . . Tedra . . . seine Knochen sind zermalmt. Er hat eine tödliche Wunde in der Brust. Nichts kann noch getan werden, egal, wie sehr Ihr dies auch wünschen mögt.«

»Kann es wohl!« schrie sie. »Ich schwöre Euch, ich kann ihn retten, wenn mein Kommunikator gefunden wird, ehe er . . . Tamiron, bitte, Ihr müßt mir glauben! Challen hat ein kleines Kästchen an sich genommen, das mir gehört. Wohin würde er es legen – verstecken? Wo würde er etwas verstekken?«

»Das wird Euch nicht gesagt werden.«

Sie glaubte ihren Ohren nicht zu trauen.

»Seid . . . kein . . . Narr!« fauchte sie. »Ich muß dieses Kästchen haben! Es muß gefunden werden, *jetzt*! Oder wollt Ihr ihn sterben lassen?«

»Seid nicht töricht . . .«

»Verflucht, weshalb wollt Ihr mir nicht glauben? Mit diesem Kästchen kann ich Eurem Freund das Leben retten! Wenn Ihr auch nur die Spur eines Gefühls für ihn hegt, wie könnt Ihr dann das Risiko auf Euch nehmen, meine Behauptung einfach in den Wind zu schlagen?«

»Wie könnte das Kästchen ihn retten?«

Den Sternen sei Dank, wenigstens hörte er jetzt zu! »Es wird . . .«

»Nein.«

Tedra hielt verblüfft inne. Die Stimme klang so schwach, aber nach wie vor befehlsgewohnt. Sie verrenkte sich den Hals, um einen Blick auf ihn zu erhaschen, aber leider vergebens.

»Challen, du verstehst nicht! Du mußt mir sagen, wo . . .«

»Nein«, wiederholte er, doch er sprach nicht zu ihr. »Sie darf . . . es nicht haben, Tam. Sie wird . . . weggehen . . . und nie mehr . . . zurückkehren.«

»Das werde ich nicht!« brüllte Tedra, während sie verzweifelt versuchte, sich unter Tamiron hervorzuwinden. »Challen, ich werde dich nicht verlassen! Ich werde dich an einen Ort bringen, an dem du geheilt werden kannst, und ich werde mit dir zurückkehren. Ich schwöre, ich gebe dir sogar den Kommunikator zurück!«

»Er hat Euch nicht gehört«, sagte Tamiron. »Sein Bewußtsein hat ihn wieder verlassen.«

Tedra stöhnte, dann knurrte sie. »Geht runter von mir, Krieger! Ich werde selbst in die Stadt gehen und meinen Kommunikator suchen. Ihr wollt mir keinen Hinweis geben, der meine Suche verkürzen würde, und ich schwöre Euch, wenn er in der Zwischenzeit stirbt, dann werde ich Euch töten!«

»Ihr habt gehört, was er sagte, Tedra. Ihr sollt das Kästchen nicht haben. Seine Befehle müssen befolgt werden, trotz . . .«

»Er wußte nicht, was er sagte! Er weiß nicht, daß er stirbt – oder daß ich ihn retten kann! Ich werde Euch etwas sagen, Tamiron: Ich habe den Gang zum Einstürzen gebracht.

Wenn er stirbt, dann habe ich ihn getötet. Wollt Ihr eine hilflose Frau mit dieser Schuld leben lassen?« Als sie sein selbstgefälliges Grinsen gewahr wurde, zischte sie: »Diese kleine Anmerkung war dazu gedacht, Euren barbarischen Denkapparat in Gang zu setzen und nicht, Euch zum Lachen zu bringen. Und wenn Ihr mich jetzt nicht auf der Stelle loslaßt, werde ich Euch weh tun!«

»Was könnte Euer Kästchen für ihn tun?«

Kamen seine Gehirnzellen jetzt endlich in Bewegung? »Es wird uns transferieren – zu dem Ort, von dem ich komme. Es wird Challen direkt in eine Meditech-Einheit transferieren, die ihn wieder ganz machen wird.« Tamirons skeptischer Blick war zwar verständlich, doch sie konnte sich im Moment keine Zweifel erlauben. »Verflucht, ich schwöre, daß das die Wahrheit ist! Wenn Ihr mir nicht vertraut, dann kommt eben mit uns mit, aber vergeudet keine Zeit mehr, Tamiron! Kehrt zum Schloß zurück und findet das Kästchen, bevor es zu spät ist!«

»Das ist nicht nötig. Ich habe es bei mir.«

»Was?«

»Challen gab es mir mit der Warnung, es keinesfalls an Euch auszuhändigen. Da ich Euren Hang zu unerlaubten Streifzügen kenne, dachte ich, es sei am sichersten bei mir aufgehoben. Serren«, wandte sich Tamiron an den am nächsten stehenden Krieger, »holt den Sack von meinem *hataar.*«

Während Serren loseilte, ließ Tamiron Tedra zwar aufstehen, hielt sie allerdings immer noch von Challen zurück.

»Ihr solltet ihn nicht so sehen . . .«

»Laßt den Unsinn!« rief sie gereizt. »Es spielt keine Rolle, wie er jetzt aussieht, denn ehe der Tag endet, wird er wieder vollständig sein, ohne eine einzige Narbe.«

»Das wäre ein Wunder«, erwiderte Tamiron ungläubig.

»Ja, ja, wir haben dort, wo ich herkomme, eine Menge Dinge, die Euch als ein Wunder erscheinen mögen.«

»Dann stammt Ihr wirklich von einer anderen Welt?«

»Nicht nur von einer anderen Welt, sondern von einem völlig anderen Sternsystem. Mit etwas Glück könnt Ihr meine Welt irgendwann kennenlernen. Den Beweis werdet Ihr schon in ein paar Minuten sehen, Krieger. Geratet also angesichts der fremdartigen Umgebung nicht in Panik!«

Ohne ihn weiter zu beachten, wandte sie sich nun nach Challen um, und ihre Miene gefror. Die Krieger hatten nicht umsonst versucht, ihr diesen Anblick zu ersparen. Tamiron hatte ihr nicht das volle Ausmaß von Challens Verletzungen mitgeteilt. Zermalmte Muskeln, bis auf die Knochen zerfetzte Haut, rohes Fleisch, selbst sein Gesicht . . . Blut, überall Blut. Und aus seiner Brust ragte ein sicher vier Finger dickes und einen halben Meter langes Stück Holz. O Sterne, welche Qualen er beim Erwachen gelitten haben mußte! Und dennoch war er lediglich darüber besorgt gewesen, sie könne ihn verlassen!

Tränen quollen aus ihren Augen und rollten ungehindert über ihre Wangen. Sie streckte die Hand nach ihm aus, fürchtete aber gleichzeitig, ihn zu berühren. Sie wollte seinen Kopf in ihren Schoß betten, fürchtete aber, ihn noch mehr zu verletzen. Wieviel Zeit blieb ihm noch – lebte er überhaupt noch?

»Verdammt, beeilt Euch!« keuchte sie über die Schulter.

Tamiron stand bereits neben ihr und legte den Kommunikator in ihre Hand. Am liebsten hätte Tedra ihn dafür geküßt, doch sie begnügte sich damit, die Wangen mit einem Zipfel ihres Umhangs abzuwischen, ehe sie den Knopf für den Audio-Empfang drückte.

»Martha, ich habe hier einen Notfall! Spar dir also jegliche Kommentare für später auf. Bist du dran?«

»Wo ist das Problem, Puppe?«

»Mein Krieger, ist . . . er stirbt. Ich will, daß du die Meditech-Einheit öffnest und ihn, sobald ich es dir sage, direkt hineintransferierst. Ist das klar?«

»Sicher! Zweimal Transfer.«

»Nein. Ich habe meine Einheit zurückerhalten und werde deshalb mich und einen anderen Krieger selbst transferieren. Du konzentrierst dich einzig auf Challen. Hast du ihn georfet?«

»Ja, wenn er derjenige mit dem niedrigen Energiepegel ist«, antwortete Martha. »Veranlasse aber trotzdem alle anderen, beiseite zu treten, damit jeder Irrtum ausgeschlossen wird.«

»Gleich. Ich muß erst noch etwas entfernen.« Sie wandte sich Tamiron zu. »Sagt Euren Leuten, sie sollen keinen Schock bekommen, wenn wir plötzlich verschwinden.«

Ihre Worte waren nur dazu gedacht, ihn abzulenken, denn sie war sich ziemlich sicher, er würde sie von dem, was sie nun tun würde, tun mußte, mit aller Gewalt abzuhalten versuchen. Doch ihre Aufgabe erfüllte sie mit soviel Widerwillen, daß Tamiron schon wieder bei ihr war, als sie gerade ansetzte, den Holzkeil aus Challens Brust herauszuziehen.

»Nein!« Er zog ihre Hand zurück. »Das hemmt das Blut. Wenn Ihr das Holz entfernt, wird es innerhalb weniger Momente vorbei sein.«

»Genug Zeit, um Challen außer Gefahr zu bringen. Der Keil muß entfernt werden, sonst kann sich die Meditech-Einheit nicht über ihm schließen und ihren Job verrichten. Außer Corth, der sich vielleicht gerade am anderen Ende des Schiffes aufhält, gibt es dort niemanden, der das tun könnte.«

»Ein Schiff . . . dort oben?«

»Fragt jetzt nicht lange, Tamiron. Dazu ist keine Zeit. Und laßt meine Hand los!«

»Nein, ich werde es tun. Das Holz klemmt zwischen seinen Rippen. Ihr hättet nicht die Kraft, es herauszuziehen.«

»Ich danke Euch«, sagte sie erleichtert. »Aber sobald Ihr es draußen habt, müßt Ihr sofort von ihm zurücktreten.«

Er nickte, wenn auch widerwillig. Sie ahnte, wie schwer es ihm fallen mußte, ihr zu vertrauen. Wäre sie an seiner Stelle, hätte sie wahrscheinlich nicht die Hälfte dessen, was sie ihm gesagt hatte, geglaubt. Ganz bestimmt hätte sie das nicht.

Ein atemloser Moment, dann trat Tamiron zurück, und Tedra mit ihm. »Jetzt, Martha!« Sie ergriff Tamirons Hand und sagte: »Ihr werdet nur ein kleines Kribbeln spüren. Laßt Euch davon nicht stören.«

Sie hielt sich nicht damit auf, ihn zu fragen, ob er bereit sei. Zu tief war ihr Verlangen, Challen zu folgen, der bereits verschwunden war. Und dann waren auch sie fort.

»Willkommen daheim, Kleines!«

35.

Vor lauter Eile hatte Tedra vergessen, die Koordinaten ihrer Einheit neu einzustellen, was zur Folge hatte, daß sie zu derselben Stelle, von der aus sie sich auf den Planeten hatte befördern lassen, zurücktransferiert wurde. Und vom Kontrollraum zum Medizinzentrum war ein weiter Weg. Sie hatte auch vergessen, wie klar und kräftig Marthas Stimme sein konnte, wenn sie nicht durch ein Anschlußteil erfolgte.

Marthas lauter Willkommensgruß hatte Tamiron schon einigen Schrecken eingejagt, doch das war noch ehe er die Augen öffnete und sah, wo er sich befand. ›Geschockt‹ wäre für seine Miene zu gelinde ausgedrückt, und Tedra hoffte nur, er möge sich an ihre Worte erinnern und nicht umkippen.

»Ich bin nur zu Besuch da«, beantwortete Tedra Marthas Gruß.

»Das habe ich mir schon gedacht. Wer ist dein Gast?«

»Er heißt Tamiron Ja-Na-Der und ist ein Freund von Challen. Sei ein gutes Mädchen und beantworte seine Fragen, während ich . . .«

»Es gibt keinen Grund, sofort zum Medizinzentrum zu stürmen, Kleines. Dein Barbar ist noch fest in der Einheit verschlossen. Übrigens war es gar nicht so einfach, diesen Riesen in die Meditech hineinzuzwängen. Übel wie er zugerichtet war, wird es sowieso eine Weile dauern, bis die Einheit mit ihm fertig ist.«

»Ich muß nur wissen, daß wir nicht zu spät gekommen sind.«

»Wieso fragst du mich dann nicht? Oder hast du das Ausmaß meiner Kräfte bereits vergessen?«

»Hör auf, dem Krieger hier imponieren zu wollen«, erwiderte Tedra gereizt; sie hatte tatsächlich nicht daran gedacht, daß Martha als oberste Kontrollinstanz mit allen Anschlüssen des Schiffes verbunden war. »Er hört uns nicht einmal zu.«

Das war richtig. Tamiron stand nur da und starrte voll Ehrfurcht und fasziniertem Horror auf die neue Umgebung. Selbst das Schrillen von Sirenen würde ihn nicht aus seiner Erstarrung wecken.

»Also?« sagte Tedra ungeduldig. »Worauf wartest du noch, auf eine Genehmigung etwa? Schließ dich an!«

»Ich bin bereits angeschlossen, Kleines. Ich überwache die Einheit, seit dein Krieger dort eingetroffen ist.« Ausnahmsweise ließ sich Martha diesmal nicht jede kleine Information einzeln herauslocken. »Er ist bereits außer Gefahr, da die schlimmsten Wunden versiegelt sind und sein Körper die Transfusionen annimmt, von denen er eine ganze Menge benötigt. Wie er auf fremdes Blut reagieren würde, war auch die einzig entscheidende Frage. Im Moment wird das Ausmaß seiner inneren Verletzungen geprüft. Seine edlen Teile sind in Ordnung, seine Hauptorgane gesund und die durchbohrte Lunge kein Problem.«

»Seine Lunge war durchbohrt?« fragte Tedra mit kleiner Stimme.

»Willst du eine vollständige Aufzählung seiner Verletzungen?«

»Nein – das ist nicht nötig. Sag mir nur eines: Wird er wieder ganz gesund?«

»In deinem Job solltest du eigentlich wissen, daß es kaum etwas gibt, das eine Meditech-Einheit nicht fertigbringt – außer die Toten zum Leben erwecken, und daran arbeiten unsere Wissenschaftler bereits. Dein Krieger wird wie neu sein.«

Mit vor Erleichterung weichen Knien ließ sich Tedra in den nächsten Assimilierstuhl sinken. »Danke«, flüsterte sie.

»Alles, was ich getan habe, war, ihn an Bord zu holen.«

»Ich habe nicht mit dir gesprochen, Martha«, brauste Tedra auf; nun, da sie endlich leichter atmen konnte, stellte sich ihr alter Kampfgeist wieder ein. »Sterne, ich brauche ein Bad, ein anständiges Bad!« Jetzt erst bemerkte sie, wie schmutzig sie war; ihr *chauri* und Umhang waren nicht nur fleckig, sondern hingen, als Folge ihrer Demonstration einer wahnsinnig gewordenen Frau, in Fetzen an ihr herab. »Du erreichst mich in meinen privaten Räumen, falls irgendeine Veränderung in Challens Befinden auftritt. Und halte Tamiron im Auge.«

»Mehr hast du nicht zu sagen, nachdem du dich einfach so aus dem Staub gemacht hast?«

»Ach, das ist ja herzig! Du hast mich im Stich gelassen, und jetzt bin ich daran schuld, daß du die Spur verloren hast!«

»Spielst du noch mit dem Gedanken, meine Schaltkreise zu schmelzen?«

»Möglicherweise«, antwortete Tedra abwesend, in Gedanken bereits mit ganz anderen Problemen beschäftigt.

»Du machst dir unnötige Sorgen, Puppe«, sagte Martha, die wie immer ihre Gedanken genau erriet. »Du wirst ihn nicht verlieren. Er würde es nicht zulassen.«

»Du weißt nicht, was geschehen ist, Martha, also laß deine Spekulationen, wenn du die Fakten nicht kennst.«

»Glaubst du nicht, daß er mit dir nach Kystran zurückkehren wird?«

»Er würde mir kein Wort glauben. Er würde mir nicht einmal die Möglichkeit eines Beweises geben. Der Mann ist absolut engstirnig.«

»Sobald er hier erwacht ist, wird er das nicht mehr sein«, kicherte Martha.

»Nein, damit hätte ich aus seinem Unglück einen Vorteil geschlagen, und das will ich nicht. Er soll nicht wissen, daß er hier gewesen ist. Laß ihn unter der Meditech-Einheit, bis er zum Rücktransfer in der Lage ist.«

»Und wer wird seinen Freund davon abhalten, ihm alles haargenau zu erzählen?«

»Du meinst, wenn Tamiron nicht glaubt, alles nur geträumt zu haben!«

»Laß die Witze!«

»Es würde nichts ändern. Challen würde ihm einfach nicht glauben. Ich sage dir, der Mann hat die Sturheit für sich gepachtet.«

»Nun, das ist deine Sache. Ich nehme an, ›nur zu Besuch‹ bedeutet, daß du nach wie vor entschlossen bist, deiner Pflicht als Unterlegene des Zweikampfes nachzukommen.«

»Weshalb sollte dies in Frage gestellt sein?« fragte Tedra mißtrauisch.

»Oh, nur so. Ich habe mich lediglich gefragt, wie es dir dort unten gefällt.«

»Dann frag dich ruhig weiter. Ich . . .«

»Mit wem sprecht Ihr, Tedra?«

Sie wandte sich um und sah, daß Tamiron in die Welt der Hörenden zurückgekehrt war und nun eifrig nach einem Körper für die unbekannte Frauenstimme Ausschau hielt. »Du, ich und Challen sind die einzigen Menschen an Bord,

Tamiron. Martha hat eine Stimme, aber keinen dazugehörigen Körper.«

»Gestatte die Berichtigung«, mischte sich Martha trocken ein, »ich habe einen Körper und bin sogar recht stolz darauf.«

»Mach nicht alles noch komplizierter, Martha«, wies Tedra sie zurecht, ehe sie sich wieder Tamiron zuwandte. »Sie meint ihr Gehäuse, dieses riesige Schaltpult hier im Zentrum des Raumes. Es ist noch nicht einmal ihres, sondern gehört zum Hauptcomputer des Schiffes, an den sie angeschlossen ist. Man könnte sie als das Herz und die Seele des Schiffes bezeichnen, da sie alles lenkt und kontrolliert. Aber sie ist trotzdem nur ein Computer, wenngleich ein fortgeschrittenes Modell, eine freidenkende Maschine eben, und deshalb klingt sie auch so menschlich. Ergibt das für Euch einen Sinn?«

»Nein, aber – das gilt für alles hier.«

Tedra grinste. »Macht Euch darüber keine Gedanken. Es ist nicht notwendig zu wissen, wie die Dinge funktionieren, sondern was sie tun können. Martha wird Euch jede Frage bezüglich des Schiffes oder was Euch sonst noch interessiert beantworten. Ich bin gleich wieder da.«

»Wollt Ihr nach Challen sehen?«

»Nein, solange er in der Meditech steckt, ist das nicht möglich. Aber er ist bereits außer Gefahr und wird in bester High-Tech-Manier zusammengeflickt. Er wird wieder völlig gesund werden, Tamiron.«

»Da Ihr nicht länger besorgt seid, muß das wohl der Fall sein.«

Tedra errötete. Sie hatte sich durch diese megalaktische Hysterie selbst verraten, ausgerechnet sie, eine Sec 1, dazu ausgebildet, in jeder Situation die Kontrolle zu bewahren. Wenigstens war Challen nicht bei Bewußtsein gewesen, um ihren peinlichen Zusammenbruch mitzuerleben.

»Ja, äh, gut, wie ich sagte, ich werde gleich wieder zurück sein. Ich will mich nur ein wenig säubern. Also entspannt Euch und genießt Euer kleines Abenteuer im All. Sobald Challen ganz geheilt ist, werden wir nach Sha-Ka'an zurückkehren.«

Damit eilte Tedra zum Ausgang, während Tamiron ihr hinterherstarrte und offenen Mundes darüber staunte, wie die Gleittüren sich ohne eine Berührung öffneten und schlossen. Doch wenn sie geglaubt hatte, nun ein paar friedliche Minuten vor sich zu haben, so irrte sie. Martha leistete ihr durch die Sprechanlage des Rovers weiterhin Gesellschaft.

»Du solltest ihn nicht allein lassen, Kleines. Wenn er mir nicht folgt und an irgendwelchen Schaltern herumspielt, kann er großen Schaden anrichten.«

»Auch wenn es dich überraschen wird, Martha, aber der Mann ist nicht blöd.«

»Er ist ein Barbar. Jede bekannte Quelle gibt ziemlich unmißverständlich an, daß diese Menschen einer aggressiven Rasse angehören und nur das tun, wozu sie gerade Lust haben. Und du hast ihn allein im Schaltraum gelassen! Wenn wir im tiefsten Weltraum enden, brauchst du mir dafür nicht die Schuld zu geben!«

»Laß die Übertreibungen! Anstatt mich zu nerven, solltest du ihn lieber mit deinem breiten Wissen unterhalten.«

»Ich kann tausend verschiedene Dinge zur selben Zeit tun, das weißt du doch. Er erhält auf jede Frage eine Antwort, und *du* würdest überrascht sein, was ihn so alles interessiert.«

»Du wohl noch mehr.«

»Überhaupt nicht«, erwiderte Martha in leicht pikiertem Ton. »Seine Fragen beziehen sich in erster Linie auf das Schiff, wieviel es kostet, wie viele Leute es als Mannschaft benötigt, wie lange diese Leute benötigen würden, um alles über die Bedienung des Schiffes zu *lernen* und so weiter.«

»Er ist schließlich ein Krieger. Zweifellos sinnt er bereits über die Eroberung neuer Welten nach.«

»Du spottest, aber ich glaube, du hast den Nagel auf den Kopf getroffen, Puppe.«

»Er kann soviel sinnieren, wie er will, aber er hat keine Ahnung, was draußen im All los ist. Und wenn er auch nur einen winzigen Einblick erhält, wird er sich lieber auf den sicheren Handel als auf aggressives Erobern verlegen.«

»Da wir gerade beim Thema sind – gibt's dort unten etwas, worum es sich zu handeln lohnte?«

»Es ist eine sonderbare Kultur aus Altem und Neuem, nichts, was in der Entwicklung mit unserem Niveau vergleichbar wäre, aber für Primitive verfügen sie dennoch über erstaunlichen Komfort. Ach ja, sie haben etwas zum Handeln, eine Energiequelle, die es leicht mit Crysillium aufnehmen könnte.«

»Glückwunsch, Kleines! Als Weltenentdecker bist du anscheinend genauso erfolgreich wie als Sec.«

»Ich will dennoch in meinen alten Job zurück. Außerdem habe ich noch keine Geschäfte abgeschlossen, Martha. Wie ich schon sagte, mein Barbar würde nie über eine Welt außerhalb der seinen diskutieren, geschweige denn mit ihr in Handelsbeziehungen treten.«

»Hat nur er dort unten was zu sagen?«

»Soweit es mich betrifft, ja.«

Als sie ihre privaten Räume erreichte, fand sie Corth auf einem Assimilierstuhl sitzend vor; er sah aus, als habe er dort seit ihrer Abreise auf sie gewartet. »Hallo, Corth! Was machst du denn hier?«

Augenblicklich sprang er auf. »Dich vermissen, Tedra De Arr. Du bist lange Zeit fortgewesen.«

»Nicht mal eine Woche, das ist nicht lang.«

Tatsächlich nur eine Woche? Sterne, hatte diese kurze Zeit ausgereicht, sich bis über beide Ohren zu verlieben?

»Wirst du bleiben?«

»Nein, ich ... äh ... ich habe noch Geschäftliches auf

dem Planeten zu tun. Abgesehen davon, hätte ich jetzt ganz gerne meine Ruhe.«

Er kam der unausgesprochenen Aufforderung beinahe so prompt wie früher, ehe Martha an ihm herumgespielt hatte, nach, obgleich er eine gute Portion Enttäuschung in seinen Abschiedsblick legte. Sie würde noch einmal ernsthaft mit Martha über seine Rückprogrammierung sprechen müssen, aber im Moment hatte sie Wichtigeres zu tun.

Nachdem sie dem Roboputzer ihre Befehle erteilt hatte, betrat sie das Solarstrahlbad – o himmlische Wohltat! Doch da war Martha schon wieder, vor ihrer Stimme war sie anscheinend nirgendwo sicher.

»Du läßt diese Lumpen, die du anhattest, reinigen? Weshalb ziehst du dir nicht, solange du hier bist, etwas von deinen Sachen an, so richtig mit Vielzweckgürtel und Peilgerät?«

»Weil das Challen nicht gefallen würde. Nach wie vor bin ich ein Verlierer des Zweikampfes und gezwungen, mich seinen Wünschen gemäß zu verhalten.«

»Werde ich deine Spur also wieder verlieren?«

»Das hättest du dir überlegen sollen, ehe du dich weigertest, Corth zu Hilfe zu schicken, denn dann hätte ich den Barbaren nicht herausfordern müssen.«

»Und du hättest ein wenig ernsthafter versuchen sollen, den Kampf zu gewinnen.«

»*Verschwinde*, Martha!«

36.

Tedra und Tamiron wurden zum Mineneingang zurücktransferiert, Challen hingegen etwas abseits davon, da Tedra ihn nicht an der Stelle, die mit seinem eigenen Blut getränkt war, erwachen lassen wollte. Mit etwas Glück würde Challen nie erfahren, daß er den Planeten verlassen hatte – im Gegensatz zu seinen Kriegern, die immer noch am Eingang auf sie warteten, allesamt den gleichen verblüfften Ausdruck im Gesicht, den Barbaren angesichts einer Materialisation aus heiterem Himmel aufzuweisen imstande sind.

»Könnt Ihr mit ihnen sprechen, Tamiron, und sie bitten, niemandem gegenüber das, was sie heute gesehen haben, zu erwähnen?«

Sie war sich nicht sicher, ob Tamiron sie gehört hatte. Er starrte auf Challens unversehrte Brust, seine Miene war nicht minder verblüfft als die der anderen Krieger. Es war kein Anzeichen einer Narbe zu sehen, nichts, was darauf hätte hindeuten können, daß Challen eine schwere, ja tödliche Verletzung erlitten hatte. Nur die Wunder einer anderen Welt hatten ihn gerettet, einer Welt, die so weit entwickelt war, daß allein der Gedanke daran Tamiron schwindlig werden ließ.

»Was ist mit seinen Knochen?«

»Was?« fragte Tedra stirnrunzelnd. »Welche Knochen?«

»Die zerschmettert waren.«

»Alles ist repariert, Tamiron. Ich habe es Euch doch gesagt – er ist so gut wie neu. Er wird jede Minute aufwachen und es Euch persönlich demonstrieren. Habt Ihr gehört, was ich eben über seine Krieger sagte?«

»Ja, doch die Sache sollte vom *shodan* entschieden werden«, erwiderte er.

»Eigentlich wollte ich nicht, daß gerade Challen etwas darüber erfährt. Muß er denn über seine Verletzung überhaupt etwas erfahren? Man könnte ihn doch in dem Glauben lassen, er sei einfach einen kurzen Moment eingenickt.«

»Weshalb?«

»Er soll nicht denken, ich habe sein Leben gerettet.«

»Aber das habt ihr.«

»Nein. Ich hatte nur die dafür notwendigen Mittel und Techniken.«

»Wir haben keine Geheimnisse vor dem *shodan*, Frau.«

Inzwischen hatte Tedra schon gelernt, wie ein Nichts-mehr-über-dieses-Thema-Ausdruck aussah. »Mhm, wie wär's dann, wenn ich es ihm sagen würde? Ich hätte gerne noch eine Chance, ihn dazu zu bringen, *mir* zu glauben, ohne daß Ihr oder Eure Leute mir den Rücken stärkt.«

»Wenn er fragt . . .«

»Sterne, gebt mir einfach den Rest des Tages«, fiel sie ihm gereizt ins Wort. »Ihr könnt mit den anderen Jungs schon mal in die Stadt vorausreiten. Wenn Ihr nicht da seid, braucht Ihr ihn weder anzulügen noch ihm irgendwelche Geheimnisse vorzuenthalten.«

Anstatt zu antworten, blickte er wieder zu Challen. Tedra war nur zu klar, was ihn bewegte: Er brannte förmlich darauf, seinem Freund über die Wunder, die er gesehen und erlebt hatte, zu berichten. Und zusätzlich verlangte es ihn nach einer Bestätigung, daß Challen tatsächlich wieder völlig gesund war, doch diese Bestätigung würde er erst dann erhalten, wenn er selbst mit Challen gesprochen hätte. So sehr Tedra ihn auch verstand, konnte sie sich doch die Gelegenheit, Challen endlich von der Wahrheit ihrer Worte zu überzeugen, nicht entgehen lassen. Das war ihr im Moment wichtiger als alles andere.

»Ihr seht doch, er atmet«, wandte sie sich erneut an Tamiron. »Ihr habt mir vorhin Euer Vertrauen geschenkt, Tamiron, weshalb nicht auch jetzt? Noch vor Mondaufgang werde ich mit ihm in der Stadt sein. Ein paar Stunden. Ist das zuviel verlangt, nachdem ich sein Leben gerettet habe?«

Die Brauen des Kriegers schossen in die Höhe, als er hörte, daß sie Challens Lebensrettung nun doch für sich beanspruchte, doch Tedra war das einerlei. Sie war bereit, für ihr Vorhaben jedes Mittel, das möglicherweise wirken könnte, einzusetzen, und offenbar hatte sie gerade ins Schwarze getroffen.

»Gut, aber nicht länger als bis zum Einbruch der Dunkelheit«, stimmte Tamiron zu.

»Kein Problem«, grinste Tedra; ihr war klar, daß er letztlich nur aus Dankbarkeit zustimmte. »Ihr könnt von mir aus einen Suchtrupp aussenden, falls wir uns doch ein wenig verspäten sollten – nur im Falle unvorhersehbarer Umstände natürlich.«

»Das wäre sinnlos, wenn Ihr Gebrauch von Eurem wundersamen Kästchen macht. Ich will es wieder zurückhaben.«

Achselzuckend überreichte sie es ihm und fragte dann listig: »Seid Ihr nicht besorgt über seine Reaktion, wenn er erfährt, daß Ihr es mir ausgehändigt habt? Immerhin habt Ihr damit gegen einen Befehl verstoßen, selbst wenn dies nur zu seinem Besten geschah.«

»Wärt Ihr nicht hier, immer noch unter seiner Befehlsgewalt, dann würde ich mir wahrhaftig Sorgen machen. Aber alles ist so abgelaufen, wie Ihr es vorhergesagt habt.«

Dieses ›unter seiner Befehlsgewalt‹ machte sie fuchsteufelswild und schrie förmlich nach einer kleinen Rache. »Es tut mir leid, Eurer selbstgefälligen Zufriedenheit einen Dämpfer zu verpassen, Krieger, aber bis ich dieses Gebiet verlasse, ist Martha direkt mit mir verbunden und kann mich jederzeit, genau wie vorhin Challen, auf das Schiff transferieren. Deshalb müßt Ihr Euch allein auf mein Wort verlassen, daß ich, solange mein Dienst noch währt, nicht beabsichtige zu verschwinden.«

»Der *shodan* hat Euch als Kriegerin bezeichnet. Verfügtet Ihr nicht auch über die Ehre eines Kriegers, hätte er das bestimmt nicht getan, und deshalb ist Euer Wort für mich ausreichend.«

Verlegen spürte Tedra, wie sie vor Stolz über dieses lässig ausgesprochene Kompliment errötete. »Wenn Ihr Euch entschließt, Euer Vertrauen zu schenken, dann tut Ihr dies voll und ganz, nicht wahr? Danke, Tamiron. Aber Ihr solltet jetzt besser gehen, sonst wird ein weiteres Vertrauensabkommen fällig.«

Er nickte und ritt dann mit den anderen Kriegern von dannen. Tedra blickte ihnen nach, bis sie hinter dem Felsvorsprung, der den Blick ins nahe gelegene Sha-Ka-Ra verstellte, verschwunden waren. Dann wandte sie sich dem am Boden liegenden Barbaren zu, der unter dem Einfluß des ihm von der Meditech-Einheit verpaßten Schlafmittels ungewohnt friedlich und harmlos aussah.

Die Vorstellung, ihn fast verloren zu haben, ließ sie erbeben. Sie wünschte, er möge endlich erwachen, nicht nur deshalb, weil sie nun mit ihm allein war, sondern auch um die endgültige Gewißheit zu haben, daß er wieder völlig gesund war. Ein paar Minuten wanderte sie ungeduldig umher, doch dann hielt sie es nicht mehr aus, setzte sich neben ihn und bettete seinen Kopf in ihren Schoß.

Sogleich fuhr er in die Höhe, als habe sie ihn aus einem leichten Schlaf geweckt. Er blickte sich rasch um und fragte: »Was tun wir hier draußen?«

»Vielleicht die späte Nachmittagssonne genießen? Das nimmst du mir wohl nicht ab? Nun, ich könnte dir erzählen, daß du nur ein kleines Nickerchen gemacht hast, aber wahrscheinlich erinnerst du dich daran, wie der Tunnel über dir zusammengebrochen ist?«

»In der Tat.«

Die Meditech hatte ihn gesäubert, sogar seine *bracs*. Da

auch sie tadellos sauber war, würde er vielleicht nicht auf die Idee kommen, daß sie eigentlich beide schmutzig sein müßten. Sie brauchte ihn ja nicht anzulügen, sondern nur die Wahrheit vorübergehend vermeiden.

»Was soll ich sagen, Baby? Dein Schädel ist jedenfalls nicht so hart, wie ich dachte.«

Diese Bemerkung brachte ihr einen vorwurfsvollen Blick ein. Aber der Mann war nicht begriffsstutzig, er verfügte vielmehr über ein Erinnerungsvermögen, das einem Mock II-Computer gut und gerne Konkurrenz hätte machen können. »Ich erinnere mich an Schmerzen, *kerima*, aber nicht am Kopf. Weshalb empfinde ich jetzt keine Schmerzen mehr?«

»Göttliches Einschreiten? Nein? Gut, ich gestehe, du warst ein bißchen angeschlagen, und da ich es nicht ertragen kann, jemanden leiden zu sehen, nicht einmal dich, habe ich deinen alten Kumpel Tamiron überredet, mich mit Martha sprechen zu lassen. Erinnerst du dich an Martha, meinen gottähnlichen Computer, der alle möglichen wundersamen Dinge zustande bringt? Tja, sie hat dich auf mein Schiff gebracht, einige ihrer Wundertaten vollbracht und dich dann wieder zurückgeschickt, und zwar ohne deine Blessuren. Nimmst du mir das eher ab?«

Anstelle seiner üblichen herablassenden Bemerkungen zu diesem Thema sprang Challen wie von der Tarantel gestochen auf, packte Tedra und schleppte sie zu seinem wartenden *hataar*. Sie hatte keine Ahnung, was er vorhatte, und er sagte es ihr auch nicht, doch binnen Momenten saßen sie auf dem *hataar* und ritten in Windeseile in Richtung Stadt. Ihr blieb nichts anderes übrig, als sich festzuhalten, und als sie schüchtern anfragte, ob er denn verrückt geworden sei, legte sich seine Hand auf ihren Mund und blieb so lange dort, bis sie sich auf der verkehrsreichen Hauptstraße von Sha-Ka-Ra befanden.

Tedra war inzwischen gänzlich entfallen, daß sie ursprünglich vorgehabt hatte, Challen endlich von der Existenz ihrer Welt zu überzeugen. Sie war sich nicht sicher, ob sie überhaupt jemals wieder mit diesem verrückten Barbaren sprechen wollte. Immer noch gab er ihr keinen Hinweis darauf, weshalb er wie ein Irrsinniger in die Stadt zurückgejagt war. Er ritt geradewegs zum Schloß, aber auch dort ließ er sie nicht los, sondern trug sie im Laufschritt direkt in sein Schlafzimmer. Dort angekommen, entließ er sie endlich aus seiner Umklammerung.

Sogleich begann Tedra auszuschreiten. Steifbeinig, die Arme vor der Brust gekreuzt, lief sie vor dem Krieger auf und ab, während dieser sich allmählich zu entspannen schien.

»Uns hat schon wieder ein *sa'abo* aufgelauert, nicht wahr?« bot sie ihm der Fairneß halber an. »Es hat uns sogar bis zur Stadt verfolgt. Nein? Sind vielleicht irgendwelche Feuersirenen angegangen, die nur du hören kannst? Oder hast du einfach den Verstand verloren?«

»Es war für meinen Seelenfrieden notwendig, zu einem bevölkerten Platz zu gelangen, damit der ›Peiler‹ dich verliert«, erwiderte er gelassen, als handelte es sich um die normalste Sache der Welt. Und im nächsten Atemzug: »Ich brauche deinen Himmelsflieger nicht zu besuchen, um zu wissen, daß er hier ist.«

»Was?!«

»Ich habe mit deiner Martha geredet. Sie setzt ihre Meinung mit Hilfe von starken Luftstößen durch. Ich hätte nicht auf dein Schiff . . .«

»*Wann* hast du mit meiner Martha gesprochen?« fiel ihm Tedra ungehalten ins Wort.

»Nach deiner Bestrafung. Ich benötigte Rat von jemandem, der dich besser kennt als ich.«

»Und hast du ihn erhalten? Ja, natürlich. Kein Wunder, daß ich so viele Geschenke bekommen habe.«

»Sie hat nichts von Geschenken gesagt, *kerima.* Sie hat

vorgeschlagen, ich solle zulassen, daß du dich von deiner Wut befreist, egal, wie respektlos diese Befreiung auch sein möge. Es war ein guter Rat, für den ich dankbar bin, aber weiter traue ich deiner Martha nicht, und deshalb habe ich dich aus dem Bereich ihrer ›Peilung‹ geschafft.«

Tedras Augen verengten sich zu Schlitzen. »Und weshalb glaubst du, sie habe mich angepeilt?«

»Hast du nicht gesagt, du habest mit ihr bei der Mine gesprochen?« antwortete er.

»Und das hast du geglaubt? Jetzt wirst du mir sicher gleich erzählen, daß du inzwischen alles, was ich dir gesagt habe, als sternenklare Wahrheit anerkennst? Und einfach deshalb, weil du mit Martha gesprochen hast? *Sie* konnte dich also überzeugen, aber ich nicht?«

»Weshalb bist du wütend, Frau?«

»*Mir* wolltest du nicht glauben! Ich habe dir gezeigt, was ein Phazor tun kann, was *ich* kann, ich habe dir sogar lebendige Kystralle gezeigt, meiner Meinung nach alles echte Beweismittel, aber nein, ich habe mir nur irgendwelche Märchen zusammengesponnen! Martha hingegen muß nur mal kurz einen Luftstrahl aus einem lächerlichen Rückstoßgetriebe loslassen und ssst – schon bist zu überzeugt! Danke, wirklich vielen Dank, ich kümmere mich jedenfalls nicht länger darum, was du, zur megalaktischen Hölle, glaubst oder nicht glaubst!«

Er ging zu ihr und schloß sie, ungeachtet ihres Sträubens, in die Arme. Und wenn sie sich auch dafür haßte, so begann sie doch gleich – wie immer, wenn er sie umarmte – an andere Dinge zu denken. Es war einfach nicht fair, daß er ihren Zorn jedesmal so leicht zum Schmelzen bringen konnte, aber sie mußte sich dieser Tatsache stellen. *Nichts* war für Frauen auf dieser Welt fair.

»Mein Eingeständnis behagt mir ganz und gar nicht«, fuhr er in seinem üblichen ruhigen Tonfall fort, der nichts von seinen Gefühlen verriet. »Es mißfällt mir sogar so sehr, daß ich diese Wahrheit niemals zugegeben hätte, wäre es nicht zu diesen Ereignissen gekommen, die ein weiteres Verleugnen unmöglich machen. Jetzt muß ich die *shodani* von Kan-is-Tra über deine Existenz informieren, über die Gründe deines Besuches, deine Angebote und was du im Austausch dafür verlangst. All dies ist nicht länger nur für mich von Interesse, sondern für ganz Kan-is-Tra. Und das wollte ich immer verhindern, Frau, indem ich versuchte, deine Herkunft zu verleugnen. Nicht einmal deiner Martha gegenüber hätte ich zugegeben, daß ich bereits bei unserer ersten Begegnung von der Wahrheit deiner Worte überzeugt gewesen war.«

»Du . . . äh . . . hast noch nicht erklärt, weshalb dich das so stört«, murmelte Tedra geschmeichelt lächelnd, beschwingt von der Antwort, die sie zu hören erwartete.

»Ich nahm an, die Wahrheit würde sich auf den Dienst, den du mir aufgrund deiner Niederlage schuldest, ungünstig auswirken. Aber ich habe soeben beschlossen, daß dies nicht der Fall sein wird.«

Ihr Hochgefühl schwand; sie lehnte sich zurück und sah ihn enttäuscht an. »Ach ja? Ist das dein einziger Grund?«

»Willst du hören, daß ich wünschte, du würdest aus meiner Welt stammen und somit beanspruchbar sein?«

»Ich glaube, das habe ich bereits kapiert«, erwiderte sie bissig. »Und sonst?«

»Willst du hören, daß ich in mir ein Besitzstreben entdeckt habe, wie es für einen Krieger absolut ungewöhnlich ist?«

Sie hoffte, er wolle sie nur necken, aber es gab nur eine Möglichkeit, dies herauszufinden. »Das war schon besser. Und da du bereits so viele Eingeständnisse gemacht hast, werde ich dir nun ebenfalls etwas anvertrauen . . . Ich habe mich in dich verliebt, Challen.«

»Ich weiß.«

»Du *weißt*?«

»Es war unvermeidlich, doch es freut mich, daß es in so kurzer Zeit geschehen ist.«

Sie starrte ihn fassungslos an. Es war unvermeidlich? Er freute sich? Er sah in der Tat erfreut aus, aber das hatte sie nicht hören wollen. Ihr wurde klar, daß sie die Worte, nach denen sie sich sehnte, nie aus seinem Munde hören würde, daß sie eine wesentliche Entdeckung, die sie kurz nach der Ankunft auf diesem Planeten gemacht hatte, völlig verdrängt hatte: Barbaren waren starker Gefühle nicht fähig, zumindest was die eher sanfteren Gefühle betraf. Ein wirklich passender Moment, sich daran zu erinnern, nachdem sie sich gerade von einer momentanen Gefühlsaufwallung hatte hinreißen lassen!

»Du kannst dieses dämliche Bekenntnis gleich wieder vergessen, Krieger. Ich habe gelogen.«

Er besaß doch wahrhaftig die Dreistigkeit, ihr seine Belustigung zu zeigen. »Dies ist die Reaktion einer Frau mit hohen Erwartungen. Eines solltest du wissen, *kerima*«, fügte er gnädig hinzu, »Frauen erleben Liebe, Krieger jedoch nicht. Unsere Frauen geben ihre Liebe freiwillig und erwarten dafür nicht mehr als Schutz und Fürsorge. Auch du wirst dies irgendwann akzeptieren.«

»Wollen wir wetten?« Sie entwand sich seinen Armen und drehte ihm den Rücken zu. »Schau, es spielt sowieso keine Rolle, ob es so oder anders ist«, stieß sie hervor und hoffte, der Kloß in ihrem Hals möge endlich verschwinden. »Unsere Beziehung ist ja zeitlich begrenzt und deshalb nicht so wichtig. Können wir diesen Unsinn jetzt also vergessen und über wichtigere Dinge reden? Ich möchte gerne all meine Verhandlungen noch vor Ende meiner Dienstzeit abschließen, damit es für mich zu keinen weiteren Verzögerungen kommt.«

Seine Arme schlossen sich von hinten um sie, drückten sie so fest, daß sie nach Luft schnappte. »Wenn dich etwas verletzt, *kerima*, dann ist das kein Unsinn. Ich werde nicht erlauben, daß du dich derart verletzt fühlst.«

»Nicht erlauben?« stieß sie bitter hervor. »Du drückst mir die Luft ab!«

Der Druck verringerte sich, freilich nur deshalb, weil er sie wieder zu sich umdrehte. »Du wirst diese Gedanken bezüglich einer begrenzten Dauer fallenlassen, Frau. Wenn deine Dienstzeit beendet ist, wirst du mich nicht los sein. Ich werde mit dir zu deiner Welt reisen, um zu tun, was dort getan werden muß, aber danach wirst du mit mir hierhin zurückkehren und bei mir bleiben.«

»Und wenn ich mich weigere?«

»Dann wirst du die Hilfe nicht bekommen, die du, wie deine Martha mir sagte, brauchst.«

»Du knüpfst also diese megalaktische Bedingung daran?« fragte sie mit aufwallendem Zorn.

»Ja.«

Sie starrte ihn nur an, wußte nicht, ob sie schreien oder lachen sollte. Hatte sie in den letzten Minuten völlig den Verstand verloren?

»Ist dir überhaupt klar, worauf du dich bei diesem Handel einläßt?«

»Das spielt keine Rolle. Ist *dir* nun klar, daß ich dich niemals gehen lassen werde? Du hast mir deine Liebe gegeben . . .«

»Ich habe sie zurückgenommen . . .«, versuchte sie einzuwenden, aber es war nutzlos.

»Du hast sie mir gegeben, und es ist meine Sache, sie zu bewahren, nicht deine, sie wieder zu nehmen. Dafür gebe ich dir mein Leben, es gehört dir bis zu dem Tag, an dem ich sterbe.«

Sie hatte das Gefühl, es handle sich hierbei um formelle Worte, die gleichsam eine Verpflichtung in sich bargen. Aber sie hatte noch ein anderes Gefühl, ein Gefühl, das sie bis zu den Zehen erbeben ließ: Dieser riesige Kerl liebte sie, ohne es selbst zu wissen! Wenn diese Barbaren etwas dringend benötigten, dann war es eine Umerziehung ihrer Glaubensvorstellungen, vor allem jenes Glaubens, daß Krieger keine Gefühle haben dürfen. Ihr Krieger hatte in seine Worte genügend Gefühl gelegt, um ihre Knochen zum Schmelzen zu bringen. Und weshalb sollte sie plötzlich aufgeben, sie, die niemals aufgab? Wenn er sie jetzt *nicht* liebte, würde sie eben so lange darauf hinarbeiten, bis er es tat.

37.

Einige Tage darauf wurde Tedra eines Spätnachmittags von dem Verlangen nach etwas Saurem in die Küche getrieben. Nachdem sie Challen über die Situation auf ihrem Planeten und die zur Lösung notwendigen Schritte aufgeklärt hatte, hatte sie ihn nicht mehr oft zu Gesicht bekommen, da er sich um all jene Dinge, die nicht bis zu seiner Rückkehr aufgeschoben werden konnten, zu kümmern hatte. Für den morgigen Tag hatte er eine Reise geplant, um sich mit allen anderen *shodani* zu treffen. Boten waren entsandt worden, die den *shodani* Mitteilung machen sollten, aber der Treffpunkt lag etliche Tagesreisen entfernt, und es würde zudem noch einige Zeit dauern, bis alle *shodani* einträfen, sofern sie überhaupt kämen. Transferieren wäre weitaus schneller gewesen, doch Challen hatte sich geweigert, von dieser Möglichkeit Gebrauch zu machen.

Tedra hatte Challen nicht weiter gedrängt, da sie der Überzeugung war, er würde sie auf die Reise mitnehmen und ihr dadurch die Möglichkeit bieten, mehr von dem Planeten kennenzulernen. Doch heute morgen war sie eines Besseren belehrt worden. Sie wurde auf der Reise nicht benötigt, nicht, solange der Krieger Martha als Demonstrationsobjekt und Beweismittel hatte, und Martha hatte sich offenbar zur Zusammenarbeit bereit erklärt.

Tedra war angesichts dieser Entscheidung Challens nicht einfach bloß verstimmt, sondern geradezu fuchsteufelswild. In der Versammlung würde bestimmt werden, ob sie die Söldner erhalten würde und ob die *shodani* überhaupt zum Handel mit Himmelsfliegern bereit wären. Es war ihr Recht, dabeizusein. Aber ihr Barbar war anderer Meinung. In Wirklichkeit wollte er bloß nicht, daß sie anderen Kriegern, die ebenso machtvoll wie er waren, begegnete. Seine Besitzerinstinkte regten sich, und sicher war er sich dessen nicht einmal bewußt, doch ihrer Meinung nach waren derlei Regungen bei einer so wichtigen Angelegenheit fehl am Platz.

Wenn er heute abend rechtzeitig – bevor sie eingeschlafen war – zurückkehrte, würde sie ihn noch einmal zu überzeugen versuchen. Doch bis dahin wollte sie versuchen, nicht mehr daran zu denken. Das seltsame Verlangen, das sie verspürte, half ihr dabei.

In der Küche waren bereits die Vorbereitungen für das Abendessen in vollem Gang. Tedra würde es zwar nie zugeben, doch sie empfand diesen Ort als faszinierend – all die von Menschen verrichtete Arbeit, die Kameradschaft zwischen den Darasha, diese Frauen, die augenscheinlich ihre Arbeiten, die in Kystran als rückständig galten, genossen. Tedra hatte nicht vor, den Frauen durch Berichte über die modernen Errungenschaften ihrer Welt den Spaß zu verderben. Außerdem war ihre Herkunft noch nicht allgemein bekannt; nur Challens Krieger waren in dieses Geheimnis eingeweiht. Die Frauen hielten sie nach wie vor für eine Gefangene, und die Geschichte, sie sei eine Verliererin des Zweikampfes, wurde von allen als ein Scherz angesehen.

An jenem Tag, als Challen entschieden hatte, daß sie beide

zusammen mit allen Mitgliedern des Haushaltes in den Versammlungsräumen vor dem Schloß speisen sollten, hatte sich Tedra mit einer Frau ein wenig angefreundet. Die Versammlungsräume gingen eigentlich ineinander über, konnten aber in einzelne Räume abgeteilt werden, wenn eine Mahlzeit sich, wie es mitunter geschah, zu einer Diskussion unter Kriegern ausweitete. An jenem Tag nun hatte die Dame zu Tedras Rechten ein Gespräch mit ihr begonnen, das sich vorwiegend um Gartenbau gedreht hatte. Mit diesem Thema hatte die Frau Tedras Herz sofort erobert; als Bewohnerin eines wasserarmen, verwüsteten Planeten erfüllten Tedra alle Fragen des natürlichen Anbaus mit brennendem Interesse.

Der Name der Frau war Danni Hal-Dar. Sie war seit nahezu zwei Jahren verwitwet, und von ihr erfuhr Tedra Dinge, die Jalla nicht einmal zu erwähnen gedacht hätte, wie beispielsweise, daß es auf Kan-is-Tra keinen einzigen Job gab, der einer Frau soviel Geld einbrächte, daß sie sich allein versorgen könnte. Und genau deshalb waren alle Waisen und Witwen auf den Schutz eines Kriegers angewiesen, und deshalb konnte auch ein Krieger einer Frau seinen Schutz nicht verweigern. Im Haushalt des *shodan* und unter dessen Schutz zu leben barg natürlich das meiste Prestige.

Tedra empfand dieses altertümliche Gesetz nicht nur als absurd, sondern auch als völlig blödsinnig, da dem *shodan* all die müßigen Frauen unter seinem Dach nichts als Ärger und Arbeit einbrachten. Und welch eine Verschwendung war das angesichts all der neu kolonisierten Welten da draußen, die dringend der Frauen bedurften; viele dieser Frauen wären erfreut über die Möglichkeit, irgendwohin zu gehen, wo sie gebraucht oder für Jobs ausgebildet wurden, die rar und deshalb auch gut bezahlt waren. Natürlich müßte vorher eine Umerziehung stattfinden, eine Umstrukturierung des Denkens. Irgendwann könnte sie ja Challen auf diese Möglichkeit aufmerksam machen – wenn sie nicht mehr wütend auf ihn war.

Danni war nicht in der Küche – verständlicherweise, da dies in erster Linie die Domäne der Dienstboten war. Aber dafür war Marel, eine der jüngeren Damen, anwesend, und es war leicht zu erkennen, daß sie hier eine Strafe zu verbüßen hatte. Sie schälte gerade ein Gemüse namens *faala*, ein seltsames Gewächs, das in rohem Zustand einen ekelerregenden Duft ausströmte, sich in gekochtem Zustand jedoch als wohlriechende, köstlich schmeckende Beilage entpuppte.

Wollte man Marels Miene glauben, so haßte sie ihre Bestrafung, was sicher im Sinne von Meister Lowden war. Tedra hatte indes nicht vor, sie nach dem Grund ihrer Strafe zu fragen. Marel gehörte zu der Gruppe von Frauen, die Tedra zwar nicht offen feindselig, aber dennoch mit Geringschätzung begegneten. Tedra störte das nicht weiter, doch Danni hatte sich bemüßigt gefühlt, ihr den Grund dafür zu erklären: Viele dieser Frauen hatten gehofft, den *shodan* für sich zu gewinnen, und einige von ihnen hatten dafür auch das Lager mit ihm geteilt.

Dies freilich störte Tedra ungemein, wenn sie es auch nicht nach außen hin zeigte. Aber jede, die versuchen würde, seine Aufmerksamkeit zu erschleichen, könnte sich auf eine ordentliche Tracht Prügel von einer Sec 1 gefaßt machen! Sobald sie von Kystran zurück wären, sollte Challen schleunigst für die hübschesten Frauen einen Ehemann auftreiben – Sterne, was für Gedanken hatte sie da! In dieses rückständige Tollhaus zurückkehren? Niemals! Sha-Ka-Ra sollte sich um einen neuen *shodan* kümmern! Sie würde Challen dazu überreden, in ihrem Teil des Universums zu bleiben – wenn sie nicht mehr wütend auf ihn war.

»Sucht Ihr nach so etwas?«

Geschickt fing Tedra die kleine, violette Frucht auf, die Jalla ihr zugeworfen hatte, und fragte grinsend: »Woher weißt du das?« Allein beim Anblick der süßsauren Frucht lief ihr das Wasser im Mund zusammen.

»Es gehört zu meiner Arbeit, die Wünsche und Bedürfnisse meiner Herrin zu erahnen«, erwiderte Jalla.

»Daß ich mich bereits gestern wie eine Wahnsinnige über diese *vechem* hermachte, hat sicher nichts mit deinen telepathischen Fähigkeiten zu tun.«

»Natürlich nicht«, sagte Jalla gespielt beleidigt und brach dann in ein fröhliches Kichern aus.

Tedra sah Jalla dabei zu, wie sie auf einem Tablett hohe, juwelenbesetzte Becher um eine gekühlte Flasche *yavarna*-Wein stellte. »Erwarten wir hohen Besuch?« fragte sie.

»Händler aus Sha-lah«, erklärte Jalla. »Es geht das Gerücht, sie seien ausgesprochen verärgert, da ihnen angeblich ein größerer Posten Gaalisteine verweigert worden sei. Falls das stimmt, müssen sie viele *reyzi* reisen, um eine neue Versorgungsquelle zu finden. Keiner weiß, weshalb der *shodan* diesen Handel plötzlich ablehnt. Sie hatten als Tauschgabe einen Kasten voller *tobraz* mitgebracht, und Ihr wißt ja, wie wertvoll diese hellblauen Edelsteine sind.«

Tedra wußte dies zwar nicht, doch dafür erriet sie den Grund für Challens Absage an die Händler. Unwillkürlich begann sie zu lächeln. Sie hatte mit Challen noch immer nicht konkret über einen Handel gesprochen, aber er wußte, woran sie interessiert war, und wollte offenbar eine ausreichende Versorgung herstellen.

»Ihr findet das spaßig?« fragte Jalla befremdet.

Marel war ihrem Gespräch gefolgt und mischte sich nun mit abfälliger Miene ein. »Seit der *dhaya*-Saft in sein Regal zurückgestellt wurde, findet diese da alles spaßig. Aber er wird sicher nicht allzu lange dort stehenbleiben.«

»Wenn das eine sarkastische Bemerkung sein sollte, Marel, dann ist mir leider die Pointe entgangen, denn ich habe nicht die leiseste Ahnung, wovon Ihr sprecht. Und es interessiert mich auch gar nicht. Vielleicht sollte Meister Lowden darauf aufmerksam gemacht werden, daß Ihr nicht genügend zu tun habt, da Ihr nach wie vor die Zeit findet, Eure Nase in fremde Angelegenheiten zu stecken.«

Die Wangen der jüngeren Frau verfärbten sich etwas, während die meisten Darasha über Tedras Bemerkung lachten. Tedra hatte freilich nicht die Absicht gehabt, die Frau vor den anderen zu demütigen, und deshalb wandte sich sich nun um und verließ die Küche. In der Halle holte Jalle sie ein, schon von weitem hörbar nicht nur durch das Klirren der Gläser auf dem Tablett, sondern auch durch ihr Kichern.

»Das war genau das, was sie verdient hat, Herrin. Die Dame Marel hat schon jedem Menschen gegenüber, auf den sie eifersüchtig ist, ein bissiges Mundwerk gehabt, und sie ist auf die meisten eifersüchtig.«

»Wieder eine der Empfindungen, unter denen nur Frauen leiden?«

»Was?«

»Ach, nichts. Aber was *bedeutete* dieser Unsinn, den sie da von sich gab? Was hat ein auf einem Regal stehender *dhaya*-Saft mit meiner guten Laune zu tun? Meines Wissens ist *dhaya* lediglich ein starker Wein, den nur Krieger trinken dürfen.«

»Das stimmt schon, aber . . . wie kommt es, daß Ihr nicht den Verwendungszweck von *dhaya*, als Saft und als Wein, kennt?«

»Gehört das wieder einmal zu diesen Dingen, die alle Frauen wissen sollten? Na, dann betrachte mich eben als ein wenig unterbelichtet und klär mich auf, damit auch ich dem Klub der Allwissenden beitreten kann.«

Ungläubig lächelnd schüttelte Jalla den Kopf. »Eure Worte ergeben manchmal keinen Sinn für mich, Herrin, und dann, so seltsam es auch ist, doch wieder. Die Sache mit dem *dhaya*-Saft ist kein Geheimnis, und möglicherweise kennt Ihr ihn nur unter einem anderen Namen. Das ist es, was ein Krieger einnimmt, wenn er auf Raubzüge oder in den Krieg geht, damit er . . .«

»Noch mal von vorn«, unterbrach Tedra. »Das kommt mir alles ziemlich ungewöhnlich vor, denn jeder spricht von Raubzügen, und ich habe dafür noch keinen einzigen Beweis gesehen.«

»Wie kommt das? Der *shodan* hat erst beim letzten Vollmond Kar-A-Jel geplündert«, antwortete Jalla, erstaunt über Tedras Unwissenheit. »Aber der *shodan* von Kar-A-Jel, Falder La-Mar-Tel, ist wirklich ein übler Kerl. Er verhöhnt uns, plündert ständig die Farmen in unseren Tälern. Er hat nicht mal den Mut, unseren *shodan* zum Zweikampf herauszufordern.«

»Eine richtige Laus im Pelz, was?«

Jalla kicherte erneut. »Das ist wahr. Für gewöhnlich gehen unsere Krieger zweimal im Jahr nach Kar-A-Jel, um unsere gestohlenen Frauen und *hataari* wieder zurückzuholen.«

»Aber wenn die Ehefrau eines Kriegers gestohlen wird? Muß er dann etwa, wenn Challen nur zweimal jährlich auf Rachefeldzug geht, monatelang warten, bis er sie zurückholen kann?«

»Er kann alleine losziehen, um sie zurückzurauben oder zurückzukaufen. Oder er wartet, bis es in Sha-Ka-Ra andere Frauen gibt, die ihren Platz einnehmen können.«

»Darauf könnte ich gern verzichten«, stieß Tedra voll Abscheu hervor. »Wie war das jetzt mit dem *dhaya*-Saft?«

»Er wird bei Raubzügen genommen, damit ein Krieger sich nicht in der momentanen Lust verliert und einer Frau Schaden zufügt. Und ein Krieger nimmt ihn außerdem, wenn er mehrere Mondaufgänge zur Jagd zieht, damit er nicht durch Gedanken an eine Frau abgelenkt wird. Ein Krieger nimmt ihn auch, wenn er eine weite Reise ohne seine eigene Frau machen muß und sich nicht von einer anderen verführen lassen will. Und ein Krieger nimmt ihn, wenn er seine eigene Frau bestrafen muß.«

»Na schön, aber was soll der Saft bei so kräftigen Männern

denn bewirken, vor allem bei der Bestrafung?« fragte Tedra mühsam beherrscht, da sie fürchtete, die Antwort bereits zu kennen, aber noch ganz sichergehen wollte. »Glaubt Ihr, ein Krieger könnte ohne dieses Hilfsmittel in Euch ein ungestilltes Verlangen entfachen?« grinste Jalla, die die Anzeichen einer nahenden Explosion nicht zu erkennen schien. »Krieger sind viel zu lüstern dafür. Der Saft verdrängt jedes Verlangen, ganz gleich, welcher Stimulation sie ausgesetzt sind. Der Saft verleiht dem Krieger bei der Bestrafung einer Frau jene Kontrolle, die er ohne ihn niemals aufrechterhalten könnte.«

Kontrolle? Das war ja der Hammer! Dieser megalaktische Lügner! Dieser megalaktische Aufschneider! Die unnachahmliche Körperbeherrschung eines starken Kriegers? Hah! Eher eine gute Dosis Impotenzmittel!

Tedra ließ einen gellenden Wutschrei los, dem eine endlose Reihe an Beschimpfungen folgte. Als sie damit fertig war, hatte sie den Barbaren in neunundsiebzig verschiedenen Sprachen verflucht, ohne sich allerdings auch nur einen Deut besser zu fühlen. Sie rief sich den Tag ihrer ersten Begegnung wieder ins Gedächtnis, als sie sich, halb wahnsinnig vor Lust, wieder und wieder gefragt hatte, wann er sie endlich sprengen würde, und dann doch unbefriedigt eingeschlafen war. Und die Bemerkung seiner Krieger, welche Verschwendung Challens Eroberung während der Jagd sei. Alle hatten über den Witz gelacht, und nun verstand auch sie ihn, und sie verfluchte den Barbaren erneut.

Irgendwann wurde ihr Jallas weitäugiger, erschreckter Blick bewußt, und sie beruhigte sich ein wenig, aber nur, um zu fragen: »Hat der *dhaya*-Saft bei Frauen dieselbe Wirkung?«

»Ich weiß es nicht, Herrin. Aus welchem Grund sollte eine Frau ihn einnehmen?«

»Ja, aus welchem Grund wohl!« lächelte Tedra.

38.

»Was habt Ihr jetzt schon wieder mit dem *shodan* gemacht, Frau?«

Tedra drehte sich nach der Stimme um; schon seit Stunden stand sie auf dem Balkon und hielt unbewußt nach Challen Ausschau, der in der Morgendämmerung aufgebrochen war. Tamiron stand unter einem der Rundbögen und sah Tedra mit offenkundiger Verärgerung an. Angesichts seiner verdrießlichen Miene und seines nicht minder verdrießlichen Tons ließ nun auch Tedra ihrer Gereiztheit freien Lauf.

»Wäre es nicht angebracht gewesen, anzuklopfen, bevor Ihr hier einfach so hereinplatzt?«

»Das ist geschehen, mehrmals.«

»Oh, nun, ich war ganz in Gedanken und habe es vielleicht nicht gehört – oder Ihr habt nicht laut genug geklopft. Was habt Ihr eben gefragt?«

»Man hat mich gerade darüber informiert, daß mein Freund mit einer Flasche *yavarna* in der Dunkelheit sitzt«, stieß er hervor. »Und als wäre das nicht schon seltsam genug, hat er zudem auch noch seine Reise abgeblasen. Er sitzt nur da und starrt vor sich hin und antwortet nur, wenn man ihn anstößt. Er . . .«

»Ich kenne diese Symptomatik. Sie wird als Depression bezeichnet.«

»Der Name interessiert mich nicht. Ich will die Ursache wissen.«

»Und selbstverständlich haltet Ihr mich für die Ursache?«

Er nahm sich kein Blatt vor den Mund, sondern ließ ein deutliches »Ja« ertönen und sah sie dabei herausfordernd an.

Tedra zuckte nur gleichgültig mit den Achseln, obgleich es in ihrem Inneren brodelte. Ihre Erinnerung an letzte Nacht war nur unvollständig, aber das, woran sie sich erinnerte, war alles andere als angenehm. Es war genau das geschehen, was sie gewollt hatte. Doch Challens Ausdruck, als ihm schließlich bewußt geworden war, daß sie absolut kein Verlangen nach ihm hatte, hätte ihr fast das Herz gebrochen. Wenn man das unter gerechtem Ausgleich verstand, so war dies ein zweischneidiges Schwert. Trotzdem war es ihr gutes Recht gewesen, und daß sie sich nun darüber grämte, war, schlicht gesagt, dumm. Sie geriet dadurch unweigerlich in die Defensive.

»Ihr wollt wissen, was ich getan habe?« funkelte sie den Krieger an. »Nun, ich habe lediglich ein wenig Eures *dhaya*-Saftes getrunken. Selbstverständlich habe ich Challen nichts davon erzählt, da auch er es nie für nötig empfunden hatte, mich darüber zu informieren, wenn er dieses Mittel eingenommen hatte. Er hat mich vielmehr immer in dem Glauben gelassen, sein toller Widerstand sei allein seiner fantastischen Beherrschung zuzuschreiben. Er hat mich angelogen!«

»Gelogen, wenn jede Frau weiß, was es mit dem Genuß von *dhaya* auf sich hat! Er hat Euch nur geneckt, in der Annahme, Ihr würdet Euch dessen bewußt sein. Daß ein Krieger die durch den Genuß von *dhaya* verursachte Körperbeherrschung als die seine deklariert, ist ein altbekannter Witz. Er verdeutlicht einer Frau, daß ein Krieger ihr ohne *dhaya* nicht widerstehen könnte.«

»Und sie soll das wohl als Kompliment auffassen? Das ist doch lächerlich! Kein Kompliment der Welt könnte diese Art der Bestrafung erträglicher machen!«

»Für Euch, aber Ihr stammt nicht aus Kan-is-Tra.«

»Richtig, ich bin eine Kystrani, und ich habe noch nie von Eurem megalaktischen *dhaya*-Saft gehört. Ich werde mich nicht für das, was ich getan habe, entschuldigen! Wenn ihr Männer nach Lust und Laune von diesem Zeug Gebrauch machen könnt, dann solltet ihr wenigstens einmal am eigenen Leibe erfahren, wie es für diejenigen ist, die es ausbaden müssen.«

»Du wolltest mich also bestrafen?«

Tedra wirbelte herum. Challen war leise hereingekommen und stand nun unter einem anderen Rundbogen. Ihr Kinn reckte sich in die Höhe, ihre Schultern strafften sich kampfbereit, um so mehr, da sie entdecken mußte, daß auch er, wie eben Tamiron, nichts tat, um sein großes Mißfallen zu verbergen.

»Und wie kommst du auf diese Idee?« fragte sie, während sie zu ihm ging und sich vor ihm aufstellte. »Ich habe dir lediglich eine Kostprobe jener Gleichgültigkeit, die du mir am Tag unserer ersten Begegnung demonstriertest, verpaßt. Das kann man nicht als Bestrafung deklarieren, egal, wie du es drehst und wendest, und zwar aus dem einfachen Grund, weil es dafür keinen Vergleich gibt. Für dich bedeutet Gleichgültigkeit, daß du den ganzen megalaktischen Motor ausschaltest. Bei mir hingegen wird der Motor nur gedrosselt. Und das hält *dich* noch lange nicht davon ab, trotzdem deinen Spaß zu haben, nicht wahr?«

»Dies würde ich dir niemals antun.«

Sie wußte es. Tief im Inneren wußte sie genau, daß er ohne ihr Einverständnis nie Liebe mit ihr machen würde. Deshalb hatte sie ihn in gewisser Weise tatsächlich bestraft, und er hatte allen Grund, wütend auf sie zu sein. Zudem hatte er auch noch die ganze Nacht darüber gegrübelt, weshalb sie ihn nicht mehr begehrte, eine schier unerträgliche Vorstellung, die ihr mehr als schlechtes Gewissen nicht gerade erleichterte.

»Ich werde mich deshalb *nicht* schuldig fühlen! Ich will nicht! Du hast mich in dem Glauben gelassen, du seist ein gefühlloser, eiskalter Brocken, der seine Gefühle nach Bedarf an- und abschalten kann. Das war lediglich eine kleine Revanche, und die Betonung liegt bei ›klein‹. Ich habe dich nicht zum Weinen oder Betteln getrieben, wie du es mit mir getan hast. Ich habe nicht einmal versucht, dich zu erregen. Wo also ist das megalaktische Problem?«

»Du empfindest überhaupt kein Bedauern?«

»Ich werde mich nicht entschuldigen, wenn es das ist, was du meinst«, beharrte sie stur.

»Dann gibt es darüber nichts mehr zu reden.«

Er wandte sich ab, ließ sie allein mit der Schuld, die sie verleugnete, ließ sie allein mit ihrem Kummer. Sie war zu stolz, einen möglichen Fehler einzugestehen, und es war sehr gut möglich, daß sie einen Fehler gemacht hatte, besonders wenn Tamirons Worte stimmten und Challens Aussage, seine Körperkontrolle beruhe allein auf seinem starken Willen, tatsächlich nur Scherz gewesen war. Er wandte sich ab, obwohl er sie hätte zwingen können, sich zu entschuldigen und ihre Schuld einzugestehen, so wie er sie auch sonst zu allem zwang. Aber diesmal nicht. Nein, wenn *sie* gezwungen werden wollte, spielte er den Kystrani und gab ihr Rechte und Freiheiten, die ihr im Moment wirklich mehr als gleichgültig waren.

Tedras Reaktion erfolgte aus purem Instinkt. Sie griff an. Der Sprung brachte sie in die richtige Position, der Griff um den Nacken in Sicherheit. Einen Moment hatte sie so gewonnen, und gleich würde der Barbar zu Boden fallen und sie sich dann gekonnt aus dem Weg rollen. Aber nachdem heute schon alles schiefgelaufen war, weshalb sollte es dann jetzt klappen! Trotz ihres Vorteils, trotz ihrer exakt berechneten Position blieb der Barbar wie festgewachsen stehen, und der gewonnene Moment endete damit, daß Tedra über Challens Schulter flog.

Sie landete flach auf dem Rücken. Als sie wieder genügend Luft in ihre Lungen gesogen hatte, öffnete sie die Augen. Neben ihr lag Challen, der sich nun über sie beugte.

»Du bist besiegt.«

Tedra blinzelte. Er sah nicht mehr länger wütend oder enttäuscht aus. Sein Ausdruck wirkte eher gerissen, als habe er soeben etwas ausgetüftelt. Sie brauchte ihre grauen Zellen nicht erst zu aktivieren, um herauszufinden, was das war.

»Sehr schlau«, sagte sie, die Lippen verächtlich geschürzt. »Aber du wirst nicht da sein, um die Früchte deiner Bemühungen zu ernten. Oder willst du dafür all diese *shodani* auf dich warten lassen?«

»Du glaubst, ich will einen weiteren Monat des gleichen Dienstes fordern? Das ist keineswegs meine Absicht, *chemar*. Nein, diesmal wird dein Dienst sich eher auf die Haushaltspflichten einer Frau beschränken. Du wirst genügend Arbeit haben, um so beschäftigt zu sein, daß du nicht einmal die Zeit haben wirst, an irgendwelche Missetaten auch nur zu denken – oder an neue Wege, mich zu verhexen. Während ich abwesend bin, wirst du unter der Aufsicht meines Onkels stehen. Du wirst seinen Befehlen gehorchen, und falls du das nicht tust, wird es ihm obliegen, dich zu bestrafen. Dies also wird dein neuer Dienst sein, den du als Verliererin des Wettkampfes zu leisten hast, und zwar so lange, bis ich von meiner Reise zurück bin. Hast du das verstanden?«

»Aber du bist möglicherweise Wochen weg!«

»Das ist in der Tat möglich.«

»Und ich werde die ganze Zeit über bestraft? Nennst du das fair?«

»Du wirst nur bestraft, wenn du meinem Onkel nicht gehorchst, Frau. Die Arbeit, die du zu leisten hast, Darasha-Arbeit wohlgemerkt, ist nichts anderes als der Dienst, den du mir schuldest. Ich sehe darin nichts Unfaires, da es mir als Gewinner zusteht, den Dienst auszuwählen, während du dich, als Verlierer, meiner Wahl zu beugen hast. Ist das so schwer zu begreifen?«

»Wenn du dir einbildest, ich wüßte nicht, daß du mich im

Grunde genommen nur für letzte Nacht bestrafen willst, dann bist du schiefgewickelt. Erwarte nicht, daß ich dich bei deiner Rückkehr mit offenen Armen empfangen werde . . .«

»Du *wirst* hier sein, Frau . . .«

»Sicher werde ich das«, fiel sie ihm mit frostigem Lächeln ins Wort. »Aber wenn du zurück bist, wird wahrscheinlich auch mein erster Dienst beendet sein. Und du kannst dein megalaktisches Gewicht in Gold darauf verwetten, daß ich dich nicht mehr zum Kampf fordern werde! Mach dir also keine Hoffnung auf irgendwelche zukünftigen Dienste! Ich werde meine Rechte zurückerhalten und sie bewahren, und das schließt auch das Recht ein, dir zu sagen, daß . . .«

Er unterbrach sie auf die Art, die ihm als die einfachste und effektivste erschien. Nachdem seine Lippen und seine Hände sich ihr ein paar Minuten intensiv gewidmet hatten, hatte Tedra alle Gedanken an ihre Rechte vergessen.

»Ich hoffe, da war die Vorschau auf die heutige Tagesordnung. Wenn das der Fall sein sollte, willst du dann unser Publikum nicht verabschieden?«

»Es ist bereits gegangen. Aber heißt das, daß du mich wieder begehrst?«

»Ich begehre dich immer, Baby. Nur dieser verfluchte *dhaya*-Saft hat das Programm vorübergehend gestört, wofür ich . . . wofür ich mich entschuldige. Ich hätte das nicht tun oder dich zumindest darüber informieren sollen.«

Er küßte sie erneut, hob sie dann hoch und trug sie zu seinem Bett. Ihre Entschuldigung würde zwar an ihrem neuen Dienst nichts ändern, aber dafür würden ihre Drohungen den Barbaren sicher zu einer schnellen Rückkehr veranlassen.

39.

Tedra hätte es keiner Menschenseele gegenüber zugegeben, daß ihr der neue Dienst sehr viel Spaß machte. Challens Onkel hatte sie zwar nicht schonen wollen und deshalb nicht für die leichteren Arbeiten wie das Servieren oder Kochen der Mahlzeiten eingesetzt, aber das hätte sowieso in einer Katastrophe geendet. Nein, er hatte sie zu den eher anstrengenden Arbeiten abkommandiert, die stundenlanges Geschirrwaschen, das Schrubben von Wänden und Böden – angesichts der Größe des Schlosses eine Lebensaufgabe –, das Ausklopfen der Teppiche und das Reinigen der Lederartikel beinhalteten.

Oh, wie war sie müde nach einem langen Arbeitstag, aber es war eine gute Müdigkeit. Der gute Onkel Lowden konnte ja nicht wissen, daß all diese Arbeiten lachhaft im Vergleich zu Tedras speziellem Trainingsprogramm waren, ein Training, das sie ein halbes Leben lang täglich absolviert und seit ihrer Begegnung mit dem Barbaren sehr vermißt hatte.

Ihr Arbeitseinsatz verwirrte Lowden, und dies wiederum erfüllte Tedra mit diebischer Freude. Sein Gesichtsausdruck war mitunter wirklich unbezahlbar, beispielsweise an jenem Tag, als er ihr befohlen hatte, ein paar schwere Möbel wegzustellen, damit darunter saubergemacht werden konnte. Nach einer halben Stunde war er, wohl in der Annahme, diesmal zu weit gegangen zu sein, reumütig zurückgekehrt und hatte zu seinem grenzenlosen Erstaunen nicht nur die Möbel verrückt, sondern auch einen blitzblank geputzten Boden vorgefunden.

Sie machte nicht über dem Spülbecken schlapp, sie klagte nicht, wenn sie beim Wändeputzen die Leiter unzählige Male hoch- und heruntersteigen mußte oder sich die Knie beim Bodenschrubben aufrieb. Als sie den großen, ovalen Teppich im Hinterhof des Schlosses ausklopfte, verursachte sie eine so gewaltige Staubwolke, daß jeder Besucher, der durch das vordere Eingangstor kam, einen Hustenreiz erlitt und Lowden jemand anderen für den Job finden mußte, der weniger Kraft in diese Arbeit legte.

Welche Arbeit Lowden ihr auch aufbürdete, nie erzielte er die Ergebnisse, die *er* sehen wollte, wie Beschwerden oder wenigstens irgendwelche Anzeichen von Erschöpfung. Schließlich glaubte er die zündende Idee gefunden zu haben, um Tedras Rebellion zu entfachen: die Arbeit im Gemüsegarten, bei der sie ihre zarten Hände schmutzig machen müßte. Sterne, sie hätte ihn dafür umarmen können! Doch das ließ sie sich natürlich nicht anmerken.

Amüsiert beobachtete Tedra, wie die anderen Frauen sie mit zunehmender Geringschätzung betrachteten. Sie waren der Meinung, sie würde mit Darasha-Arbeit bestraft, und besonders Marel witterte nun ihre Chance. Sie wartete, bis Tedra die Halle vor den Versammlungsräumen der Frauen putzte, und gesellte sich dann mit einigen ihrer Busenfreundinnen dazu.

Tedra hätte die Schar einfach ignoriert, hätte Marel nicht eine lange Peitsche in der Hand gehalten. Tedra wußte, daß Frauen nicht ausgepeitscht wurden, weder als Strafe noch aus anderen Gründen. Auch die Darasha nicht. Es bestand keine Notwendigkeit für diese Art von Erziehungsmaßnahmen, da es so viele andere, subtilere Möglichkeiten gab. Doch als Marel sich lauthals über Tedras Arbeit zu beschweren begann, war Tedra nur zu klar, in welche Richtung dieses Szenario zielte, und sie war nicht bereit, es so weit kommen zu lassen.

Ehe die junge Frau den Mut faßte, ihre Peitsche tatsächlich einzusetzen, riß Tedra ihr diese schon aus der Hand und brach sie nicht nur in zwei Hälften, sondern in lauter kleine Stücke – kein leichtes Unterfangen bei dem grünen

Holz. Marel fing natürlich sofort an, nach Meister Lowden zu schreien. Bis dieser endlich eintraf, waren auch schon die restlichen Damen neugierig herbeigeeilt. Marel war freilich die einzige, die schrie und zeterte. Lowdens Reaktion versetzte Marel jedoch in Staunen. Was hätte er auch auf Marels Anschuldigung, Tedra arbeite zu langsam, sagen sollen, wenn Tedra mit der Arbeit, für die er ihr einen ganzen Tag Zeit gegeben hatte, bereits so gut wie fertig war? Als dann die Anschuldigung folgte, Tedra habe Marel angegriffen, war es an *Tedra* zu staunen, denn die meisten Frauen ergriffen ihre Partei und widersprachen Marels Behauptung. Und da nicht einmal Marels Busenfreundinnen sie unterstützten, wurde das arme Mädchen nun selbst bestraft – zurück in die Küche zum Schälen der so verhaßten *falaa*!

Das war der Tag, an dem Challen zurückkehrte. Jedermann wunderte sich, daß er schon nach fünf Tagen wieder da war, nur Tedra nicht. Sie hatte gewußt, daß er sich beeilen würde. Jetzt hatte sie von ihrem ersten Dienst noch ganze zwei Wochen abzuleisten, doch mit Challens Ankunft endete ihr zweiter Dienst, und so ließ sie den Lappen, mit dem sie gerade wischte, einfach fallen, um mit den anderen Leuten zur Begrüßung in den Schloßhof zu eilen.

Aber sobald sie ihn durch das Tor reiten sah, sank ihre gute Laune schlagartig. Vor ihm auf seinem *hataar* saß eine sehr hübsche Blondine – und zwar völlig nackt! Die breiten Schultern der vor Tedra stehenden Krieger versperrten ihr zwar die Sicht, doch was sie erkennen konnte, reichte aus: Die Frau schien förmlich auf Challen zu kriechen, und *er* machte keinerlei Anstalten, sie davon abzuhalten.

»Eine neue Gefangene, *shodan*?« fragte Lowden zur Begrüßung.

Challen lachte über Lowdens sehnsüchtigen Blick. »Du darfst sie dir nur so lange ansehen, bis Tamiron zurückgekehrt ist, Onkel. Da ich sie nur auf seinen Vorschlag hin raubte, habe ich beschlossen, daß er sie auch bekommt.«

»Aber, *shodan* . . .«, begann sich das Mädchen zu beschweren.

Sie wurde schroff unterbrochen. »Genug! Ich habe dir erzählt, Laina, daß ich eine Frau habe, diejenige, über die in der Versammlung gesprochen wurde. Ich brauche keine anderen Frauen, und die Mutter meiner Kinder würde auch keine andere in ihren Gemächern willkommen heißen.«

»Die *wer*?« fragte Lowden mehr als überrascht.

»Vergib mir, Onkel, aber ich wollte die Neuigkeit bis zur Ankunft meiner Eltern aufsparen. Sind sie bereits da?«

»Nein, nein . . . aber Challen, weshalb hast du sie dann so hart bestraft, wenn du sie zur Frau genommen hast?«

»Bestraft?« Challen wurde sehr still. »Onkel?!«

Lowden wand sich vor Gewissensqualen und sprudelte hervor: »Bei Droda, sie hat so hart gearbeitet, daß sie, falls sie wirklich ein Kind trägt, dieses leicht verlieren könnte!« rief er entsetzt. »Das würde mir deine Mutter nie verzeihen, sie hat so lange darauf gewartet, daß du dir endlich eine Frau fürs Leben suchst. Weshalb hättest du sie unter meine Obhut geben sollen, wenn nicht, um sie zu bestrafen?«

»Habe ich dir angeordnet, sie zu bestrafen?«

»Du hast gesagt, ich solle sie beschäftigen, obgleich sie eine Verliererin des Wettkampfes ist und deshalb nicht meiner Aufsicht obliegt. Da lag die Vermutung nahe . . .«

»Beruhige dich, Onkel!« Challen legte beschwichtigend eine Hand auf Lowdens Schulter. »Der Fehler liegt bei mir, da ich meine Wünsche nicht deutlicher erklärt habe. Mußtest du sie . . . noch härter bestrafen, weil sie sich beschwert hat?«

»Beschwert?« schnaubte Lowden. »Ich wünschte, ich hätte eine Darash, die so hart und gründlich arbeiten könnte wie sie, und zwar ohne irgendwelche Beschwerden.«

»Die hat sie zweifellos alle für mich aufgespart. Wo ist sie überhaupt? Vielleicht werden meine guten Nachrichten sie für die schwere Zeit entschädigen.«

»Für heute war das Schrubben der Hallenböden vorgesehen.«

Doch sie war nicht mehr dort, wo Lowden sie zuletzt gesehen hatte, und sie konnte auch nirgendwo anders gefunden werden. Challen war außer sich vor Sorge. Doch dann wurde Serren auf einer Bahre zu ihm gebracht; ehe er das Bewußtsein verlor, konnte er gerade noch gestehen, daß Tedra ihn überredet hatte, sie zum Markt zu begleiten. Dort seien sie auf Kar-A-Jel-Krieger gestoßen; Serren wurde an der Schulter verwundet, die Frau gefangengenommen.

Challen war nicht mehr besorgt. Er war rasend vor Zorn.

40.

Falder La-Mar-Tel entsprach überhaupt nicht dem Ekel, das sie nach Jallas Beschreibungen erwartet hatte. Sie hatte sich einen völlig verkommenen Barbaren vorgestellt, vielleicht etwas verlottert und verschlampt, sicher aber verdrießlich und mit einer guten Portion Schmierigkeit und Verschlagenheit ausgestattet. *Keinesfalls* hätte sie einen ausgewachsenen Riesen erwartet, einen Krieger von mindestens zwei Meter dreißig, ein mächtiges, unerschütterliches Bollwerk von Mann. Und das sollte dieser miese Kerl sein, der Angst hatte, ihren Barbaren zum Kampf zu fordern?

Aber sie hatte auf dem Weg zu seinem Haus – ein nur durchschnittlich großes Gebäude mit einer weiten Halle – seine Stadt gesehen, die im Vergleich zu Sha-Ka-Ra sehr klein war. Daraus ließ sich schließen, daß der *shodan* von Kar-A-Jel nicht besonders viele Krieger unter sich hatte. Und daß er nicht sonderlich clever war, wenn er sich ständig mit einer überlegeneren Macht anlegte. Doch Jalla hatte gesagt, daß diese beiden *shodani* nichts anderes taten, als gegenseitig ihre Reviere zu plündern. Keiner unternahm einen wirklichen Angriff, der einen Krieg nach sich ziehen würde. Wahrscheinlich waren ihre Raubzüge nur ein kleines Spiel unter Kriegern.

Welchen Grund hatte dann ihre Entführung? Sie war absichtlich geschehen, war geplant gewesen. Die feindlichen Krieger waren bei der Versammlung gewesen und hatten gewußt, wen sie da gefangennahmen. Tedra hatte es ihnen darüber hinaus leicht gemacht, da sie das Schloß nur mit einem Krieger als Geleitschutz verlassen hatte. Die Entführung selbst verlief dann allerdings für die fremden Krieger nicht mehr so einfach. Obgleich Challen beim Treffen der *shodani* erzählt hatte, daß Tedra eine Kriegerin sei und er selbst Bekanntschaft mit ihren Künsten gemacht habe, hatten sich die vier Krieger bei der Entführung lediglich auf Serren konzentriert, nicht auf sie. Kein Wunder, daß sie nun aufrechten Ganges in Faldens Halle spazierte, während ihre Begleitmannschaft mühsam humpelte.

Aber welchen Grund hatte nun ihre Entführung? Handelte es sich nur um irgendeinen Vergeltungsakt? Oder wollte der *shodan* von Kar-A-Jel die einzige Außerirdische des Planeten für sich beanspruchen? Was immer er wollte, er war jedenfalls alles andere als erfreut, vier seiner besten Krieger derart übel zugerichtet zu sehen.

»Hättet ihr sie nicht aus seiner Festung herauslocken können?« fragte er seine Krieger, als sie, jeweils zwei an Tedras Seite, vor ihm standen. »War es nötig, gegen all seine . . .«

»Die Frau *war* außerhalb des Schlosses«, suchte sich der Krieger zu Tedras Rechten zu verteidigen. »Ihr habt uns angewiesen, sie nicht zu verletzen. Ihr habt uns jedoch nicht gesagt, wie wir vermeiden können, selbst verletzt zu werden.«

»Wollt Ihr mir weismachen, daß *sie* das getan hat?«

Als der Riese anstatt einer Antwort nur betretene Mienen erntete, warf er seinen Kopf zurück und brach in brüllendes Gelächter aus. Tedra war lediglich an den Händen gefesselt, und obendrein hatte man ihr die Hände nicht einmal auf den Rücken gelegt; sie dachte bei sich, wie einfach es doch war, diese Barbaren zu überraschen, ehe diese sie endlich für voll nahmen. Ohne nachzudenken schob sie ihren Fuß hinter den von Falder und stieß zu. Es klang, als würde der Barbar durch den Boden krachen. Wahrscheinlich hatte der Boden auch ein paar Sprünge abbekommen. Jedenfalls lachte der Barbar nun nicht mehr. Er war auch nicht zornig. Vielmehr blickte er aus seiner Bauchlage mit eher ehrfürchtiger Miene zu Tedra empor.

»Dann hat er also die Wahrheit gesagt«, bemerkte er lapidar, während er langsam aufstand und seine *bracs* ausklopfte.

Er ging ein paar Schritte zurück, um aus Tedras Reichweite zu gelangen. Mit einem Mal wurde Tedra klar, daß Challen bei dem Treffen etwas übertrieben haben mußte. Dieser breitschultrige Riese hier dachte doch tatsächlich, sie könne ihn überwältigen. Sicher, sie hatte ihn zu Boden geworfen, obwohl sie gefesselt und obendrein eine Frau war, deshalb konnte man ihm diese Vermutung nicht verübeln. Und sie würde ihn ganz bestimmt nicht eines Besseren belehren.

Plötzlich durchzuckte sie ein Gedanke, auf den sie eigentlich schon eher hätte kommen können. »Diese hübsche blonde Gefangene ist nicht zufällig Eure Frau?«

Er hörte aus der Frage nur das heraus, was er hören wollte. »So ist er bereits zurückgekehrt? Dann wird es nicht mehr lange dauern, bis er hier ist.«

»Um die Gefangenen auszutauschen?«

»Das bestimmt nicht.« Der große Mann lächelte sie nun an. »Laina kann er ruhig behalten. Doch wenn er seine Frau zurückhaben will, muß er die Ly-San-Ter-Gaalistein-Mine zum Tausch anbieten. Dann werden die Himmelsflieger mit mir Geschäfte machen.«

Tedra gefiel dies ganz und gar nicht. »Ich bin der einzige Himmelsflieger hier, *shodan*. Ich bin die einzige, die diesen Planeten entdeckt hat, und werde die einzige sein, die hier irgendwelche Handelsbeziehungen knüpfen wird. Wie kommt Ihr überhaupt auf die Idee, ich sei auf Gaalisteine erpicht?«

Er behielt sein Lächeln bei. »Das ist das einzig wirklich Wertvolle in ganz Kan-is-Tra. Ihr besitzt lebende Edelsteine. Was sollen Euch dann die unseren interessieren? Wundersame Waffen besitzt Ihr. Welchen Nutzen hätten da unsere *Toreno*-Schwerter für Euch?«

»Hat Challen Euch nicht gesagt, daß jede Stadt von dem Handel profitieren wird?«

»Er hat gelogen, und das habe ich auch bei der Versammlung gesagt. Städte ohne Reichtum werden nicht profitieren.«

»Ich habe das Gefühl, Ihr seid nicht bis zum Ende der Versammlung geblieben.«

»Nachdem er mir meine Frau fast vor meinen Augen gestohlen hat? Ich bin in der Tat eher gegangen.«

Sein gekränkter Blick war wirklich komisch, doch Tedra war eigentlich nicht zum Lachen zumute. Sie begann statt dessen dem Barbaren ein paar Halbwahrheiten aufzutischen. »Ich bedaure es wirklich, Eure brillanten Überlegungen zunichte machen zu müssen, aber Gaalisteine sind nichts als pure Energie, und auf meinem Planeten haben wir so viele verschiedene Energiequellen, daß diese Steine wirklich nichts Besonderes sind. Das heißt nicht, daß wir nicht aus rein wissenschaftlicher Neugier gerne einige hätten, doch es gibt auf Eurem Planeten viele andere Objekte, um die es sich zu handeln lohnte. Sogar hier, mitten in Eurer Halle, befinden sich einige davon. Diese Becher auf Eurem Tisch beispielsweise. Sind sie aus Gold gearbeitet?«

»Wollt Ihr mich auf den Arm nehmen, Frau? Niemand würde mit billigem Metallgeschirr handeln wollen.«

»Ach, bestehen sie nicht aus Gold?«

»Natürlich tun sie das«, schnaubte er. »Aber das ist ein weiches, nutzloses Metall, lediglich zur Herstellung von Schmuck und Vasen geeignet – und von Geschirr.«

»Ja, aber das ist Eure Meinung, und möglicherweise auch die des ganzen Planeten, weil es etwas ist, das im Überfluß vorhanden ist. Auf meinem Planeten gibt es nicht viel Gold. Wir brauchen es auch nicht, doch es gibt andere Welten, deren gesamte Wirtschaft auf Gold basiert. Ihr mögt dieses Metall vielleicht als nutzlos ansehen. Auf diesen Welten wird es als Zahlungsmittel benutzt. Und das ist noch nicht alles. Sobald ich meinen Bericht über die Entdeckung Sha-Ka'ans abgegeben habe, werden von allen Planeten der Canture-Liga Abgesandte kommen, die Euch jede Menge Angebote machen werden, und zwar von Essen und Wein bis hin zu Edelsteinen und Mineralien sowie Pflanzen und Bäumen. Selbst Euer Schmutz ist für Planeten mit verseuchter oder ausgelaugter Erde wertvoll. Glaubt also nicht, daß Gaalisteine die einzig wertvollen Handelsgüter sind.«

»Schmutz, Bäume, Gold?« Er lachte auf. »Vielleicht auch Blumen?« Er lachte noch ein wenig weiter und brach dann schlagartig ab; in seiner Miene spiegelte sich nun offene Wut. »Wir sind keine Narren, Frau, auch wenn Ihr das vielleicht annehmt«, knurrte er, und an seine Männer gewandt: »Legt sie in Ketten – und achtet auf ihre Füße!«

»Das würde ich an Eurer Stelle schön bleiben lassen, Falder!«

Das war eine Stimme, die Tedra nur allzugut kannte. Challen stand am Eingang der Halle, im Nackengriff einen von Falders Kriegern, der wohl versucht hatte, ihn am Einlaß zu hindern. Challen ließ ihn los, und der Mann fiel ohnmächtig zu Boden. Noch ehe er gelandet war, hatte Challen sein

Schwert bereits gezogen. Und dann kam er langsam näher, direkt auf Falder zu.

Er war nicht allein. Er hatte ein paar seiner Krieger dabei. Aber in der Halle befanden sich weit mehr von Falders Kriegern, und die sahen nicht einfach untätig zu, wie sich der feindliche *shodan* dem ihren näherte. Tedra konnte nun zum erstenmal mit eigenen Augen erleben, weshalb diese Barbaren sich als Krieger bezeichneten. Diese gewichtigen Schwerter waren keinesfalls bloße Dekoration. Und Challen, Sterne, sie hatte ihn noch nie so gesehen! Unbeirrt schritt er auf sie zu – nein, auf Falder, der gewagt hatte, ihm seinen Besitz streitig zu machen. Zahllose Schwerter, die sein Fleisch wie Butter durchschneiden könnten, wurden mühelos abgewehrt, ganze Männer, im wahrsten Sinn des Wortes, einfach aus dem Weg geschleudert.

Falder mußte nun reagieren, denn er verlor zu viele Männer, wenn er weiterhin nur untätig stehenblieb. Er hatte zwei Möglichkeiten: Er konnte sich Tedra schnappen und sie als Druckmittel einsetzen, oder er konnte versuchen, den anscheinend Wahnsinnigen zu besänftigen. Natürlich wählte er die erste Möglichkeit. Aber Tedra hatte ihn aus den Augenwinkeln beobachtet, und als er sich auf sie zubewegte, trat sie ihm blitzschnell in den Magen, tauchte dann sofort ab und rollte weg. Ihre Rolle brachte ihr sogar einen zusätzlichen Bonus ein, da sie mit ihren Beinen gleich zwei von Falders Kriegern erwischte und zu Boden beförderte. Und diese beiden waren auch die letzten Hindernisse zwischen Challen und seinem Ziel. Obwohl sie sofort wieder aufsprangen, war Tedra schneller. Sie stand nun direkt vor Challen, und er hielt einen Moment inne, um sie anzusehen. Aber es war nur ein kurzer Blick, der ihn davon überzeugte, daß sie nicht verletzt worden war. Dann schob er sie einfach beiseite ... aber das würde sie, verdammt noch mal, nicht zulassen.

»Genug, Challen!« rief sie mit lauter Stimme gegen das

Waffenklirren an. »Er glaubte, deine Gaalimine haben zu müssen, doch ich habe ihn, wie ich meine, davon überzeugt, daß er sie nicht braucht. Falls du irgendeinen anderen Grund hast, ihn zu töten, dann nur zu. Aber keinesfalls wegen mir!«

Falder stand nahe genug, um alles gehört zu haben. »Seid Ihr bereit, für sie zu sterben, Ly-San-Ter?«

»Ja«, antwortete Challen, den Blick auf Tedra geheftet. »Ich habe ihr mein Leben gegeben.«

»Bei den Steinen von Gaali, weshalb wurde das in der Versammlung nicht erwähnt?«

Challen warf dem Mann einen verächtlichen Blick zu. »Ihr wart der Meinung, alles, was ich zu sagen hatte, bezweifeln zu müssen, trotz des Beweises, den ich mitgebracht hatte.«

»Ich habe bezweifelt, daß alle Städte gleichermaßen profitieren würden, aber . . . die Frau hat mich überzeugt. Deshalb werde ich alle Ansprüche auf sie fallenlassen. Ihr könnt sie zurückhaben. Sie ist sowieso zu gefährlich, um sie hier zu behalten«, fügte er hinzu, während er sich den Bauch rieb.

Natürlich wurden die beiden hinterher, sehr zu Tedras Mißfallen, die besten Kumpel.

41.

Auf dem Rückweg nach Sha-Ka-Ra saß Tedra in abweisender, steifer Haltung vor Challen, grübelte düster vor sich hin und überließ sich ganz ihrer rundum schlechten Laune. Dieser dämliche Falder! Erst raubte er sie und dann ließ er sie einfach wieder gehen. Sie fragte sich, weshalb der Kampf so plötzlich geendet hatte. Sicherlich nicht wegen ihrer kleinen Rede! Eigentlich hätte es gar keinen Kampf geben dürfen. Hatte man ihr nicht gesagt, daß Krieger niemals wegen

Frauen kämpfen? Zurückkaufen oder zurückstehlen lautete die Devise, doch Challen hatte Falder kein Angebot gemacht.

Und hinterher hatte er sich benommen, als sei er nur mal eben auf Besuch vorbeigekommen! Die beiden *shodani* hatten sich über die Versammlung unterhalten, und so hatte auch sie, Tedra, endlich etwas darüber erfahren – wenn auch aus zweiter Hand. Falder hatte sogar für die Zusammenstellung der Söldnertruppe eine Anzahl seiner Krieger angeboten. Tedra hätte ganz gerne gewußt, was sie das Ganze kosten würde, aber *darüber* wurde natürlich nicht gesprochen. Challen hatte die gesamte Organisation an sich gerissen, und was er bestimmte, wurde getan. Aber nach den Kapazitäten ihres Planeten fragen? Oder sich erkundigen, ob im Rover überhaupt genügend Platz für all die Krieger war? Oh, wenn sie diese Männer nicht so dringend benötigen würde, könnte sie ihnen sagen, sie sollten mitsamt ihrer Überheblichkeit zur Hölle fahren!

Challen hatte während des dreistündigen Rittes wohlweislich geschwiegen. Im Beisein der anderen Krieger hätten sie sowieso nicht ungestört streiten können, und daß Tedra früher oder später einen Streit vom Zaune brechen würde, konnte Challen deutlich spüren. Also wartete er, bis sie in seinem Schlafzimmer waren – in das er sie mehr oder weniger hinschleifen mußte. Dort angelangt, ging sie schnurstracks zum Sofa, auf dem das *fembair* schlief, setzte sich und nahm das Tier auf ihren Schoß.

»Du hast jedes Recht, auf mich wütend zu sein, Tedra.«

»Verdammt wahr!«

»Am besten sprichst du darüber . . .«

»Martha hat nicht immer recht, Krieger. *Am besten* läßt du mich jetzt allein!«

Er setzte sich neben sie, mit dem Erfolg, daß sie, das große Katzentier immer noch auf dem Schoß, ans äußerste Ende rutschte. Er schlug einen neuen Kurs ein.

»Bist du nicht froh, endlich deine Armee zu haben?«

»Du meinst wohl deine Armee, unter deinem Kommando?«

»Das muß so sein. Die Krieger werden nicht für eine Frau kämpfen.«

»Genauso wie sie nicht *wegen* einer Frau kämpfen?«

»Bist du auch darüber erzürnt?«

»Ich habe dich nicht um dein Leben gebeten! Aber glaubst du, ich habe es gerettet, nur damit du es im Kampf mit diesem Koloß einfach wegwirfst? Ich hatte die Situation bereits entschärft! Falder hätte als Tauschgabe für mich einen Kasten Geschirr akzeptiert!«

»Jetzt redest du wirr.«

»Ich habe gesagt, daß ich allein sein will!«

»Chemar . . .«

»Nenn mich nicht so! Da du dich mir gegenüber nicht der Bedeutung dieses Wortes entsprechend benimmst, will ich es nie wieder hören!«

Verärgert strich sich Challen durchs Haar. »Bleib, wo du bist, Frau. Ich werde meinen Onkel holen. Da du mir anscheinend nicht zuhören willst, wird er dir alles erklären.«

»Spar dir die Mühe! Er wird mir nur sagen können, wo du sie versteckt hältst. Aber laß dir eines gesagt sein, Krieger: Ich werde mich nicht auf einen Dreier einlassen! Wenn du es wagst, diese Frau in meine Nähe zu bringen, kratze ich ihr die Augen aus!«

»Von wem sprichst du?«

»Oh, das ist wirklich komisch! Wer ist denn heute völlig nackt auf dir herumgekrochen?«

»Laina?« Challen lächelte plötzlich, dann lachte er. »Alles nur wegen Laina?«

Er lachte nun so sehr, daß er gar nicht merkte, wie Tedra sich auf ihn stürzte und mit einem Ruck vom Sofa stieß. Aber selbst als er ausgestreckt am Boden lag, lachte er weiter.

»Wenn du so weitermachst, Krieger«, knurrte Tedra, »werde ich dir etwas antun, was ich dir schon einmal angetan habe. Dann wird dir das Lachen bestimmt vergehen!«

»Tedra, *chemar*!« Er strahlte sie an. »Du hast keinen Grund für weibliche Eifersucht. Habe ich nicht aufgehört, *dhaya*-Wein zu trinken? Habe ich dir nicht mein Leben gegeben?«

»Was soll dieses ›Leben geben‹? Das hat dich nicht davon abgehalten, eine neue Gefangene heimzubringen!«

»Sie wurde nur geraubt, um die Differenzen, die Falder hervorrief, zu beenden, und nicht, weil ich sie haben wollte. Ich will sie *nicht*! Sie gehört Tamiron.«

»Und was hat sie dann auf *deinem* Schoß zu suchen?«

»Sie ist mit mir geritten, weil Tamiron noch die Nahrungsmittel für die Reise nach Kystran organisieren wollte. Da du jetzt deine Armee hast, besteht kein Grund, die Abreise zu verzögern.«

»Der Rover hat genügend Nahrungsmittelvorräte für zwei Armeen«, antwortete Tedra; ihre Wut war so gut wie verraucht, sie kam sich nur entsetzlich töricht vor.

Challen stand auf und zog sie in seine Arme. »Martha hat das ebenfalls gesagt, aber ihr habt kein richtiges Fleisch, wie es Krieger benötigen. Unsere Nahrungsmittel müssen mit, sonst kriegst du meine Krieger nicht an Bord.«

»Der Nahrungsmittelverarbeiter wird nicht wissen, wie man es zubereitet«, sagte sie weich und küßte seinen Nacken, seine nackte Brust.

Sie bemerkte das Paar nicht, das in diesem Augenblick vom Balkon in das Zimmer trat. Sie merkte nur, daß ihr Barbar sich mit einem Mal außerordentlich unbehaglich fühlte.

»Ehe die Situation noch peinlicher wird, sollten wir uns besser bekannt machen«, sagte Challen gepreßt.

Tedra wandte sich um und glaubte dann zu verstehen, weshalb ihr Krieger sich so seltsam benahm.

»Ich wußte nicht, daß wir Zuschauer haben«, sagte sie.

»Vielleicht sollte ich mich dafür entschuldigen, dich auf den Boden geworfen zu haben.«

»Nein«, keuchte er.

»Dann dafür, daß ich dich angeschrien habe?«

»Nein.«

Befremdet sah sie ihn an. »Weshalb bist du dann so durcheinander? Das ist doch nur dein Onkel. Glaubst du, er weiß nicht, was wir hier tun?«

Als Antwort ertönte lediglich ein Stöhnen. Tedra wandte sich nun vollends um und funkelte Lowden und die Frau an seiner Seite grimmig an. Die Frau lächelte. Und Lowden trug zum erstenmal, seit sie ihn kannte, keine mißbilligende Miene zur Schau. Tedra hätte sogar schwören können, daß er mit dem Lachen kämpfte.

»Haben wir uns diese Woche nicht schon oft genug gesehen, Onkelchen? Öfter jedenfalls, als mir lieb war. Ich habe andere Dinge zu . . .«

Challens Hand preßte sich auf ihren Mund und hinderte sie am Weiterreden. »Frau, das ist *nicht* mein Onkel! Das sind meine Eltern!« zischte er ihr ins Ohr, bevor er seine Hand wieder wegnahm.

»Aber er ist identisch mit Lowden!« rief Tedra ungläubig. »Warum hast du mir nie erzählt, daß ihr hier klont?«

»Lowden ist mein Zwillingsbruder«, mischte sich nun Chadar Ly-San-Ter in das Gespräch. »Darf ich Euch mit Haleste, der Mutter meiner Kinder bekannt machen. Was heißt da ›Euch‹! Wir heißen dich in unserer Familie willkommen, Tochter!«

»Danke, aber auf meine alten Tage brauche ich keine Eltern mehr!«

Der Mann lachte, während die Frau anmerkte: »Sie redet sehr sonderbar, Challen.«

»Das ist eine lange Geschichte, Mutter.«

»Mutter?« rief Tedra verblüfft dazwischen. »Sie ist deine

Mutter? Eine echte Mutter?« Sie wandte sich Haleste zu. »Oh, arme, arme Frau!«

»Challen?« fragte Haleste alarmiert.

»Eine *lange* Geschichte, Mutter«, wiederholte Challen; er erwog, Tedra wieder die Hand auf den Mund zu legen, wollte es aber vorher noch mit vernünftigem Zureden versuchen. »Eltern? Verwandte? Erinnerst du dich an die erste Begegnung mit meinem Onkel? Damals haben wir über diese Dinge gesprochen.«

»Ich habe schon verstanden, Baby. Ich hatte einfach vergessen, daß es hier immer noch diesen Kram gibt.«

»Kram?«

»Frauen, die Babys bekommen. Es ist . . .«

»Was willst du als Mutter meiner Kinder sonst tun?« fiel ihr Challen ins Wort.

»Als was? O nein, nein!« Sie schüttelte den Kopf. »Dort, wo ich herkomme, tun Frauen das nicht.«

Drei Augenpaare blickten sie an, als sei sie ein der Hölle entsprungenes Fabelwesen. »Und wer übernimmt das dann?« stieß Challen schließlich hervor. »Eure Männer?«

»Sehr witzig!« fauchte Tedra. »Niemand macht das natürlich.«

»Und wie kann eure Rasse dann überleben?«

Tedra wurde sich wieder bewußt, auf welchem Planeten sie sich befand. »Versteh mich nicht falsch«, lenkte sie ein. »Wir haben Kinder, wir müssen sie nur nicht gebären.«

»Challen, *woher* kommt diese Frau, daß sie solche Dinge behaupten kann?« fragte Challens Vater nun.

Aber Haleste nahm seinen Arm und führte ihn zur Tür. »Es muß eine wirklich lange Geschichte sein, Chadar«, sagte sie. »Er wird sie uns sicher bald erzählen, und dann werden wir mehr wissen. Am besten lassen wir die beiden jetzt allein, damit sie in Ruhe die Sache mit unseren Enkeln entscheiden können.«

Kaum hatte sich die Tür hinter seinen Eltern geschlossen, nahm Challen das Thema wieder auf. »Frau, du widersprichst dir selbst«, sagte er in ungewohnter Erregung. »Du kannst nicht Kinder haben, ohne sie zu gebären.«

»Wir schon«, erwiderte Tedra blasiert, da sie nun wieder unter sich waren. »Eine erwachsene Frau kann zwei oder auch ein Dutzend Kinder im Jahr produzieren, je nachdem, wie viele gebraucht werden. Die Bevölkerungskontrolle wird streng überwacht. Eine Frau muß lediglich, wenn sie darum gebeten wird, die Zellen spenden und hat dann hinterher nichts mehr damit zu tun.«

»Hast *du* das auch getan?«

»Nein. Es kommen nur Zellen der intelligentesten Frauen in Frage. Ich falle nicht in diese Kategorie.«

»Ich glaube nicht, daß es dir an Intelligenz mangelt.«

»Danke, aber wenn ich von den intelligentesten Frauen spreche, dann meine ich offiziell bestätigte Genies. Das garantiert freilich nicht, daß auch die Kinder Genies werden. Es erhöht nur die Wahrscheinlichkeit.«

»Aber wie ... äh, wer gebiert die Kinder dann?«

»Nicht wer, sondern was. Wenn wir die perfekte Nachahmung eines Menschen in Form eines Androiden schaffen können, glaubst du nicht, daß wir dann auch eine perfekte Simulation des Mutterleibs schaffen können? Babys fallen in den Zuständigkeitsbereich der Bevölkerungskontrolle. Sie gelangen in einem künstlichen Mutterleib, den wir immer noch als Eileiter bezeichnen, zur Reife und wachsen und entwickeln sich dort unter ständiger Beobachtung. Ihre Erziehung beginnt sogar noch vor ihrer ›Geburt‹ und wird in den Kinderzentren weitergeführt, bis sich bei ihnen die verschiedenen Interessen und Talente herausgebildet haben, also etwa im Alter zwischen drei und fünf. Dann werden sie an die entsprechenden Schulen geschickt, um dort für die jeweilige Lebenskarriere ausgebildet zu werden.«

»So bist du aufgewachsen? In diesen Zentren und Schulen?«

»Sicher. Jeder Kystrani wächst so auf.«

»So werden *unsere* Kinder nicht aufwachsen.«

Sie kannte bereits seinen Das-ist-das-Ende-der-Diskussion-Blick. »Na gut, wenn es dir so wichtig ist, können wir in Kystran unsere Genzellen zusammen spenden. Das ist noch nie zuvor geschehen, aber irgendwie wird das zu bewerkstelligen sein. Wenn das Kind dann fertig ist, soll es dir übergeben werden.«

»*Du* würdest es nicht wollen?«

»Wozu? Wie ich bereits sagte – die Bevölkerungskontrolle zieht die Babys groß, nicht die Spender.«

»Nein«, sagte er flach. »Auf diese Art wird das nicht geschehen. Es wird so geschehen, wie es geschehen muß. Du wirst mein Kind in dir tragen. Du wirst es gebären. Du wirst seine Mutter sein.«

»Bist du verrückt? Dann wäre ich seit Jahrhunderten die erste Kystrani, die ein Kind austrägt! Ich bin doch nicht blöd! Wir haben diese Methode nicht nur aufgegeben, weil sie gefährlich ist, sondern auch, weil sie höllische Schmerzen verursacht!«

»So habt ihr vielleicht ein wenig Schmerz beseitigt, aber gleichzeitig auch das Kind um die Liebe seiner Eltern betrogen.«

Genau diesen Mangel an Liebe, an irgendeiner Zuwendung hatte Tedra immer empfunden. Plötzlich verwirrt, setzte sie sich hin. »Ich ... ich muß darüber nachdenken, Challen.«

»Das kannst du natürlich tun, aber die Sache ist entschieden.« Behutsam zog er sie wieder in seine Arme und drückte sie zärtlich an sich, ehe er sagte: »Du trägst bereits mein Kind, *chemar*.«

42.

Challen erkundete das Raumschiff. Das würde ihn, wie Tedra hoffte, für Stunden beschäftigt halten, und Martha ebenfalls. Sie hatten sich zusammen auf das Schiff transferieren lassen. Er hatte darauf bestanden. Manchmal hatte sie das Gefühl, der Barbar traue ihr noch immer nicht. Womöglich nicht ganz grundlos.

Tedra schloß sich im Medizinzentrum ein und starrte auf die Meditech-Einheit, die ihr die Antwort auf ihre Frage geben würde. Sie wußte zwar, wie sie möglicherweise schwanger geworden sein könnte, doch ihr fehlten die technischen Einzelheiten. Geburtenkontrolle hatte sie, wie so vieles andere, immer als selbstverständlich betrachtet. In einer automatisierten Welt wurden derlei Dinge natürlich nicht dem Zufall überlassen. Der Geburtenkontrolle unterlagen *alle* Kystrani, ob der einzelne das nun wollte oder nicht. Die Verhütungsmittel befanden sich in der Nahrung, in allem, was die Kystrani zu sich nahmen. Tedra hatte, seit sie dem Barbaren begegnet war, keine kystranische Nahrung mehr gegessen. Und wenn sie während ihrer Abwesenheit vom Schiff eine andere Art von Verhütung hätte anwenden sollen, so war dieses Thema in ihrer Weltenentdeckerklasse, zumindest bis sie sich dann doch für eine andere Laufbahn entschieden hatte, nicht behandelt worden.

Sie konnte schwanger sein. Challen war sich dessen sicher. Und sein Glaube beruhte auf der Tatsache, daß auch er keine Verhütungsmittel mehr genommen hatte. Doppeltes Pech! Seit er vor ein paar Tagen diese Bombe losgelassen hatte, hatte sie allerhand Neues erfahren. Das Verhütungsmittel der Barbaren war der *dhaya*-Wein. Da nur Krieger ihn tranken, lag die Geburtenkontrolle allein bei ihnen. Aber das hatte auch einen Grund, denn sobald ein Krieger eine Frau zur Mutter seiner Kinder erwählt hatte, blieb er ein Leben lang mit ihr verbunden. Und als Challen ihr damals gesagt hatte, sein Leben gehöre ihr, hatte er genau das gemeint. Sie hatte die Worte als formell empfunden, und das waren sie auch. Challen hatte sie nach barbarischem Gesetz geheiratet, ohne daß sie etwas davon gewußt hatte!

Sie konnte schwanger sein. Sie war es wahrscheinlich. Die Meditech-Einheit würde ihr darüber Gewißheit verschaffen. Aber sie hatte Angst, hineinzugehen, Angst, die Wahrheit zu erfahren, denn dann würde sie eine Entscheidung fällen *müssen*. Der Barbar hatte keine Ahnung, daß sie überhaupt eine derartige Entscheidung treffen konnte, eine Entscheidung, die sie nicht treffen wollte. Sterne, da gab es nichts zu entscheiden! Sie konnte unmöglich so etwas Barbarisches wie eine Geburt auf sich nehmen. Allein die Vorstellung war grauenhaft. Frauen starben dabei. Andererseits war das damals, vor Jahrhunderten, so gewesen. Würde es jetzt auch noch so gefährlich sein, mit all den technischen Errungenschaften der letzten zweihundert Jahre, mit einer Meditech-Einheit bei der Hand? Aber da waren immer noch die Schmerzen. Weshalb sollte sie diese auf sich nehmen, wenn Challen sie nicht einmal liebte – noch nicht? Doch sie liebte ihn. Und er wollte sie als Mutter seines Kindes. *Seines* Babys!

Kurzentschlossen ging sie nun in die Einheit und drückte auf Gen.Ex., ehe sich der Deckel über ihr schloß. Nach etwa einer halben Minute öffnete sich die Einheit wieder, und auf dem Bildschirm am Sockel erschienen ihre medizinischen Daten. Aber sie konnte nicht hinsehen. Sie würde sich einen Ausdruck der Daten in ihre Privaträume senden lassen, später, wenn sie nicht mehr so durcheinander war.

»Du kannst genausogut jetzt hinschauen, Kleines.« Tedra verkrampfte sich vor Schreck, als plötzlich Marthas Stimme durch die Sprechanlage ertönte. Martha war noch nicht fertig. »Das ist schließlich kein Wort, das man alle Tage zu Gesicht bekommt. Ich bin erstaunt, daß sich ein so veraltetes Wort sogar in meiner Datenbank befindet.«

»Was soll dieses Reden um den heißen Brei? Hältst du mich etwa für einen Gedankenleser?«

»Nein, ich bin hier der Gedankenleser. Du bist die Sec 1, die schwanger geworden ist. Wirst du den Sämling jetzt in einen geeigneten Behälter transferieren?«

Mit langen Schritten marschierte Tedra zur Sprechanlage und funkelte zornig in das Sichtgerät. »Er befindet sich bereits in einem geeigneten Behälter! Extrauterine Befruchtung und Retortenaufzucht sind künstliche Maßnahmen, die wir inzwischen als Norm akzeptieren, doch ich wurde daran erinnert, daß dies wirklich nur künstlich *ist.*«

»Damit ist meine Frage nicht beantwortet. Kystrani gebären keine Kinder.«

»Aber Sha-Ka'ani.«

»Aha, du willst also eine Sha-Ka'ani werden? Nach dem zu urteilen, was mir dein Barbar so über dich erzählt hat, bist du sowieso schon eine. Übrigens, ganz nebenbei bemerkt – er hat gerade einen unserer Assimiliersessel kaputtgeschlagen. Als er sich hineinsetzte und der Sessel sich seinen gigantischen Maßen entsprechend ausdehnte, glaubte dein Krieger sich von einem lebendigen Wesen bedroht. Noch ehe ich ihm erklären konnte, daß der Sessel lediglich seinen Job verrichtete, hatte er ihn schon in seine Einzelteile zerhackt.«

»Oh, hör auf!« kicherte Tedra. »Das darf doch nicht wahr sein!«

»Ist es aber. Natürlich hat er sich hinterher dafür entschuldigt, aber das macht den Sessel auch nicht mehr heil. Du hättest sein Gesicht sehen sollen, Kleines, als dieses Ding sich unter seinem Hintern zu bewegen begann! Ich habe noch nie jemanden gesehen, der so schnell aus einem Sessel aufgesprungen ist!«

Tedra hielt sich den Bauch vor Lachen. »Dann werden wir

heute abend, wenn er sich in mein Bett legt, wohl ein kleines Problem bekommen. Um sich seiner Größe anzugleichen, wird das Bett *sehr* lebendig werden!«

»Und wie steht es nun mit seinem Sohn?« wechselte Martha das Thema.

Schlagartig erstarb Tedras Lachen. Sie starrte fassungslos in das Sichtgerät. Nie hätte sie gedacht, daß man auch erfahren konnte, *was* es war.

»Die Einheit hat das Geschlecht erfaßt? Ein Junge?«

»Das macht es noch schwieriger, nicht wahr?«

»Nein.« Tedra strahlte über das ganze Gesicht. »Ich habe bereits entschieden, es zu behalten. Es wird sehr amüsant sein, zur Abwechslung mal etwas zu wissen, was der Barbar nicht weiß – wenn ich das Geheimnis so lange für mich behalten kann. Sterne, wie lange dauert dieses Kinderkriegen überhaupt?«

Martha bekam eine Gelegenheit, ihre empörte Tonlage zum Besten zu geben. »Du glaubst wohl, ich müsse alles wissen!«

43.

Immer noch lächelnd betrat Tedra ihre Privaträume. Zuvor hatte sie Challen aufgesucht und ein paar spöttische Bemerkungen über Krieger, die gegen Möbel kämpfen, fallengelassen; er reagierte eher verwirrt als verärgert, weil ihm unbegreiflich war, wie sie von dem Zwischenfall wissen konnte, ohne selbst dabeigewesen zu sein. Irgendwann sollte sie ihn darüber aufklären, daß Martha die Indiskretion in Person war und ihre Augen und Ohren überall im Schiff installiert hatte.

Sie würde Challen die nächste Zeit nicht sehen. Der Transfer seiner Krieger war noch nicht abgeschlossen, und Challen hatte alle Hände voll damit zu tun, seine Leute aus dem Schockzustand zurückzuholen, dem sie bei ihrer Ankunft auf dem Schiff reihenweise zum Opfer fielen. Sie waren zwar darüber aufgeklärt worden, was sie an Bord erwartete, doch erst als sie alles mit eigenen Augen sahen, konnten sie es glauben – und so mancher noch nicht einmal dann. Zum Glück dauerte die Reise nach Kystran einige Wochen, Zeit genug für die Krieger, sich nach und nach mit der neuen Umgebung vertraut zu machen.

Corth erwartete sie bereits, ebenso ihr *fembair*, der unruhig durch die ungewohnt engen Räumlichkeiten strich. In der kurzen Zeit, seit sie das Tier hatte, war es bereits sehr gewachsen und reichte ihr nun schon bis über die Knie. Besorgt überlegte Tedra, welche Größe es wohl bei der Landung des Schiffes erreicht haben würde. Aber sie konnte es nicht zurücklassen. Insgeheim spielte sie noch immer mit dem Gedanken, Challen zum Bleiben auf Kystran zu überreden.

»Hat Martha dir mitgeteilt, was los ist, Corth?«

»Ja. Sie riet mir, aus dem Weg zu bleiben. Es freut mich, daß du dein Ziel erreicht hast, Tedra De Arr.«

»Ja. Ich glaube, eine Armee zu bekommen war der schwierigste Teil des Unternehmens. Der Kampf gegen die Sha-Ka'ari und Crad Ce Moerr dürfte dagegen ein Kinderspiel sein. Wähl mir doch bitte etwas zu essen, während ich mich umziehe. Du weißt ja, was mir schmeckt. Und irgend etwas Säuerliches zum Nachtisch . . . nein, warte einen Moment. Martha, bist du da?«

»Für dich immer, Puppe.«

»Schließ dich doch mal mit der Medi-Abteilung kurz und erkunde, ob das Essen in meinem Zustand gefahrlos ist.«

»Es ist ungefährlich, aber etwas Frisches wäre gesünder.«

»Frisch! Frisch ist so . . . so frisch«, bemerkte Tedra voll

Abscheu. »Es *blutet*, Martha. Ich habe mich so nach normalem Essen gesehnt.«

»Wie ich sagte, es wird dir nicht schaden, aber die Nahrungsmittel der Krieger sind für dich gesünder.«

»Hast du das etwa auch Challen erzählt?«

»Sicher.«

»Vielen Dank!« brummte Tedra; sie ging zur Vielzweckwand und wählte die Schranktaste.

Ganz automatisch hatte sie den Code für ihre Borduniform eingegeben, und als diese dann erschien, sah Tedra sie stirnrunzelnd an. Obgleich sie sich nun wieder in ihrem eigenen Territorium befand, würde Challen sie nie in dieser Kleidung herumlaufen lassen. Seufzend legte sie die einteilige Uniform zurück und wählte statt dessen einen Rock mit Bluse. Als sie dann entdeckte, wie knapp die Kleidungsstücke saßen, kehrte ihre gute Laune zurück. Da sie schon einmal beim Umziehen war, ließ sie sich auch gleich vom Augen- und Haarwechsler die sha-ka'anischen Farben verpassen.

Grinsend malte sie sich aus, wie überrascht ihr Krieger über diese Veränderung sein würde. Der schimmernde goldschwarze Rock war wie ein breiter Gürtel geschnitten und reichte ihr gerade bis zur Mitte der Oberschenkel. Die ärmellose Bluse hörte knapp unter ihren Brüsten auf, hatte einen verführerisch tiefen Ausschnitt und wurde, wie der Rock, mit einer Schnalle zusammengehalten. Ihr Haar war so golden wie das von Challen und zu einem langen, buschigen Schweif hochgebunden. Ihre Augen leuchteten bernsteinfarben und lächelten immer noch, als sie die Hygienewände wieder zurückgleiten ließ.

»Was belustigt dich so, Tedra De Arr?« fragte Corth, während er auf sie zukam.

»Sehe ich wie eine Kriegerin aus?«

»Nein, eher so, wie du im Bett aussehen solltest.«

Offenen Mundes starrte Tedra ihn an, ehe sie brüllte:

»Martha!« Aber diese feige Intrigantin meldete sich natürlich nicht.

»War das keine gute Antwort?«

»Nein, Corth, ganz und gar nicht«, zischte Tedra. »Hat Martha dich eigentlich darüber aufgeklärt, daß ich jetzt einen Mann habe, einen der Krieger?«

»Ja. Sein Name ist Challen.«

»Wenn sie dir das erzählt hat, warum, zur megalaktischen Hölle, hat sie dann nicht auch deine Programmierung rückgängig gemacht?«

»Das würde ich nicht zulassen.«

»Was?«

»Das war ein Scherz«, grinste Corth. »Martha hat mir Humor einprogrammiert.«

»Oh, unsere Metalldame hat sich ihre Zeit mit Experimenten vertrieben, nicht wahr? Aber *mir gefällt das nicht*!«

»Wünschst du, daß mein neuer Humor gelöscht wird?«

»Spiel nicht den Trottel, Baby. Du *weißt*, was ich gelöscht wissen will!«

»Aber mein Verlangen, dich zufriedenstellen zu wollen, wird keine Probleme bereiten, solange dich Challen zufriedenstellt.«

Wäre sie nicht so wütend gewesen, hätte sie gelacht. Eine Auseinandersetzung auf der rein logischen Ebene war nicht einfach, wenngleich Tedra durch ihren Umgang mit Martha bereits darin geübt war. Außerdem müßte sie sich mit Martha über dieses Fiasko unterhalten, nicht mit Corth. Was hatte sich dieser gerissene Computer dabei gedacht, den Androiden in seinem neuen, sexuell aggressiven Modus zu belassen, obgleich Challen mit an Bord war.

»Schon gut, Corth, du kannst nichts dafür.« Tedra ging zum Speisebereich hinüber, doch die verschiedenen Gerichte, die dort auf sie warteten, wirkten alles andere als verführerisch. »Ich warte besser, bis ich richtigen Appetit entwickelt habe, Baby. Komm, wir machen ein wenig Nahkampftraining. In Anbetracht der vielen Menschen an Bord sollten wir unsere Übungen lieber hier durchführen. Ach, wie habe ich das vermißt!«

Der Android stellte sich in Position, und Tedra griff an. Als der erste Körper auf den Boden knallte, verkroch sich der *fembair* eilends. Tedra war voll in ihrem Element. Corth hatte die Kraft, sie in Stücke zu reißen, doch er würde diese Kraft nie gegen sie einsetzen. Für das Trainingsprogramm war er auf ihren Level programmiert, mit anderen Worten, sie steckte genausoviel ein, wie sie austeilte. Sie könnte ihn gar nicht besiegen, aber das war auch nicht der Sinn des Trainings.

Als sich die Tür lautlos öffnete, war Tedra gerade dabei, einen hochangesetzten Tritt abzuwehren und einen eigenen zu starten. Der Anblick Challens, dessen Miene einer drohenden Gewitterwolke glich, brachte ihr Timing durcheinander, und so traf Corths Arm, den er als Abwehr gegen ihren Tritt erhoben hatte, Tedra voll in den Rücken. Tedra stolperte, Challen wurde wild und Corth mußte sich wohl oder übel verteidigen. Innerhalb kürzester Zeit rang der Barbar nach Luft. Corth hatte ihn im Schwitzkasten und mußte eine zusätzliche Portion an eigener Kraft mobilisieren, um ihn festzuhalten. In Challens Miene spiegelte sich tiefste Verwirrung.

»Laß ihn los, Corth!«

Er folgte ihr natürlich umgehend. Challen ließ sich allerdings nicht so leicht befehlen. Sobald er frei war, zückte er sein Schwert. Mit einem gewaltigen Satz sprang Tedra zwischen die beiden.

»Er ist eine Maschine, Challen. Willst du schon wieder eine Maschine kaputtmachen?«

Challens Ausdruck nach zu schließen, reichten diese Worte nicht aus. Das Problem war, daß Corth nicht wie eine

Maschine *aussah.* Challen beachtete Tedra gar nicht, sondern starrte nur haßerfüllt auf Corth, bereit, ihn jeden Augenblick in Stücke zu hacken. Hätte Tedra nicht dazwischengestanden, hätte er sein Vorhaben sicherlich schon in die Tat umgesetzt.

Sie schlug einen bestimmteren Ton an. »Versteh doch, Krieger, du kannst nicht einfach hier herumlaufen und alle Dinge, von denen du nicht weißt, wie sie funktionieren, zerstören. Corth hat lediglich das getan, was ich ihm befohlen habe. Wir haben trainiert, und das ist etwas, das ich gerne täglich tue. Kennst du das Sprichwort ›Übung macht den Meister‹? *Du* übst doch auch mit deinem Schwert, oder? Ebenso muß ich meine Kampftechniken üben, und Corth ist der einzige, mit dem ich das tun kann, ohne daß jemand dabei verletzt wird.«

Er streifte sie mit einem kurzen Seitenblick. »Du wurdest verletzt, Frau.«

»Nein, das stimmt nicht. Außerdem ist dein grimmiger Blick bei einer Maschine reine Verschwendung. Corth ist es völlig gleichgültig, wie du dreinschaust. Er ist einzig und allein darauf programmiert, mich zufriedenzustellen. Seit wann zeigst du denn überhaupt *irgend jemandem* deine Gefühle? Wo ist deine vielgepriesene Kontrolle?«

Diese Bemerkung brachte ihr ein Schnauben und einen verächtlichen Blick ein, aber immerhin steckte er nun sein Schwert in die Scheide. »Man kann von einem Krieger nicht erwarten, daß er seine Kontrolle beibehält, wenn er so eine wie dich zur Frau hat.«

»Ach, das ist ja reizend! Die Schuldige bin wieder mal . . .«

Sie kam nicht weiter, denn plötzlich ergriff er mit einer Hand ihr Kinn und starrte sie fassungslos an. »Was hast du getan?«

»Ich habe mich ein wenig verändert . . .«

»Du wirst dich zurückverändern, und zwar sofort!«

»Aber . . .«

»Sofort, Frau!«

»Und euch beide allein lassen? Nie im Leben!« Sie baute sich in einer Ich-rühre-mich-nicht-von-der-Stelle-Pose vor ihm auf.

Er blickte sich um, seine Augen fielen auf das Bett. »Ist dies nicht der Ort, an dem ich schlafen werde?«

»Challen!«

»Du wirst tun, was ich sagte, *kerima.*«

»Na gut!« zischte sie. »Ich gehe. Aber mich würde wirklich interessieren, woher du dir deine Kicks holst, wenn mein Dienst beendet ist und ich nicht mehr nach deiner Pfeife tanzen muß.«

»Glaubst du denn, du wirst mich ein Leben lang nicht mehr herausfordern?«

Sie wollte gerade zu einer Gegenbemerkung ansetzen, aber was hätte das für einen Sinn? So, wie ihre Beziehung nun mal war, würde sie ihn mindestens monatlich herausfordern!

Glücklicherweise nahm die Prozedur des Farbwechsels nur wenige Minuten in Anspruch. So lange würde Corth sich zurückhalten können, und Challen war sowieso abgelenkt, da er zum erstenmal die Bekanntschaft mit beweglichen Wänden machte, Wänden, die einen Bereich völlig abgrenzten und die keine Türen hatten. Bis er herausgefunden hatte, daß es für ihn keine Möglichkeit gab, in den neu entstandenen Raum zu gelangen, war Tedra auch schon fertig und ließ die Wände zurückgleiten.

»Die kleinen Annehmlichkeiten des Lebens, Challen, erinnerst du dich? Und darüber hinaus läßt sich dieser kleine Raum dadurch effektiver nutzen. Keine Bange, du hast genügend Zeit, alles kennenzulernen, damit du in Kystran angesichts dieser Dinge nicht aus allen Wolken fällst.«

Dafür erntete sie ein neuerliches Schnauben. »Bring lieber

diese Wände wieder zurück, Frau. Du bist mit dem Verändern noch nicht fertig.«

»Aber ich habe doch alles gemacht«, protestierte sie.

»Du wirst auch diese Kleider ausziehen und etwas Angemesseneres anziehen.«

Jetzt lächelte Tedra. »Ich habe leider keinen *chauri* mitgenommen, Baby!« Das darauffolgende »Aber ich« ließ ihr Lächeln allerdings schwinden. »Wenn du glaubst, ich würde in diesen lächerlichen Dingern auch nur einen Fuß in meine Welt setzen ...«

»Sobald es erforderlich ist, als Sec 1 aufzutreten, so magst du dich entsprechend kleiden.«

»Sterne, wer ist hier überhaupt der Captain?« knurrte sie.

»Martha behauptet, sie sei es.«

»Nun, Martha ist für mich nicht zu sprechen, zumindest gibt sie das vor. Außerdem weiß ich verdammt gut, daß du noch gar keine Zeit zum Auspacken hattest. Weshalb schließen wir nicht einen kleinen Kompromiß: Bis du ausgepackt hast, kann ich tragen, was ich will.«

»Wenn ein Krieger mit Kompromissen beginnt ...«

»Challen! Sei doch wenigstens einmal vernünftig!«

»Wenn dieser Challen dir mißfällt, Tedra De Arr, werde ich ...«

»Halt du dich da raus, Corth!« herrschte Tedra den Androiden an.

»Nein!« fuhr Challen in drohendem Ton dazwischen. »Ich will hören, was der Mann tun würde.«

Tedra seufzte tief auf. »Er ist kein Mann, Challen, kapier das doch endlich! Er ist eine Maschine, ein künstlicher Spielgefährte, ein Unterhaltungs-Android. Er ist nur zu meiner Unterhaltung da, zu nichts anderem. Er ist wie ein Haustier, Challen. Ist es so für dich leichter zu verstehen?«

»Ich bin auch ein voll funktionsfähiger Sex-Teiler«, ergänzte Corth zu Tedras Schrecken.

»Challen!« rief sie, um ihn davon abzuhalten, sich auf den Androiden zu stürzen. »Ich habe ihn niemals in dieser Funktion benutzt. Wer, außer dir, sollte das besser wissen!«

»Und wenn ich mit ihm fertig bin, wirst du das auch nie tun können«, knurrte der Krieger.

»Wirst du aufhören! Du kannst doch nicht auf eine Maschine eifersüchtig sein!« Tedra wurde bewußt, was sie soeben gesagt hatte, und ihre Augen weiteten sich. »Oder doch? Bist du eifersüchtig, Krieger?«

Der Blick, den er ihr nun zuwarf, war unbezahlbar, voller Verlegenheit, Wut – und Verwirrung. Krieger empfanden keine Eifersucht. Das war Sache der Frauen. Und trotzdem empfand er nun Eifersucht, konnte es nicht leugnen, und Tedra war so glücklich, daß sie ihn am liebsten mit Küssen überschüttet hätte.

»Geh doch in den Schaltraum und statte Martha einen Besuch ab, Corth«, schlug sie vor und bemühte sich dabei, das idiotische Grinsen in ihrem Gesicht abzustellen. »Sie hat soeben das Resultat ihrer genialen Programmierkünste erlebt und braucht nun jemanden, der sie dafür lobt. Nicht wahr, Martha?«

»Richtig«, ertönte Marthas selbstgefällige Stimme aus dem großen, audiovisuellen Schaltbrett an der Wand.

Die Stimme und der aufflackernde Bildschirm lenkten Challen für einen Moment ab, und Tedra nutzte die Gelegenheit, um Corth fortzuscheuchen. Dann stellte sie sich hinter den Krieger und schlang die Arme um ihn. »Weißt du, vor langer Zeit habe ich mir geschworen, daß ich dich eines Tages in ein Solarstrahlbad bringen werde. Aber du bist nicht schmutzig, nicht einmal verschwitzt. Ich wüßte da einen Weg, um dich zum Schwitzen zu bringen. Soll ich ihn dir verraten?«

Er drehte sich zu ihr um. »Zeig ihn mir lieber.«

Nachdem sie ihre Bluse ausgezogen und über den Bildschirm gehängt hatte, lockerten sich endlich ihre Gesichtszüge, und das idiotische Grinsen verschwand. »Merk dir nur eines, Baby«, raunte sie, während sie sich in seine Arme schmiegte, »wenn das Bett anfängt, sich zu bewegen, dann ignorier es einfach.«

44.

»O Sterne, da bringen sie diese schweren Jungens an und denken nicht einmal daran, sie ordentlich anzuziehen!« war Rourks erschrockener Kommentar, ehe ihm bewußt wurde, daß der Riese mitten in seinem Wohnzimmer stand. »Moment! Wie sind Sie hier hereingekommen?«

»Er gehört zu mir, Baby«, sagte Tedra und trat hinter Challen hervor.

»Tedra!« Und dann wurde sie zu einer festen Umarmung durch das Zimmer gewirbelt. »O Baby, es tut gut, dich zu sehen! Aber wann bist du . . . weshalb bist du . . . verdammt, Tedra, es ist noch zu früh! Es hat sich noch nichts geändert!«

Ehe sie antworten konnte, wurde sie gewaltsam aus Rourks Armen gerissen. Rourk wußte nicht, wie ihm geschah. Er stand nur da und starrte den Krieger an, der ihn seinerseits mit einem Wage-es-meine-Frau-anzufassen-Blick bedachte.

Kopfschüttelnd betrachtete Tedra die beiden. Dann schnalzte sie mit den Fingern vor Rourks Gesicht, um ihn aus seiner Erstarrung zu reißen. »Du wirst dich wundern, *was* sich alles verändert hat, Rourk. Er gehört nicht zu ihnen, sondern zu mir, und dort, wo er herkommt, gibt es noch eine Menge andere seines Schlags.«

Rourk runzelte verständnislos die Stirn. »Was heißt, er gehört zu dir? Wer *ist* er, Tedra?«

»Challen Ly-San-Ter, *shodan* von Sha-Ka-Ra auf dem Planeten Sha-Ka'an.«

»Du meinst Sha-Ka'ar.«

»Nein, Sha-Ka'an. Du hast mir doch vorgeschlagen, mich draußen ein wenig umzuschauen. Und jetzt rate, was ich entdeckt habe?«

Nach einem weiteren Blick auf Challen, der tatsächlich anders aussah als die Krieger, die das Regierungsgebäude besetzt hielten, fiel bei Rourk der Groschen. »Ihren Mutterplaneten? Du hast den Mutterplaneten entdeckt? Wo?«

»Jedenfalls nicht im Canture-Sternsystem. Ich glaube, wir kennen ihr System unter dem Namen Niva, aber sie haben keine Bezeichnung dafür; eigentlich wissen sie so gut wie nichts über ihre oder fremde Welten. Ich war erst der zweite Himmelsflieger auf ihrem Planeten.«

»Und der erste?«

»Diese Minenarbeiter, die die Sha-Ka'ani gefangennahmen und als Sklavenarbeiter einsetzten. Von Challens Vater, der ein Hüter der Jahre ist, habe ich übrigens erfahren, daß es sich bei jener Dorfbevölkerung, die damals gefangen wurde, um eine Sträflingskolonie gehandelt hat. Vor dreihundert Jahren sind diese Leute spurlos verschwunden, doch da sie Kriminelle waren, hat sich darüber niemand sonderlich aufgeregt.«

»Kriminelle?« lachte Rourk. »Sha-Ka'ar ist von Kriminellen gegründet worden? Kein Wunder, daß sie über ihre Herkunft keine Unterlagen behalten haben.«

»Na ja, diese Leute waren vielleicht Kriminelle, aber dennoch Sha-Ka'ani-Krieger. Obwohl ihre Nachkommen mit entwickelteren Welten in Berührung kamen, haben sie sich selbst nicht weiterentwickelt. Sie sind nach wie vor Schwertträger, und wer könnte besser gegen sie kämpfen als . . .«

». . . als andere Schwertträger«, beendete Rourk ihren Satz; in Challens Richtung nickend, fügte er hinzu: »Hast du wirklich noch mehr wie diesen da?«

»Dieser hat einen Namen«, bemerkte Challen steif.

»Oh, sicher, Challen«, lenkte Rourk sofort ein. »Sie sind nur so schweigsam gewesen, ich . . . äh . . .«

»Mach es nicht noch schlimmer«, bemerkte Tedra. »Wenn mein Krieger etwas schweigsam ist, dann deshalb, weil er gerade einen Kulturschock erleidet. Im Rover hat er zwar Filme über moderne Städte gesehen, aber die ganzen Aircruisers und Fleetwings mit eigenen Augen zu sehen ist dann doch etwas anderes. Wir haben uns direkt vor deine Tür transferieren lassen, aber dieser eine kurze Blick auf . . .«

»Das genügt, Frau!« unterbrach Challen sie barsch, etwas zu barsch für Rourks Empfinden.

Der Kystrani dachte nicht mehr an Challens Mißfallen über seinen vertrauten Umgang mit Tedra; er zog Tedra beiseite und flüsterte ihr zu: »Bist du verrückt, ihn so zu verspotten? Der Mann ist ein megalaktischer Rie . . . Hey!«

Diesmal wurde Rourk hochgehoben und kräftig durchschüttelt. Tedra verlor die Beherrschung. »Verflucht, Krieger! Was fällt dir ein, meinen Freund derart zu erschrecken? Laß ihn sofort wieder runter!«

»Laß nur, Tedra, schon gut«, flehte Rourk ängstlich. »Laß ihn nur, wenn es ihn glücklich macht!«

»Mich würde es glücklich machen, wenn du die Finger von meiner Frau läßt!« knurrte Challen, ließ ihn aber wieder los.

»Sicher. Wie Sie wünschen. Ich *kenne* sie ja nicht mal.«

»Schluß jetzt, Rourk!« sagte Tedra scharf. »Und was dich betrifft« – sie bohrte einen Finger in Challens Brust –, »du wirst dich jetzt erst mal zusammenreißen, ehe hier noch jemand verletzt wird. Deine Fähigkeit zur Eifersucht schmeichelt mir zwar sehr, doch in diesem Fall ist sie nicht angebracht. Rourk ist für mich das, was Tamiron für dich ist, nicht mehr und nicht weniger, und deshalb finde ich, daß du dich bei ihm entschuldigen solltest.«

Rourk verschluckte sich fast vor Schreck. »Tedra . . .«

»Himmlische Sterne, Rourk«, rief sie verärgert, »du brauchst keine Angst um mich zu haben! Mein Krieger würde eher sterben, als mir ein Haar zu krümmen!«

»Wirklich?«

»Natürlich!« bestätigte Challen empört.

Stirnrunzelnd betrachtete Rourk nun die beiden. »Was zur Hölle geht hier vor? Und was bedeuten all diese besitzanzeigenden ›meins‹? Hast du ihn adoptiert, Tedra?«

»Sehr witzig, Baby! Gib einem Mann ein wenig Freiraum und schon wird er frech. Nein, ich habe ihn nicht adoptiert. Ich habe doppelten Wohnraum beantragt.«

»Das kann nicht sein! Mit *ihm*?«

»Ich weiß nicht, ob mir dein Ton gefällt, Rourk!«

»Aber Tedra, er ist . . .«

»Ja?« fragte sie drohend.

»Er ist . . .«

»Ja?« Ihre Stimme wurde immer bedrohlicher.

»Na schön, was soll's! Er ist ein megalaktischer Riese!«

»Ach, wirklich? Wie konnte ich *das* nur übersehen! Tja, ein Beweis, daß Liebe tatsächlich blind macht!«

»Du liebst ihn auch noch?«

»Gleich bist du fällig, Rourk!«

Grinsend kam Challen auf Tedra zu und legte ihr einen Arm um die Taille. »Ich glaube dir, daß ihr nur Freunde seid. Sonst würde er dich nicht so necken.«

»*Du* neckst mich doch dauernd«, rief sie. »Und wir sind mehr als nur Freunde!«

»Versuche nicht, meine Eifersucht erneut anzustacheln, Frau!«

»Du kannst es einfach nicht lassen, mir ständig zu sagen, was ich zu tun habe, nicht wahr? Obwohl ich meine Dienstzeit voll und ganz abgeleistet habe.«

»Willst du mich wieder herausfordern?«

»Das wäre eine Überlegung wert.«

»Ich traue meinen Ohren nicht«, sagte Rourk verwundert. »Du willst mir doch nicht ernsthaft weismachen, Tedra, daß du ihn zum Kampf herausgefordert hast.«

»Sicher habe ich das. Er ist nicht viel größer, als es jener Krieger, Kowan, war, und *den* habe ich immerhin besiegt.«

»Nicht viel größer?« grinste Rourk. »Nur lächerliche dreißig Zentimeter! Wie kurz hat der Kampf denn gedauert?«

»Ach, halt die Klappe!«

»Wer ist dieser Krieger Kowan?« fragte Challen grimmig.

Tedra rollte die Augen, während Rourk einen Hustenanfall vortäuschte. Doch Challen wartete auf eine Antwort.

»Hab' ich dir nicht von Kowan erzählt, Baby? Ich könnte schwören, mit dir über diesen gutaussehenden Krieger, der mich in die Sklaverei entführen wollte, geredet zu haben. Wenn du ihn dir schnappen willst, brauchst du nur in das Regierungsgebäude zu gehen – und überhaupt, wieso unterhalten wir uns nicht endlich über dieses Thema, anstatt hier herumzualbern? Aus dem Grund sind wir schließlich gekommen.«

»Sterne, da hast du recht, Tedra! Mit ein paar Kerlen von Challens Format könnten wir mir nichts, dir nichts in das Regierungsgebäude . . .«

»Sehr witzig, du Trottel!« fiel Tedra ihm mit blitzenden Augen ins Wort. »Können wir *jetzt* endlich ernsthaft reden? Wie ist die gegenwärtige Lage? Fühlt sich Crad Ce Moerr schon sicher genug, um wieder vor die Öffentlichkeit zu treten?«

»Nein, er geht auf Nummer Sicher. Und die Situation ist

so, wie wir es vorhergesehen haben. In den ersten drei Wochen wurden eine Menge Frauen entführt. Inzwischen geht das etwas langsamer, weil nur noch jede zweite Woche ein Schiff nach Sha-Ka'ar fliegt.«

»Und was ist mit den restlichen weiblichen Secs aus den Außenbezirken geworden?«

»Wir konnten nur vier Frauen warnen. Tut mir leid, dir das sagen zu müssen, Tedra, aber alle anderen haben sie sich geholt.«

Mit einer Handbewegung wischte sie die Bemerkung beiseite. »Wir werden sie zurückbekommen, und alle anderen Kystrani ebenfalls.«

»Und wie?«

»Ich habe da einen Plan, aber erst mal müssen wir Garr befreien. Hast du etwas von ihm gehört? Wird er einigermaßen gut behandelt?«

»Sie wagen es nicht, ihm etwas anzutun. Er ist ihr einziges Druckmittel, um die männlichen Secs bei der Stange zu halten, jedenfalls die in der Stadt. Dank dem Mock II im Regierungsgebäude ist das Kommunikationssystem immer noch gesperrt. Sie lassen den Verkehr auch nur in die Stadt, aber nicht wieder hinaus. Zu schade, daß dieser Computer nie auf ein einzelnes Individuum programmiert war. Wäre er an Garr angeschlossen gewesen wie Martha an dich, wäre Garr schon längst wieder frei.«

»Und wir hätten womöglich einen schlimmen Krieg am Hals gehabt und höllische Mühe, ihn zu gewinnen. Oder hast du vergessen, wie uns diese Krieger mit ihren Waffen aus *Toreno*-Stahl besiegt haben?«

»Ah, da fällt mir was ein: Haben denn *deine* Krieger *Toreno*-Stahl?«

»Was glaubst du, woher die Waffenschmiede der Sha-Ka'ari ihr Rezept herhaben? Die Leute, die ich mitgebracht habe, sind, wie die Sha-Ka'ari, Schwertträger, nur sind sie größer, stärker und außerdem nicht an Sklavenhaltung interessiert.«

»Obwohl sie gewissermaßen mit ihnen verwandt sind?«

»Dreihundert Jahre sind eine lange Zeit«, entgegnete sie trocken. »Zudem gehorchen sie Challen, und er . . .«

»Gehorcht dir?«

»Nicht ganz«, sagte Tedra augenzwinkernd. »So riesige Kerle nehmen Befehle nicht so einfach hin – es sei denn, sie erteilen vorher die Erlaubnis dazu.«

»Ich verstehe nicht ganz.«

»Das ist ein privater Scherz, Rourk«, lenkte sie geschwind ein, da sie den Barbaren grollen hörte. »Aber Challen ist hier, weil er diesen Tick hat, mir ständig einen Gefallen tun zu müssen. Dadurch erlangt er so eine Art Ekstase.«

»Die Frau will damit sagen, daß alles, was für sie wichtig ist, auch für mich wichtig ist«, erklärte Challen.

»Ist er nicht süß, Rourk?« strahlte Tedra.

»Zum Anbeißen«, neckte er, um gleich darauf wieder ernst zu werden. »Ich würde sagen, du hast den Haupttreffer gelandet, Baby.«

»Ich weiß.«

»Du hast uns eine Armee herbeigeschafft. Jetzt müssen wir nur überlegen, wie wir in das Regierungsgebäude kommen. Das wird nicht einfach sein. Crad hat fast all seine Krieger dort stationiert, abgesehen von den wenigen, die immer noch unterwegs sind, um gesetzesuntreue Frauen einzusammeln. Ohne einen *wirklich* guten Grund wird da niemand hineingelassen.«

»Du vergißt den Rover, Baby. Martha wird uns einfach mitten in das Gebäude transferieren.«

»Nicht uns«, klärte Challen sie auf. »Du, Frau, wirst dich von dem Ort, an dem Krieger kämpfen, fernhalten.«

»Chal-len!«

45.

Nach drei Stunden vergeblichen Schreiens und Diskutierens war Tedra drauf und dran, den Barbaren zu einem neuerlichen Wettkampf herauszufordern, da dieser stur auf seinem Standpunkt beharrte. Als letzten Versuch stellte sie eine Verbindung zu Martha her, um sie nach ihrer Meinung zu fragen, und ihr sonst so widerspenstiger Computer stärkte ihr diesmal tatsächlich den Rücken. Martha sagte klipp und klar, daß sie ohne Tedra keinen Transfer machen würden, und das gab dann schließlich den Ausschlag.

Challen war darüber nicht glücklich. In ihm tobte ein Kampf zwischen dem Bedürfnis, Tedra in Sicherheit zu wissen, und dem Wunsch, Tedra sie selbst sein zu lassen, da dies, wie ihm klargeworden war, genau das war, was ihn von Anfang an zu ihr hingezogen hatte und was sie von allen anderen Frauen unterschied. Es war für sie wichtig, an dem Kampf teilzunehmen. Martha hatte nicht umsonst Tedras Partei ergriffen. Aber es gefiel ihm nicht.

Bevor Challen es sich wieder anders überlegen konnte, war Tedra schon dabei, mit Rourk die notwendigen Schritte zu besprechen. Rourk sollte mit all den Leuten, die im Untergrund für die Befreiung arbeiteten, Kontakt aufnehmen. Zum Glück war es nicht nötig, die Leute in den Kampf miteinzubeziehen, doch dafür konnten sie sich um die Sha-Ka'ari kümmern, die in der Stadt herumliefen.

Schon eine Stunde nach Rourks Aufbruch war alles zum Transfer bereit. Martha transferierte sie an verschiedene Stellen im Regierungsgebäude. Tedra, Challen und sechs weitere Krieger materialisierten mitten im Büro des Direktors. Glücklicherweise erfolgte molekularer Transfer binnen Sekundenbruchteilen, denn Crad Ce Moerr war nicht allein, sondern in Gesellschaft einiger seiner Krieger, zehn, um genau zu sein, und alle bewaffnet. Wäre der Transfer nur etwas langsamer gewesen, hätten Tedra und ihre Leute die Schwerter an den Kehlen gehabt.

Doch nun geschah es genau umgekehrt. Die Sha-Ka'ari waren viel zu überrascht, um rechtzeitig ihre Schwerter ziehen zu können, und konnten innerhalb von Minuten entwaffnet werden. Nur einer sträubte sich, was er allerdings, als Tamiron sich seiner annahm, sehr schnell bereute. Aber dummerweise gelang es Crad Ce Moerr, den Alarm auszulösen. Tedra hätte sich ohrfeigen können, daß sie daran nicht gedacht hatte. Der Rest wäre so einfach gewesen.

»Ich habe keine Ahnung, wer zur Hölle Sie überhaupt sind«, sagte Crad Ce Moerr angriffslustig, obgleich seine Krieger ihre Waffen gesenkt hatten, »jedenfalls werden Sie hier nicht lebend rauskommen.«

»Das gleiche wollte ich Ihnen eigentlich sagen«, antwortete Tedra, während sie den Diktator in seinen Sessel zurückstieß. »Nur weiß ich sehr wohl, wer du bist, du Schleimbrokken, und der Spaß ist für dich jetzt vorbei.«

»Nur weil *Sie* das sagen?« zischte er. »Ihnen ist wohl nicht klar, auf was Sie sich da einlassen. In diesem Gebäude befinden sich Hunderte von meinen Kriegern.«

»Und von meinen«, teilte ihm Tedra zufrieden mit. »Aber du wirst das Ende leider nicht mehr mitverfolgen können. Martha?« Sie drückte den Verbindungsknopf ihrer Lazor-Einheit. »Transferiere diesen Idioten in die Zelle des Rovers. Garr wird sich hinterher sicher gerne seiner annehmen.«

»Sie können doch nicht . . .«

Doch ehe der Diktator weitersprechen konnte, blitzte er auch schon weg. Eine tiefe Zufriedenheit erfüllte Tedra, aber ein Blick in die Runde erinnerte sie daran, daß ihre Arbeit noch nicht beendet war.

»Wo ist Garr Ce Bernn?« fragte sie den am nächsten stehenden Sha-Ka'ari.

»Der Alarm wurde ausgelöst, Frau. Er dürfte jetzt bereits tot sein.«

»Du lügst«, entgegnete sie wütend. »Er ist euer einziger Trumpf im Ärmel, oder seid ihr zu dumm, das zu wissen?«

»Weshalb spricht eine Frau für Euch?« wandte sich der Krieger an Challen, der direkt hinter Tedra stand.

»Das ist ihre Welt und somit ihr Anliegen. Ich habe sie nur zu ihrem Schutz begleitet. Ihr solltet der Frau antworten.«

»Schutz?« knurrte Tedra, während sie herumwirbelte und dabei dem streitlustigen Krieger ihren Ellenbogen gegen die Kehle rammte. »Ich brauche keinen Schutz vor so jämmerlichen Wichten, die es nötig haben, ihre Frauen zu versklaven. Schutz?« spuckte sie erneut hervor, während sie auf einen anderen Sha-Ka'ari zuging und ihn an seinem Haarschopf nach hinten riß. »Garr Ce Bernn?« zischte sie dem Mann zu.

»Unten«, antwortete der Mann sogleich, den Blick auf seinen sich am Boden wälzenden, hustenden Freund gerichtet. »In den Untersuchungsräumen.«

»Danke«, rief Tedra ihm auf dem Weg zur Tür noch zu. »Dann mal los, *Beschützer*! Wir haben noch einiges vor uns.«

»Du hast keinen Grund, wütend zu sein, *chemar*«, sagte Challen, während er sie mit sanfter Gewalt von der Tür fortdrängte, da er sich vorher selbst überzeugen wollte, ob draußen alles in Ordnung war. Es war niemand zu sehen.

»Ich bin nicht wütend«, erklärte Tedra, als sie durch den leeren Korridor eilten. »Ich habe mir nur Sorgen gemacht und meine Angst am nächstbesten Opfer ausgelassen. Sie werden Garr Ce Bernn doch nicht wegen diesem megalaktischen Alarm umgebracht haben?«

»Ich würde dich gerne beruhigen, aber die Gedankengänge dieser Krieger sind mir fremd.«

»Wem nicht? O Sterne, ich würde wirklich gerne schnurstracks zu Garr eilen, aber falls sie tatsächlich vorhatten, ihn zu töten, dann haben sie es sicher bereits getan. Und falls er noch lebt, ist er wegen diesem dämlichen Alarm bestimmt von sämtlichen Sha-Ka'ari umzingelt. Deshalb sollten wir erst mal unsere Truppen versammeln, ehe wir weitergehen. So wie es aussieht, haben alle Sha-Ka'ari entweder das Gebäude verlassen oder . . .«

»Oder sie haben sich unten zur vereinten Verteidigung versammelt.«

»Genau.«

Zur Freude der Sha-Ka'ani bewies sich letztere Annahme als richtig. Die Sha-Ka'ani waren hierhergekommen, um zu kämpfen, und bisher hatten sie noch keine Gelegenheit dazu gehabt. Es war zwar im Gebäude da und dort zu vereinzelten Zusammenstößen gekommen, aber der Großteil der Sha-Ka'ari hatte sich unten verschanzt. Wäre nicht auch Garr dort unten gewesen, hätte Tedra die Sha-Ka'ari einfach im Regierungsgebäude eingeschlossen, bis sie verschimmelt wären.

Als sie dann vor den sechs Aufzügen standen, in die sie niemals alle zusammen hineinpassen würden, hätte sich Tedra am liebsten die Haare gerauft. »Das funktioniert nicht. Unten ist vor den Aufzügen genausoviel Platz wie hier. Sie werden dort der Reihe nach stehen und nur darauf warten, bis endlich die Türen aufgehen. Ich sollte Martha befehlen, sie allesamt in den tiefsten Weltraum zu transferieren.«

»Und Garr mit ihnen? Er trägt nicht wie wir ein Peilgerät mit sich, mit Hilfe dessen Martha ihn erkennen könnte«, gab Challen zu bedenken.

Offenen Mundes starrte Tedra ihn an. »Ich muß meinen Verstand im Rover vergessen haben! Du hast dir doch vorgestellt, mit Hilfe des Transfers einfach hereinzuplatzen und sie zu überrumpeln, oder?«

»Sicher. Weshalb wären wir sonst alle mit dem Peilgerät ausgerüstet?«

»Damit wir alle zur gleichen Zeit in das Gebäude transferiert werden konnten«, erwiderte sie grinsend. »Und wenn wir schon einen Transfer gemacht haben, weshalb nicht auch einen zweiten? Martha?«

Es war eine Sache von Momenten. Vor sich sahen sie nun eine solide Mauer von Sha-Ka'ari-Kriegern, die alle, wie Tedra vorhergesagt hatte, gebannt auf den Aufzug starrten. Allerdings hatte Tedra nicht mit einer so großen Anzahl gerechnet.

»Sterne, wir sind gewaltig in der Minderzahl«, wisperte sie, aber Challen hatte ihre Worte vernommen.

»Dann sollten wir den Unterschied ausgleichen.«

Er stieß ein tiefes Grollen aus, woraufhin sich alle Sha-Ka'ari zur gleichen Zeit umdrehten. Tedra hätte eine andere Taktik vorgezogen, doch dazu war es nun zu spät. Sie wurde hinter Challen geschoben, dann hinter den nächsten Krieger, den wieder nächsten Krieger, bis sie zuletzt ganz hinten stand. Da sich all ihre Krieger nun vor ihr befanden, konnte sie von ihrer eigenen Waffe keinen Gebrauch machen. Sie war gezwungen, untätig herumzustehen und dem Schlachtgetümmel zu lauschen, hilflos, nutzlos, es sei denn . . .

»Martha, wie wäre es, wenn du mich auf die andere Seite beförderst?«

»Vergiß es, Kleines. Ich habe dich nicht nach unten gebracht, damit du dort stirbst.«

»Aber doch wohl auch nicht, um Däumchen zu drehen!« fauchte Tedra.

»Weshalb suchst du nicht nach Garr, solange deine Freunde beschäftigt sind?«

Tedra schnitt eine Grimasse. »Du hast tatsächlich vergessen, meinen Verstand zu transferieren, nicht wahr?«

Als Antwort erfolgte eine von Marthas gelungensten Simulationen von Lachen. Tedra hielt sich nicht weiter mit Selbstvorwürfen auf. Sie wandte sich um und betrachtete die geschlossenen Türen, die von der kreisförmigen Halle abgingen. Sie wußte, daß sie zu verschieden großen Räumen führten, und sie wußte auch, welcher der größte Raum war, der sich für die permanente Unterbringung eines Gefangenen am besten eignete. Sie näherte sich der Tür, an der, wie zu erwarten, ein spezielles Sicherheitsschloß angebracht war. Tedra grinste. Diese Dummköpfe hatten einfach das nächstbeste System hergenommen. Es war ähnlich einer Identisicherung, reagierte auf visuelle Identifizierung, auf Stimme *und* auf Handabdrücke, und gewährte nur den Wachen Zutritt – und allen Sec 1 des Regierungsgebäudes. Und da die Sha-Ka'ari nicht damit gerechnet hatten, daß hier eine Sec 1 aufkreuzen könnte, waren sie sicher nicht so schlau gewesen, die Programmierung zu modifizieren.

Tatsächlich glitt die Tür auf ihren Befehl hin auf. Und mitten im Zimmer saß Garr auf einem Sessel. Hinter ihm stand ein Krieger, das Schwert an Garrs Kehle gelegt, den *Toreno*-Schild zum Schutz erhoben. Tedra lehnte sich gegen den Türpfosten und kreuzte die Arme über der Brust, wodurch ihre Lazor-Einheit zur Decke hin zielte. Gegen *Toreno*-Stahl war ihre Waffe sowieso nicht geeignet. Außerdem wollte sie diesen bestimmten Krieger auch nicht unbedingt töten.

»Hallo, Kowan. Was für ein Zufall!«

Der arme Junge glaubte seinen Augen nicht zu trauen. Daß eine Frau hier einfach hereinspazierte, war schon seltsam genug, daß diese Frau aber auch noch eine Sec-1-Uniform trug und darüber hinaus eine Frau war, die er sehr intim zu kennen glaubte, ging über sein Fassungsvermögen. Garr hingegen war überhaupt nicht überrascht.

»Sie haben sich wirklich Zeit gelassen, Tedra.« Er grinste sie an.

»Ich mußte einen kleinen Umweg zu einem anderen Sternsystem machen.« Sie grinste zurück.

Kowan hatte sich inzwischen wieder gefangen. »Du wirst deine Waffe fallen lassen, Frau, oder ich töte ihn.«

»Ach komm, Krieger, stell dich doch nicht dümmer, als du bist! Schau doch hinter mich! Da sind Barbaren, die gerade Hackfleisch aus deinen Freunden machen. Keine Kystrani-Secs, sondern Krieger von eurem Mutterplaneten. Sha-Ka'an – na, kommt dir das bekannt vor? Nein? Egal. Aber glaub mir, deine Jungens haben keine Chance. Außerdem habe ich bereits euren furchtlosen Anführer festgenommen und ihn an eine Stelle gebracht, von der ihr ihn nie wieder zurückholen könnt. Die Sklavenfarm ist geschlossen. Wenn du schlau bist, dann ergibst du dich jetzt, solange es noch möglich ist.«

»Einer Frau?« schnaubte er.

»Nun, wenn das die einzige Schwierigkeit ist, kann ich einen Sha-Ka'ani-Krieger herholen, dem du das Schwert übergeben kannst. Aber ich bin nicht nur eine Frau, sondern auch eine Sec 1, und so unangenehm es mir auch ist, dich in Verlegenheit zu bringen, Kowan, so muß ich dir doch sagen, daß ich dich schon einmal überwältigt habe – oder hast du dich nie gefragt, weshalb du keine Erinnerung an unser Beisammensein hast?«

»Du lügst! Ich war betrunken.«

»Ich habe dir Drogen eingeflößt, Baby, aber erst, nachdem ich dich bereits . . .«

»Tedra, Vorsicht!« brüllte Garr.

»Nein!« brüllte eine andere Stimme von fern.

Sie wandte sich um, aber alles, was sie sah, war das Blitzen von blauem Stahl. Sie konnte gerade noch verhindertn, daß ihr Kopf vom Körper abgetrennt wurde, aber sie hatte keine Zeit mehr, dem Rückschlag der vom Türpfosten abprallenden Klinge auszuweichen. Sie schlug flach hin. Schmerzwellen jagten über ihre Brust. Sie fühlte sich außerstande, aufzustehen. Dem Sha-Ka'ari war das egal. Er hatte es auf Garr abgesehen, da er glaubte, dann in Sicherheit zu sein. Tedra war ihm nur im Weg gewesen. Aber er gelangte nicht bis zu Garr. Direkt hinter ihm raste Challen in den Raum, tobend und brüllend gleich einem Wahnsinnigen. Mit einem Schwerthieb beförderte er den Sha-Ka'ari in die andere Ecke des Raumes. Das war das letzte, was Tedra sah, ehe sie die Augen vor Schmerz schloß.

Und dann wurde sie vorsichtig hochgehoben, so vorsichtig, aber trotzdem schmerzte die Bewegung nahezu unerträglich. Obwohl sie dagegen ankämpfte, konnte sie das tiefe Stöhnen nicht verhindern. Sogleich hörte die Bewegung abrupt auf. Ein neuerliches Stöhnen war zu vernehmen, allerdings nicht aus ihrer Brust. Mit aller Willenskraft gelang es Tedra, die Augen wieder zu öffnen, doch was sie dann sah, mußte ein Traum sein: Challen war über sie gebeugt, und aus seinen Augen flossen Tränen. Challen weinend?

»Hey, nicht doch . . . Baby.«

Sie hob die Hand zu seiner Wange, ließ sie aber gleich wieder fallen. Sterne, sie fühlte sich so schwach – und kalt.

»Wenn du . . . wenn du stirbst, dann will auch ich sterben. Bitte, *chemar*, bitte! Du *wirst* nicht sterben! Du *darfst* nicht!«

»Nein . . . das werde ich nicht.«

Aber er glaubte ihr nicht, nahm an, sie wolle ihn nur beruhigen. Er schaute auf ihre blutüberströmte Brust, lauschte ihrem schwächer werdenden Atem. Tedra wurde klar, daß er im Moment alles über Meditech-Einheiten vergessen hatte.

Sie versuchte, ihn daran zu erinnern. »Bring mich . . .« Aber ihre Worte gingen in seinem entsetzlichen Brüllen unter. Garr würde es ihm sagen müssen, entschied sie. Ihr fehlte die Kraft, gegen sein verzweifeltes Toben anzuschreien. Aber sie hätte dies um nichts in der Welt missen wollen.

Der letzte Gedanke, ehe sie das Bewußtsein verlor, war: *Dieser Mann ist unleugbar in mich verliebt.*

46.

Challen sah sie immer noch stirnrunzelnd an. Tedra war das einerlei, sie fühlte sich wunderbar, fast schon ekstatisch. Ihr Barbar liebte sie, und ehe sie Tedras ehemalige Privaträume im Regierungsgebäude wieder verließen, würde er ihr dies auch sagen müssen.

»Ich habe versucht, dich an die Meditech zu erinnern, wirklich, das habe ich. Aber du warst viel zu beschäftigt mit deiner Trauer, als daß du mir zugehört hättest.«

Sein Stirnrunzeln verstärkte sich. Sie saß auf seinem Schoß in einem Assimiliersessel, der genügend Platz für sie beide bot. Sie trug nicht das kleinste Stückchen Stoff am Leib, und obwohl Challen angezogen war, empfand sie darüber nicht die Spur von Verlegenheit. Denn das war das erste, was er getan hatte, nachdem sie ihn in diesen Raum gebracht hatte: sie auszuziehen und sorgfältig von oben bis unten zu untersuchen. An ihr war kein Zeichen einer Wunde mehr zu entdekken, nicht die kleinste Narbe. Die Meditech hatte sie völlig gesund wieder ausgespuckt und ihr in einem Gesundheitszeugnis bestätigt, daß auch ihr Sohn das Gemetzel unbeschadet überstanden hatte. Kein Wunder. Immerhin würde er ein Krieger werden, genau wie sein Vater.

Der Vater ihres Sohnes sagte nun: »Krieger trauern nicht.«

»Ach ja? Wie würdest du es dann nennen?«

Plötzlich schloß er sie ungestüm in die Arme und vergrub sein Gesicht an ihrem Hals. »Ich glaubte, dich zu verlieren«, sagte er rauh. »Frau, du darfst mich niemals verlassen!«

»Das werde ich auch nicht«, bestätigte sie, während sie ihn ebenfalls fest an sich drückte. Doch gleich darauf fragte sie listig: »Weshalb ist das denn für dich so wichtig?«

»Weshalb?« Er sah auf, das Stirnrunzeln kehrte zurück. »Habe ich dir das nicht gesagt?«

Ganz und gar nicht entmutigt, zeichnete sie mit einem Finger die Konturen seines Kinns nach. »Du hast irgendwas gesagt über sterben, wenn ich sterbe, aber ... warum empfindest du so?«

»Weil du für mich wertvoller als mein Leben bist.«

Ihr Finger hielt inne, eine tiefe Wärme durchströmte sie. Sie dachte nicht mehr daran, welche Worte sie eigentlich hören wollte. Was er eben gesagt hatte, reichte aus.

»O Challen, ich liebe dich so ...«

»Darf ich eintreten?« fragte Rourk Ce Dell unschuldig an der Tür.

»Zur Hölle, ja!« antwortete Tedra halb knurrend, halb stöhnend. »Wie bist du hier reingekommen?«

»Anscheinend hat nach deinem Auszug niemand die Identisicherung ausgetauscht, Baby, aber kurz darauf fand ja auch die Invasion statt. Ich habe es einfach versucht und fand meine Abdrücke tatsächlich noch gespeichert.«

»Dann laß es mich anders formulieren. Was *willst* du?«

»Nur den Helden gratulieren«, grinste er. »Übrigens, du hast da wirklich ein tolles Gewand an!«

Tedras Gesicht erglühte. »Du Idiot, du megalaktischer Idiot!« stieß sie hervor, ehe sie, verfolgt vom Gelächter der beiden Männer, aus dem Zimmer stürmte, um sich etwas zum Anziehen zu besorgen. Als sie ordentlich gekleidet zurückkehrte, sprühten ihre Augen immer noch Funken, und auch die beiden Männer lachten noch. »Das war nicht komisch!«

»Doch, das war es. Dir war nicht einmal *bewußt*, daß du völlig ...«

»Du wechselst jetzt besser das Thema, Rourk, bevor es dir dann hinterher leid tut.«

»Na schön.« Aber er hatte alle Mühe, das Grinsen aus seinem Gesicht zu verbannen. »Ich habe gehört, du hast mindestens zweihundert Gefangene gemacht, und es werden noch mehr werden, wenn deine Krieger mit dem Säubern der Stadt fertig sind. Hat Garr dich angemessen belohnt?«

»Er war sehr großzügig, zu uns beiden. Bist du noch nicht bei ihm gewesen, um zu sehen, was er sich für dich überlegt hat? Ich habe ihm erzählt, daß mir die Flucht ohne deine Hilfe nie gelungen wäre.«

»Das hast du?« fragte Rourk überrascht.

»Komm, Rourk, ohne dich wäre ich jetzt wahrscheinlich eine Sklavin auf Sha-Ka'ar.«

»Anstatt einer Antragstellerin für doppelten Wohnraum auf Sha-Ka'an?«

»Wer sagt, daß ich dorthin zurückgehe?«

»Hast du das denn nicht vor?«

»Doch, aber ich mag es nicht, wenn die Dinge einfach als selbstverständlich angesehen werden«, schmollte sie.

»Ich bekenne mich schuldig«, sagte er seufzend.

»Ich auch.« Endlich grinste sie ihm zu.

Doch nun mischte sich Challen mit verächtlichem Schnauben ein: »Ich nehme niemals etwas als selbstverständlich.«

»Erzähl keine Märchen!« spottete Tedra, aber sie lächelte immer noch. »Du hattest nie den geringsten Zweifel, daß deine Krieger nicht gewinnen würden. Gib es zu!«

»Das ist so, aber ich habe es nicht als selbstverständlich hingenommen, da es gar nicht anders hätte geschehen können.«

»Arrogant, nicht wahr?« sagte Tedra an Rourk gewandt.

»Das klingt für mich einfach nach gesundem Selbstvertrauen.«

»Oh, davon hat er tonnenweise, aber wer sollte ihn davon abbringen? Diese Jungs werden nicht größer als er, zumindest nicht im Canture-System.«

»Wie bekommen wir eigentlich unsere Frauen zurück?« wechselte Rourk schnell das Thema, da ihm das Stirnrunzeln des Barbaren nicht entgangen war. »Hat Garr bereits Kontakt hergestellt?«

»Selbstverständlich.«

»Und? Wird es ein Problem werden? Sollte es eigentlich nicht, da wir ihre Krieger als Geiseln haben.«

»Täusch dich da nicht! Sie waren bereit, ihre Männer für diese Frauen zu opfern. Aber Garr hat auf meinen Vorschlag hin einen Bluff gestartet.«

»Welchen?«

Tedra kicherte. »Man teilte ihnen mit, wenn sie unsere Frauen nicht freiließen, würde Sha-Ka'an einen Krieg gegen sie beginnen. Einige unter ihnen wissen noch, woher sie stammen, und deshalb haben sie beschlossen, es nicht auf einen Besuch der Barbaren ihres Mutterplaneten ankommen zu lassen.«

»*War* es denn ein Bluff?« wollte Rourk von Challen wissen.

»Nein. Hier muß alles wieder in Ordnung sein, ehe ich meine Frau nach Hause bringen kann. Wenn wir dafür erst nach Sha-Ka'ar gehen müßten, so würden wir das tun.«

»*Ich* dachte, es sei ein Bluff«, sagte Tedra lächelnd. »Würdest du für mich wirklich einen Krieg anzetteln, Challen?«

»Weißt du nicht, daß ich alles tun würde, um dich glücklich zu machen?«

»Ich ... äh ... ich gehe jetzt wohl besser«, sagte Rourk.

»Mach's gut, Baby«, rief Tedra leichthin, während sie wieder auf den Schoß des Barbaren kletterte.

»Habe ich etwas für dich Angenehmes gesagt, *kerima*?«

»Wie kommst du auf die Idee?« neckte sie ihn. »Übrigens, Garr überläßt mir den Rover.«

»Ich dachte, der Rover gehört dir bereits.«

»Nein, Martha und ich haben ihn gestohlen. Jetzt gehört er mir, was bedeutet, daß wir uns das ganze Universum ansehen können. Und Weltenentdeckung war mein zweiter Karrierewunsch.«

»Wirst du es nicht vermissen, eine Sec 1 zu sein?«

»Ich werde immer eine Sec 1 sein, Baby. Ich werde nur nicht mehr in dieser Sparte arbeiten. Da gibt es nämlich so einen Barbaren, der ganz nervös wird, wenn ich ans Kämpfen denke – gegen andere Männer. Aber wenn ich gegen ihn kämpfen will, freut er sich über die Maßen.«

Challen grinste. »Erinnere dich, was passiert, wenn du gegen ihn kämpfst.«

»Im Moment kann ich mich nur an seine Zärtlichkeit erinnern, die in mir das Verlangen auslöst, von ihm besiegt zu werden. Weshalb machst du das so?«

»Weil es mir Freude bereitet, deinen Körper mit dem meinen zu bedecken, *chemar.* Und ich sehe, es bereitet dir Freude, dies zu wissen.«

»Stimmt gar nicht!« Sie bemühte sich um einen gelassenen Ton, der ihr freilich nicht ganz gelang.

Challen lächelte tückisch. »Frau, du lügst! Ich kann deine Hitze riechen!«

»Kannst du nicht! Oder doch? Nein, das ist nicht fair, Krieger. Du gibst so wenig preis, und ich viel zuviel!«

Challen schüttelte den Kopf. »Und das mißfällt dir? Willst du hören, daß du mich erobert, verhext hast?« Er begann, ihr das Kleid auszuziehen. »Willst du hören, daß ich nur vollständig bin, wenn du da bist, und unvollständig, wenn wir getrennt sind?« Ohne sich von Tedras Position stören zu lassen, streifte er seine *bracs* ab und setzte Tedra danach erneut zurecht. »Willst du hören, wie sehr ich mich danach sehne, mich mit dir zu vereinen, wie sehr ich dich brauche?«

Langsam, köstlich drang er in sie ein, und Tedra hörte nichts mehr. Sie schmolz um ihn. Er schmolz in ihr. Verschmolzen, vereint, untrennbar verbunden – die Seine.

Sterne, wie sie ihn liebte, das Liebemachen mit ihm liebte! Und er wußte das, der geliebte Idiot. Und er hatte ein Recht darauf, arrogant und selbstgefällig zu sein, jawohl! Wo im

Universum gab es einen anderen Mann wie ihn? Und er gehörte allein ihr.

Auch als ihre Atmung sich wieder normalisierte, blieb sie, wo sie war. So würde sie gerne einschlafen, ihn in sich spürend, von seinen starken Armen umschlossen, seinem Herzschlag an ihrer Wange. Aber sie war nicht müde. Der Tag war zu aufregend gewesen.

»Das war eben nicht fair, Krieger. Du hast das getan, um mich abzulenken, nicht wahr? Weil du genau weißt, worauf ich aus bin, und du es mir nur nicht sagen willst.«

»Wenn du sagst, was du hören willst, wirst du es hören.«

»Ich will nur hören, daß du mich liebst.«

»Aber Krieger lieben nicht.«

»*Das*, Krieger, ist eine Herausforderung wert!« Sie setzte sich auf und funkelte ihn an.

Aber er nahm ihr Gesicht in die Hände und verschloß ihr den Mund mit seinen Lippen. Es war ein Kuß, der mehr als tausend Worte erzählte, in dem all die Glut und Leidenschaft lag, die sie füreinander empfanden.

Und dann bekam sie ihre Worte, kaum hörbar gegen ihre Lippen geflüstert. »Krieger lieben nicht ... sie sollten es nicht ... aber hier ist einer, der es tut. Ich liebe dich, Frau. Mein Herz schreit vor Liebe für dich.«

»O Challen!« weinte Tedra.

Er seufzte. »Das war, um dich glücklich zu machen.«

»Das bin ich doch«, schluchzte sie.

»Wie damals, als ich dir den *fembair* schenkte?«

»Ja!«

Der Krieger konnte nur lächelnd den Kopf schütteln, aber dafür lachte Martha sich schief, und der Bildschirm hinter ihnen wurde schwarz.